古典珍品

经典回到生活　阅读从心开始

中华古典珍品

『中华古典珍品』丛书遴选了清代《四库全书》的精华，而且每一种书在注释、译文、解读等方面做了大量的、扎实的工作。

——傅璇琮

国学就是中国人的学问。『中华古典珍品』是一套非常适合大众阅读的国学经典丛书。国学的传承和发展迫切需要好的大众读本。

——毛佩琦

《四库全书》浩如烟海，真正的必读经典就这百余部。

——任德山

国学是相互通融的，切忌断章或是割裂。今人只有从《周易》等原始经典入手，才能真正找到进入国学的门径。

——刘君祖

中华古典珍品

图解苏轼集

（宋）苏轼 著
崇贤书院 释译

黄山书社

阅读指南

走入旷世第一才子的内心世界

把作者的人生经历、心路历程以及时代背景，全面准确地呈现在读者面前。

无障碍阅读经典

题解、注音、注释、译文、集解，帮助读者全面准确地理解作者作品。

生僻字词反复注音

将生僻字、古今异读字一一标注读音，最大限度地方便读者阅读。

珍贵古版画营造阅读气氛

珍贵精美的古代版画，营造“诗中有画，画中有诗”的意境，使读者获得赏心悦目的视觉享受。

[注释]

①决：快速、急速。②毫楮：笔和纸。③悬知：猜想。

[译文]

细长的竹子好似深沉的人，幽雅的花朵一如恬静的少女。枝头的雀鸟微微翘首，好似在蒙蒙细雨中摇摆。忽然间雀鸟展翅疾飞，树叶纷纷飘落。可爱的小蜜蜂飞舞花间，清新的花蜜就存在两股之间。有人具有天赋之能，可以将这春色融入笔端画于纸上。猜想这人一定可以作出好诗，能以佳句写出这画中的鸟鸣雨声。

[集解]

（金）王若虚："论妙于形似之外，而非遗其形似，不窘于题，而要不失其题，如是而已耳。"

集解

- 古人笔记、诗话和词话中对苏轼作品的精彩点评，多为点睛之笔。

庆源宣义王丈，以累举得官，为洪雅主簿，雅州户掾。遇吏民如家人，人安乐之。既谢事，居眉之青神瑞草桥，放怀自得。有书来求红带，既以遗之，且作诗为戏，请黄鲁直、秦少游各为赋一首，为老人光华

题解

王庆源，苏轼的叔丈人。宣义指的是宣义郎，官名。洪雅、雅州均是四川的地名。此诗作于宋哲宗元祐三年（1088）。

题解

- 交代诗文的创作时间及背景。
- 简要陈述诗文的主要内容。
- 还原作者创作时的心境。

青衫半作霜叶枯，遇民如儿吏如奴。
吏民莫作官长看，我是识字耕田夫。
妻啼儿号刺史怒，时有野人来挽须。
拂衣[①]自注下下考[②]，芋魁[③]饭豆吾岂无。
归来瑞草桥边路，独游还佩平生壶。
慈姥岩[④]前自唤渡，青衣江[⑤]畔人争扶。
今年蚕市数州集，中有遗民怀袴襦[⑥]。
邑中之黔[⑦]相指似，白髯红带老不癯（qú）[⑧]。

注音

- 将生僻字、古今异读字一一标注读音。
- 随见随标，最大限度地方便读者阅读。

我欲西归卜邻舍，隔墙拊掌容歌呼。
不学山王乘驷马，回头空指黄公垆[⑨]。

[注释]

①拂衣：愤怒的样子。②考：考核官吏的成绩。③芋魁：芋头。④慈姥岩：在四川青神县，为当地名胜。⑤青衣江：四川一水名。⑥怀袴襦：指地方官员的德政。《后汉书·廉范传》载：廉范曾任蜀郡太守，关注民生，百姓曾作歌表示怀念："廉叔度（廉范的字），来何暮，平生无襦今无袴。"⑦邑中之黔：《左传·襄公十七年》载：宋国皇国父要为平公筑台，子罕请求农闲时动工，百姓作歌谣说："泽国之皙，实兴我役。邑中之黔，实慰我心。"皇国父因皮肤白，称作"皙"；子罕皮肤黑，称为"黔"。⑧癯：清瘦。⑨不学山王乘驷马，回头空指黄公垆：魏晋时期，嵇康、刘伶、王戎、山涛、向秀、阮咸、阮籍七人常在竹林中聚会，被称为"竹林七贤"。后山涛、王戎做了高官。王戎身穿官服，乘着车再次经过当年聚会的黄公酒垆，感叹自己"为时所羁绊"。

注释

- 对难解字词进行注释，力求准确、严谨。
- 扩大知识点范围，增强文章的可读性。

[译文]

你的布衫很破旧，对待百姓如子女，对待同僚不逢迎。你从来不知道讨好上司，只当自己是个识字的农民。你的生活清苦，还遭到上司的厌恶，但同那些庄稼人始终保持着融洽的关系。每到政绩考察，你总是愤然自认自己的政绩属于下下等，说难道不做官就没有粗劣的饭食维持生计了吗？丢掉官职，回家还是会路过长满青草的桥边，出外游玩依然带着那只旧壶。慈姥岩前呼叫渡船，青衣江边人们争相搀扶。今年的蚕市上，还有不少人怀念你当年的德政。你是地方上得到人心之人，花白的须髯系着红色的带子；你清瘦苍老，一如当年皮肤黝黑的子罕。我想回到四川家乡后与你比邻而居，两家自此亲密无间，拍掌和唱歌都能听得到。不用学王戎、山涛去追求富贵功名，安于清贫休闲就很好了。

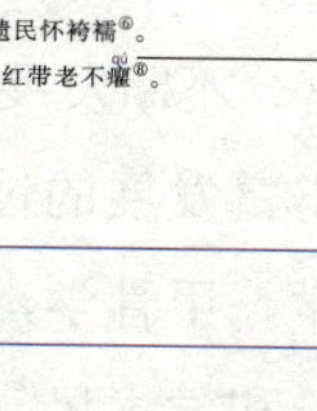

竹林七贤

译文

- 正确地表达诗文原意。
- 方便读者更好地理解作品。

插图

- 珍贵精美的古代版画。
- 切合诗文，阐释意境。
- 营造赏心悦目的阅读氛围。

总 序

国学是什么？简单说，国学就是中国人之所以成为中国人的学问。因此，国学不仅包括数千年积累流传下来的经典，比如“四书五经”、《老子》、《庄子》、《孙子》、《史记》、《汉书》、唐诗、宋词，也包含研究中国人思维方式、生活方式、行为方式乃至娱乐方式的各种学问。广言之，国学研究的对象不仅包括文献，也包括实物；不仅包括物质文化遗产，也包括非物质文化遗产，如我国各民族的建筑、服饰、饮食、音乐、绘画、医药、戏曲，等等。

国学是不断丰富、不断发展的学问。上面说的从“四书五经”到唐诗、宋词就是一个不断丰富发展的过程。近代以来，国学的研究范围还在不断地扩大，比如敦煌学、甲骨学，是随着有关文物的出土而兴起的；比如红学，是随着文学理论和学术风气的发展变化而兴起和发展的。随着时间的推移和学术的进步，必将有更多的学问被纳入国学研究的范围。

数千年来，中国人做学问形成了自己独特的理论和方法，比如思想理论、史学理论、文学理论，以及训诂学、考据学、音韵学，等等。但这些理论和方法并不是一成不变的。比如，在史学研究领域，由于地下文物的出土，王国维等人提出了以地下文物与传世文献相补充互证的“二重证据法”。近代以来，西风劲吹。国人主动借鉴西方学术研究的理论和方法，研究中国学问。王国维借鉴尼采的哲学理论研究中国的文学戏剧，胡适以杜威的实验主义研究中国的“国故”。国学从来没有拒绝外国学问的融合，佛教传入中国后，经过改造，形成了中国独特的佛学、因明学；自明朝末年西学传入中国后，中国的天文学、数学等就已经融入了西学的因素。马克思主义传入中国后，不少人用马克思主义理论研究中国历史文化，它们自然也成为了国学的一部分。因此，国学又是开放的、随时代而进步的。那么，当今我们研究、振兴国学，不允许也不应该倒退，不允许也不应该僵化。

然而，国学又是与西学明显区分的。国学是西学的对应物，是与西学完全不同的学术体系。在近代，西学挟坚船利炮强势进入中国之后，中国人还视自我，对于中国固有之学问的称呼出现了中学、国故学、国粹、国学这样的名称。面对“帝国主义”的强大，很多中国人自愧不如，一方面拼命地学习、引进西学，另一方面拼命地贬低、抛弃国学。虽然也有一些人，如张之洞为保护中华文化之根本，提出“中学为体，西学为用”，如胡适，提出“整理国故”，以“再造文明”“建立民族自信心”，但其声音终被时代淹没。国学一再被严重曲解和轻视，造成了中国历史文化的大断裂。也许，这一历史过程是必然的。但回顾过去，中国在走向独立富强的过程中，国学所付出的代价实在太大、太惨重了。

新中国成立后，饱受屈辱的中国人站立了起来，民族自信心大大加强，但没有能够及时认识到国学在新时代的重要性，甚至仅存的一点点国学遗产也进一步成为被抛弃的对象。改革开放三十年之后，走向富强的国人终于幡然醒悟，保护和振兴国学逐渐成为全民的共识。一个强大的自立于世界民族之林的国家，必然要有与之相匹配的伟大的民族文化。中国人，从领导者、学术界到普通百姓，都在重新发现国学的现代价值。同时，在走向全球化的进程中，东西方各国也把目光投向了中国。中国学问，中国的一切都在被重新评价。中国不仅为了自身的建设和发展需要从传统文化中汲取智慧，而且面临着以优秀的中华文化向全人类贡献智慧的责任和挑战。

那么，这套丛书的编纂就是可喜的，编纂者的初衷和努力就是可敬的。希望这套丛书能发挥点滴作用，如同涓涓细水与千百万有志者的努力一道汇成大潮，去迎接中华民族的伟大复兴！

是为序。

毛佩琦

前言

在中国文学史上，宋代文学是继唐代文学之后的又一个高峰，而苏轼无疑是宋代文学史中最为引人瞩目的一位文学大师。

苏轼（1037—1101），字子瞻，又字和仲，号“东坡居士”，谥号“文忠”，眉州眉山（今四川眉山市）人，北宋著名的文学家、书画家，豪放词派的代表人物之一。苏轼与其父苏洵、其弟苏辙皆以文学而名世，世称“三苏”。

作为北宋文坛的一代文宗，苏轼才华横溢、著述宏富，在文学艺术的各个门类都有重大的建树和深远的影响：他的诗与同时代的黄庭坚并称“苏黄”，开宋代诗歌新风，为宋代诗坛巨擘；他的词与南宋的辛弃疾并称“苏辛”，开创豪放词风；他的散文与欧阳修并称“欧苏”，位列“唐宋八大家”之一；他的书法与黄庭坚、米芾、蔡襄并称“宋四家”；他的绘画久负盛名，与文同、米芾一道建立了宋代文人写意画派。苏轼还是一位有着真知灼见的文艺理论批评家，具有博大精深的哲学与文化学术思想。这样一位多才多艺、涉猎广泛、成就卓越的文化巨匠，举世罕见，堪称“旷世第一才子”。

苏轼的诗现存二千七百余首，内容丰富，风格多样，题材广阔，笔力纵横，极具浪漫主义色彩，为宋诗发展开辟了新的道路，堪称“宋诗之冠”。

苏轼的词现存三百四十多首，是北宋词人中存词最多者。苏轼的词冲破了专写男女恋情和离愁别绪的狭窄题材，扩大了词的题材，丰富了词的意境，具有广阔的社会内容，扫除了晚唐五代以来的传统词风，冲破了诗庄词媚的界限，开创了与婉约派并立的豪放词派，对词的革新和发展作出了重大贡献。

苏轼的文章现存四千余篇，包括散文、政论、史论、书信、随笔小品等多种文体。苏轼散文著述宏富，与韩愈、柳宗元和欧阳修三家并称，文章风格平易流畅，豪放自如。苏轼的政论和史论，针对现实，条理分明，立论精辟，说理透辟，切中时弊，激情澎湃，极有气势。

虽然苏轼在文学艺术领域取得了举世公认的巨大成就，但在政治上始终不得志，大部分时间都处于被贬谪的状态。尽管在政治上不能施展自己的抱负，但苏轼始终保持乐观的精神状态，为人光明磊落，正直坦率。在关乎国计民生的重大问题上，他不计个人得失，不苟合趋利，言人所不能言，行人所不敢行。他一生虽然历经磨难，但始终能够保持旷达的心境，坚持对理想人生的追求。他的人格魅力，倾倒了一代又一代的中国文人。

此次出版《苏轼集》，我们精心选录苏诗 107 首，词 104 首，散文 21 篇，策论 8 篇，书信 8 封。选目兼顾题材内容和艺术风格的多样性，读者从中可以感受苏轼的才情和作品的魅力。概括起来有以下几个特点：

一、以中国古代的优秀版画作为本书的插图。为此，我们翻阅了大量古代刊刻资料，所选版画出处繁多，包括《三才图会》《唐诗画谱》《诗余画谱》《顾氏画谱》《飞影阁画集》《马骀画宝》等古籍。在选图方面，力求保证图片质量，文图搭配合理。让阅读古文变得赏心悦目，帮助读者更好地体会原作的意境。

二、为了方便读者阅读《苏轼集》，我们对原文中的生僻字、古今异读字一一标注读音，帮助读者扫除古文阅读的障碍。

三、为了更好地理解《苏轼集》中的作品，我们还增加了白话文的翻译版块，文白对照，便于读者对难解字词、古今异义词及历史常识的理解。

四、为使读者更好地理解我们所选录的诗文，我们在每篇诗文前面加上了题解版块，简要介绍作品的写作背景。译文后面加入集解，这是我们从大量古人笔记、诗话和词话中搜集的有关对苏轼作品的评价，这些古人原汁原味的点评，会为读者更好地理解和欣赏作品提供极大的帮助。

另外，在本书的最后，我们附录了编者编写的《苏轼生平及主要成就》及《苏轼年表》，方便读者更深入地了解苏轼其人，更好地欣赏苏轼的文学作品。

希望我们所做的这些努力，能够帮助读者拉近与千余年前这位旷世才子——苏轼的情感距离，一同领略东坡先生作品的意境之美，感悟宋代文学的纯粹精华。

目 录

诗 类

词　类

散文类

策论类

书信类

附录一：苏轼生平及主要成就

附录二：苏轼年表

诗类

初发嘉州

题解

此诗写于宋仁宗嘉祐四年（1059），其时苏轼、苏辙已中举，奔母丧返回四川眉山后，随父苏洵再赴京都。父子三人取岷江水路，经嘉州、犍为，出蜀出峡，直下江陵。苏轼时年二十四岁，尽览山川形胜。由嘉州出发之际，苏轼与同乡和尚宗一相约在钓鱼台话别，作此诗，写了沿途的景象。

朝发鼓阗（tián）阗①，西风猎画旃（zhān）②。
故乡飘已远，往意浩无边。
锦水③细不见，蛮江清可怜④。
奔腾过佛脚⑤，旷荡造平川。
野市有禅客，钓台寻暮烟⑥。
相期定先到，久立水潺潺⑦。

[注释]

①阗阗：鼓声，开船的信号。②猎画旃：吹拂着画旗。猎，吹动。旃，船上挂的彩旗。③锦水：锦江，今岷江。④蛮江清可怜：青衣江的水清澈澄冽，显得秀美可爱。蛮江，即青衣江，在嘉州与岷江汇合。可怜，可爱。⑤奔腾过佛脚：奔腾的江水从佛像脚下流过。据王象之《舆地纪胜》记载：唐开元年间，僧人海通曾在江滨凿石雕成佛像，高三百六十尺，成为江边一景。⑥野市有禅客，钓台寻暮烟：此句是作者的想象，即僧人宗一会如约在傍晚到此等候。⑦潺潺：形容水缓缓流动的声音。

[译文]

早晨随着鼓声阗阗响起，船便起锚了，西风吹拂着船上悬挂的彩旗。故乡已经渐去渐远，锦江如一线蜿蜒，青衣江的水清澈澄冽，显得那么秀美可爱。合流的三江水奔腾浩荡，从大佛的脚下一掠而过，一下子就进入了空阔坦荡的平川。与宗一和尚约在钓鱼台话别，此时他大约早在那里等候了吧！正久久伫立，期待友人的到来，只看见雾霭沉沉，听见流水潺潺。

［集解］

（清）纪昀：“气韵脱洒，格律谨严。”

郭 纶

题解

郭纶是当时河西（今甘肃一带）一位出色的弓箭手，在防守边疆的战斗中屡立战功，后为嘉州（今四川乐山）监税。宋仁宗嘉祐四年（1059），苏轼与弟苏辙随父亲苏洵由眉山赴汴京，路经嘉州，遇郭纶，遂写诗相赠，表达了作者对这位有志献身边防的勇士的期望、赞许和同情。苏辙同时也作《郭纶》一诗相赠。

纶本河西弓箭手，屡战有功，不赏。自黎州都监官满，贫不能归。今权嘉州监税。

河西猛士无人识，日暮津亭阅过船①。
路人但觉骢(cōng)马②瘦，不知铁槊(shuò)③大如椽(chuán)。
因言西方久不战，截发④愿作万骑先。
我当凭轼与寓目⑤，看君飞矢集蛮毡⑥。

［注释］

①日暮津亭阅过船：郭纶在傍晚时分坐在渡口闲看过往船只，说明他闲居无聊。写出英雄失路之慨。②骢马：青白色的马。③槊：古时在马上使用的长矛。④截发：截发为信，意为发誓。⑤我当凭轼与寓目：我自当依靠战车的横木，拭目观战。凭轼，凭依战车上的横木。寓目，观看。《左传·僖公二十八年》载：晋、楚两国城濮之战前，楚将子玉派人向晋君挑战说：“请与君之士戏（角斗），君凭轼而观之，得臣与寓目焉。”⑥蛮毡：借指西夏人的军帐。

［译文］

郭纶本是河西一带知名的勇士，如今的人们却都不识得他了，这位昔日的猛将只是在傍晚时分，坐在渡口，闲看过往的船只来打发时间。路人只看见他骑着一匹瘦弱的青白色马，却不知他曾经使用的长矛大如屋椽。郭纶说，边疆久无战事才沦落如此，一旦有了战况，他发誓要冲锋陷阵。那时，我自当拭目观战，看这位勇士的飞箭射向敌人的军阵。

[集解]

（清）纪昀：“首二句写出英雄失落之概，颇作意态，而不免浅弱，病在五句接落力少。而五句之力少，则病在‘因言’二字之板滞也。”

（清）王文诰：“公诗寥寥数语，欲于其潦倒中见长，故难。此是大家做法，却不是大家诗。以气体未成故也。”

夜泊牛口

题解

此诗是宋仁宗嘉祐四年（1059）冬，苏轼随父入京城，途经三峡牛口所作。苏轼舟泊牛口山村，因买柴，与山民交谈，见其樵采为生，茅屋破陋，蔬食果腹，虽处蛮荒之地，但不戚戚悲苦，家人相亲，陶然自足，不禁感叹自己汲汲功名，奔走富贵，有劳生之叹。

日落红雾生，系舟宿牛口。
居民偶相聚，三四依古柳。
负薪出深谷，见客喜且售。
煮蔬为夜飧(sūn)①，安识肉与酒。
朔风吹茅屋，破壁见星斗。
儿女自咿吚②，亦足乐且久。
人生本无事，苦为世味诱。
富贵耀吾前，贫贱独难守。
谁知深山子，甘与麋鹿③友。
置身落蛮荒，生意不自陋。
今予独何者，汲汲④强奔走。

[注释]

①夜飧：晚餐。②咿吚：形容孩童语音不清。③麋鹿：泛指山中的野兽。④汲汲：形容心情急切。

[译文]

傍晚时分，天边有红雾升起，船泊至牛口山村。上岸与当地的居民交谈，人们都三三两两聚集在古柳之下。恰有村民背着柴走出山谷，见有人要买，十分欢喜。村民煮了晚餐招待客人，都是山野蔬菜，没有肉和酒。严冬的北风吹打简陋的茅屋，透过墙壁上的破洞可以望见外面的星斗。屋内有孩童的说话声，一家人其乐融融。想来人生本该这样，稳定且安乐地生活，但人们羡慕富贵，为了名利奔走不息，很难安于贫贱的生活。谁知这山中的居民，却甘愿与野兽为邻。虽置身荒蛮之地，却没生出自怨自艾之心。而今我却与世俗之人没有区别，一路上汲汲于功名利禄的追求。

许州西湖

题解

此诗作于宋仁宗嘉祐五年（1060）春，苏轼自湖北江陵赴汴京，途经许州（今河南许昌）。许州西湖湖面宽达百余里，中间有横堤，西面大于东面，但水不深。宋庠为知州时，曾调集民夫挖掘，使东西相通。此诗描写西湖中亭台楼阁的豪华，游人的闲逸享乐，从而联想起连年的灾荒，发出了“但恐城市欢，不知田野怆”的感慨，体现了诗人对灾民的关注。

西湖小雨晴，滟滟①春渠长。
来从古城角，夜半传新响。
使君②欲春游，浚(jùn)沼役千掌③。
纷纭具畚锸(běn chā)④，闹若蚁运壤。
夭桃⑤弄春色，生意寒犹快(yàng)⑥。
惟有落残梅，标格若矜爽⑦。
游人坌(bèn)⑧已集，挈榼(kē)⑨三且两。
醉客卧道傍，扶起尚偃仰⑩。
池台信宏丽，贵与民同赏。
但恐城市欢，不知田野怆(chuàng)。
颍川七不登，野气长苍莽。
谁知万里客，湖上独长想。

[注释]

①滟滟：水满满的样子。②使君：指知州宋庠。③浚沼役千掌：动用上千民夫开掘湖底。浚沼，开掘湖底。役千掌，使用成百上千的民夫。④畚锸：掘泥运土的工具。畚，畚箕。锸，铁锹。⑤夭桃：艳丽的桃花。⑥怏：不高兴，不快乐。⑦标格若矜爽：风度坚毅清爽。标格，风度。若，乃。矜爽，坚毅清爽。⑧坌：聚集。⑨挈榼：挈，提着。榼，一种酒器。⑩偃仰：躺倒。

[译文]

小雨后的西湖分外晴朗，湖水满满，春堤狭长。湖水来自古城边，夜深之时能够听到流水的回声。知州宋庠为了游玩，动用了成百上千的民夫挖通西湖。堤上满是畚箕、铁锹，民夫们往来忙着搬运泥土，好似蚂蚁劳作一般。艳丽的桃花虽然生机盎然，却因春寒料峭而不欢快。唯有几株残梅精神抖擞，依然坚毅挺立，清爽宜人。游人聚集湖边，三三两两提着酒壶来游玩。喝醉了就睡在路旁，扶都扶不起来。湖中亭台宏伟华丽，好在可以让普通的游人欣赏游乐。可惜人们只沉浸在城市的欢乐中，不了解农村的困苦。颍川一带庄稼连年不收，田野满目荒凉。不会有人想到，此时还有一个游人自远方而来，独自在湖上沉思这些事情。

辛丑十一月十九日既与子由别于郑州西门之外马上赋诗一篇寄之

题解

宋仁宗嘉祐六年（1061），苏轼在汴京考中制科第三等，授大理评事签书凤翔府（今陕西凤翔）判官。苏辙送至郑州，兄弟分别，苏轼作此诗相赠。

不饮胡为醉兀兀[①]，此心已逐归鞍发。

归人犹自念庭闱[②]，今我何以慰寂寞。
登高回首坡垄隔，惟见乌帽出复没。
苦寒念尔衣裘薄，独骑瘦马踏残月。
路人行歌居人乐，僮仆怪我苦凄恻。
亦知人生要有别，但恐岁月去飘忽[③]。
寒灯相对记畴昔，夜雨何时听萧瑟[④]。
君知此意不可忘，慎勿苦爱[⑤]高官职。

［注释］

①兀兀：昏沉的样子。②庭闱：父母居住的地方，此处借指父母。③飘忽：形容时光流逝很快。④寒灯相对记畴昔，夜雨何时听萧瑟：作者自注说，夏天在京城居住时，一夜风起雨作，苏轼正夜读韦应物的《与元常全真二生》诗，读至“宁知风雨夜，复此对床眠”的诗句，不禁感慨今后之离合。于是兄弟相约，不要贪恋官场，要早享闲居之乐。从此，风雨对床，就成了兄弟二人秘密的盟约，即早日归隐的誓言。此后，兄弟二人的诗中又多次提及，如苏辙诗：“逍遥堂后千寻木，长送中宵风雨声。惊喜对床寻旧约，不知漂泊在彭城。”⑤苦爱：久爱。

［译文］

不曾饮酒，为什么会突然觉得头脑昏沉、神思恍惚？我的心已随着你渐远渐逝的身影一同离去。寂寞的归途，你尚且可以系念、陪伴家中的老父，而我行走在异乡的旷野，用什么来安慰心中的孤独呢？站在高处眺望你返回京师的身影，只能看见你的乌帽忽隐忽现。担心你的衣裳太薄，独自骑着瘦马归去，在寒冷的残月下是多么孤独。路上有的人边走边唱很是欢乐，我却凄凄切切连僮仆也抱怨我。我知道人生常有分别，只是害怕时光流逝得太快。今夜寒灯相对，你可会想起怀远驿中我们曾经相约的誓言？何时才能相见，何时才能一同听夜雨萧瑟连绵啊！希望你不要忘记，不要贪恋官场。

［集解］

（宋）许彦周：“《诗经·邶风·燕燕》中‘之子于归，远送于野，瞻望弗及，泣涕如雨’诗句，人尝说‘此真可泣鬼神矣’。东坡送子由诗云：‘登高回首坡垄隔，惟见乌帽出复没。’皆远绍其意。”

（清）汪师韩：“起句突兀有意味，前叙既别之深情，后忆昔年之旧约。‘亦知人生要有别’，转进一层，曲折遒宕。轼是时年甫二十六，而诗格老成如是。”

和子由渑池怀旧

题解

宋仁宗嘉祐六年（1061），苏轼与弟苏辙在郑州分别后，路过渑池（今河南渑池），为和苏辙的《怀渑池寄子瞻兄》而作此诗，表达了对人生来去无定的怅惘，对往事旧迹的深情眷念。全诗动荡明快，意境恣逸，是苏轼七律中的名篇。

人生到处知何似，应似飞鸿踏雪泥。
泥上偶然留指爪，鸿飞那复计东西。
老僧已死成新塔，坏壁无由见旧题①。
往日崎岖还记否？路长人困蹇(jiǎn)②驴嘶。

[注释]

①老僧已死成新塔，坏壁无由见旧题：嘉祐元年（1056），苏轼兄弟赴京途中经过渑池，曾寄宿在奉闲僧寺，并题诗僧舍。苏辙在《怀渑池寄子瞻兄》一诗中，有“旧宿僧房壁共题”之句，自注为：“昔与子瞻应举，过宿县中寺舍，题老僧奉闲之壁。”这次再过渑池，老僧已死。僧人死后火葬，筑塔埋藏骨灰，因此说“成新塔”。②蹇：跛足。

[译文]

人生到处漂泊，犹如鸿雁到处飞翔，留下来的只是雪泥上的指爪。人之于世，诗之于壁，均如泥上指爪，不过或存或亡罢了。昔日寺中老僧已死，新建小塔一座，僧舍的墙壁上也看不见曾经题写的诗句了。进京途中的崎岖道路你还记得吗？路途那么遥远，人那么疲惫，我们只能骑着跛足的驴前行。

[集解]

（清）纪昀：“前四句单行入律，唐人旧格；而意境恣逸，则东坡之本色。”

九月二十日微雪怀子由弟二首

题解

这两首诗是宋仁宗嘉祐七年（1062），苏轼在凤翔为官时所作。当时苏辙在汴京，苏轼在诗中向弟弟诉说了自己的寂寞心情，表达出渴望报国、一展抱负的襟怀。

其 一

岐阳①九月天微雪，已作萧条岁暮心。
短日送寒砧杵（zhēnchǔ）②急，冷官无事屋庐深。
愁肠别后能消酒，白发秋来已上簪（zān）。
近买貂裘③堪出塞，忽思乘传问西琛（chēn）④。

［注释］

①岐阳：凤翔府在西魏、北周时称岐阳郡。②砧杵：砧，垫石。杵，捣衣的棒槌。③貂裘：貂皮的衣服，此处泛指皮袄。④忽思乘传问西琛：忽然想乘坐传车巡视西羌。乘传，乘坐传车，指奉命出使。传，古代驿站的专用车辆。琛，珍宝，此处借指西羌。《诗经·鲁颂·泮水》中说："憬彼淮夷，来献其琛。"

［译文］

岐阳的深秋天气寒冷，风物萧索，仿佛有岁暮之感。秋日天短寒冷，家家户户都在准备寒衣，捣衣声急促不断，而我却闲坐在屋里无事可做。自离别以后，只有喝酒排解愁闷，白发也早早爬上了头。今日置办了皮袄，忽然想坐着传车巡视西羌。

其 二

江上同舟诗满箧，郑西分马涕垂膺（yīng）①。
未成报国惭书剑，岂不怀归畏友朋。
官舍度秋惊岁晚，寺楼见雪与谁登。
遥知读《易》东窗下，车马敲门定不譍（yīng）②。

[注释]

①膺：胸。②膺：同“应”，应答。

[译文]

那年我们经水路赴汴京，一路上写下许多诗文，堆满箱笼。在郑州西门与你分别时，泪洒胸前。如今，报效国家的夙愿未能实现，感到愧对身旁的书剑，想辞官回家，又怕朋友议论。在官署中度过秋天惊叹一年将尽，到寺庙楼上遥望飘雪却又有谁和我一同登临？想你此刻正在专心研读《周易》，一定是闭门谢客，即便车马到门，也是不予接待的吧。

和子由闻子瞻将如终南太平宫溪堂读书

题解

此诗作于宋仁宗嘉祐八年（1063），当时苏轼与凤翔知府陈希亮不和睦，受到陈希亮的弹劾。太平宫是凤翔府终南县的一座道观，有不少道藏之书，苏轼曾去阅览。此诗格调深沉，反映了作者在凤翔任职时的郁闷经历和内心矛盾，并对朝廷摊派给百姓的苛重徭役流露了不满情绪。

役名则己勤，殉身则己媮①。
我诚愚且拙，身名两无谋。
始者学书判，近亦知问囚②。
但知今当为，敢问向所由。
士方其未得，惟以不得忧。
既得又忧失，此心浩难收。
譬如倦行客，中路逢清流。
尘埃虽未脱，暂憩得一漱③。
我欲走南涧，春禽始嘤呦④。
鞅掌⑤久不决，尔来已徂⑥秋。
桥山⑦日月迫，府县烦差抽。
王事谁敢诉？民劳吏宜羞。
中间罹旱暵(hàn)⑧，欲学唤雨鸠。

千夫挽一木，十步八九休。

渭水涸无泥，灾堰[9]旋插修。

对之食不饱，余事更遑求。

近日秋雨足，公余试新篘(chōu)[10]。

劬劳幸已过，朽钝不任锼。

秋风迫吹帽，西阜可纵游。

聊为一日乐，慰此百年愁。

[注释]

①婾：同“愉”，快乐。②始者学书判，近亦知问囚：此句说的是苏轼的任职经历。学书判，指苏轼曾任签书凤翔府书判。知问囚，是说苏轼一度被派往凤翔府属县负责刑狱。③漱：冲洗。④嘤呦：鸟叫声。⑤鞅掌：原意是无暇整理仪容，引申为公事忙碌。⑥徂：到。⑦桥山：相传黄帝葬于桥山，因此以桥山代指皇帝的丧事，这一年宋仁宗离世。⑧暵：干热。⑨灾堰：指渭河两岸以灾石修筑的堤坝。⑩篘：竹制的滤酒器具，此处代指酒。

[译文]

为功名所役，则自身要勤苦，如果迁就身体，那么自己会快活。我实在是愚笨，身体和功名都没有进益。一开始任书判，后来又去各县负责刑狱。我知道自己应当有所作为，却不知所为何来。在一无所有的时候，人的心情不忧郁。一旦得到功名利禄，就害怕会失去，心情不免纷乱，难以收拾。比如在路上行走的人，疲倦中看到清澈的溪流。虽然无法解除疲劳，却能暂时得到休闲。我很想去南涧的书堂读书，听听春天鸟儿的鸣叫。然而公事繁忙总是不能成行，转眼已经快到秋天了。因为给皇帝修建陵墓，时间紧迫，府县都动用了大批民夫。给朝廷办事谁敢抱怨呢？只是民夫们劳累，官员也觉得羞惭。这期间遭遇干旱，我很想祈祷上天降雨。上千的民夫拖动巨大的树木，艰辛的程度难以描述。渭水都干涸了，沿岸的堤坝要挖土来修补。目睹这些都吃不下饭，其他的事情更是无暇顾及。近日下了几场秋雨，公事之余可以有时间品尝一下新酿的酒了。经过紧张的劳累，我的身体已经十分虚弱了。而今秋风吹起，终于可以休息游玩了。暂且快乐一日吧，聊慰这无尽的烦忧。

十二月十四日夜微雪，明日早往南溪小酌至晚

题解

此诗作于宋仁宗嘉祐八年（1063），是苏轼在凤翔南溪观雪的名篇。

南溪得雪真无价，走马来看及未消。
得自披榛①寻履迹，最先犯晓过朱桥。
谁怜屋破眠无处②，坐觉村饥语不嚣③。
惟有暮鸦知客意，惊飞千片落寒条。

[注释]

①榛：植物名，此处泛指树木。②谁怜屋破眠无处：杜甫在《茅屋为秋风所破歌》中写道："床头屋漏无干处，雨脚如麻未断绝。自经丧乱少睡眠，长夜沾湿何由彻。"此处借用了这首诗。③坐觉村饥语不嚣：杜牧在《赴京初入汴口，晓景即事先寄兵部李郎中》中写道："泽阔鸟来迟，村饥人语早。"这里是反用其句。

[译文]

能在南溪观雪真是千金难买，纵马而来幸喜雪未消融。能够独自穿越树林寻觅人迹，得以在天明时最早通过朱桥。虽说屋漏无法安睡，可饥民都起身很晚，声音微弱。只有乌鸦知道客人前来，高高飞起，震得枝头雪花飘落，聊助赏雪的清兴。

和子由苦寒见寄

题解

此诗作于宋英宗治平元年（1064），这年秋天西夏多次出兵袭击宋朝边境。

人生不满百，一别①费三年。
三年吾有几，弃掷理无还。
长恐别离中，摧我鬓与颜。

念昔喜著书，别来不成篇。
细思平时乐，乃为忧所缘②。
吾从天下士，莫如与子欢。
羡子久不出，读书虱生毡。
丈夫重出处，不退要当前。
西羌解仇隙，猛士忧塞壖(ruán)③。
庙谟④虽不战，虏意久欺天。
山西良家子⑤，锦缘貂裘鲜。
千金买战马，百宝妆刀镮(huán)。
何时逐汝去，与虏试周旋⑥。

［注释］

①一别：指嘉祐六年（1061）苏轼与苏辙自汴京分别。②缘：缠绕。③塞壖：边境上的空地。④庙谟：朝廷的决策。⑤山西良家子：当时的北宋朝廷采纳韩琦的建议，在陕西诸州招义勇，得十五万余人。⑥周旋：对阵应战。

［译文］

人生到不了一百年，如今我们一别已经整整三年了。我能有几个三年啊，过去了就永远失去，而别愁能够让人更快地衰老。回想以前，我总喜欢写信，可自从分别后，离愁让我不忍动笔。想起以往的欢乐，此时却被忧愁缠绕。我交往了许多朋友，但都不如与你相处得愉快。只有你读书最是勤奋，昼夜不离座席，以致坐毡上都生了虱子。如果你要入世，一定要有一番大的作为。自从朝廷和西夏达成了妥协，一些有识之士常为边防忧虑。朝廷放松了戒备，可西夏却总是肆意骚扰边境。如今陕西集结了有志的勇士，个个穿着漂亮的皮袍，买了上好的骏马，用宝石装饰宝刀，准备出征。如果哪一天我也能够随他们一起去，定要与强虏对阵。

骊山三绝句

题解

这三首诗是宋英宗治平元年（1064），苏轼罢凤翔签判任后，赴京师，路经骊山所作。骊山曾发生过三次改变国家命运的事件：一是周幽王举烽火戏诸侯，西周东迁；二是秦始皇发动大批劳工修阿房宫和骊山陵，六年后秦朝灭亡；三是唐玄宗修建华清宫，唐自安史之乱后由盛转衰。苏轼在这三首绝句中，即景咏史，指出了周、秦、唐各代统治者荒淫骄纵，招祸误国的历史教训。

其　一

功成惟欲善持盈①，可叹前王恃太平。

辛苦骊山山下土，阿房才废又华清。

［注释］

①持盈：保持盛业。

周幽王烽火戏诸侯

［译文］

成功之后应该善于保持已有的盛业，可是过去的帝王却依仗着太平无事。不居安思危，使得骊山的土地不得安宁。秦代的阿房被烧毁后，唐代又在那儿盖起了华清宫。

其　二

几变雕墙几变灰，举烽指鹿事悠哉。

上皇①不念前车戒，却怨骊山是祸胎。

［注释］

①上皇：指唐玄宗。

[译文]

一会儿是雕梁画栋，一会儿又是断壁残垣，前代君王众多的荒淫故事也随之消亡。唐玄宗不接受前代的教训，却诿罪于妇人。

其　三

海中方士觅三山，万古明知去不还。

咫尺[①]秦陵是商鉴，朝元[②]何必苦跻(jī)攀[③]？

[注释]

①咫尺：形容距离很近。②朝元：朝元阁，唐玄宗在骊山所建。③跻攀：攀登。

[译文]

秦始皇晚年相信方士的无稽之谈，派人入海寻找三座仙山，如今都知道那是有去无回。眼前骊山的秦始皇陵就是殷鉴，何必还要去苦苦攀登那朝元阁呢？

秀州僧本莹静照堂

题解

宋神宗熙宁二年（1069），秀州（今浙江嘉兴）僧本莹（字慧空）来访，苏轼写此诗。

鸟囚不忘飞，马系常念驰。

静中不自胜，不若听所之。

君看厌事人，无事乃更悲。

贫贱苦形劳，富贵嗟神疲。

作堂名静照，此语子为谁？

江湖隐沦士[①]，岂无适时资。

老死不自惜，扁舟自娱嬉。

从之恐莫见，况肯从我为。

[注释]

①隐沦士：隐居之士。

[译文]

笼中的鸟不忘飞翔，拴住的马常想奔驰。如果宁静不下来，不如任其律动。你看那些厌烦世事的人，即使没有烦心事也一样觉得悲哀。贫寒的人身体操劳，富贵的人精神疲劳。你的禅房取名静照，这是为了什么呢？那些隐居之士，其实都有适应机遇的资质和禀赋，但他们宁愿乘一叶扁舟自由欢乐直到老死。追随这种生活我恐怕不行，他们也不可能认同我的生活。

次韵张安道读杜诗

题解

宋神宗熙宁四年（1071），苏轼任杭州通判，上任途中路经陈州（今河南淮阳），拜访父亲的旧友、知府张方平（字安道），作此诗。自欧阳修作《水谷夜行寄子美、圣俞》后，宋人写诗论诗的风气日盛，本篇也是苏轼论诗中的名篇。

大雅[①]初微缺，流风困暴豪。
张为词客赋，变作楚臣骚。
展转更崩坏，纷纶阅俊髦(máo)[②]。
地偏蕃怪产，源失乱狂涛。
粉黛迷真色，鱼虾易豢(huàn)牢[③]。
谁知杜陵杰，名与谪仙高。
扫地收千轨，争标看两艘。
诗人例穷苦，天意[④]遣奔逃。
尘暗人亡鹿，溟翻帝斩鳌[⑤]。
艰危思李牧，述作谢王褒[⑥]。
失意各千里，哀鸣闻九皋[⑦]。
骑鲸遁沧海，捋虎得绨袍[⑧]。
巨笔屠龙手[⑨]，微官似马曹。

迂疏无事业，醉饱死游遨。

简牍仪型在，儿童篆刻劳。

今谁主文字，公合把旌旄。

开卷遥相忆，知音两不遭。

般斤思郢质[10]，鲲化陋鲦（tiáo）濠[11]。

恨我无佳句，时蒙致白醪。

殷勤理黄菊，未遣没蓬蒿。

［注释］

①大雅：指《诗经》所体现出的创作传统。李白在《古风》中有“大雅久不作，吾衰竟谁陈”之句。②纷纶：纷纭，形容众多。俊髦：英俊之士。③豢牢：古代祭祀用牛羊。④天意：此处指的是安史之乱，长安沦陷，杜甫逃难出来后一直过着颠沛流离的生活。⑤尘暗人亡鹿，溟翻帝斩鳌：此句针对安史之乱而发。尘暗，征尘遮天，此处指的是安史之乱爆发，唐玄宗逃往西蜀。亡鹿，《史记·淮阴侯列传》中说：“秦失其鹿，天下共逐之。”作者借此典故，比喻李唐王朝失去政权。溟翻，指大海波涛翻滚，比喻干戈四起。帝斩鳌，喻指唐肃宗李亨平定安史之乱。鳌，巨龟。⑥艰危思李牧，述作谢王褒：李牧，战国时赵国的名将。王褒，汉代文士。作者通过对二人的对比，指出了文人、武士在特定社会环境下的不同境遇。⑦九皋：深深的沼泽。⑧骑鲸遁沧海，捋虎得绨袍：此处写的是李白、杜甫的经历。骑鲸遁沧海，指李白晚年的远游。自安史之乱后，李白遭流放，后沿江游历，经三峡，泛洞庭，自称是海上骑鲸客。捋虎得绨袍，指杜甫漂泊西南依傍严武一事。时严武任剑南节度使，杜甫曾得罪过严武，但此时在生活上仍然得到严武的诸多关照。⑨巨笔屠龙手：《庄子·列御寇》中说：“朱泙漫学屠龙于支离益，殚千金之家，三年技成而无所用其巧。”这里借指杜甫才高。⑩般斤思郢质：《庄子·徐无鬼》中说，郢人鼻端沾了些蝇翼大小的石灰，让石匠给他砍去，石匠“运斤成风”，霎时便把石灰砍掉，而鼻子毫无损伤。般，通“搬”。斤，斧子。⑪鲲化陋鲦濠：鲲化，《庄子·逍遥游》中说：“北冥有鱼，其名为鲲……化而为鸟，名其为鹏。”鲦，白鲦鱼。濠，护城河。作者以鲲鹏比喻张方平之作，以鲦比喻自己的和作。

［译文］

自《诗经》之后，干戈四起，诗风也受到了困扰。后来发展为赋，演变成了骚体诗。经过辗转变迁，风雅的体式越发破裂，出现了许多作者。诗歌走入了偏地，繁衍出一些怪异之作，不仅离开了诗歌的本源，而且称得上是一股浊浪狂涛。诗作逐渐优劣混淆，就好像用鱼虾替换了祭祀用的牛羊。当今只有杜甫，才得以与李白并驾齐驱。这两个人都是集诸家之大成，成就如并行的两条船，难分高下。可惜诗人都是穷苦的，自长安陷落后，一直过着颠沛流离的生活。唐肃宗虽然平定了战乱，但唐朝也因此失去了天下。动乱的年代，朝廷只需要李牧这样的猛将，对王褒这样的文士便不再重视。李白和杜甫政治失意，只能流落江湖，写诗抒怀，即便是偏远的地方也能听到他们的诗作。李白骑鲸海上漂游，杜甫则依傍严武生活。虽然才学卓著，却是官职低微。杜甫疏于世事，做官也不成功，不时醉酒遨游。但杜甫的诗作堪称典范，那些雕虫小技都无与伦比。如今在诗作上，张安道堪称文章旗手。看你的文章就想到杜甫，只可惜生在不同的朝代无法成为知音。你是杜诗的知音，好似石匠对郢人运斤成风。你的诗作如鲲鹏，我的文章不过是鲦鱼，不敢与你相提并论。只恨自己没什么好诗作，倒承蒙你敬以白酒。我还是栽种菊花吧，不要再作诗了。

游金山寺

题解

金山寺在今江苏镇江西北的长江边金山上，宋时山在江心。宋神宗熙宁四年（1071），苏轼赴杭州上任途中游览此寺，作此诗。

我家江水初发源，宦游直送江入海。
闻道潮头一丈高，天寒尚有沙痕在。
中泠南畔石盘陀[①]，古来出没随涛波。
试登绝顶望乡国，江南江北青山多。
羁愁畏晚寻归楫[②]，山僧苦留看落日。
微风万顷靴文细[③]，断霞半空鱼尾赤[④]。
是时江月初生魄[⑤]，二更月落天深黑。
江心似有炬火明，飞焰照山栖鸟惊。
怅然归卧心莫识，非鬼非人竟何物？
江山如此不归山，江神见怪警我顽[⑥]。
我谢江神岂得已，有田不归如江水[⑦]。

[注释]

①石盘陀：形容石块凹凸不平。②归楫：指从金山回去的船。楫原是船桨，这里以部分指代整体。③靴文细：指江上泛起的波纹像靴子上的细纹。文，同“纹”。④鱼尾赤：形容天空的落霞映在水里，如金鱼重叠的红鳞。⑤初生魄：新月初生。苏轼游金山在农历十一月初三，所以这么说。⑥警我顽：意为告诫我顽恋世俗。警，一作“惊”。⑦如江水：古人发誓的一种方式。《左传·僖公二十四年》载，晋公子重耳对子犯说：“所不与舅氏同心者，有如白水！”《晋书·祖逖传》载，祖逖“中流击楫而誓曰：‘祖逖不能清中原而复济者，有如大江！’”

[译文]

我的家乡地处长江初始发生之源头，我为官出游随江水飘然东流。听说此地大潮打起的浪头足有一丈高，即使天寒地冻还有沙痕印迹存在。中泠泉畔，南面巨石凹凸不平，自古以来出没水中追随浪涛和江波。我尝试登上绝高山顶遥望万里外的家园，无论江南江北都是青山格外多。身在异地满是乡愁，只恐难寻回家的归舟，山上的僧人苦苦挽留欣赏山中落日美景。微微风里波涛万顷，荡漾起细鳞，空中的晚霞恰似金鱼鱼尾一样红。江中月亮刚刚还是升起的，二更时月儿下山，天空一片漆黑。静静长江江心好似有着一炬通明，飞腾的火焰照得山中栖息的鸟儿纷纷惊飞。惆怅失然归卧僧舍，心中也莫能辨识，不是鬼魂，不是生人，究竟是什么呢？江山迷幻，而今如此为何还不回家园，莫非是江神责怪我顽恋世俗。感谢江神，但我实在不得已，家中如有田地，我定会归隐，江水可以为证。

[集解]

（清）汪师韩：“一往作缥缈之音，觉自来赋金山者，极意着题，正无从得此远韵。”

程千帆：“诗题为游寺，通篇寓景于情。其写蜀人远宦，写冬季来游，写金山特色，写登山望乡，都很分明。以下转入山僧留看落日，但以‘微风’二句略作形容后，便将难见之江中炬火代替了常见之江干落日，从而抒其所见所感。至于炬火是否江神示意，则更不加以说明，留供读者推想。起结遥相呼应，不可移易地写出了蜀士之远游，而中间由泛述金山，而进写傍晚江干断霞，深夜江中炬火。笔次骞腾，兴象超妙，而依然层次分明。”

戏子由

题解

此诗作于宋神宗熙宁四年（1071），苏轼在杭州通判任上。当时苏辙任陈州州学教授，虽生活清苦，但富有志气。而苏轼虽居所豪华，但心情沉郁。

宛丘先生[①]长如丘，宛丘学舍小如舟。
常时低头诵经史，忽然欠伸屋打头。
斜风吹帷雨注面，先生不愧旁人羞。
任从饱死笑方朔[②]，肯为雨立求秦优[③]。
眼前勃蹊[④]何足道，处置六凿[⑤]须天游。
读书万卷不读律，致君尧舜知无术[⑥]。
劝农冠盖闹如云，送老齑盐甘似蜜[⑦]。
门前万事不挂眼，头虽长低气不屈。
余杭别驾[⑧]无功劳，画堂五丈容旗旄。
重楼跨空雨声远，屋多人少风骚骚[⑨]。
平生所惭今不耻，坐对疲氓[⑩]更鞭棰（chuí）。
道逢阳虎[⑪]呼与言，心知其非口诺唯。
居高忘下真何益，气节消缩今无几。
文章小技安足程[⑫]，先生别驾旧齐名。
如今衰老俱无用，付与时人分重轻。

［注释］

①宛丘先生：指苏辙。苏辙时为陈州州学教授，陈州在隋朝时为宛丘县，故称。②饱死笑方朔：《汉书·东方朔传》载：东方朔对汉武帝说："朱儒长三尺余，奉一囊粟，钱二百四十。臣朔长九尺余，亦奉一囊粟，钱二百四十。朱儒饱欲死，臣朔饥欲死。" ③肯为雨立求秦优：《史记·滑稽列传》载：优旃善为言笑，一日下雨，秦始皇举行酒宴，优旃看到值班的卫士被雨淋湿，很怜惜他们，便告诉这些卫士，等自己上台表演时，一旦喊他们，就要马上答应。很快优旃上台表演，站在台阶前

大叫:“陛楯郎!”众卫士答应:“诺。”优旃说:“汝虽长,何益?幸雨立。我虽短也,幸休居。”于是秦始皇让卫士们站在廊下避雨。④勃蹊:争吵。⑤六凿:指喜、怒、哀、乐、爱、恶六种感情。⑥读书万卷不读律,致君尧舜知无术:读书虽多但不懂法律,没有本领致君于尧舜。此句意在讽刺变法派。⑦送老齑盐甘似蜜:韩愈在《送穷文》中说:“太学四年,朝齑暮盐。”这里比喻苏辙对学官生活的清苦自甘。⑧别驾:官名,汉唐为州郡之佐,相当于苏轼当时的官职通判。⑨骚骚:风声。⑩氓:百姓。⑪阳虎:阳货,春秋后期季孙氏家臣,后专擅鲁国国政,是孔子所不愿见到的人。⑫程:衡量。

[译文]

子由的身材高大如山丘,他的学舍却窄小得好似一叶小舟。他平常只能低头诵读诗书,偶尔伸个懒腰头就会撞到屋顶。学舍简陋得避不了风雨,子由毫不在意,旁人却感到羞惭。他任由饱死的侏儒们耻笑,岂肯为免受雨淋而求人哀怜。居处狭小难免家人争吵,不必介意,重要的是善于处置襟怀情绪,能优游于物外。有些人读书虽多但不懂法律,不能辅佐皇上使他成为尧舜那样的明君。朝廷派往各地督察农田、水利、赋税的官吏纷纷不断,子由对学官生活的清苦自甘如昔,不介意眼前众多的名利纷争,头虽长低,志气却一直高昂。我在杭州做官没什么功劳可言,但居所宽敞豪华。屋檐挨着屋檐听不见下雨声,屋多人少总感觉冷风飕飕。朝廷的新政盐法推行太急,我都无法面对这些贫困的农民,鞭打他们更加让我觉得无地自容。朝廷派来的监司官员好似阳虎,我不喜欢这些人,却又不敢与他们争议。虽然坐了高位却对不住百姓,连气节都没有了。我和你的文章虽有声名,但这些有什么用呢?究竟如何,只好任人评论。

[集解]

(清)汪师韩:“前后平列两段,末以四句作结……不独气节消缩者虽云自适,即安坐诵读者岂云得时?文则跌宕昭彰,情则欷歔悒郁。”

熙宁中,轼通守此邦,除夜直都厅,囚系皆满,日暮不得返舍,因题一诗于壁

题解

宋神宗熙宁四年(1071),苏轼在杭州任职时作此诗。此时正实行青苗、免役、市易诸法,浙西兼行水利、盐法,许多贫苦的百姓因奔走贩盐触犯了新法。苏轼认为百姓是为了糊口才触犯法律的,很是同情,故作此诗为被囚禁的百姓鸣不平。

除日当早归,官事乃见留。
执笔对之泣,哀此系中囚。

小人营糇粮（hóu）①，堕网②不知羞。
我亦恋薄禄，因循失归休。
不须论贤愚，均是为食谋。
谁能暂纵遣？闵默③愧前修④。

[注释]

①糇粮：干粮。②堕网：指触犯了法律。时盐禁繁苛，杭州每年因触犯盐禁而遭囚禁的多达万余人。③闵默：默默地怜念。④前修：前贤。《离骚》中有“謇吾法夫前修兮，非世俗之所服”。

[译文]

除夕这天本该早早回家团聚，但因公务繁忙无法归家。拿着笔不由得心中难过，很是同情这些被关在牢中的百姓，这些人都是为了糊口才触犯了法律被关进牢中的。我如今也是为了这份微薄的俸禄，因此在除夕之夜还无法回家。我们没有贤良和愚蠢之分，都是为了生存而已。有什么办法能让他们暂时回家过年呢？没有办法的我只能默默怜念他们，感觉愧对前贤。

汤村开运盐河雨中督役

题解

汤村是杭州附近的一个村镇，宋神宗熙宁五年（1072）十月，盐官为了水上运盐的需要，不顾农事未了，调集大批农民开掘运盐河，苏轼则被派去督役。

居官不任事，萧散羡长卿①。
胡不归去来，滞留愧渊明。
盐事星火急，谁能恤农耕。
薨薨（hōng）②晓鼓动，万指③罗沟坑。
天雨助官政，泫然④淋衣缨。
人如鸭与猪，投泥相溅惊。
下马荒堤上，四顾但湖泓⑤。

线路不容足，又与牛羊争。
归田虽贱辱，岂失泥中行。
寄语故山友，慎毋厌藜(lí)羹[6]。

［注释］

①萧散羡长卿：很是羡慕司马相如为官轻闲。萧散，闲散。长卿，司马相如的字。《史记·司马相如列传》载："其进仕宦，未尝肯与公卿国家之事。"②薨薨：形容击鼓的声音。③万指：上千的民夫。④泫然：雨水淋漓的样子。⑤湖泓：形容水注深。泓，水深。⑥藜羹：菜汤。

［译文］

很是羡慕司马相如为官轻闲，何时能像陶渊明那样归隐山林就好了。如今挖掘运盐河的徭役繁重紧迫，没有人体恤农民的辛苦。自清早鼓声响起，上千的农民就在沟坑中忙碌起来。下雨又增添了盐役的艰难，全身的衣服都是雨水淋漓。人就像牲畜一般，身上满是四溅的泥巴。我下马来到工地上，四处都是水洼，遍地都是积水。窄小的道路简直无法站立，只能和过往的牲畜挤在一起。回家种地虽然卑贱，但也不至于要在泥泞中奔波。我不禁想对家乡的朋友说，千万不要厌恶在乡下喝菜汤，那种生活也比我现在要强。

吴中田妇叹

题解

吴中指今天江浙一带。宋神宗熙宁五年（1072），苏轼赴湖州，与友人贾收（字耘老）见面，作此诗。

今年粳稻熟苦迟，庶见霜风来几时。
霜风来时雨如泻，杷头出菌镰生衣[1]。
眼枯泪尽雨不尽，忍见黄穗卧青泥。
茅苫[2]一月陇上宿，天晴获稻随车归。
汗流肩赪(chēng)[3]载入市，价贱乞与如糠粞[4]。
卖牛纳税拆屋炊，虑浅不及明年饥。

官今要钱不要米，西北万里招羌儿[⑤]。
龚黄[⑥]满朝人更苦，不如却作河伯妇[⑦]。

［注释］

①杷头出菌镰生衣：此句是说农具因秋雨连绵而发霉生锈。杷，同“耙”。出菌，发霉。生衣，生锈。②茅苫：用茅草搭的窝棚。③赪：赤红色。④粞：碎米。⑤西北万里招羌儿：宋神宗熙宁三年（1070），王韶上《平戎三策》，提出：“欲取西夏，当先复河湟（今青海、甘肃一带），欲复河湟，当先以恩信招抚沿边诸种。”当时河湟被吐蕃占领，王韶认为招抚吐蕃各部有利于抗击西夏，王安石支持这个建议，开始命王韶经营河湟。此句中的“招羌儿”即指此事。⑥龚黄：龚指龚遂，西汉渤海郡太守。黄指黄霸，西汉颍川郡太守。这两人是西汉时以恤民见称的循吏，苏轼多次以这两人讽刺朝中的变法官员。⑦河伯妇：河神的妻子。《史记·滑稽列传》载：战国魏文侯时，邺地的三老、廷掾和女巫假托“河伯娶妇”，强选少女投入河中，以此愚弄百姓，骗取钱财。后西门豹为邺令，将女巫和三老投入河中，拆穿了这个骗局。

［译文］

今年的粳稻本来成熟得就晚，百姓都盼望秋风快起早到收获的时节。不料秋风起时暴雨也随之而来，连农具都因秋涝而发霉生锈了。百姓的眼泪都哭干了，雨还是下个不停，即将成熟的稻谷倒伏在泥土里。在地里搭个窝棚守了一个月，终于等到天空放晴收获了仅剩的稻子。担着粮食来到集市，汗流浃背，肩膀被压得红肿。粮食卖不出好价钱，便宜得好似糠和碎米。钱荒谷贱，只得卖牛纳税，拆房煮饭，人人都只求渡过眼前的危机，无暇顾虑以后的生活。如今朝廷纳税不要实物，只要钱，为的是招抚边境的吐蕃部落。满朝的官吏都说自己是龚遂、黄霸那样爱抚百姓的人，可百姓的生活却越来越苦了，还不如投河死了算了。

王复秀才所居双桧二首

题解

王复是钱塘人，精通医道，家中有园圃亭榭。苏轼因为他行医救人，故称其园中的亭子为“种德亭”。宋神宗熙宁五年（1072），苏轼路过此地访王复，观赏园中双桧，并作此诗，赞赏王复表里如一、刚直不屈的品格。

其　一

吴王[①]池馆遍重城，闲草幽花不记名。
青盖一归无觅处[②]，只留双桧待升平。

［注释］

①吴王：指五代十国时期的吴越王钱镠。钱镠曾在杭州广修亭台。②青盖一归无觅处：此句指吴越末代国王钱俶向北宋政权纳土投降，结束割据局面。青盖，是天子用的车篷，代指北宋中央政权。

［译文］

吴王钱镠的亭台馆榭一度遍布全城，名贵、罕见的花草更是数不胜数。如今这个割据一方的吴越政权已经消失了，只有你园中这两株珍贵的乔木等到了升平岁月。

其　二

凛然相对敢相欺，直干凌空未要奇。
根到九泉[①]无曲处，世间惟有蛰龙知。

［注释］

①九泉：指地下深处。

［译文］

这两株乔木各自直立，一副严肃不可亵渎的样子，直直的身躯伸向空中，却不是有意标新出奇。它的根茎直到深深的地下也没有弯曲，当然，这一点只有盘踞在地下的蛰龙才清楚。

饮湖上初晴后雨二首

题解

此诗是宋神宗熙宁六年（1073），苏轼在杭州游西湖时所作。从此以后，西湖便有了一个别称——西子湖。

其　一

朝曦迎客艳重冈，晚雨留人入醉乡。
此意自佳君不会，一杯当属水仙王[①]。

［注释］

①水仙王：指西湖旁的水仙王庙。作者自注：“湖上有水仙王庙。”

［译文］

早晨阳光艳丽，迎来了远方的客人，可不久便下起雨来。饮酒未尽，便饱览了西湖上晴和雨两种截然不同的风光。此中的佳景你还不能完全领会，要酹酒同水仙王一起赏鉴。

其　二

水光潋滟[①]晴方好，山色空蒙[②]雨亦奇。
欲把西湖比西子[③]，淡妆浓抹总相宜。

［注释］

①潋滟：水光荡漾，波光闪动。②空蒙：迷迷茫茫，若有若无。③西子：西施，春秋时越国的美女。

［译文］

晴天的西湖波光荡漾，雨天的西湖云雾朦胧。我想，最好把西湖比作西施，空蒙山色是她淡雅的妆饰，潋滟水光是她浓艳的粉脂，不管她怎样打扮，总能很好地烘托出天生丽质和迷人的神韵。

［集解］

（宋）武衍：“除却淡妆浓抹句，更将何语比西湖。”

陈衍：“后二句遂成为西湖定评。”

新城道中二首

题解

宋神宗熙宁六年（1073）二月，苏轼前往富阳、新城等地视察春耕时作此诗。

其　一

东风知我欲山行，吹断檐间积雨声。
岭上晴云披絮帽[①]，树头初日挂铜钲[②]。

野桃含笑竹篱短，溪柳自摇沙水清。
西崦人家应最乐，煮芹烧笋饷春耕[3]。

［注释］

①絮帽：弹松的棉帽。②铜钲：古代乐器，形如铜铃。③饷春耕：给耕地的人送饭。

［译文］

东风有情，故意吹走了阴云，吹断了雨声，让准备出行的人心情愉快。走在路上，远远望去，白云给山头戴上了一顶絮帽。旭日初生，红里泛黄，如一面铜锣挂在树梢。桃花伸出篱外向人露出笑脸，清澈的溪水映出了袅袅垂柳。西山的人家很是快乐，正煮饭做菜准备给春耕的人们送饭。

其　二

身世悠悠我此行，溪边委辔（pèi）[1]听溪声。
散材畏见搜林斧，疲马思闻卷旆（pèi）钲[2]。
细雨足时茶户喜，乱山深处长官清[3]。
人间歧路知多少，试向桑田问耦耕。

［注释］

①委辔：放松马的缰绳，任马缓缓而行。②卷旆钲：收起旗鼓。③乱山深处长官清：当时新城知县是苏轼旧友晁端友，此句赞赏他是个清官。

［译文］

我此行很是随意，任凭马儿缓缓而行，听取溪水潺潺。散乱的木材也害怕搜索林木的斧头，疲惫的马儿希望战旗卷起，鼓声不响，这样才能得以休息。绵绵细雨带来好年景，让茶农很是高兴，新城县令也是一介清官。这人世间的道路不知有多少，不如向农家问问看，从此离开官场务农去吧。

山村五绝

题解

宋神宗熙宁六年（1073）春，苏轼在杭州通判任上，巡行属县，于新城道中经山村，赋此五绝，反映了山村农民的生活，也讥讽了新法。

其 一

竹篱茅屋趁溪斜，春入山村处处花。
无象太平①还有象，孤烟起处是人家。

[注释]

①无象太平：也就是“太平无象”，指太平盛世并没有一定标志。

[译文]

竹篱茅屋盖在小溪畔，春日的山村遍布野花。太平世道没有一定的标志，炊烟起处都是农家，没有流散之家便是好的。

其 二

烟雨蒙蒙鸡犬声，有生何处不安生？
但令黄犊①无人佩，布谷何劳也劝耕。

[注释]

①黄犊：牛犊。

[译文]

春雨中听见鸡鸣犬吠，人生在世在哪里不能生活呢？只要放宽盐禁，使百姓生活好起来，他们就不会带着刀剑出去贩盐，而会愿意买牛犊在家乡辛勤耕种了。

其 三

老翁七十自腰镰，惭愧春山笋蕨甜。
岂是闻韶①解忘味，迩来三月食无盐。

［注释］

①韶：古代的音乐。

［译文］

如今人们生活困苦，七十岁的老人还腰插镰刀去山里割竹笋和蕨菜充饥。人们不是因为听韶乐忘了饭菜的滋味，而是山中的百姓无盐下锅。

其　四

杖藜①裹饭去匆匆，过眼青钱转手空。
赢得儿童语音好，一年强半②在城中。

［注释］

①杖藜：拄着藜木的手杖。②强半：大半。

［译文］

为了买盐，百姓手里的钱转眼就在城市花光。农家幼小的子弟大多到城市去游荡，学得了城市的语音，却荒废了农耕生产。

其　五

窃禄忘归我自羞，丰年底事①汝忧愁？
不须更待飞鸢（yuān）堕，方念平生马少游②。

［注释］

①底事：何事。②不须更待飞鸢堕，方念平生马少游：此句是引用汉代马援的故事，表明作者想隐退的心情。汉代马援的从弟马少游曾劝马援不要追求高官厚禄，衣食足用就可以了。马援后来曾说："当吾在浪泊、西里间，虏未灭时，下潦上雾，毒气熏蒸，仰视飞鸢跕跕堕水中，卧念少游平生语时，何可得也。"

［译文］

为了这些俸禄一直不归隐，我对此感到惭愧，丰收的年景何事还会让人忧愁呢？我想早早隐退山林，不要像汉代马援一样，直看到飞鸢堕入水中，才想起少游劝诫的话。

於潜僧绿筠轩

题解

宋神宗熙宁六年（1073），苏轼巡行杭州属县时，在於潜僧人的绿筠轩题此诗。於潜是县名，在杭州以西，今属浙江临安。僧人惠觉善于写诗，很得苏轼赞赏礼遇。此诗描述了绿筠轩的清幽，以幽默的口吻赞扬了惠觉的高雅。

可使食无肉，不可居无竹。
无肉令人瘦，无竹令人俗。
人瘦尚可肥，俗士不可医。
旁人笑此言，似高还似痴。
若对此君仍大嚼，世间那有扬州鹤[①]？

竹林抚琴

[注释]

①扬州鹤：古时有几个人聚在一起说自己的愿望。一个说愿做扬州的刺史；一个说想当万贯富翁；另一个说愿能骑仙鹤游天做仙；最后一个说“愿腰缠十万贯，骑鹤上扬州”。这人想同时拥有其他三人的愿望。后人就以“扬州鹤”来代表十全十美的、完全合乎理想的事物，也等于是奢望的代名词，此处则是比喻好事不可兼得。

[译文]

吃饭可以没有肉，但居所不可没有竹子。没有肉不过是使人消瘦，没有竹子就会令人庸俗。消瘦了还可以长胖，庸俗可是无药可救的。有人笑我这话，说得有些痴。可如果在绿竹环绕的清雅居所大吃大喝，就太亵渎它了，这世上哪里有高雅庸俗兼得之事呢？

於潜女

题解

宋神宗熙宁六年（1073），苏轼巡行於潜时，作诗描写当地少女的装束打扮，显现出当地的古朴风俗。

青裙缟袂（mèi）①於潜女，两足如霜不穿屦。
鬌沙②鬓发丝穿杼，蓬沓③障前走风雨。
老濞④宫妆传父祖，至今遗民悲故主。
苕溪⑤杨柳初飞絮，照溪画眉渡溪去。
逢郎樵归相媚妩，不信姬姜有齐鲁⑥。

[注释]

①缟袂：白色边饰的上衣。缟，白色的丝织品。袂，衣袖。②鬌沙：张开的样子。③蓬沓：於潜妇女的一种特殊头饰，形同银栉。④老濞：汉初刘濞被封为吴王，这里借指五代时的吴越王。⑤苕溪：溪流的名称，源头在天目山，分东西两支，东流经过於潜。⑥姬姜有齐鲁：周初，周公旦之子伯禽封于鲁地，因此鲁国贵族的美女便被叫作姬氏。姜太公封于齐地，齐国贵族的美女便被叫作姜氏。此处以“姬姜”代指美女。

[译文]

於潜的少女都穿着青色的裙子，上衣配有白色的衣领和边饰，双脚雪白从不穿鞋。她们头上的乌发犹如丝线穿过梭子，两鬓上各自扎着角髻，大银栉遮住前额在风雨中行走。这种打扮还是从祖辈传下来的吴越王时代宫女的装束，难道这些吴越王的后人还在缅怀过去的岁月吗？苕溪沿岸的杨柳刚刚飞出柳絮，少女们经过溪边都会画眉整理妆容。遇到砍柴归来的少年郎，彼此眉目传情，看到这些於潜少女，真不相信只有齐鲁之地才有美女。

[集解]

（清）汪师韩：“村妆野景，写出翛然自得。练响选和，可入乐府。”

唐道人言，天目山上俯视雷雨，每大雷电，但闻云中如婴儿声，殊不闻雷震也

题解

唐道人，字子霞，曾作《天目山真境录》。天目山在今浙江省西北部，查慎行注引《咸淳临安志》载："天目山有雷神宅，在西尖峰半山间。"此诗是宋神宗熙宁六年（1073）苏轼在杭州所作。从自然科学的角度看，同一种现象，变换了方位和视点，就能够得出不同的认识。从社会心理的角度看，同一个事物，由于心境不同，也能够得出不同的感受。世人闻雷声而失箸，是由于他们心有未安，竞相逞巧斗智，所以总是为外物所动，不能获得心灵的自由。此处作者所强调的是心理承受的差异，成为对人生境界的妙喻。

已外浮名更外身，区区雷电若为神。

山头只作婴儿看，无限人间失箸①人。

[注释]

①失箸：《三国志·蜀志·先主传》载：曹操曾与刘备论天下英雄，"曹操从容谓先主（指刘备）曰：'今天下英雄，惟使君与孤耳，本初（指袁绍）之徒，不足数也。'先主方食，失匕箸。于时正当雷震，备因谓操曰：'圣人云：迅雷风烈必变。良有以也。'"箸，筷子。

[译文]

如果将虚名和躯体置之度外，区区雷电也算不上神威。在天目山上看雷电，其声若婴儿啼哭，而山下之人闻之，却非常震耳，以致有多少人被吓得丢掉了筷子啊。

立秋日祷雨宿灵隐寺同周、徐二令

题解

宋神宗熙宁六年（1073）七月初三，苏轼与周邠、徐畴在杭州的天竺山祷雨，夜宿灵隐寺，作此诗。

百重堆案掣①身闲，一叶秋声对榻眠。

床下雪霜侵户月，枕中琴筑②落阶泉。

崎岖世味尝应遍，寂寞山栖老渐便。
惟有悯农心尚在，起占云汉[3]更茫然。

[注释]

①掣：抽。②筑：古代的一种弦乐器。③起占云汉：源自《诗经·大雅·云汉》，写周宣王忧虑天旱，夜起仰望天河，预占晴雨。

[译文]

案头文牍堆积，忙中偷闲，在秋风声中小睡了一下。床下的月光洁白好似霜雪，台阶前的泉水犹如乐器在枕边弹奏。我历尽了世路的艰辛，如今在寂寞的山中逐渐衰老。我依然悯惜天旱伤农，起身仰望天河，想推测来日的阴晴，却感到茫然无据。

有美堂暴雨

题解

此诗作于宋神宗熙宁六年（1073），苏轼通判杭州时。杭州西湖东南角有吴山，地势高敞，濒临湖水，山不高而秀。山上之“有美堂”，为杭州太守梅挚于宋仁宗嘉祐二年（1057）所建。时梅挚出知杭州，仁宗皇帝亲自赋诗送行，中有“地有吴山美，东南第一州”之句。梅挚因此建有美堂以见荣宠。欧阳修曾为他作《有美堂记》。熙宁六年（1073）初秋，苏轼饮于有美堂，忽遇暴雨，即兴写下这首七言律诗。

游人脚底一声雷，满座顽云[1]拨不开。
天外黑风吹海立[2]，浙东飞雨过江来。
十分潋滟[3]金樽凸，千杖敲铿羯鼓催[4]。
唤起谪仙泉洒面[5]，倒倾鲛室泻琼瑰[6]。

[注释]

①顽云：浓云。②海立：指风大。杜甫《朝献太清宫赋》中说：“九天之云下垂，四海之水皆立。”③潋滟：水满的样子，水波相连。④千杖敲铿羯鼓催：雨点有如千万只鼓槌敲打羯鼓一样急促。敲铿，啄木鸟啄木声，这里借指打鼓声。羯鼓，古代少数民族使用的一种鼓。⑤唤起谪仙泉洒面：降下的大雨洒在脸上唤醒了李白

的诗兴。谪仙，被贬谪下凡的仙人，此处指李白。贺知章曾赞美他为谪仙人。唐玄宗曾谱新曲，召李白作词。李白已醉，用水洒面，清醒后，即时写诗多篇。⑥鲛室：神话中海中鲛人所居之处，这里指海。

[译文]

雷电仿佛从地面震响，浓云低压厚重。黑风卷起海浪，大雨由东面的钱塘江飞驰过来。江水汹涌，如同杯中酒水马上就要溢出杯面，雨点有如千万只鼓槌敲打羯鼓一样急促。这是上天降下大雨要唤醒李白的诗兴，倾注不息的大雨就是倾倒鲛室而滚出的粒粒珍珠。

[集解]

（清）查慎行："通首多是摹写暴雨，章法亦奇。"

次韵述古过周长官夜饮

题解

宋神宗熙宁六年（1073），苏轼友人陈襄（字述古）走访钱塘知县周邠时咏诗，苏轼遂作此诗相和。

二更铙（náo）鼓①动诸邻，百首新诗间八珍②。
已遣乱蛙成两部③，更邀明月作三人。
云烟湖寺家家境，灯火沙河夜夜春。
曷不劝公勤秉烛，老来光景似奔轮。

[注释]

①铙鼓：古时一种铜质圆形的打击乐器。②八珍：指多种美味佳肴。③已遣乱蛙成两部：南齐孔稚圭不喜事务，门庭之内野草丛生，时有蛙鸣。他对别人说："我以此当两部鼓吹。"此处代指蛙鸣阵阵。

[译文]

二更时分还在夜宴奏乐直到惊动了邻居，席间吃着美味佳肴咏诗助兴。庭阶蛙鸣阵阵，月下对酒吟诗，真是轻闲潇洒。寺旁处处有人家，河上灯火通明，夜夜笙歌。何不多多秉烛夜游，老年的时光快似奔跑的车轮。

李颀秀才善画山，以两轴见寄，仍有诗，次韵答之

题解

李颀，字粹老。少举进士，后弃官为道人，遍历湖湘。晚居临安大涤洞天，善丹青。此诗作于北宋神宗熙宁六年（1073），表达了苏轼对李颀的称许，以及对山林闲居的倾慕。

平生自是个中人①，欲向渔舟便写真。
诗句对君难出手，云泉劝我早抽身②。
年来白发惊秋速，长恐青山与世新。
从此北归休怅望，囊中收得武陵春③。

［注释］

①个中人：此中人。②抽身：脱身，引申为隐退。③武陵春：陶渊明在《桃花源记》中载，武陵一位渔人发现了风光优美的桃花源，也叫武陵源。武陵在今湖南常德，此处代指江南风光。

［译文］

我早有归隐山林之意，看到你画中的渔舟，忍不住要对你一吐真情。在你面前，我的诗拿不出手，看到你画中的美景，领略到你是在劝我早日归隐。近年来白发增加得飞快，总是担心青山改变了模样。我今后再北归京师也不会怅然了，带着你这幅画，可谓将江南的美景收入囊中了。

无锡道中赋水车

题解

宋神宗熙宁七年（1074），苏轼赴常州等地赈济灾民，路经无锡时作此诗。

翻翻联联衔尾鸦，荦（luò）荦确确①蜕骨蛇。
分畴②翠浪走云阵，刺水绿针抽稻芽。

洞庭③五月欲飞沙，鼍(tuó)④鸣窟中如打衙⑤。
天公不见老翁泣，唤取阿香推雷车⑥。

［注释］

①荦荦确确：形容骨节瘦硬的样子。②畴：田垄。③洞庭：指苏州太湖的洞庭山。④鼍：俗称猪婆龙，穴居江岸边，相传此兽在天旱时会在穴中鸣叫，声如击鼓。⑤打衙：击鼓。⑥阿香推雷车：《搜神后记》载，晋朝时，周某夜宿一女子家，“闻外有小儿唤阿香声，女应诺，寻云：‘官唤汝推雷车。’女乃辞行云：‘今有事当去。’夜遂大雷雨”。

［译文］

一节节的车斗像联翩衔尾的乌鸦，坚硬的车架像骨节突出的龙蛇。清水流进田垄如云滚波浪，早稻抽芽出土嫩如针尖。洞庭山五月天旱沙尘飞扬，穴中的鼍鸣如同击鼓。上天没有看到天旱带给老翁的困苦，应当早早唤取女神推雷车降雨。

单同年求德兴俞氏聚远楼诗三首

题解

单同年指单锡，俞氏指俞仕隆，字宗道。德兴在江西东北，邻近浙江。俞仕隆曾建楼于此，单锡为之名曰聚远。宋神宗熙宁七年（1074），苏轼应单锡之约，为聚远楼题写了三首绝句。

其　一

云山烟水苦难亲，野草幽花各自春。
赖①有高楼能聚远，一时收拾与闲人。

［注释］

①赖：好在。

［译文］

山中有云，云中有山，站在远处能看见，走进了却看不见，实在让人很难亲近，只有身旁的花草独自芬芳。好在此处有这样一座聚远楼能够观赏美景，一时聚集了多少人啊！

其　二

无限青山散不收，云奔浪卷入帘钩①。
直将眼力为疆界，何啻②人间万户侯？

［注释］

①入帘钩：进入门帘之内。②何啻：何止。

［译文］

山峦叠翠不能尽收眼底，波浪一般的云雾进入楼中帘内。只有眼界宽阔，才能收拢极富，何必羡慕万户侯的高爵？

其　三

闻说楼居似地仙①，不知门外有尘寰。
幽人隐几②寂无语，心在飞鸿灭没间。

［注释］

①地仙：道教将居于人世的仙人称为地仙，此处指生活悠闲的人。②隐几：凭依几案。

［译文］

听说住在此处悠闲得好似仙人，浑然不觉门外就是烦扰尘世。我如今凭依几案寂寂无语，心思已经飞入尘世之外了。

雪后书北台壁二首

题解

北台在今山东诸城，苏轼曾加以修葺，改名为超然台，并作有《超然台记》。宋神宗熙宁七年（1074）秋，苏轼离开杭州到密州（今山东诸城）上任。此诗作于密州冬日雪后。

其　一

黄昏犹作雨纤纤，夜静无风势转严。

但觉衾裯(chóu)①如泼水，不知庭院已堆盐。
五更晓色来书幌②，半夜寒声落画檐。
试埽北台看马耳③，未随埋没有双尖。

［注释］

①衾裯：被褥。②书幌：书橱的帷幕。③马耳：指马耳山，在诸城西南，山顶有双尖并举，形似马耳。

［译文］

黄昏时天降小雨，雨丝细微，夜晚虽没刮风，阴云的阵势却愈发浓密。只觉被褥好似被泼了水一样，非常湿凉，却不知庭院内已是雪花堆积。冬季直到五更天也不会亮，但今天有晓色照射书帷，原来是半夜下起大雪，雪色映入了室内。登上北台向远处的马耳山望去，山顶的马耳双峰还清楚地露在银装素裹的雪原中。

其　二

城头初日始翻鸦，陌上晴泥已没车。
冻合玉楼寒起粟，光摇银海眩生花。
遗蝗入地应千尺，宿麦连云有几家。
老病自嗟诗力退，空吟《冰柱》忆刘叉①。

［注释］

①空吟《冰柱》忆刘叉：刘叉是唐朝诗人韩愈的弟子，《新唐书·韩愈传》中说：刘叉作《冰柱》《雪车》二诗，高处于卢仝、孟郊之上。

［译文］

早上城头的旭日初生，乌鸦也被镀上一层金边，上下翻飞。路上的雪被阳光一晒，和泥土一起没过了车轮。站在北台上觉得异常寒冷，身上都冻出了鸡皮疙瘩。满地白雪闪耀，眼睛都花了。这场大雪有利于消灭地下蝗虫的卵，来年的麦子可望丰收。如今老病缠身，面对如此景象作不出好的诗作，只有吟诵刘叉的《冰柱》聊以自慰。

［集解］

（宋）陆游：“《苏文忠集》中有雪诗，用尖、叉二字，集中又有次苏韵诗，议者谓非二公莫能为也。”

（元）方回：“偶然用韵甚险，而再和尤佳。或谓坡诗律不及古人，然才高气雄，下笔前无古人也。观此雪诗亦冠绝古今矣。遂王荆公亦心服，屡和不已，终不能压倒。”

小 儿

题解

此诗是苏轼于宋神宗熙宁八年（1075）在密州所作。

小儿[①]不识愁，起坐牵我衣。
我欲嗔小儿，老妻[②]劝儿痴。
儿痴君更甚，不乐愁何为？
还坐愧此言，洗盏当我前。
大胜刘伶妇[③]，区区为酒钱。

［注释］

①小儿：指苏轼少子苏过，此时年仅四岁。②老妻：指苏轼的妻子王闰之。③刘伶妇：《晋书·刘伶传》载：刘伶“尝渴甚，求酒于其妻。妻捐酒毁器，涕泣谏曰：‘君酒太过，非摄生之道，必宜断之。’伶曰：‘善！吾不能自禁，惟当祝鬼神自誓耳。便可具酒肉。’妻从之”。

［译文］

小孩子不知道愁是什么，我回到家中刚刚坐下便来拉扯我的衣襟。我劳累一天很是烦躁，便骂这孩子不懂事。这时妻子过来相劝，说孩子不懂事也就算了，你怎么比他还任性呢？回到家就生气，为何非要板着脸不快乐呢？我坐下觉得很惭愧，这时妻子又已洗净茶盏，沏上新茶，给我端来酒饭。唉，有这么好的妻子还发什么脾气呢？比起刘伶那个不让丈夫喝酒的妻子，我的妻子要强她百倍了。

祭常山回小猎

题解

宋神宗熙宁八年（1075）十月，苏轼在祭常山回来的路上，与同僚射猎。此时恰逢北宋朝廷抗击西夏，王韶进取河湟连续取得胜利。苏轼借此诗表达了自己希望为国效力、征战疆场的雄心。

青盖前头点皂旗①，黄茅冈下出长围②。
弄风骄马跑空立，趁兔苍鹰掠地飞。
回望白云生翠巘（yǎn）③，归来红叶满征衣。
圣明若用西凉簿，白羽犹能效一挥④。

射猎

[注释]

①皂旗：黑旗。②黄茅冈下出长围：黄茅冈下布列了长长的兵阵。黄茅冈，密州常山东南的一座山，山形由南而北逐渐低塌，形成了一个蜿蜒的冈峦，称作黄茅冈。出长围，布列长长的兵卒合围的阵势。③翠巘：苍翠的山峦，此处指常山。④圣明若用西凉簿，白羽犹能效一挥：《晋书·张重华传》载：张重华据西凉，以谢艾为将军同敌人对阵。谢艾身穿书生的冠服，从容指挥，战胜了敌军。白羽，指儒将所持的羽扇。

[译文]

青色的车篷前点缀着黑旗，黄茅冈下布列了长长的兵阵。骏马乘风奔腾耸立，老鹰追逐狡兔擦地而飞。回头望见苍翠的山峦白云飘荡，狩猎归来征衣上落满红色的枫叶。倘若能够受到朝廷的重用，我也要如谢艾一般效力疆场。

刘贡父见余歌词数首，以诗见戏，聊次其韵

题解

此诗是苏轼于北宋神宗熙宁八年（1075）在密州所作。刘贡父，名攽，号公非。

十载飘然未可期，那堪重作看花诗。
门前恶语谁传去，醉后狂歌自不知。
刺舌君今犹未戒[①]，炙眉[②]吾亦更何辞。
相从痛饮无余事，正是春容最好时。

［注释］

①刺舌君今犹未戒：指对方尚未谨慎于言辞。《隋书·贺若弼传》载：弼父敦得罪将斩，“临刑呼弼谓曰：‘且吾以舌死，汝不可不思。’因引锥刺弼舌出血，诫以慎口”。②炙眉：用艾炷炙眉端。

［译文］

多年来在官场升贬往来，如今不愿再看当年的诗作。那些诽谤的言语不必去理论，酒后的醉语也不必计较。造谣生事的人就算用锥子扎他的舌头也无济于事，时人不能容忍狂直之人，对此我也没什么好说的。和你在一起唯有喝酒，不必讨论这些事情，还是珍惜这无尽的春光吧。

和孔郎中荆林马上见寄

题解

宋神宗熙宁九年（1076）十一月，苏轼改任河中知府，这时接任他的孔宗翰寄诗给苏轼，苏轼即作本诗相答。孔宗翰即孔郎中，孔子后裔。荆林是馆驿的名称。苏轼自到密州为官，连年蝗旱，虽致力抗灾抚民，但密州的生产力仍然低下。在离开密州时，苏轼深感愧疚，并寄希望于孔宗翰。

秋禾不满眼，宿麦种亦稀。
永愧此邦人，芒刺在肤肌。

平生五千卷，一字不救饥。
方将怨无襦①，忽复歌缁衣。
堂堂孔北海②，直气凛群儿。
朱轮③未及郊，清风已先驰。
何以累君子，十万④贫与羸（léi）。
滔滔满四方，我行竟安之。
何时剑关路，春山闻子规。

[注释]

①襦：短袄。②孔北海：东汉孔融。孔融曾任北海国相，因此人称“孔北海”。③朱轮：古代官员乘坐的红色车子。④十万：泛指一州的百姓。

[译文]

秋天收获的稻子很少，再种下的麦子也长得稀稀拉拉。永远感觉愧对这一方百姓，如同身上扎了刺，总是坐卧不宁。我读书虽多，却无法解除百姓的饥饿。如今百姓正抱怨缺少冬衣，忽而有幸迎来了贤明的郡守。你好比当年的孔融，正气凛然。你的车子还没到城郊，清廉的风度和清新的诗篇便传到了郡邑。我如今将全郡百姓托付与你，这众多贫弱的百姓要劳你费心了。你的名声天下皆知，我这样离去也算安心。什么时候我才能放下重担返回家乡啊！真想念春天山中杜鹃的声声啼鸣。

留别雩泉

题解

此诗是宋神宗熙宁九年（1076）苏轼离开密州时所作。雩泉在诸城常山神庙西南。苏轼曾琢石为井，作亭其上，并作《雩泉记》。

举酒属①雩（yú）泉，白发日夜新。
何时泉中天，复照泉上人。
二年饮泉水，鱼鸟亦相亲。
还将弄泉手，遮日向西秦②。

[注释]

①属：劝酒。②向西秦：苏轼被派往河中府（今山西永济）任职，即将西去上任，因此说“向西秦”。

[译文]

对着雩泉举酒劝饮，白发不断生长。两年来多次喝雩泉的水，同这里的鱼和鸟也有了感情。如今我将西去任职，马上就要离开雩泉了。

除夜大雪留潍州，元日早晴遂行，中途雪复作

题解

苏轼离开密州后，赴任途中遇大雪，停宿潍州（今山东潍坊）。次日，也就是神宗熙宁十年（1077）元旦，苏轼再次动身出发。诗人冒雪前行，记录了山东农民在连年蝗旱下艰难的生活。

除夜雪相留，元日晴相送。
东风吹宿酒，瘦马兀[1]残梦。
葱胧[2]晓光开，旋转余花弄。
下马成野酌，佳哉谁与共。
须臾晚云合，乱洒无缺空。
鹅毛垂马鬃，自怪骑白凤。
三年东方旱，逃户连攲(qī)栋。
老农释耒(lěi)叹，泪入饥肠痛。
春雪虽云晚，春麦犹可种。
敢怨行役劳，助尔歌饭瓮。

[注释]

①兀：昏昏沉沉的样子。②葱胧：形容太阳刚刚升起时微弱的光亮。

[译文]

除夕之夜因大雪留宿，元旦一早天色放晴便又出发了。头天晚上喝了酒，东风一

吹，坐在马上只觉头脑昏沉，昨晚的梦似乎还在继续。太阳初升天色渐亮，不久就看到几枝雪梅开放。下马对着梅花小酌几杯，可惜没有人与我相伴。不久天色暗沉，雪花又重新飘舞。雪花落满马鬃，我仿佛骑上了白凤。连续三年山东遭遇旱灾，逃荒的人家众多，沿路都是倾斜的房屋。田间老农放下农具哀叹，饥饿难耐也只能吞下眼泪。这场春雪虽然来得晚了些，但对于播种春小麦还是有利的。我岂敢埋怨下雪带来行路的劳苦呢？还是为你们祈祷丰年吧。

至济南李公择以诗相迎，次其韵二首

题解

宋神宗熙宁十年（1077），苏轼路过济南，齐州（济南北宋时为齐州）知州李公择（名常）以诗来迎，苏轼作此诗相和。

其 一

敝裘羸马古河滨[①]，野阔天低糁(shēn)玉尘[②]。

自笑餐毡典属国[③]，来看换酒谪仙人[④]。

宦游到处身如寄，农事何时手自亲。

剩作新诗与君和，莫因风雨废鸣晨。

敝裘羸马古河滨

[注释]

①古河滨：山东临黄河，故称“古河滨”。②糁玉尘：指下雪。③自笑餐毡典属国：此句是诗人以处境艰辛的苏武自喻。西汉时，苏武出使匈奴被扣押，匈奴逼他投降，但他不肯变节，将毛毡就着雪吃下充饥，后来得以返回汉廷，拜为典属国。④来看换酒谪仙人：李白被称为谪仙人，曾解下金龟换酒为乐。

[译文]

我衣衫破旧，骑着一匹瘦弱的马来到了黄河之滨。田野广阔天色低沉，飘起了小雪。我如今就像苏武一样，虽然为官却处境艰辛，而你就好像当年的李白，解下金龟换成美酒款待我。为官四处漂泊，没有归属感，不知何时才能回归悠闲的田园生活。今天唯有写诗与你唱和，不要因为这风雪天气错过了鸡鸣之晨。

其 二

夜拥笙歌霅(zhà)水[1]滨，回头乐事总成尘。
今年送汝作太守，到处逢君是主人[2]。
聚散细思都是梦，身名渐觉两非亲。
相从继烛[3]何须问，蝙蝠飞时日正晨。

［注释］

①霅水：浙江吴兴霅溪。熙宁七年（1074）苏轼过吴兴，曾与李公择相会。
②到处逢君是主人：李公择历任鄂州、湖州、齐州等地知州，与苏轼多次相逢。
③继烛：灯烛不断，指秉烛长谈。

［译文］

还记得以前和你在吴兴霅溪欢聚的时刻，回想这些往事，如今都成逝去的烟尘。今年你在这里做太守，而我们总是在不同的地方相遇，都蒙你做东相迎。细细思量一切的聚散离合都如梦一样，渐渐觉得名气对自己也并不重要了。我们二人相聚，秉烛长谈，灯烛换了一个又一个，直到天明蝙蝠都飞起觅食了，也不觉得困倦。

石 炭

题解

苏轼赴徐州上任后，于宋神宗元丰元年（1078）派人勘查并开发了白土镇的煤炭，此诗记录了开掘煤炭的场面。

彭城[1]旧无石炭，元丰元年十二月，始遣人访获于州之西南白土镇之北，冶铁作兵[2]，犀利胜常云。

君不见前年雨雪行人断，城中居民风裂骭(gàn)[3]。
湿薪半束抱衾裯，日暮敲门无处换。

岂料山中有遗宝，磊落如yī 瑿④万车炭。
流膏bèng 迸液无人知，阵阵腥风自吹散。
根苗一发浩无际，万人鼓舞千人看。
投泥泼水愈光明，烁玉流金见精悍。
南山栗林渐可息，北山顽矿何劳锻。
为君铸作百炼刀，要斩长鲸⑤为万段。

［注释］

①彭城：徐州在宋代别名彭城郡，这里用彭城代指徐州。②兵：兵器。③骭：小腿骨。④瑿：黑色的美石。⑤长鲸：此处比喻凶悍的敌人、恶人。

［译文］

你没有看见前年的景象，雨雪让路上行人断绝，城中的居民都感觉寒风刺骨，冻得小腿骨好像都要裂了。即便抱着被褥去讨换半束湿柴，跑到天黑也换不到，因为柴草奇缺。谁能想到这山中就有宝贝，那纷杂的黑色美石就是煤炭。这里的煤炭储藏很多，却一直无人知晓，白白被风吹雨打。如今开发这里的煤炭，煤层广大无边，人们都很兴奋，纷纷跑来观看。煤质优良精粹，冶炼十分成功。如今有了煤炭，人们就无须再伐木制炭了，冶炼铁矿也不再费力，还可以铸就锋锐的兵器，斩杀凶悍的敌人将无往不胜。

舟中夜起

题解

宋神宗元丰二年（1079），苏轼移任湖州知州，在赴任途中作此诗。

微风萧萧吹gū 菰蒲①，开门看雨月满湖。
舟人水鸟两同梦，大鱼惊窜如奔狐。
夜深人物不相管，我独形影相嬉娱。
暗潮生渚吊寒蚓，落月挂柳看悬蛛。
此生忽忽忧患里，清境过眼能须臾。
鸡鸣钟动百鸟散，船头击鼓还相呼。

[注释]

①菰蒲：菰是茭白，蒲是香蒲。

[译文]

坐在舟中听到风声萧萧，以为是下雨了，雨点落在菰蒲之上，推开舱门想看看雨景，不想竟是明月悬空，湖上一片清亮。舟中的人和水边的鸟儿此时都睡了，大鱼被行舟惊动，迅速游走奔逃宛如受惊的狐狸。夜深之时人和物互不相扰，我独自起身观影，寻觅此中乐趣。此时潮水暗涨，惊动了蚯蚓，落月挂在柳条之下，看上去像悬挂在丝端的蜘蛛。我这一生始终在忧患中度过，如此美景不知能看多久。很快天便亮了，随着鸡鸣晨钟响，鸟儿各自飞去，船头鼓声响起，人们也都起来了。

[集解]

（清）方东树："空旷奇逸，仙品也。"

陈衍："水宿风景如画。"

予以事系御史台狱，狱吏稍见侵，自度不能堪，死狱中，不得一别子由，故作二诗授狱卒梁成，以遗子由

题解

宋神宗元丰二年（1079），苏轼在湖州任上时，被指攻击新法，讪谤朝廷，被投入御史台狱，在狱中作此诗。苏轼入狱后与其子相约，每日送饭只需菜和肉，如听到不利的消息，则送鱼。两月后其子有事外出，嘱咐亲戚代为送饭，却忘了告知这个约定。亲戚一日恰巧准备了鱼肉，送到牢中给苏轼，苏轼一见大惊，以为自己必死无疑，遂作此诗给苏辙。

其 一

圣主如天万物春，小臣愚暗自亡身。
百年未满先偿债，十口无归更累人①。
是处②青山可埋骨，他年夜雨独伤神。
与君世世为兄弟，又结来生未了因。

[注释]

①百年未满先偿债，十口无归更累人：时年苏轼四十四岁，家属由自己的弟子，

也是苏辙的女婿王适（字子立）安置在南都（今河南商丘以南），由苏辙照料，而苏辙当时也身负债务，因此苏轼说拖累了苏辙。②是处：到处。

[译文]

圣明的皇帝恩泽如天，世间万物都能感受到他的恩泽。我如今自取灭亡全是因为自身的愚钝。我还没到老年就要死了，没有安排好家人的生活，以后还要拖累你。我死后不论哪里的青山都可以安葬，以后每逢夜雨，想起我们曾经的约定，你也只能独自伤心。我希望你我生生世世都是兄弟，来生也不改变这种情谊。

其　二

柏台①霜气夜凄凄，风动琅珰②月向低。
梦绕云山心似鹿，魂惊汤火命如鸡。
眼中犀角真吾子，身后牛衣③愧老妻。
百岁神游定何处，桐乡知葬浙江西。

[注释]

①柏台：御史台的别名。②琅珰：拘犯人用的铁锁链。③牛衣：用草编制的蓑衣，为牛御寒。

[译文]

夜晚的御史台霜气冰冷袭人，月下只有风吹动铁链发出的声响。我思念家乡，每每梦中相见总是心跳不安如同受惊的小鹿，一想到即将接受极刑就胆战心惊。看看自己的儿子仪表出众很是欣喜，但想到家境贫寒，更觉愧对妻子。我死之后不知魂归何处，希望还是把我葬在浙西吧，权当这里就是故乡。

[集解]

（清）纪昀："情至语不以工拙论也。"

十二月二十八日，蒙恩责授检校水部员外郎黄州团练副使，复用前韵二首

题解

苏轼入御史台一百三十天，获释后敕贬黄州，此诗描写了苏轼出狱后的感受。

其 一

百日归期恰及春，余年乐事最关身。
出门便旋[①]风吹面，走马联翩鹊啅(zhào)人[②]。
却对酒杯浑似梦，试拈(niān)诗笔已如神。
此灾何必深追咎，窃禄从来岂有因。

[注释]

①便旋：轻捷的样子，形容脱身囹圄后的轻松。②鹊啅人：鸟鹊朝人鸣叫。

[译文]

在狱中囚禁百余天，出狱后正值春天，这是最让我感到快乐的。脱身囹圄感觉全身轻松，驾马奔走鸟鹊也对着我鸣叫。端起酒杯好似在梦中，不禁诗兴大发。我本是为了俸禄才做官的，得咎获罪何须还要其他的理由？就不必深究了。

其 二

平生文字为吾累，此去声名不厌低。
塞上纵归他日马[①]，城东不斗少年鸡[②]。
休官彭泽[③]贫无酒，隐几维摩[④]病有妻。
堪笑睢阳老从事，为余投檄向江西。

[注释]

①塞上纵归他日马：这里暗喻入狱、出狱都是祸福不定。《淮南子·人间训》载："近塞上之人，有善术者，马无故亡而入胡，人皆吊之。其父曰：'此何遽不为

陶渊明

福也？’居数月，其马将胡骏马而归，人皆贺之。其父曰：‘此何遽不能为祸乎？’”后其子骑此马跌伤。②城东不斗少年鸡：唐玄宗好斗鸡，长安少年贾昌因善斗鸡得到荣宠。当时流行“生儿不用识文字，斗鸡走马胜读书”之说。③彭泽：指陶渊明，因为其曾官居彭泽县令，所以用彭泽作为其代称。④维摩：维摩诘，佛教大师，以法喜（佛家语，闻佛法而喜）为妻。

[译文]

我因文章而获罪，一直为名声所累，从今以后声名还是越低越好。塞翁失马福祸相依，此次的牢狱之灾也是如此，但我决不会因此便邀宠献媚。我因为家贫，暂时还不能辞官回家，那陶渊明辞官之后连酒都买不起，凭依几案读书写字的习性始终无法更改。苏辙如今依然在睢阳做官，他是为我进奏才获罪被贬的。

[集解]

（清）汪师韩：“诗狱甫解，又矜诗笔如神，殆是豪气未尽除。”

陈季常所蓄朱陈村嫁娶图二首

题解

陈季常，名慥，号方山子，四川眉山人，隐居不仕，与苏轼相交颇深，苏轼曾为之作《方山子传》。宋神宗元丰三年（1080），苏轼赴黄州途中曾到其寓所做客，为其所藏《朱陈嫁娶图》题写此诗。

其　一

何年顾陆[①]丹青手，画作《朱陈嫁娶图》。

闻道一村惟两姓，不将门户买崔卢[②]。

[注释]

①顾陆：指顾恺之、陆探微，两人皆是晋代著名画师，此处是用这二人比赵德元。赵德元是五代时人，画有《朱陈嫁娶图》。②不将门户买崔卢：崔氏和卢氏是

魏晋南北朝时的门阀士族，当时重视门第，寒门同门阀士族之间是不通婚的，偶有通婚，必须花费大量财产，人称“买婚”。

［译文］

赵德元何时有了顾恺之与陆探微这样的好手笔，画出《朱陈嫁娶图》这幅画作，可谓形神兼备。听说这一个村子只有两种姓氏，世世代代互为婚姻，从不与高门大户攀亲。

其 二

我是朱陈旧使君①，劝农曾入杏花村。
而今风物那堪画，县吏催租夜打门。

［注释］

①旧使君：朱陈村在徐州萧县，苏轼曾任徐州知州，因此称旧使君。

［译文］

我是这村昔日的长官，曾为了督促农事走进这个村子。可惜如今的风情物产都不如以前了，苛捐杂税让县衙的官吏深夜还来打门催讨，再没有了往日的宁静。

初到黄州

题解

宋神宗元丰三年（1080）二月，苏轼初到黄州（今湖北黄冈）时作此诗。诗以牢骚而出，以自嘲诙谐收尾，逆境中颇能苦中作乐。

自笑平生为口忙，老来事业转荒唐。
长江绕郭知鱼美，好竹连山觉笋香。
逐客不妨员外置①，诗人例作水曹郎②。
只惭无补丝毫事，尚费官家压酒囊③。

[注释]

①员外置：唐初三省六部只有七百六十员定额编制，后来又有所增加，称“员外置”，且对一些贬谪之人授此虚衔。苏轼此次就是“责受检校水部员外郎，黄州团练副使，本州安置，不得签书公事”。②水曹郎：隶属于水部的员外郎。梁代的何逊、唐代的张籍、宋代的孟宾于等皆以诗名，且都曾任水部郎，这次苏轼亦任此官职。③压酒囊：唐代官俸一部分给钱，一部分给实物，压酒囊即官府酿酒用剩的酒袋。

[译文]

我因谋生糊口而做官，也因口快笔锐而获罪，这一切可谓荒唐。此地被长江环抱，鱼儿味道鲜美，满山都是竹林，我似乎都尝到了竹笋的甘美。受到贬谪的官员被安置成员外郎，诗人照例都做了水曹郎。我只是惭愧徒有官名不用做事，还要浪费公家这许多薪俸。

[集解]

（宋）王十朋：“少年下笔已如神，文到黄州更绝尘。我宋人才盛元祐，玉堂人是雪堂人。再闰黄州正坐诗，诗因迁谪更瑰奇。读公《赤壁》词并赋，如见周郎破贼时。”

（宋）曾季狸：“东坡《黄州》诗云：‘长江绕郭知鱼美，好竹连山觉笋香。’读此可见黄州专有水竹也。”

（清）汪师韩：“因江而知鱼美，见竹而觉笋香，确是初到情景。员外、水曹则新授头衔也。末句承腹联说下，亦是初任事之词。”

寓居定惠院之东，杂花满山，有海棠一株，土人不知贵也

题解

此诗是宋神宗元丰三年（1080）苏轼到黄州不久寓居定惠院时所作。苏轼在《记游定惠院》一文中说：“黄州定惠院东小山上有海棠一株，特繁茂，每岁盛开，必携客置酒。”本篇即咏这株海棠。苏轼自己对此诗颇感得意，每每写以赠人，说：“吾平生最得意诗也。”

江城地瘴（zhàng）①蕃草木，只有名花苦幽独。
嫣然一笑竹篱间，桃李漫山总粗俗。
也知造物有深意，故遣佳人在空谷。

自然富贵出天姿，不待金盘荐华屋。
朱唇得酒晕[2]生脸，翠袖卷纱红映肉。
林深雾暗晓光迟，日暖风轻春睡足。
雨中有泪亦凄怆，月下无人更清淑。
先生食饱无一事，散步逍遥自扪腹。
不问人家与僧舍，拄杖敲门看修竹。
忽逢绝艳[3]照衰朽，叹息无言揩病目。
陋邦何处得此花，无乃好事移西蜀。
寸根千里不易致，衔子飞来定鸿鹄。
天涯流落俱可念，为饮一樽歌此曲。
明朝酒醒还独来，雪落纷纷那忍触。

[注释]

①地瘴：南方山林中湿热蒸郁之气。②晕：微红。③绝艳：指海棠。

[译文]

江南山林多瘴气，草木十分茂盛，只有海棠这种名贵的花很是少见。那株竹篱间的海棠宛如女子美好的笑容，桃花李花虽满山遍野，与之相比便粗俗得很了。我知道上天是有深意的，特地将这株海棠洒落山谷。海棠是天然的富贵资质，本不需要华丽的房屋或是贵重的盘子来陪衬它。美丽的海棠好似美女酒后双颊微红，卷起衣袖红纱映现出肌白如雪。山林浓密雾气重，遮住了阳光，海棠就好似在和风暖日中睡醒的美女。一旦风雨来袭，海棠便似含泪佳人，神情凄婉。月下无人之时，它则更显清秀美好。我饭后无事可做，拍着肚子散步，自在逍遥。不去寺庙也不拜访乡邻，只是拄着拐杖来看挺拔的竹林。突然与娇媚的海棠相对，更映照出我的衰老，无奈只能叹息一声，擦擦模糊的双眼仔细观看。这偏僻的地方是从哪里得到这株海棠的？莫非是好事者自西蜀移来？海棠不易从远处移栽，这一定是鸿鹄把种子衔来的。海棠啊，我和你都远离家乡西蜀，流落异乡，为此应该共饮一杯，吟唱这感叹沦落天涯的诗篇。明天酒醒后我还会独自前来，只怕雪落纷纷不忍触及往事啊。

[集解]

（清）纪昀："此种真非东坡不能，东坡非一时兴到亦不能。"

晓至巴河口迎子由

题解

宋神宗元丰三年（1080）五月，苏辙从南京应天府（今河南商丘南）陪同其嫂王闰之和侄子苏迨、苏过来黄州，苏轼前往巴河口（今湖北黄冈以东）相迎，作此诗。

河口相迎

去年御史府，举动触四壁。
幽幽百尺井，仰天无一席。
隔墙闻歌呼，自恨计之失。
留诗不忍写，苦泪渍①纸笔。
余生复何幸，乐事有今日。
江流镜面净，烟雨轻幂幂②。
孤舟如凫鹥(yī)③，点破千顷碧。
闻君在磁湖④，欲见隔咫尺。
朝来好风色，旗脚西北掷。
行当中流见，笑眼清光溢。
此邦疑可老，修竹带泉石。
欲买柯氏林，兹谋待君必。

[注释]

①渍：浸湿。②幂幂：形容清烟笼罩的样子。③凫鹥：水鸟。④磁湖：在今湖北大冶。当时苏辙一行从水路前往黄州，遇到风浪，在磁湖停泊了两天。

[译文]

去年我身陷囹圄，被严密禁闭好似置身在深井中，稍一活动就碰到墙壁。这深深的牢笼黑暗异常，连张草席也没有，我只能仰天长叹。墙那边有人随着我的长叹也发出感慨，悔恨自己失了算计。我想写诗留给你，却不忍下笔，泪水浸湿了纸笔。那时不知后半生还有什么乐趣，原来快乐就在今天。江面平静得像镜面一样，清烟笼罩在水面上。那一艘小舟好似水鸟，让偌大碧绿的江面泛起了波澜。听说你停留在磁湖，虽相隔咫尺却不能相见，很是心焦。早晨刮起了东南风，你船上的旗子飘向西北，顺风之行真是太好了。我们马上就要在江上相见了，快乐得眼中闪出泪光。我想在黄州可以做养老的打算了，这里有修长的竹子、清泉和山石。我想买下柯氏林，就等你来一起再作打算。

迁居临皋亭

题解

宋神宗元丰三年（1080），苏轼由定惠院迁居临皋亭，全家居此。临皋亭地处黄州城南门外江边。

我生天地间，一蚁寄大磨[①]。
区区欲右行，不救风轮左。
虽云走仁义，未免违寒饿。
剑头有危炊，针毡无稳坐。
岂无佳山水，借眼风雨过。
归田不待老，勇决凡几个。
幸兹废弃余，疲马解鞍驮。
全家占江驿，绝境天为破。
饥贫相乘除，未见可吊贺。
淡然无忧乐，苦语不成些。

［注释］

①一蚁寄大磨：比喻事与愿违。《晋书·天文志》载："譬之于蚁行磨石之上，磨左旋而蚁右去。"

［译文］

人生在世，就如磨盘上的蚂蚁一样。你往左走，磨盘却向右转，人生是难以一帆风顺的，常常事与愿违。我的行为虽然遵守仁义，却总不免有衣食之忧。仕途艰险，想到此处我便坐卧不安。山水美景虽然众多，但都转瞬即逝，如过眼烟云。不能等到衰老了才辞官回家，可真正敢于这样及早归隐的又有几人呢？我如今被贬斥闲居，感觉好似疲惫的马儿解下了鞍子，终于解脱了负担。如今全家人住在江边的临皋亭，地处偏僻，房屋破漏。饥贫时消时长，不必为此难过。淡然处世便不会被忧愁或快乐左右情绪，也吟不成凄苦的诗章，如此才能超越忧乐。

闻 捷

题解

宋神宗元丰四年（1081），西夏多次集结军队骚扰北宋边界。九月，鄜延路经略安抚副使种谔在米脂寨打败西夏大军六万人，次月攻下米脂寨，进驻银川。捷报送至朝廷，宋神宗大喜，但之后不久战局便逆转。此诗是苏轼闻得捷报时所作。

元丰四年十二月二十二日，谒王文父于江南。坐上得陈季常书报：是月四日，种谔领兵深入，破杀西夏六万余人，获马五千匹。众喜忭唱乐，各饮一巨觥。

闻说官军取乞訚(yín)①，将军旗鼓捷如神。

故知无定河②边柳，得共中原雪絮春。

［注释］

①乞訚：银川，在今陕西米脂西北。②无定河：源自今内蒙古自治区的鄂尔多斯，东南流经陕西榆林、米脂等地，因急流夹沙，深浅无定，故名无定河。

［译文］

听说官军夺取了乞訚，种谔将军如神兵天降。如今无定河边的柳树刚刚发芽，中原的初春还飘着雪花，我们可以一同迎接春天了。

正月二十日，与潘、郭二生出郊寻春，忽记去年是日同至女王城作诗，乃和前韵

题解

此诗作于宋神宗元丰五年（1082）。“潘”指潘彦明，“郭”指郭兴宗，都是苏轼在黄州结识的朋友，以沽酒卖药为生。女王城即黄州以东的永安城。

东风未肯入东门，走马还寻去岁村。
人似秋鸿来有信，事如春梦了无痕。
江城白酒三杯酽(yàn)①，野老苍颜一笑温。
已约年年为此会，故人不用赋《招魂》②。

[注释]

①酽：形容酒的味道浓。②《招魂》：《楚辞》中的篇名，宋玉所作。

[译文]

春天的东风还不肯吹进东面的城门，我们已经骑着马出城去寻找去年一起游玩过的村落了。人就好像秋天的大雁一样，来去都会有音信痕迹可寻。可是往事就好像春天的一场梦，连一点痕迹都没有留下。让我们去江城边上的酒馆，喝上三杯酒家自酿的好酒吧。这里民风淳朴，乡间的老人会用饱经沧桑的脸孔上温暖的笑容来欢迎我们。我们已经约定了，每年春季的时候都要出东门踏青，所以，我的老朋友们啊，你们就不必因为此事担心挂念了。

[集解]

（宋）马永卿：“苏轼‘奋厉有当世志’，而且自信‘致君尧舜，此事何难’。但在神宗、哲宗两朝党争中几经起落，而其‘立朝大节极可观，才意高广，唯己之是信’”。

鱼蛮子

题解

此诗作于宋神宗元丰五年（1082）。时张芸叟（字舜民）谪官湖湘时曾作《渔父》一诗，苏轼遂取其意为“鱼蛮子”。后张芸叟谪官郴州（今湖南郴州），绕道来武昌与苏轼相会，苏轼作诗相和。

江淮水为田，舟楫为室居。
鱼虾以为粮，不耕自有余。
异哉鱼蛮子，本非左衽(rèn)徒①。
连排入江住，竹瓦三尺庐。
于焉长子孙，戚施且侏儒。
擘(bāi)水取鲂鲤，易如拾诸途。
破釜不著盐，雪鳞芼(mào)青蔬。
一饱便甘寝，何异獭与狙②。
人间行路难，踏地出赋租。
不如鱼蛮子，驾浪浮空虚。
空虚未可知，会当算舟车。
蛮子叩头泣，勿语桑大夫③。

[注释]

①左衽徒：指少数民族。少数民族的服装前襟是向左掩的，与汉族相反。②獭与狙：獭，水獭，生活在水边，捕鱼为食。狙，猕猴。③桑大夫：指桑弘羊，西汉武帝时的治粟都尉，领大司农，推行盐、铁、酒类由国家专营。此处暗喻执行新政的官吏。

[译文]

江淮的水就是田地，舟楫就是房屋。鱼虾便是粮食，不用耕作也能有些余粮。渔民本不是少数民族，他们的生活方式真是很奇特啊。渔夫们都住在江中，在浮水的木排上剖竹为瓦，制成了低矮的小屋。他们便在这里抚育后代，可子女因此发育不良，多是驼背或侏儒。渔夫捕鱼技巧高超，劈开水面就能捕到大鱼，就好像在路上拣到别人遗失的东西一样。渔夫用破锅煮饭，没有盐，只是把鲜鱼和青菜煮到一起充饥。他们吃饱了便睡觉，这和水獭、猕猴的生活有什么区别呢？其实这是因为如今谋生艰难，赋税苛重，就连占用一小块立足之地也要纳税。还是渔夫好啊，脚下是江水浪涛，没有丝毫土地。不过没有土地也不保险，不知何时车船也要缴税了。渔民见到我便哀求，不要把他们的行踪告诉那些善于征敛的官员。

琴　诗

题解

高斋先生指赵汴，字阅道，曾任参知政事。此诗也叫《题沈君琴》，苏轼认为此诗为佛偈。《楞严经》曾对什么是“浊”有一段阐发：“譬如清水，清洁本然，即彼尘土灰沙之伦，本质留碍，二体法尔，性不相循。有世间人取彼土尘，投于净水，土失留碍，水亡清洁，容貌汩然，名之为浊。”也就是说，“浊”是尘土和清水发生了作用而形成的。另一段论述说得更为明确：“譬如琴瑟、箜篌、琵琶，虽有妙音，若无妙指，终不能发。”苏轼的诗就是这段话的形象化。

武昌主簿吴亮君采，携其友人沈君十二琴之说，与高斋先生空同子之文、太平之颂以示予，予不识沈君，而读其书如见其人，如闻十二琴之声。予昔从高斋先生游，尝见其宝一琴，无铭无识，不知其何代物也。请以告二子，使从先生求观之。此十二琴者，待其琴而后和。元丰五年闰六月。

若言琴上有琴声，放在匣中何不鸣①？
若言声在指头上，何不于君指上听？

[注释]

①鸣：发出声音。

[译文]

如果说琴声是从琴上发出来的，那么放在匣子中的琴为什么发不出声音呢？如果说琴声来自弹奏它的手指，那何不就在你的手指上听呢？

[集解]

（清）纪昀：“此随手写四句，本不是诗。”

闻子由为郡僚所捃恐当去官

题解

宋神宗元丰六年（1083），苏辙任筠州（今江西高安）教授并监酒税，遭弹劾，辞去了筠州学官。苏轼遂作此诗。

少学不为身，宿志固有在。
虽然敢自必，用舍置度外。
天初若相我，发迹造宏大。
岂敢负所付，捐躯欲投会。
宁知事大谬，举步得狼狈。
我已无可言，堕甑（zèng）①难追悔。
子虽仅自免，鸡肋安足赖。
低回畏罪罟②，黾（mǐn）勉③敢言退。
若人疑或使，为子得微罪。
时哉归去来，共抱东坡耒。

用舍置度外

[注释]

①堕甑：甑落在地上，这里比喻不必对过去的失败感到后悔。甑，古代一种瓦制炊器。《后汉书·郭泰传》记载：孟敏一次“荷甑堕地，不顾而去”。郭泰“见而问其意，对曰：‘甑已破矣，视之何益！’”②罟：网。③黾勉：尽力。

[译文]

自幼求学不是为了求取自身的功名富贵，早年的志向和抱负今天依然存在。始终认为这志向一定能够实现，从不计较自身的得失。上天当初给了我机会，发展可谓通达，名噪一时。不敢辜负上天对自己的期许，总想寻求以身报国的机会。结果却事与愿违，每走一步都艰难异常。如今我也没什么可说的了，对过去的失败也没必要感到悔恨，那样于事无补。你是自己辞去了职位，眼前的功名也确实不值得留恋。我知道你徘徊忧郁总是害怕陷入罪网，但一向努力为官怎么能够轻易隐退呢？那些为你辩白的人可能是受人嘱托，因为你的罪名十分轻微，没有利害冲突。一旦得到时机，我们一起辞官吧，共同归隐山林该多好啊。

东　坡

题解

此诗作于宋神宗元丰六年（1083），当时苏轼在黄州溪山的东坡拾瓦砾、刈草，于大雪中建成“雪堂”，题为“东坡雪堂”，自号东坡居士，躬耕自食。

雨洗东坡月色清，市人行尽野人行。
莫嫌荦确①坡头路，自爱铿然曳②杖声。

［注释］

①荦确：山多大石。②曳：牵引。

［译文］

雨后月出，东坡的夜色更觉清新，赶集的人已经散尽，只有像我这样的山野之人才踽踽独行。不嫌弃山路满是巨石，坎坷难行，我独喜爱杖履声铿铿，清越可听。

海　棠

题解

这首绝句写于宋神宗元丰七年（1084）。上联写夜景，景中融入了海棠。下联咏赏花，以美女喻海棠。

东风袅袅①泛崇光，香雾②空蒙③月转廊。
只恐夜深花睡去④，故烧高烛照红妆。

[注释]

①袅袅：形容微风吹拂的样子。②香雾：指海棠的香气。③空蒙：迷茫缥缈。④只恐夜深花睡去：很怕夜深海棠花睡了过去。《太真外传》载："上皇登沉香亭，诏太真妃子。妃子时卯醉未醒，命高力士和侍儿扶妃而来。妃子醉颜残妆，鬓乱钗横，不能再拜。上皇笑曰：'岂是妃子醉，真海棠睡未足耳。'"

[译文]

春风轻轻吹拂，海棠摇曳发出雅致的光泽。海棠的阵阵幽香在氤氲的雾气中弥漫开来，沁人心脾，月亮转过回廊那边去，照不到这海棠花。生怕夜深海棠睡了，因此取来烛火照耀它明媚的姿容。

[集解]

（清）查慎行："此诗极为俗口所赏，然非先生老境。"

别黄州

题解

宋神宗元丰七年（1084）三月，苏轼接到特授检校尚书水部员外郎汝州团练副使本州安置的诰命，四月告别黄州，遂作此诗。

病疮老马不任鞿[①]，犹向君王得敝帏[②]。
桑下岂无三宿恋，樽前聊与一身归。
长腰[③]尚载撑肠米，阔领先裁盖瘿衣[④]。
投老江湖终不失，来时莫遣故人非。

[注释]

①不任鞿：受不了马络头的捆缚。鞿，马缰绳。②敝帏：破旧的帷幔。③长腰：时称黄州产的粳米为长腰米。④盖瘿衣：汝州（今河南汝州）的饮水中缺碘，当地人因此多得粗颈病，常穿宽领衣。

[译文]

我已经老病缠身不能任事了，没想到还能从皇帝那里得到一官半职来维持生计。我对黄州已经有了感情，如今却要只身一人前往汝州。我虽然还在吃着黄州的稻米，却已经准备宽领的衣服了。老了再归隐江湖，自信不会失去时机，将来也不会遭人非议。

庐山二胜

题解

宋神宗元丰七年（1084）四月，苏轼由黄州赴汝州，途经庐山，作此诗。

余游庐山，南北得十五六奇胜，殆不可胜纪。而懒不作诗，独择其尤佳者作二首。

开先[①]漱玉亭

高岩下赤日，深谷来悲风。
擘开青玉峡，飞出两白龙[②]。
乱沫散霜雪，古潭摇清空。
余流滑无声，快泻双石谼(hóng)[③]。
我来不忍去，月出飞桥东。
荡荡白银阙[④]，沈沈水精宫。
愿随琴高生，脚踏赤鲩(huàn)公[⑤]。
手持白芙蕖[⑥]，跳下清泠[⑦]中。

［注释］

①开先：佛寺名，南唐中主李璟所建，在庐山南麓庐山市境内。②两白龙：喻指两股瀑布。③谼：大山沟。④白银阙：指天上的宫殿。⑤愿随琴高生，脚踏赤鲩公：愿意跟随琴高，脚踏红鲤鱼遨游其间。琴高，传说中的一位水仙，曾骑红色鲤鱼游戏人间。生，先生。赤鲩公，鲤鱼的尊称。段成式《酉阳杂俎》载：唐朝因皇帝姓李，李、鲤同音，所以尊鲤鱼为赤鲩公，不准捕捉。卖鲤鱼的要判刑，打六十棍。⑥白芙蕖：白色的芙蓉花、荷花。⑦清泠：水名，见《山海经》。此处借指开先瀑布。

［译文］

红日落山，深谷吹风，天色渐晚。山峡对立，瀑布流过寺前的青玉峡后，分为两股。水泡喷洒如霜雪，清澈的潭水震荡。流下去的潭水无声无息，迅速流入了山谷之中。观此美景不忍离去，直到月亮从桥东升起。这里宛如天上的宫殿，又似水中的龙宫。我想像琴高那样骑着红鲤鱼遨游在此仙境，手持洁白的芙蓉花，尽情遨游水中。

栖贤三峡桥①

吾闻太山石，积日穿线溜②。
况此百雷霆，万世与石斗。
深行九地底③，险出三峡④右。
长输不尽溪，欲满无底窦⑤。
跳波翻潜鱼，震响落飞狖(yòu)⑥。
清寒入山骨，草木尽坚瘦。
空蒙烟霭间，澒(hòng)洞⑦金石奏。
弯弯飞桥出，潋潋半月彀(gòu)⑧。
玉渊⑨神龙近，雨雹乱晴昼。
垂瓶得清甘，可咽不可漱。

[注释]

①栖贤三峡桥：谷名，在庐山南五老峰与汉阳峰之间。苏辙曾作《庐山栖贤堂记》。②溜：水流。③九地底：地下最深处。九非实数，只是用以形容事物之最。④三峡：指重庆奉节至湖北宜昌间长江两岸的峡谷，一般指瞿塘峡、巫峡和西陵峡。⑤窦：洞。⑥飞狖：行动如飞的长尾猴。⑦澒洞：指水势汹涌之貌。⑧彀：拉满弓，这里指桥身映水，如弓形的半月。⑨玉渊：潭名，在栖贤寺东，栖贤谷中的水就流入此潭，传说其中有龙。

[译文]

听人说泰山之石积年为细细的流水所穿透，此处的波涛如雷霆般汹涌，历经万世与石头相互较量。瀑布的流水能深入到地底最深处，这里的峡谷比三峡还要险峻。长年奔流的水渊源无底，浩大的水势似乎要填满那无底之洞。波涛翻滚会冲出潜藏在水底的鱼，瀑布落下的巨大声响惊走了行动如飞的长尾猴。草木在石缝中生长，由于清凉的水汽渗入山石，因此它们都长得十分细长。这里水势汹涌，水汽朦胧一片，声音洪亮如金石乐器在演奏。弯弯的桥好像是从峡谷中飞出，水波中印出半月的倒影有如弯弓。在有神龙出没的玉渊潭，随云降落的冰雹让人分不清白天还是黑夜。我从潭中舀出一瓶清甜的潭水，这水只可以饮用，千万不能用来漱口。

题西林壁

题解

此诗是宋神宗元丰七年（1084）苏轼游庐山时所作。西林指的是西林寺，又名乾明寺。全诗前两句写了庐山坡岭相连、峰峦环列、高低错落的美景，后两句便寄寓出一个哲理：认识一个事物既要深入其中，又要超乎其外。

横看成岭侧成峰，远近高低各不同。
不识庐山真面目，只缘①身在此山中。

［注释］

①缘：因为。

［译文］

从正面看庐山，它是一道横长的山岭；从侧面看庐山，它是一座高耸的山峰。你再从不同距离、不同高度去看，呈现在你眼前的庐山，都是各种互不相同的形象。我们为什么不能确切完整地把握庐山的真实面貌呢？只因为人在山里面，眼界受到局限的缘故啊。

［集解］

（宋）黄庭坚："此老人于般若横说竖说，了无剩语，非其笔端有舌，亦安能吐此不传之妙。"

陈衍："此诗有新思想，似未经人道过。"

自兴国往筠宿石田驿南二十五里野人舍

题解

兴国即今江西兴国县。筠指筠州，即今江西高安。石田驿是驿站的名字。宋神宗元丰七年（1084），苏轼赴汝州上任前，自九江游庐山，并经兴国至筠州会见苏辙，此诗便是在前往筠州的途中所作。

溪上青山三百叠，快马轻衫来一抹。

倚山修竹有人家，横道清泉知我渴。
芒鞋竹杖自轻软，蒲荐[1]松床亦香滑。
夜深风露满中庭，惟见孤萤自开阖。

[注释]

①蒲荐：蒲草编制的席子。

[译文]

青山青翠，溪水潺潺，快马轻衫的游人仿佛给这层叠的青山涂上了极富诗意的一笔。山脚竹林边有人家，清泉横穿大道善解人意，仿佛知道我口干舌燥。我穿着草鞋拄着竹杖感觉轻巧舒适。睡在蒲草席上，以松树作床，清香扑鼻。夜深了，庭院中露水降下，满院宁静，只看见萤火虫飞舞，忽明忽灭。

郭祥正家，醉画竹石壁上，郭作诗为谢，且遗二古铜剑

题解

郭祥正，字功父。宋神宗元丰七年（1084）六月，苏轼路过郭祥正家，作此诗。

空肠得酒芒角[1]出，肝肺槎（chá）牙[2]生竹石。
森然欲作不可回，吐向君家雪色壁。
平生好诗仍好画，书墙涴（wò）[3]壁长遭骂。
不嗔不骂喜有余，世间谁复有君者。
一双铜剑秋水光，两首新诗争剑铓（máng）[4]。
剑在床头诗在手，不知谁作蛟龙吼。

[注释]

①芒角：植物刚长出的尖叶。②槎牙：杈丫，枝丫。③涴：污染。④铓：光芒。

［译文］

酒入空腹诗兴起，就好像是初生的叶子冒出尖来，作画的兴致也油然而生，仿佛五脏六腑都能长出枝丫、怪石。峭拔的竹石直接画在了主人家雪白的墙壁上。平生喜好作诗与绘画，常在墙壁上写诗作画，为此遭到不少非议和诽谤。今天，主人不仅没有责怪我，反而十分高兴，世上像您这样的人不多了。您赠给我的这双铜剑闪着光芒，仿佛要与劲拔的新诗一较锋芒。宝剑悬挂在床头，诗篇拿在手中，诗与剑争显锋芒，不知哪一个能如蛟龙吼叫般掷地有声。

次荆公韵四绝

题解

宋神宗元丰七年（1084）秋，苏轼赴汝州上任途中经过金陵，逗留月余。时王安石二次罢相后退居金陵，与苏轼相见后唱和颇多。两人虽在政见上观点相左，但在文学和私交上彼此欣赏并相得甚欢。

其　一

青李扶疏禽自来[①]，清真逸少手亲栽[②]。
深红浅紫从争发，雪白鹅黄也斗开。

［注释］

①禽自来：指来禽，俗称花红、沙果。②清真逸少手亲栽：这里将王安石比作王羲之。李白在《王逸少》中说："右军本清真，潇洒在风尘。"王羲之字逸少，曾任右军参军，又称王右军。

［译文］

此处的花草树木十分茂盛，都是您亲手栽种的啊。姹紫嫣红的花朵争相开放，色彩绚烂。

其　二

斫[①]竹穿花破绿苔，小诗端为觅桤(qī)[②]栽。
细看造物初无物，春到江南花自开。

[注释]

①斫：砍、削。②榿：一种植物名称，木质很软，叶子可作茶叶。

[译文]

削砍竹子穿过花丛，踏破绿苔前来赏花，小诗正为植花栽树而作。上天并未拥有万物，春天一到花儿自然会开放。

其 三

骑驴渺渺入荒陂

骑驴渺渺入荒陂[1]，想见先生未病时。

劝我试求三亩宅，从公已觉十年迟。

[注释]

①陂：山坡。

[译文]

骑驴一路走过旷远的荒野山坡，赶来看望先生。你劝我早日在金陵置下房屋田地，以便比邻相聚。我想跟随你一同隐居，却发觉自己的想法迟来了十年。

其 四

甲第非真有，闲花亦偶栽。

聊为清净供，却对道人开[1]。

[注释]

①聊为清净供，却对道人开：如此清净雅致的房舍，却成了僧人的寺院。作者自注：“公病后，舍宅作寺。”

[译文]

唉，豪华显贵的宅第不能一直拥有，那些繁茂的花草不过是因为偶然的机缘而种下的。你这清净雅致的房舍，却成了僧人的寺院。

送沈逵赴广南

题解

宋神宗元丰七年（1084），苏轼在金陵晤沈逵，作此诗。沈逵曾任永嘉知县、大理寺丞等职。

嗟我与君皆丙子①，四十九年穷不死。
君随幕府战西羌，夜渡冰河斫(zhuó)云垒②。
飞尘涨天箭洒甲，归对妻孥真梦耳。
我谪黄冈四五年，孤舟出没烟波里。
故人不复通问讯，疾病饥寒疑死矣。
相逢握手一大笑，白发苍颜略相似。
我方北渡脱重江，君复南行轻万里。
功名如幻何足计，学道有涯真可喜。
勾漏丹砂③已付君，汝阳瓮盎④吾何耻。
君归赴我鸡黍约⑤，买田筑室从今始。

[注释]

①丙子：苏轼与沈逵同年出生。苏轼生于宋仁宗景祐三年丙子（1036）十二月十九日。②斫云垒：攻破高入云霄的堡垒。③勾漏丹砂：勾漏，山名，在今广西北流。丹砂，传说中的一种仙药。④瓮盎：一种腹大口小的器皿，形容颈部浮肿。汝州缺碘，当地的人多脖子肿大。⑤鸡黍约：指聚会。《论语·微子》："止子路宿，杀鸡为黍而食之。"

[译文]

我与你同年出生，度过了四十九年穷困的岁月，侥幸没有饿死。你行军征战西羌，深夜渡过冰封的河流，攻破了敌军高入云霄的堡垒。战场上烟尘漫天，箭如骤雨般射向盔甲，战况异常激烈。战罢归来与妻子、儿女团聚，恍如梦境。我被贬谪在黄冈，四五年间泛舟湖上，独自寂寞缥缈。与过去的朋友不再通音讯，此处连年疾病饥荒横行，许多人都怀疑我已经死了。遇到朋友后握手致意相互一笑，容貌未改却已是白发上头，苍老之态显现。我此时正要北上常州，你却要南下广南，彼此又要相隔万里。功名富贵如幻影，如今也不计较了。学道已经摸到了边际，心中很是欢喜。你南下可以得到传说中勾漏山的仙丹，我到汝州去，可能会患上粗脖子的病。这次分别后，希望你不要忘记今日的约定，日后还能如约聚会。

书林逋诗后

题解

林逋，字君复，钱塘（今浙江杭州）人，养鹤种梅，不娶不仕，人称其“梅妻鹤子”。苏轼此诗作于宋神宗元丰八年（1085），表达了对林逋的倾慕之情。

吴侬生长湖山曲，呼吸湖光饮山绿。
不论世外隐君子，佣儿贩妇皆冰玉。
先生可是①绝俗人，神清骨冷无由俗。
我不识君曾梦见，瞳子了然光可烛。
遗篇妙字处处有，步绕西湖看不足。
诗如东野②不言寒，书似西台③差少肉。
平生高节已难继，将死微言犹可录。
自言不作封禅书④，更肯悲吟白头曲⑤。
我笑吴人不好事，好作祠堂傍修竹。
不然配食水仙王，一盏寒泉荐秋菊。

[注释]

①可是：岂是。②东野：指唐代诗人孟郊，孟郊字东野。③西台：指宋代书法家李建中。李建中善行书，曾在西京留守司御史台任职，因此称李西台。④自言不作封禅书：林逋借司马相如死后汉武帝从其家中搜出一卷专谈封禅的遗书之事，表明自己以从不撰写阿谀谄媚一类的文字而深感自慰。作者在自注里说：“逋临终诗云：‘茂陵他日求遗草，犹喜初无封禅书。’”⑤更肯悲吟白头曲：这里指不肯做有损品行操守的事。《西京杂记》载：“相如将聘茂陵人女为妾，卓文君作《白头吟》以自绝，相如乃止。”

[译文]

吴人生长在这西湖之畔，每日都在湖光山色中呼吸，饮用山间清泉水。不管是隐居世外的君子，还是雇工、小商贩，人人都高洁清雅。先生并不是与世隔绝之人，但气质高洁远离俗流。我虽然无缘与您结识，但在梦中曾相见，您眼光明亮，炯炯清立。西湖之畔到处都有您的诗作，让我流连忘返。您的诗作如孟郊，书法似李建中。先生平生高洁的品性无人能够继承，临终时的话语却依然能够警醒世人。您说自己从不撰写那些阿谀谄媚的文字，也从不做有损品行操守的事。可惜吴人生性不好事，否则应该靠着竹林为您修建祠堂。要不然就在水仙王庙供奉泉水和秋菊，以此表达纪念之情。

[集解]

（清）纪昀："起手如未睹佛像，先现圆光。"

归宜兴，留题竹西寺三首

题解

宋神宗元丰八年（1085），苏轼赴南京应天府（今河南商丘），请求留常州居住，四月到扬州，五月在宜兴写此三首诗，留题竹西寺。

其 一

十年归梦寄西风，此去真为田舍翁。
剩①觅蜀冈新井水，要携乡味②过江东。

[注释]

①剩：更加。②乡味：指蜀冈水。蜀冈是扬州竹西寺山上的一口井，其井水的味道有如蜀江，因此得名蜀冈。

[译文]

多年以前我就有了弃官回乡务农的念头，这次终于能够如愿归田做一个老农了。今日更是找到了蜀冈的井水，我要喝着这有着家乡味道的水到常州去。

其 二

道人劝饮鸡苏水①，童子能煎莺粟汤②。
暂借藤床与瓦枕，莫教辜负竹风凉。

[注释]

①鸡苏水：当时的一种饮品。鸡苏是一种植物的名称，也叫水苏。②莺粟汤：莺粟也叫罂子粟，可以煮粥。

[译文]

道士们总是劝人喝鸡苏水，童子会熬莺粟汤。暂时借来藤床和瓦枕，小睡一会儿，不要辜负了这竹林中凉爽的清风。

其　三

此生已觉都无事，今岁仍逢大有年[①]。
山寺归来闻好语，野花啼鸟亦欣然。

[注释]

①大有年：丰收之年。

[译文]

今生应该不会再有什么磨难了，今年仍旧遇到了一个丰收之年。从山寺回来后看到路旁的行人都欢笑戏语，野花和鸟鸣也显露出愉快。

赠王寂

㊣解

此诗作于宋神宗元丰八年（1085），王寂是作者在扬州结识的朋友。

与君暂别不须嗟，俯仰[①]归来鬓未华。
记取江南烟雨里，青山断处是君家。

[注释]

①俯仰：表示时间短。

[译文]

我与您只是暂时别离，不必难过，不久之后就会再次相聚，绝不会等到华发长出。我始终记着在这江南的烟雨里，青山的尽头是您的居所。

怀仁令陈德任新作占山亭二绝

题解

宋神宗元丰八年（1085）三月，哲宗赵煦即位，六月苏轼接到诏令，复朝奉郎起知登州军州事。苏轼在赴任途中，行至怀仁县（今江苏赣榆）时，为知县陈德任题占山亭，作此诗。

其 一

尚父提封海岱间[①]，南征惟到穆陵关[②]。
谁知海上诗狂客，占得胶西一半山。

[注释]

①尚父提封海岱间：西周的太公望封在齐鲁。尚父，指太公望，周文王尊称太公望为尚父。提封，古代诸侯的封地。海岱间，太公望封于齐地，都临淄，地处东海、泰山之间，故说“尚父提封海岱间”。②穆陵关：故址在今山东临朐东南的大岘山上。

[译文]

西周的太公望封在齐鲁，向南远行也不过到穆陵关。谁能知道我这个狂妄的诗人，曾据有胶西一半的山林。

其 二

我是胶西旧使君，此山仍合与君分。
故应窃比山中相，时作新诗寄白云[①]。

[注释]

①故应窃比山中相，时作新诗寄白云：南朝陶弘景初仕于齐，入梁后隐居不出。

梁武帝多次邀他出山，都被拒绝。但每逢大事，梁武帝还要向陶弘景咨询，时人称为“山中宰相”。陶弘景曾有诗云:“山中何所有，岭上多白云。只可自怡悦，不堪持寄君。”

[译文]

我曾是胶西的使君，与你相比可以说平分秋色。其实我如陶弘景一样，只是喜欢隐居写诗而已。

再过常山和昔年留别诗

题解

此诗作于宋神宗元丰八年（1085）十月，苏轼在赴登州途中过密州。在密州时，苏轼经常到常山祈雨，与此地感情至深。九年前离别密州时，他曾作《留别雩泉》，今日方作和诗。

伛偻[1]山前叟，迎我如迎新。
那知梦幻躯，念念非昔人。
江湖久放浪，朝市谁相亲。
却寻泉源去，桃花逢避秦。

[注释]

①伛偻：形容脊背弯曲，年岁渐老。

[译文]

山前的老翁佝偻着身躯，喜悦地迎接我归来。转眼间人已变老，我不禁感叹岁月无情。久在江湖漂泊，官场和闹市早就没有了与我亲近的人。密州的人依然对我情深意切，不如在这里寻找桃花源，就此休闲安居了。

再过超然台赠太守霍翔

题解

此诗作于宋神宗元丰八年（1085）。当时苏轼赴登州，途经密州时，密州知州霍翔于超然台置酒宴招待苏轼。

昔饮雩泉别常山，天寒岁在龙蛇间①。
山中儿童拍手笑，问我西去何当还②。
十年不赴竹马约，扁舟独与渔蓑闲。
重来父老喜我在，扶挈老幼相遮攀③。
当时襁褓皆七尺，而我安得留朱颜。
问今太守为谁欤，护羌④充国鬓未斑。
躬持牛酒劳行役，无复杞菊嘲寒悭⑤。
超然置酒寻旧迹，尚有诗赋镵(chán)⑥坚顽。
孤云落日在马耳，照耀金碧开烟鬟。
郑(fū)淇⑦自古北流水，跳波下濑⑧鸣玦环⑨。
愿公谈笑作石埭，坐使城郭生溪湾。

［注释］

①昔饮雩泉别常山，天寒岁在龙蛇间：苏轼九年前离开密州时，曾在密州城南的常山雩泉饮酒作别。那年干支为丙辰，属龙，次年为丁巳，属蛇，故曰“龙蛇间”。②山中儿童拍手笑，问我西去何当还：孩子们为我送行，笑问我什么时候回来。《后汉书·郭伋传》载：郭伋巡视西河，有儿童数百骑竹马迎接，及离开时，又有儿童送至郭外，问：“使君何日当还？”此处即用了这个典故。③遮攀：遮蔽了道路，攀着车辕。④护羌：“护羌校尉”的简称。作者自注：“翔自言在熙河作屯田有功。”这里以赵充国喻指霍翔。赵充国曾任护羌校尉、后将军，后平定羌戎，并上屯田奏章。⑤寒悭：寒酸。⑥镵：刺、刻。⑦郑淇：水名，由西南常山流向东北。⑧濑：沙石滩。⑨玦环：环形的石头。

[译文]

那年在雩泉作别后离开常山，已是丙辰和丁巳年间的事了。孩子们为我送行，笑着问我何时回来。十年来我一直未能赴约归来，贬居黄州，长期放浪形骸于山水之间。这次回来，常州的父老十分欢喜，扶老携幼前来看我，街道上和车上都是人。我走时那些尚在襁褓中的孩子，如今都是七尺男儿了，我又怎么能够不老呢？今天的密州太守霍翔好似赵充国，曾在边疆作战，可谓年轻有为。霍太守用酒肉慰劳行役之人，不像我当年那么寒酸了。今天在超然台置酒，寻访旧时的踪迹，石碑上尚有我题的诗赋。日照马耳山，映出了斑斓的色彩，山峦上方云雾皑皑，宛如女子的发髻。郏淇水一直流向北方，波涛溅在沙滩上，敲击着环形的石头，发出悦耳的声音。希望霍太守能在郏淇水上修筑石坝，使密州城溪流环绕，从而造福一方。

登州海市

题解

宋神宗元丰八年（1085）十月，苏轼到登州（今山东蓬莱）上任。仅五日便又接到诰命，以礼部郎中召回京师，十日后便又登程。苏轼的这篇长诗刻于蓬莱石上，描述了海市奇景。海市就是海市蜃楼，是海滨的一种奇妙幻境，其原理是光线经过不同密度的空气层，发生折射作用，将远处的景物映现在空中，形成海市奇景。

予闻登州海市旧矣。父老云："尝出于春夏，今岁晚不复见矣。"予到官五日而去，以不见为恨；祷于海神广德王之庙，明日见焉，乃作此诗。

东方云海空复空，群仙出没空明中。
荡摇浮世生万象，岂有贝阙藏珠宫。
心知所见皆幻影，敢以耳目烦神功。
岁寒水冷天地闭，为我起蛰鞭鱼龙。
重楼翠阜出霜晓，异事惊倒百岁翁。
人间所得容力取，世外无物谁为雄。
率然有请不我拒，信我人厄非天穷。
潮阳太守南迁归，喜见石廪堆祝融[①]。
自言正直动山鬼，岂知造物哀龙钟[②]。
伸眉一笑岂易得，神之报汝亦已丰。

斜阳万里孤鸟没，但见碧海磨青铜。
新诗绮语亦安用，相与变灭随东风。

[注释]

①潮阳太守南迁归，喜见石廪堆祝融：韩愈因谏迎佛骨，被贬为潮州刺史。在《谒衡岳庙遂宿狱寺题门楼》中，韩愈写道：“我来正值秋雨节，阴气晦昧无清风。潜心默祷若有应，岂非正直能感通。须臾静扫众峰出，仰见突兀撑青空。紫盖连延接天柱，石廪腾掷堆祝融。”紫盖、天柱、石廪、祝融都是山峰的名字。衡山七十二峰，终年在云雾中，不易看到。韩愈这次能够看到，喜出望外，故而写了这首诗。②龙钟：形容潦倒的样子。

[译文]

东边的天空，无边的云彩层层叠叠，那是众多神仙的居所啊。神仙的居所缥缈虚幻，哪里会有真的宫殿、关阙呢？我知道眼前看到的都是幻影，岂敢为了满足耳目之欲来麻烦神力呢？如今正值隆冬时节，天寒地冻，神仙难道是为了让我看到这奇妙的景象而特地发挥了神力吗？海上出现了重叠的楼宇，这奇异的景象连百岁老翁也叹为观止。人间所有的收获都是人们经过自己的努力得来的，那么这世外无物的奇观是由谁来主宰的呢？我冒昧地祈祷，希望能看到海市，结果真的实现了，可见我过去受到困厄并非是天在惩罚我。当初韩愈能够看到衡山诸峰秀美的景象，欣喜异常。那并不是韩愈的正直感动了山神，而是上天哀怜他生活坎坷，所以让他观赏衡山诸峰。如今一定是海神怜惜我穷困潦倒，让我见一见海市。能够舒展紧皱的眉头开颜一笑很是难得，这是天神对我的丰厚恩赐。很快海市就消失了，海面上只有碧波无边无际，如青铜镜面般平整清澈。唉，我的诗写得再好，也不能阻止海市的随风幻灭。

惠崇春江晚景二首

题解

惠崇为宋初“九诗僧”之一，善画鹅、雁、水乡等小景。惠崇跟苏轼不是一个时代的人。苏轼只见其画，未见其人。王安石很推崇惠崇的画，在《纯甫出僧惠崇画要予作诗》中赞道：“画史纷纷何足数，惠崇晚年吾最许。”《春江晚景》是惠崇的画作，共两幅，一幅是鸭戏图，一幅是飞雁图。这两幅画今已不存，但苏轼为之题写的诗却脍炙人口。

其 一

竹外桃花三两枝，春江水暖鸭先知。
蒌蒿①满地芦芽短，正是河豚②欲上时。

[注释]

①蒌蒿：一种生长在洼地的多年生草本植物，花淡黄色，茎高四五尺，刚生时柔嫩香脆，可以吃。②河豚：鱼的一种，学名“鲀”，肉味鲜美，但是卵巢和肝脏有剧毒。产于我国沿海和一些内河。春天沿江上游，近海处先得，江南地区二月后方能见到。

[译文]

竹林外两三枝桃花初放，鸭子在水中游戏，它们最先察觉了初春江水的回暖。河滩上已经满是蒌蒿，芦笋也开始抽芽，这些可都是烹调河豚的好佐料。而河豚此时正要逆流而上，从大海回游到江河里来了。

其　二

两两归鸿欲破群，依依还似北归人。
遥知朔漠①多风雪，更待江南半月春。

两两归鸿欲破群

[注释]

①朔漠：泛指北方。

[译文]

大雁成群结队飞回北方，好似眷恋家乡般依依不舍。它们好似通晓一切，为了不碰上北方的风雪，还要在江南作半月的停留。

[集解]

（清）毛希龄：“春江水暖，定该鸭知，鹅不知耶？”

西太一见王荆公旧诗偶次其韵二首

题解

宋神宗元丰八年（1085），苏轼奉诏回京，任起居舍人。次年，即宋哲宗元祐元年（1086）三月，迁中书舍人。七月，苏轼奉敕祭西太一宫，见王安石旧题壁诗《题西太一宫壁》。当时王安石已在金陵病逝，苏轼见此诗后注目良久，曰："此老野狐精也。"随即作诗相和。

其　一

秋早川原净丽，雨余风日清酣。
从此归耕剑外[①]，何人送我池南[②]。

［注释］

①剑外：剑阁以南，代指蜀地。②池南：池阳县以南，今陕西泾阳西北方，此处代指归蜀之路。

［译文］

早秋的四川平原风景秀美，气候湿润宜人，天色晴朗。不久后我将回家乡蜀地务农，是谁来给我送行呢？

其　二

但有樽中若下[①]，何须墓上征西[②]。
闻道乌衣巷[③]口，而今烟草萋迷。

［注释］

①若下：酒名。②墓上征西：曹操于建安十五年（210）作《述志令》自述生平，言其最初志向不大，"后征为都尉，迁典军校尉，意遂更欲为国家讨贼立功，欲望封侯作征西将军，然后题墓道言'汉故征西将军曹侯之墓'，此其志也"。③乌衣巷：东晋王、谢两大家族的居所，在今南京市东南。

［译文］

酒杯中若有若下名酒，何必要那身后之名？听说金陵的旧居已经萧条荒凉了，世事沧桑，就是那名门望族，也会人去楼空。

虢国夫人夜游图

题解

此诗作于宋哲宗元祐元年（1086）。虢国夫人是唐朝杨贵妃三姐的封号。

佳人自鞚[1]玉花骢[2]，翩如惊燕踏飞龙[3]。
金鞭争道宝钗落，何人先入明光宫[4]。
宫中羯鼓催花柳，玉奴[5]弦索花奴[6]手。
坐中八姨[7]真贵人，走马来看不动尘。
明眸皓齿谁复见，只有丹青余泪痕。
人间俯仰成今古，吴公台下雷塘路[8]。
当时亦笑张丽华[9]，不知门外韩擒虎[10]。

［注释］

①鞚：马勒，此处作驾驭讲。②玉花骢：唐玄宗的名马。③飞龙：指快马。④明光宫：汉代长安宫殿的名字，此处代指唐朝宫殿。《旧唐书·杨贵妃传》载："十载正月望夜，杨家五宅夜游，与广平公主骑从争西门寺，杨氏奴挥鞭及公主衣，公主堕马。"⑤玉奴：杨贵妃的小名。⑥花奴：汝阳王李琎的小名，李琎善击羯鼓。⑦八姨：秦国夫人。⑧吴公台下雷塘路：吴公台、雷塘，是隋炀帝前后两处葬身之地，均在扬州。⑨张丽华：陈后主陈叔宝的宠后。⑩韩擒虎：隋朝将领，带兵擒拿了陈后主和张丽华。

［译文］

虢国夫人自驾骏马急驰而过，与公主争路入宫，鞭扫公主落马。此时宫中正击鼓弹琴，歌舞喧天。贵妃亲自弹奏琵琶，汝阳王击打羯鼓助兴。席间的秦国夫人雍容华贵，坐着马车前来参加宴会，但她不过是虢国夫人的陪衬罢了。如今佳人已不可见，只有这幅图画遗留人间。人生只在俯仰之间，那隋炀帝当初嘲笑陈后主、张丽华一味游乐丧国亡身，可最终也步了陈后主的后尘。

书鄢陵王主簿所画折枝二首

题解

此诗作于宋哲宗元祐二年（1087），当时苏轼在京任翰林学士知制诰。鄢陵，今河南省鄢陵县。王主簿，邓椿《画继》卷四：“鄢陵王主簿，未审其名，长于画鸟。”

其 一

论画以形似，见与儿童邻。
赋诗必此诗，定非知诗人。
诗画本一律，天工与清新。
边鸾①雀写生，赵昌②花传神。
何如此两幅，疏淡含精匀。
谁言一点红，解寄无边春。

[注释]

①边鸾：唐朝画家，长于花鸟折枝。②赵昌：北宋画家，字昌之，善画花。

[译文]

人们评论画作总是看它是否形似，这种见识过于幼稚。谈到作诗便说要作此类诗，这也不是懂诗之人。诗词画意如出一辙，都要源自天成且清雅脱俗。边鸾善于画写实鸟雀，赵昌的花卉画得十分传神。不过在我看来，倒不如王主簿这两幅画作，着色清淡匀称，仅用一朵红色的花便反映出无限的春光。

其 二

瘦竹如幽人，幽花如处女。
低昂枝上雀，摇荡花间雨。
双翎决①将起，众叶纷自举。
可怜采花蜂，清蜜寄两股。
若人富天巧，春色入毫楮②。
悬知③君能诗，寄声求妙语。

[注释]

①决：快速、急速。②毫楮：笔和纸。③悬知：猜想。

[译文]

细长的竹子好似深沉的人，幽雅的花朵一如恬静的少女。枝头的雀鸟微微翘首，好似在蒙蒙细雨中摇摆。忽然间雀鸟展翅疾飞，树叶纷纷飘落。可爱的小蜜蜂飞舞花间，清新的花蜜就存在两股之间。有人具有天赋之能，可以将这春色融入笔端画于纸上。猜想这人一定可以作出好诗，能以佳句写出这画中的鸟鸣雨声。

[集解]

（金）王若虚："论妙于形似之外，而非遗其形似，不窘于题，而要不失其题，如是而已耳。"

庆源宣义王丈，以累举得官，为洪雅主簿，雅州户掾。遇吏民如家人，人安乐之。既谢事，居眉之青神瑞草桥，放怀自得。有书来求红带，既以遗之，且作诗为戏，请黄鲁直、秦少游各为赋一首，为老人光华

题解

王庆源，苏轼的叔丈人。宣义指的是宣义郎，官名。洪雅、雅州均是四川的地名。此诗作于宋哲宗元祐三年（1088）。

青衫半作霜叶枯，遇民如儿吏如奴。
吏民莫作官长看，我是识字耕田夫。
妻啼儿号刺史怒，时有野人来挽须。
拂衣①自注下下考②，芋魁③饭豆吾岂无。
归来瑞草桥边路，独游还佩平生壶。
慈姥岩④前自唤渡，青衣江⑤畔人争扶。
今年蚕市数州集，中有遗民怀袴襦⑥。
邑中之黔⑦相指似，白髯红带老不癯（qú）⑧。

我欲西归卜邻舍，隔墙拊掌容歌呼。
不学山王乘驷马，回头空指黄公垆⑨。

［注释］

①拂衣：愤怒的样子。②考：考核官吏的成绩。③芋魁：芋头。④慈姥岩：在四川青神县，为当地名胜。⑤青衣江：四川一水名。⑥怀袴襦：指地方官员的德政。《后汉书·廉范传》载：廉范曾任蜀郡太守，关注民生，百姓曾作歌表示怀念："廉叔度（廉范的字），来何暮，平生无襦今无袴。"⑦邑中之黔：《左传·襄公十七年》载：宋国皇国父要为平公筑台，子罕请求农闲时动工，百姓作歌谣说："泽国之皙，实兴我役。邑中之黔，实慰我心。"皇国父因皮肤白，称作"皙"；子罕皮肤黑，称为"黔"。⑧癯：清瘦。⑨不学山王乘驷马，回头空指黄公垆：魏晋时期，嵇康、刘伶、王戎、山涛、向秀、阮咸、阮籍七人常在竹林中聚会，被称为"竹林七贤"。后山涛、王戎做了高官。王戎身穿官服，乘着车再次经过当年聚会的黄公酒垆，感叹自己"为时所羁绊"。

［译文］

你的布衫很破旧，对待百姓如子女，对待同僚不逢迎。你从来不知道讨好上司，只当自己是个识字的农民。你的生活清苦，还遭到上司的厌恶，但同那些庄稼人始终保持着融洽的关系。每到政绩考察，你总是愤然自认自己的政绩属于下下等，说难道不做官就没有粗劣的饭食维持生计了吗？丢掉官职，回家还是会路过长满青草的桥边，出外游玩依然带着那只旧壶。慈姥岩前呼叫渡船，青衣江边人们争相搀扶。今年的蚕市上，还有不少人怀念你当年的德政。你是地方上得到人心之人，花白的须髯系着红色的带子；你清瘦苍老，一如当年皮肤黝黑的子罕。我想回到四川家乡后与你比邻而居，两家自此亲密无间，拍掌和唱歌都能听得到。不用学王戎、山涛去追求富贵功名，安于清贫休闲就很好了。

竹林七贤

与莫同年雨中饮湖上

题解

宋哲宗元祐四年（1089）三月，苏轼以龙图阁学士除知杭州军州事，七月到达杭州上任。莫同年指莫君陈，字和中，时任两浙提刑官。两人早有交往，此次在杭州相遇，同在雨中观赏西湖，作此诗。

到处相逢是偶然，梦中相对各华颠①。
还来一醉西湖雨，不见跳珠十五年。

[注释]

①华颠：头顶花白。

[译文]

人生在各处的相遇都是偶然的，此次相聚仿佛是在梦中，但你我的头上都有白发了。远离杭州许久了，这次回来又能够如痴如醉地观赏西湖的雨景，不见这雨珠跳落湖面的景象已经十五年了。

送子由使契丹

题解

宋哲宗元祐四年（1089），苏辙被任命为贺辽国生辰国信使出使契丹，苏轼在杭州得知后，写此诗送行。

云海相望寄此身，那因远适更沾巾。
不辞驿骑凌风雪，要使天骄①识凤麟②。
沙漠回看清禁③月，湖山应梦武林④春。
单于若问君家世，莫道中朝第一人。

［注释］

①天骄：汉朝人称匈奴单于为天之骄子，后来称历史上某些北方少数民族的君主为天骄。此处指契丹。②凤麟：不可多得的人才，此处指苏辙。③清禁：指皇宫。④武林：杭州钱塘县有武林山，因此杭州亦称武林。

［译文］

你我兄弟二人在两地分隔多年，哪里还会因为这次远行而悲伤呢？你乘着车马冒着风雪北行去契丹，要让契丹人认识中原的杰出人物。你在辽国定会仰望朝廷，想念远在杭州的我。如果契丹的首领问起你的家世，不要承认你是一流人才，要告诉他我们中原人才很多。

赠刘景文

题解

刘景文，名季孙，时任两浙兵马都监，驻杭州。宋哲宗元祐五年（1090），苏轼写此诗相赠。

荷尽已无擎①雨盖，菊残犹有傲霜②枝。

一年好景君须记，正是橙黄橘绿时。

［注释］

①擎：举，向上托。②傲霜：不怕霜冻，坚强不屈。

［译文］

荷叶凋败，像一把遮雨的伞似的叶子再也不像夏天那样亭亭玉立。菊花也已枯萎，但那傲霜挺拔的菊枝在寒风中依然显得生机勃勃。别以为一年的好景将尽，你可知道，最美的景致是在初冬橙黄橘绿的时节。

［集解］

（宋）胡仔《苕溪隐丛话》：“曲尽其妙。”

予去杭十六年而复来，留二年而去，平日自觉出处老少，粗似乐天，虽才名相远，而安分寡求，亦庶几焉。三月六日，来别南北山诸道人，而下天竺惠净师以丑石赠行，作三绝句

题解

宋哲宗元祐六年（1091），苏轼以翰林学士承旨被召回朝，离别杭州时作此诗。

其　一

当年衫鬓两青青，强说重临慰别情。
衰发[①]只今无可白，故应相对话来生。

［注释］

①衰发：因年老而疏白的头发。

［译文］

当年离开杭州之时，发色犹黑，勉强宽慰离别之情，展望再会之时。如今又要离开杭州，我的头发已经白了，看来只能来生再会杭州了。

其　二

出处依稀似乐天，敢将衰朽较前贤。
便从洛社[①]休官去，犹有闲居二十年[②]。

［注释］

①洛社：洛阳。②犹有闲居二十年：苏轼以白居易自比，白居易七十致仕，休居洛阳，诗酒自娱四五年，享年七十五岁。苏轼时年五十六岁，若从此休官，那么还有二十年的悠闲生活。

［译文］

我如今离开杭州好似当年的白乐天，性情与境遇都和这位前朝的贤人有类似之处。如同白乐天那样，可以自此休官，长期悠闲自处，那么我还有二十年的时光可以过悠闲的生活。

其 三

在郡依前六百日，山中不记几回来。
还将天竺[①]一峰去，欲把云根[②]到处栽。

［注释］

①天竺：天竺寺，在杭州天竺峰。②云根：奇异的山石。

［译文］

这次在杭州居住了六百多日，不记得去天竺峰去了多少次了。此次行踪难定，要是能把天竺峰上奇异的山石带走该多好啊。

感旧诗

题解

宋哲宗元祐六年（1091），苏轼任翰林学士。当时苏辙任尚书右丞，为避嫌疑，苏轼多次要求调离京师。这时，贾易、赵君锡等举《归宜兴留题竹西寺》一诗，弹劾苏轼在神宗死后作诗自庆。苏轼上奏章辩解，并奏请回避贾易。不久，苏轼以龙图阁学士派知颍州，遂作此诗留别苏辙。

嘉祐中，予与子由同举制科，寓居怀远驿，时年二十六，而子由二十三耳。一日，秋风起，雨作，中夜翛然，始有感慨离合之意。自尔宦游四方，不相见者十尝七八。每夏秋之交，风雨作，木落草衰，辄凄然有此感，盖三十年矣。元丰中谪居黄冈，而子由亦贬筠州，尝作诗以记其事。元祐六年，予自杭州召还，寓居子由东府，数月复出领汝阴，时予年五十六矣，乃作诗留别子由而去。

床头枕驰道[①]，双阙夜未央。
车毂(gǔ)[②]鸣枕中，客梦安得长。
新秋入梧叶，风雨惊洞房[③]。
独行残月影，怅焉感初凉。
筮仕[④]记怀远，谪居念黄冈。

一往三十年，此怀未始忘。
扣门呼阿同⑤，安寝已太康。
青山映华发，归计三月粮。
我欲自汝阴⑥，径上潼江⑦章。
想见冰盘中，石蜜与柿霜⑧。
怜子遇明主，忧患已再尝。
报国何时毕，我心久已降。

［注释］

①枕驰道：指靠近官道。②车毂：车轮中心的圆木。③洞房：深邃的内房。④筮仕：古人外出做官要事先占卜吉凶，称为筮仕。筮，占卜。⑤阿同：指苏辙。作者自注："子由一字同叔。"⑥汝阴：颍州在宋代又称汝阴郡，即今安徽阜阳。⑦潼江：水名，属潼川府，府治在今四川三台，也称东川。⑧想见冰盘中，石蜜与柿霜：想在瓷盘中看到石蜜与柿霜。作者自注："予欲请东川而归，二物皆东川所出。"

客梦安得长

［译文］

床头紧靠着官道，宫廷的深夜没有尽头。车轮声仿佛总是在耳边作响，途中的睡梦怎么能够安稳？秋天刚到，梧桐叶子就变色了。风雨凄凉，即使住在深邃的内室也能感到寒冷。我独自伴着残月上路，内心怅然，感到了丝丝凉意。还记得当年我们一同出仕为官，后来我被贬谪到了黄冈。这一晃就是三十年的光阴啊，无法忘怀。叩门叫你，你已经睡熟了，十分安适宁静。我如今白发渐多，早就作了归隐的打算，因此在外只准备了三个月的口粮。我想自颍川上表，请求到潼江就任。因为想得到石蜜与柿霜，这两样东西只有潼江出产。你经历了不少忧愁，如今终于得到重用。报效国家是没有尽头的，而我的心已经平静如水了。

泛 颍

题解

宋哲宗元祐六年（1091）八月，苏轼到颍州，任知州。此诗便是远离党争后，在平静的颍州游湖的佳作。

我性喜临水，得颍意甚奇。
到官十日来，九日河之湄。
吏民笑相语，使君老而痴。
使君实不痴，流水有令姿。
绕郡十余里，不驶亦不迟。
上流直而清，下流曲而漪。
画船俯明镜，笑问汝为谁。
忽然生鳞甲，乱我须与眉。
散为百东坡，顷刻复在兹。
此岂水薄相[1]，与我相娱嬉。
声色与臭味，颠倒眩小儿。
等是儿戏物，水中少磷缁。
赵陈两欧阳[2]，同参天人师。
观妙各有得，共赋泛颍诗。

［注释］

①薄相：游戏，这是吴语方言。②赵陈两欧阳：与苏轼同游的四位好友。

［译文］

我生性喜欢临水而居，这次能够到颍州为官真是非常幸运。到任十天，有九天都在河水岸边徘徊。官吏和百姓都含笑议论，说我这个新来的使君真是又老又痴。不是我痴迷，而是河水的姿容令我驻足。这河水环绕颍州十余里，水流不疾不缓。上流的水直泻清澈，下流的水曲折而有波纹。坐在船上俯视澄清的水波，笑问水中那个人是谁。怎么忽然蹦出了长着鳞甲的鱼？把我印在水面的胡须、眉目都搅乱了。顷刻间鱼儿散去，我的面貌又清晰地出现在水中。这难道是河水在和我做游戏吗？声色富贵不过是捉弄势利小人的东西。同是戏弄人的游戏，这河水就没有臭味，因为里面没有因为外界的污染而变黑。和我同游的四位好友，一起来参验自然人事的妙谛。每个人都有不同的心得，一起写下这泛舟颍川河水的诗篇。

[集解]

（清）东方树：“冲口即妙，千古不磨。”

淮上早发

题解

宋哲宗元祐七年（1092），苏轼接到以龙图阁学士充淮南东路兵马钤辖知扬州军州事的诰命，离开颍州赴任，途经淮河时作此诗。

澹(dàn)月倾云晓角①哀，小风吹水碧鳞开。

此生定向江湖老，默数淮中十往来。

[注释]

①晓角：报晓的乐器。

[译文]

淡淡的月光洒向薄薄的云层，报晓声响起，有些悲凉。微风吹着水面，碧绿的水面上泛起了细小的波纹。这一生注定要在江湖上漂泊终老了。往返这淮河，到如今已有十次了。

送晁美叔发运右司年兄赴阙

题解

宋哲宗元祐七年（1092）三月，苏轼到扬州上任。七月，晁美叔自扬州还朝，苏轼作此诗相送。晁美叔字端彦，与苏轼同年登科。

我年二十无朋俦(chóu)①，当时四海一子由。

君来扣门如有求，颀然[2]鹤骨清而修。
醉翁[3]遣我从子游，翁如退之蹈轲丘[4]。
尚欲放子出一头[5]，酒醒梦断四十秋。
病鹤不病骨愈虬，惟有我颜老可羞。
醉翁宾客散九州，几人白发还相收。
我如怀祖[6]拙自谋，正作尚书已过优。
君求会稽实良筹[7]，往看万壑争交流。

[注释]

①俦：同伴。②颀然：修长的样子。③醉翁：欧阳修自号醉翁，曾介绍苏轼与晁美叔相识。④轲丘：指孟子和孔子。⑤尚欲放子出一头：打算让其高出众人一头之地。作者自注："嘉祐初，轼与子由寓兴国浴室，美叔忽见访。云：'吾从欧阳公游久矣，公令我来，与子定交，谓子必名世，老夫亦须放他出一头地。'"⑥怀祖：晋代王述（字怀祖），与王羲之齐名。王羲之轻视他，曾对宾客说："怀祖只可做尚书。"⑦君求会稽实良筹：你要求到会稽那里任职正是不错的计划。作者自注："美叔方乞越。"会稽，今浙江绍兴。越，越州，治所在会稽。

[译文]

我二十岁时没有什么朋友，四海之内只有子由一人是知己。你登门来访，一副有事相求的神色，身材修长仪容清秀。原来是欧阳修介绍你与我相识，醉翁是同韩愈一样的人，一生恪守孔孟之道。回想当初欧阳修说让我高出众人一头之地的话，至今犹响在耳畔，昨日情景恍如梦中，距今已经四十年了。你修长的身材虽然清瘦如鹤，却矫健有力，只有我老态龙钟，真是惭愧。欧阳修的门客如今已经星散，在世的也大多白发苍颜，还有几人能互相接纳，保持旧交的呢？我拙于谋身，能像怀祖那样做到尚书已经是大过所望了。你要求到会稽那里任职正是不错的计划，可以看到许多溪水竞相奔流的美景。

送襄阳从事李友谅归钱塘

题解

此诗作于宋哲宗元祐八年（1093）。李友谅，字仲益，钱塘人，即将赴襄阳上任，苏轼写诗为其送行。

居杭积五岁，自意本杭人。
故山归无家，欲卜西湖邻。
良田不难买，静士谁当亲。
髯张①既超然，老潜②亦绝伦。
李子③冰玉姿，文行两清淳。
归从三人游，便足了此身。
公堤④不改昨，姥岭⑤行开新。
幽梦随子去，松花落衣巾。

［注释］

①髯张：字秉道，苏轼的友人。②老潜：道潜，也叫参寥子。③李子：指李友谅。④公堤：苏轼当年所筑，人称公堤。⑤姥岭：杭州一山岭名。

［译文］

我在杭州居住了五年，自认为已经是杭州人了。故乡已经没有家人了，不如就与这西湖为邻吧。不是买不起此处的好田地，只是这里还有谁能和我亲近往来呢？髯张已经超然世外，老潜也是这样。友谅姿容俊美，文章和为人都一样清白出众。不如我跟随你们三人的踪迹，从此游历，老此一生吧。我昔日筑的长堤还是旧时样貌，姥岭上却开辟出了新的道路。多想随你一同上路，看落花沾满衣襟。

送黄师是赴两浙宪

题解

此诗作于宋哲宗元祐八年（1093）。黄师是，名实，为苏轼姻亲，其女儿为苏辙儿媳。黄师是被派为两浙提点刑狱，苏轼作诗送别。

世久无此士，我晚得王孙①。
宁非叔度家，岂出次公门②。
白首沉下吏，绿衣有公言③。
哀哉吴越人，久为江湖吞。
官自倒帑廪④，饱不及黎元。
近闻海上港，渐出水底村。
愿君五袴手⑤，招此半菽魂⑥。
一见刺史天，稍忘狱吏尊。
会稽入吾手，镜湖小于盆。
比我东来时，无复疮痍存。

饯行

[注释]

①王孙：古时对出身高贵的人的通称，此处指黄师是。②宁非叔度家，岂出次公门：这两句是将黄师是与叔度、次公相比较。叔度，东汉黄宪，字叔度，心胸宽宏，以德行见重于世。次公，西汉黄霸，字次公，政绩卓著。③绿衣有公言：苏轼为黄师是饯行时，侍妾朝云向黄师是劝酒，说："他人皆进用，而君数补外，何也？"此处绿衣指朝云。④倒帑廪：把粮库和钱库翻倒，指挥霍无度。⑤五袴手：使百姓富裕的能手。《后汉书·廉范传》载：廉范迁蜀郡太守，施法便民，百姓为歌谣说："不禁火，民安作。平生无襦今五袴。"⑥半菽魂：指因饥饿而濒临死亡的百姓。半菽，粗劣的食物。

[译文]

这世上像你这样的人才太少了，我自恨与你相识太晚。您岂非出自黄叔度、黄次公的门庭吗？因为你颇有他二人的遗风。你在官场一直得不到重用，我很是心酸，朝云对此倒是说过一句公道话。如今江浙一带水灾严重，许久得不到缓解。官员挥霍钱粮无数，而百姓饥饿却无人过问。听说近日洪水渐退，露出了被淹没的村庄。希望你到任后能采取措施，解救那些饥饿的百姓。百姓见到你这样正直的清官，就不怕那些擅自作威作福的官吏了。等我到会稽上任后，水灾必定已经消失，镜湖也就变小了。那时浙东的疮痍在你的治理下一定已经不复存在了。

东府雨中别子由

题解

宋哲宗元祐八年（1093）八月，苏轼以端明殿学士兼翰林侍读学士出知定州（今河北定州）。苏轼在离开汴京前，前往东府告别苏辙，作此诗。

庭下梧桐树，三年三见汝。
前年适汝阴，见汝鸣秋雨。
去年秋雨时，我自广陵归。
今年中山①去，白首归无期。
客②去莫叹息，主人③亦是客。
对床定悠悠，夜雨空萧瑟。
起折梧桐枝，赠汝千里行。
归来知健否，莫忘此时情。

[注释]

①中山：指战国时期的中山国，定州为其属地。②客：指苏轼。③主人：指苏辙。

[译文]

庭院中的那棵梧桐树，三年来还能日日与你相见，我却不能。前年我被派往汝阴，在秋雨中与你话别。去年的秋天，我又从广陵被召回京师。今年我要到定州赴任了，年纪大了，不知道还有没有回来的日子。我走了你不要悲伤，你在仕途上也和我一样，很不安稳，至今仍是如此。你折下一只梧桐枝给我送行，嘱咐我要健康地回来，依依别情令我难以忘怀。

鹤 叹

题解

宋哲宗元祐八年（1093），苏轼到定州后作此诗，描绘了鹤的形与神。

园中有鹤驯可呼，我欲呼之立坐隅。
鹤有难色侧睨（nì）①予，岂欲臆对如鹏（fú）②乎。
我生如寄良畸孤③，三尺长胫阁瘦躯。
俯啄少许便有余，何至以身为子娱。
驱之上堂立斯须④，投以饼饵视若无。
戛然长鸣乃下趋，难进易退我不如。

[注释]

①睨：看，窥视。②鹏：又名山鸮，夜鸣，声恶，古人认为其是不祥之鸟。③畸孤：奇异清瘦。④斯须：同“须臾”，一会儿，形容时间短。

[译文]

园中饲养的鹤十分驯服，听从呼叫，我便呼唤它站到我的身边来。鹤似乎面有难色，斜着眼睛打量我，难道是要我像面对山鸮一样猜测它的心思吗？这鹤依靠别人生活，身材长得奇异修长，长长的腿上是瘦瘦的身体。低头吃少许食物便能存活，又何必以自身供人娱乐呢？鹤来到堂上站了一会儿，喂给它食物，它视若无睹。长长地鸣叫一声便又飞了下去，进堂难出堂易，这种个性我自叹不如。

临城道中作

题解

宋哲宗元祐年间，高太后听政，在政治上倾向于守旧派。高太后死后，哲宗于元祐八年（1093）十月亲政，次年改年号为绍圣，起用变法派。苏轼因此遭到迫害，被罢黜定州任，责知英州（今广东英德），此诗便作于南行途中。

予初赴中山，连日风埃，未尝了了见太行也。今将适岭表，颇以是为恨。过临城、内丘，天气忽清彻，西望太行，草木可数，冈峦北走，崖谷秀杰。忽悟叹曰：吾南迁其速返乎？退之衡山之祥也。书以付迈，使志之。

逐客何人著眼看，太行千里送征鞍。
未应愚谷能留柳①，可独衡山解识韩②。

［注释］

①未应愚谷能留柳：唐朝柳宗元在永贞革新失败后长期贬居永州，寄情山水，傍溪而居，并将冉溪改称愚溪，自称“余以愚触罪”。②可独衡山解识韩：韩愈因上表实报关中旱灾，要求停征赋税，得罪了幸臣而被贬到连州阳山（今属广东），两年后遇到朝廷赦免，改任江陵（今属湖北）法曹参军，赴任途中幸运地看到了衡山诸峰。

［译文］

我这个被贬到岭外的人，没有人愿意看上一眼，只有太行山多情为我送行。也许我能像柳宗元那样，不会在边郡长久停留吧。也许能像韩愈那样，幸运地遇到赦免，还能看到衡山诸峰的奇景，只希望我能够早日北归。

南康望湖亭

题解

南康，指南康军，在今江西省。宋哲宗绍圣元年（1094），苏轼在赴英州的途中经过安徽当涂，接到了谪贬惠州的诰命，便让次子苏迨到宜兴长子苏迈处暂居，自己和侍妾朝云、三子苏过奔赴惠州。八月经过南康时，苏轼作此诗。

八月渡长湖①，萧条万象疏。
秋风片帆急，暮霭一山孤。
许国心犹在，康时②术已虚。
岷峨③家万里，投老得归无。

［注释］

①长湖：指彭蠡湖，即今江西鄱阳湖。②康时：匡时、治世。③岷峨：岷山和

峨眉山，是苏轼家乡的名山。岷，岷山，在今四川松潘县北。峨，峨眉山，在今四川峨眉山市境内。

［译文］

八月渡过了长湖，万物萧条。秋风吹动船帆走得很快。天色渐暗，只能望见孤零零的山峰。报效国家的心意未变，然而治世的谋略却很不实际。家乡的群山在万里之外，不知道老了还有没有机会再回故乡。

秧马歌

题解

宋哲宗绍圣元年（1094），苏轼南行途中路过庐陵（今江西吉安），见到曾安止（字移忠）。曾安止出示了自己写的《禾谱》，苏轼惜其不谙农器。苏轼曾在武昌看到过农民骑着秧马插秧，比起躬着腰手植要大大节省劳力。苏轼于是作《秧马歌》，宣扬这种新式农具的良好效能。后来苏轼到了惠州，将此诗出示给惠州博罗县知县林抃，林抃试用并推广了这种农具。

过庐陵，见宣德郎致仕曾君安止，出所作《禾谱》。文既温雅，事亦详实，惜其有所缺，不谙农器也。予昔游武昌，见农夫皆骑秧马，以榆枣为腹，欲其滑；以楸桐为背，欲其轻；腹如小舟，昂其首尾；背如覆瓦，以便两髀雀跃于泥中；系束藁其首以缚秧。日行千畦，较之伛偻而作者，劳佚相绝矣。《史记》：禹乘四载，泥行乘橇。解者曰：橇形如箕，擿行泥上。岂秧马之类乎？作《秧马歌》一首，附于《禾谱》之末云。

春云蒙蒙雨凄凄，春秧欲老翠剡①齐。
嗟我妇子行水泥，朝分一垄暮千畦。
腰如箜篌首啄鸡，筋烦骨殆声酸嘶。
我有桐马手自提，头尻（kāo）②轩昂腹胁低。
背如覆瓦去角圭，以我两足为四蹄。
耸踊滑汰如凫鹥，纤纤束藁（gǎo）亦可赍③。
何用繁缨与月题④，朅（qiè）⑤从畦东走畦西。
山城欲闭闻鼓鼙（pí），忽作的卢⑥跃檀溪。
归来挂壁从高栖，了无刍秣⑦饥不啼。

少壮骑汝逮老黧(lí)[8]，何曾蹶铁[9]防颠脐(jī)[10]。
锦鞯(jiān)公子朝金闺，笑我一生蹋牛犁，
不知自有木駃騠(jué tí)[11]。

[注释]

①翠剡：青翠的稻苗。②头尻：头和屁股。③赍：带。④繁缨与月题：繁缨，是马的腹带和颈革。月题，是马的络头。⑤朅：去。⑥的卢：马名，指额部有白色斑点的马。《三国志》中记载，刘备曾骑着这匹马逃脱险境。⑦刍秣：饲养牛马的草料。⑧老黧：颜色黑黄。⑨蹶轶：颠仆。⑩颠脐：跌倒。⑪駃騠：良马名。

[译文]

春天细雨绵绵，播种的青翠的稻苗整整齐齐。可叹妇女和孩子们要在泥水中插秧，从早干到晚。插秧的人弯着腰低着头，好像啄米的鸡，筋骨疲惫酸痛，不时发出嘶哑的叹息声。我曾看见过可以自动插秧的“桐马”，马的头和屁股高，腹部和肋骨低。马背好像倒置的瓦去掉了角棱，人拿着它，用自己的双足代替马的四肢。用这种桐马插秧，可以像凫鸟一样跳跃，细小的秧苗也可以被带起来。不需要马的腹带、颈革和络头，就可以像宝马的卢一样越过深潭。插秧回来后，桐马挂在墙上就可以休息了，一点儿草料也不用吃。使用这种秧马，无论壮年还是老人都不会摔跤，很是安全。那些骑着骏马、跨着锦鞍的贵公子晋见朝廷，会笑我一生驾牛耕田。他们哪里知道，我有这木制的良马呢。

插秧

八月七日初入赣，过惶恐滩

题解

宋哲宗绍圣元年（1094），苏轼以五十九岁的高龄，被政敌迫害，不断贬官，最后以宁远军节度副使的名义，安置在惠州。八月，苏轼乘船进入位于今江西南部的赣江，从江西万安到赣州，赣江北流，沿途有十八个滩，黄公滩最险，后讹变为“惶恐滩”。

七千里外二毛人[①]，十八滩头一叶身[②]。
山忆喜欢劳远梦[③]，地名惶恐泣孤臣。
长风送客添帆腹，积雨浮舟减石鳞[④]。
便合与官充水手，此生何止略知津[⑤]。

[注释]

①二毛人：头发兼有黑白二色的人，指垂老的人。②一叶身：乘坐一叶扁舟的人。③山忆喜欢劳远梦：乡思萦回，却是“错喜欢”而已。作者自注：“蜀道有错喜欢铺，在大散关上。”④减石鳞：多日下雨，水涨高没过石头，水流石上形成了少见的鱼鳞式的波纹。⑤知津：知道渡口所在。《论语·微子》载：孔子曾在途中向隐士长沮、桀溺问津。他们因为不同意孔子那种急于用世的主张，避免作正面答复，只说：“是知津矣。”（他是知道渡口的，何必问我们。）这里是反用其意。

[译文]

我这个头发斑白的老人远离故乡七千余里，身世飘零在这十八滩头。想念归路，乡思萦绕心头，却只是错喜。如今行到险滩，使我这个被贬谪的人更感凄楚。风将船帆吹得鼓胀，送我远去，连日的降雨能使船漂浮起来，石头上都出现了少见的鱼鳞状波纹。我这一生历经风浪，满可以为官人充当水手，岂止是略知津渡而已呢？

十月二日初到惠州

题解

宋哲宗绍圣元年（1094）十月，苏轼到达惠州后作此诗。

仿佛曾游岂梦中，欣然鸡犬识新丰①。
吏民惊怪坐何事，父老相携迎此翁。
苏武岂知还漠北，管宁自欲老辽东。
岭南②万户皆春色③，会有幽人客寓公④。

［注释］

①鸡犬识新丰：汉高祖刘邦定都关中后，其父太公因思念故里，时常闷闷不乐。为此，刘邦命令在秦国故地骊邑，仿照家乡丰地的街巷布局，为太上皇重筑新城，并将太公故旧迁居于此，太上皇这才高兴起来。据说改建后的骊邑和丰邑一模一样，从丰邑迁来的鸡和狗都能找到自己的家。太公死后，刘邦正式下令，将骊邑改名为新丰。②岭南：泛指两广一带。③春色：这里指酒。作者自注："岭南万户酒。"④寓公：寄居外地的贵族或是闲散无权的官吏。

［译文］

我仿佛曾在梦中到过这里，欣喜地感到新丰有些眼熟。官吏和百姓都以为我是犯了什么错误才会来到这里，继而欢迎我来此居住。当年苏武难以预料能否从漠北归还，而管宁则自愿定居在辽东，我的情形也是如此。这里家家户户都酿造美酒，应该有高雅的人士来招呼我一同饮酒啊。

游博罗香积寺

题解

此诗作于宋哲宗绍圣二年（1095）三月。博罗是惠州的属县，香积寺在博罗县的西山脚下。

寺去县七里，三山犬牙，夹道皆美田，麦禾甚茂。寺下溪水可作碓磨，若筑塘百步，闸而落之，可转两轮举四杵也。以属县令林抃，使督成之。

二年流落蛙鱼乡①，朝来喜见麦吐芒。
东风摇波舞净绿，初日泫露酣娇黄。
汪汪春泥已没膝，剡剡秋谷初分秧。
谁言万里出无友，见此二美喜欲狂。
三山②屏拥僧舍小，一溪雷转松阴凉。
要令水力供臼磨，与相地脉增堤防。
霏霏落雪看收面，隐隐叠鼓闻舂糠。
散流一啜(chuò)③云子白，炊裂十字琼肌香。
岂惟牢丸④荐古味，要使真一⑤流天浆。
诗成捧腹便绝倒，书生说食真膏肓⑥。

［注释］

①蛙鱼乡：指滨海多水的惠州。②三山：指当地的大北山、象头山和白水山。③啜：喝。④牢丸：蒸煮成的米团一类的食品。作者自注："束皙《饼赋》云：'馒头、薄持、起搜、牢丸。'"⑤真一：酒名，用米、麦、水酿造而成，苏轼曾在岭南自酿此酒。⑥膏肓：此处形容荒唐。

［译文］

我在惠州居住已经两年了，欣喜地看到麦子生出了嫩芽。微风吹拂，麦浪舞动着嫩绿的身躯。清晨阳光照耀，露珠欲滴，麦穗呈现出浓浓的娇艳黄色。春泥没过了膝盖，青翠发光的谷子刚刚分秧。谁说万里之外的惠州没有朋友？我见到这麦苗和禾稻欣喜若狂。惠州邻近的三座大山像屏风一样簇拥靠近，其间的僧寺便显得很小。溪水流转之处，松树荫中，空气凉爽宜人。应该利用这溪水来建立碓磨，观察地形筑堤修塘。那时用水力磨面、舂米，水碓声响，白面纷纷落下，该多好啊。用稻米做成洁白的粥，用白面蒸出香甜的炊饼。碓磨不但可以加工米面，做出讲究的食品，还可以用来酿造美酒呢。写完这首诗不禁感到有些可笑，我这样一个书生一本正经地谈论吃喝真是荒唐啊。

赠王子直秀才

题解

此诗作于宋哲宗绍圣二年（1095）。王子直，名原，号鹤田处士。此诗描绘了王子直闲居田园的潇洒生活。

万里云山一破裘，杖端闲挂百钱游。
五车书已留儿读，二顷田应为鹤谋①。
水底笙歌蛙两部，山中奴婢橘千头。
幅巾②我欲相随去，海上何人识故侯③。

［注释］

①为鹤谋：王子直家住鹤田山。②幅巾：古时男子用绢一幅来束发，这是一种儒生的装束。③故侯：旧时的官员，此处是作者自指。

［译文］

身穿一件破裘衣游历万里山水，百钱就这样随意挂在手杖上。丰富的藏书留在家中给儿孙诵读，鹤田山上还有两顷薄田。住处幽雅，溪边有蛙欢叫。果树成荫，不用担心衣食。我愿头戴幅巾随你归隐江湖，只是海滨无人与我相识。

四月十一日初食荔支

题解

宋哲宗绍圣二年（1095），苏轼在惠州初食荔枝后作此诗。荔支即荔枝。

南村诸杨北村卢①，白花青叶冬不枯。
垂黄缀紫烟雨里，特与荔支为先驱。
海山仙人绛罗襦，红纱中单②白玉肤。
不须更待妃子笑③，风骨自是倾城姝。

不知天公有意无，遣此尤物生海隅。

云山得伴松桧老，霜雪自困楂梨粗。

先生洗盏酌桂醑(xǔ)[④]，冰盘荐此赪(chēng)虬珠[⑤]。

似闻江鳐斫玉柱，更洗河豚烹腹腴[⑥]。

我生涉世本为口，一官久已轻莼(chún)鲈[⑦]。

人间何者非梦幻，南来万里真良图。

［注释］

①南村诸杨北村卢：南有杨梅北有卢橘。作者自注："谓杨梅、卢橘也。"②中单：内衣。③妃子笑：指唐朝杨贵妃。杜牧的《过华清宫》中有"一骑红尘妃子笑，无人知是荔枝来"的诗句。④桂醑：美酒。⑤赪虬珠：红色的龙珠，此处指荔枝。⑥似闻江鳐斫玉柱，更洗河豚烹腹腴：我听说荔枝的美味好似烹制好的江鳐柱，又像鲜美的河豚腹。作者自注："予尝谓荔支厚味高格两绝，果中无比，惟江鳐柱、河豚鱼近之耳。"斫，用刀切开。江鳐，蛤蜊一类的海产品。玉柱，江鳐的肉柱，即江鳐的闭壳肌。腹腴，鱼腹下的肥肉。⑦莼鲈：莼菜和鲈鱼，代指乡味或乡思。《世说新语·识鉴》载：吴郡人张翰在异地为官，"见秋风起，因思吴中菰菜羹、鲈鱼脍，曰：'人生贵得适意耳，何能羁宦数千里以要名爵！'遂辞官回乡"。

［译文］

南有杨梅北有卢橘，都是白色的花朵青青的叶子，冬天也不落败。烟雨蒙蒙的春天，它们的果实开始成熟，都比荔枝早，堪称荔枝的先驱。荔枝的外壳好似海上仙女的大红袄，荔枝的内皮便是仙女红纱的内衣。根本无须美人杨贵妃赏鉴，荔枝本身自有动人的资质、绝世的姿容。天公遗留这仙品在凡尘，不知是有意为之，还是无意使然。这荔枝与松树一同生长，不像山楂、梨子那样，会因霜雪变得果质粗糙。主人清洗杯盏，斟满了美酒，用洁白的盘子端来了这红色龙珠般的荔枝。我听说荔枝的美味好似烹制好的江鳐柱，又像鲜美的河豚腹。我一生做官不过是为了糊口养家，为求得一官半职，早把乡土之念看轻了。哪里知道人生变幻无常，居然能在异乡品尝到如此佳果，贬谪到这遥远的南方也是一件好事啊。

荔支叹

题解

宋哲宗绍圣二年（1095），苏轼在惠州作此诗。

十里一置①飞尘灰，五里一堠（hòu）②兵火催。
颠坑仆谷相枕藉③，知是荔支龙眼来。
飞车跨山鹘④横海，风枝露叶如新采。
宫中美人一破颜，惊尘溅血流千载。
永元荔支来交州，天宝岁贡取之涪⑤。
至今欲食林甫肉，无人举觞酹伯游。
我愿天公怜赤子，莫生尤物为疮痏（wěi）⑥。
雨顺风调百谷登，民不饥寒为上瑞。
君不见武夷溪边粟粒芽⑦，前丁后蔡相笼加⑧。
争新买宠各出意，今年斗品充官茶⑨。
吾君所乏岂此物，致养口体何陋耶。
洛阳相君忠孝家，可怜亦进姚黄花⑩。

［注释］

①置：古代的驿站。②堠：古代路旁的里程堡，此处也指驿站。③枕藉：重叠堆积。④鹘：一种海鸟，此处喻指海船。⑤永元荔支来交州，天宝岁贡取之涪：汉代永元年间，荔枝自交州上贡。到了唐朝天宝年间，荔枝由四川的涪州供给。作者自注："汉永元中交州进荔支、龙眼，十里一置，五里一堠，奔驰死亡，罹猛兽毒虫之害者无数。唐羌字伯游，为临武长，上书言状，和帝罢之。唐天宝中盖取涪州荔支，自子午谷路进入。"⑥疮痏：疮伤，此处指灾害。⑦粟粒芽：武夷茶的最上品。⑧前丁后蔡相笼加：指丁谓、蔡襄这类人把茶笼装加封，进贡给皇帝。作者自注："大小龙茶始于丁晋公，而成于蔡君谟。欧阳永叔闻君谟进小龙团，惊叹曰：'君谟士人也，何至作此事！'"前丁，指丁谓，字谓之，北宋真宗时为参知政事。后蔡，指蔡襄，字君谟，北宋仁宗初年的进士。⑨争新买宠各出意，今年斗品充官

茶：官僚们想尽办法争新买宠，把赛茶选出的上品佳茗进贡给皇帝。作者自注："今年闽中监司乞进斗茶，许之。" ⑩洛阳相君忠孝家，可怜亦进姚黄花：可惜洛阳钱惟演，号称忠孝人家，也向朝廷进贡牡丹花邀宠。作者自注："洛阳贡花，自钱惟演始。"姚黄花，一种牡丹名品。

[译文]

奔波在驿路上的快马疾驰而过，飞尘漫天，因为任务繁重不得不这样急迫。这样急奔不是有紧急的军情，而是为了运送新鲜的荔枝。为了送荔枝死了许多人，有的跌入山谷，有的掉进深坑。飞车跨过高山，乘船越过大海，只为将新采摘的荔枝快速运送到宫中。为了博得美人杨贵妃的欢心，不知摧残了多少人的生命。汉代永元年间，荔枝自交州上贡。到了唐朝天宝年间，荔枝由四川的涪州供给。许多人为此深受其害，至今还想生吃奸臣李林甫的肉，以酒洒地纪念伯游。我请求上天怜悯百姓，不要降下这种珍贵的物品了，它只能给百姓带来灾难。对于百姓而言，只有风调雨顺百谷丰登，才是上等好事。您不曾看见吗？武夷山上最上等的茶叶，一直被丁谓、蔡襄之类的人进贡给皇帝。官僚们想尽办法争新买宠，把赛茶选出的上品进贡给皇帝。难道皇帝缺少的是这些茶叶吗？用这种方法邀宠的人真是太丑陋了。可惜洛阳钱惟演，号称忠孝人家，也向朝廷贡花邀宠。

[集解]

（宋）黄彻："补世之语，不能易也。"

（清）纪昀："波澜壮阔，不嫌其露骨。"

（清）方东树："章法变化，笔势腾挪，波澜壮阔，真太史公之文。"

章质夫送酒六壶，书至而酒不达，戏作小诗问之

题解

此诗作于宋哲宗绍圣二年（1095）。章质夫，时任广州知州，给苏轼送酒，没想到送酒的官吏在路上摔倒了，酒都洒了。苏轼遂作此诗，幽默地答谢了一番。

白衣送酒舞渊明①，急扫风轩洗破觥②。
岂意青州六从事③，化为乌有一先生。
空烦左手持新蟹，漫绕东篱嗅落英。
南海使君④今北海⑤，定分百榼(kē)饷春耕。

[注释]

①白衣送酒舞渊明：此处是借用了陶渊明的一个典故。传说陶渊明在九月九日发现家中无酒，便坐在房子旁边的菊花丛中，手捧酒壶。不久，一个白衣人走来给他送酒，此人是江州刺史王弘，两人饮酒后各自归家。②觥：古时的一种酒器。③青州六从事：美酒的隐语。《世说新语·术解》载："桓公（桓温）有主簿善别酒，有酒辄令先尝，好者谓'青州从事'，恶者谓'平原督邮'。"④南海使君：指章质夫，广东古有南海之称。⑤北海：指孔融，因其曾任北海相，故人称孔北海。《后汉书·孔融传》载：孔融"宾客日盈其门，常叹曰：'坐上客恒满，尊中酒不空，吾无忧矣。'"

[译文]

听说你要来给我送酒，就像当年白衣人给陶渊明送酒一样，我急忙清扫庭院，洗涤酒器。可没想到这六壶美酒没有等来。徒然手持蟹螯，却没有美酒相伴，只能环绕篱笆嗅落花。我知道你就像孔融一样慷慨好客，一定会拿出百盏美酒来款待辛勤耕耘的人。

纵　笔

题解

宋哲宗绍圣四年（1097），苏轼寓居惠州嘉祐寺，作此诗。据说此诗传至汴京，章惇读后笑曰："苏子尚尔快活邪？"又贬苏轼到昌化军（今海南儋州）。

白头萧散①满霜风，小阁藤床寄病容。
报道先生春睡美，道人轻打五更钟。

[注释]

①萧散：这里指头发变得稀少。

[译文]

白发越来越稀少，好似被寒风吹过一般，我正养病卧在寺中小阁楼的一张藤床上。我此刻春睡香甜，道人不敢打扰，轻轻敲打五更的更鼓。

[集解]

（清）纪昀："此诗无所讥讽，竟亦贾祸。盖失意之人作旷达语，正是极牢骚耳。"

吾谪海南，子由雷州，被命即行，了不相知，至梧乃闻尚在藤也。旦夕当追及，作此诗示之

题解

宋哲宗绍圣四年（1097）四月，苏轼再次被贬为琼州（今海南海口）别驾昌化军安置，不得签书公事。苏辙也由筠州贬为化州别驾，雷州（今广东海康）安置。苏轼将家属安置在惠州，自己带三子苏过奔赴贬所。行至梧州（今广西梧州），闻苏辙尚在藤州（今广西藤县），乃作此诗。

九疑①联绵属衡湘，苍梧独在天一方。
孤城吹角烟树里，落月未落江苍茫。
幽人拊枕坐叹息，我行忽至舜所藏②。
江边父老能说子，白须红颊如君长。
莫嫌琼雷③隔云海，圣恩尚许遥相望。
平生学道真实意，岂与穷达俱存亡。
天其以我为箕子④，要使此意留要荒。
他年谁作舆地志⑤，海南万里真吾乡。

[注释]

①九疑：指九嶷山，在湖南南部。②舜所藏：大舜的葬身之地。《史记·五帝本纪》载：舜"南巡狩，崩于苍梧之野，葬于江南九疑"。③琼雷：琼州和雷州，分别是苏轼和苏辙的贬所，两地隔海相对。④箕子：殷商贵族，周武王灭商后，被封于朝鲜。⑤舆地志：古代地理方面的书籍。

[译文]

九嶷山盘桓在衡阳、湘北一带，苍梧郡则独据南方。边塞孤城，号角声埋没在浓重的烟雾中，月亮则挂在苍茫的江面上。我抱着枕头无法入睡，独自叹息，想不到竟然来到了当年大舜的葬身之地。江边的父老见过你，纷纷对我说起你的相貌，白色的胡须、红红的脸颊和我很是相像。你不要叹息琼州和雷州之间隔着大海，这是皇帝的恩德，允许你我兄弟二人隔海相望。我们平生真心学道，不会因为穷困或是发达而改变心性。上天把我当作箕子一样，因此才让我流落偏远的地方。以后谁来编撰这里的地方志，就将

海南算作我的家乡吧。

［集解］

（清）汪师韩："水天景色，离合情怀，一种缠绵悱恻之情，极排解乃极沉痛。"

行琼儋间，肩舆坐睡，梦中得句云："千山动鳞甲，万谷酣笙钟。"觉而遇清风急雨，戏作此数句

题解

宋哲宗绍圣四年（1097），苏轼在赴海南的途中，于藤州遇到了贬官雷州的苏辙，二人一同行至雷州，然后苏轼告别苏辙，渡海南去。此诗是苏轼渡海后，由琼州到儋州途中遇雨时所作。

四州①环一岛，百洞蟠其中。
我行西北隅，如度月半弓。
登高望中原，但见积水空。
此生当安归，四顾真途穷。
眇观大瀛海，坐咏谈天翁②。
茫茫太仓③中，一米谁雌雄。
幽怀忽破散，永啸来天风。
千山动鳞甲，万谷酣笙钟。
安知非群仙，钧天宴④未终。
喜我归有期，举酒属青童⑤。
急雨岂无意，催诗走群龙。
梦云忽变色，笑电亦改容。
应怪东坡老，颜衰语徒工。
久矣此妙声⑥，不闻蓬莱宫⑦。

登高望中原，但见积水空

[注释]

①四州：指琼州（今海南海口）、崖州（今海南三亚崖城镇）、儋州（今海南儋州）和万安军（今海南万宁）。②谈天翁：战国时，齐人邹衍善谈论天象，人称“谈天衍”。③太仓：古代京城中的谷仓。④钧天宴：神仙的宴会。⑤青童：神仙的名字。⑥妙声：一说指万谷笙钟，一说指作者的诗作。⑦蓬莱宫：仙人居住的宫殿名。

[译文]

海南岛由琼州、崖州、儋州和万安军环绕组成，岛中的五指山洞穴盘旋。我从琼州走到儋州，正好是在海南岛的西北方走了一条弧形的道路，有如半弦月的形状。登上高处向北望去，只见一片汪洋大海。这辈子还能否走出这个岛呢？想来是不太可能了。远望域外的大海，想到了谈论天体的邹衍。海南岛对于整个国家来说，就像谷仓中的一粒米，有谁会在乎它的大小呢？我正在幽静地怀念，思绪忽然被长风吹散。此时山间的草木都如鳞甲般扇动，谷穴中风的回声如仙乐弹奏。有谁知道这一定是洞穴的风声呢？也许是神仙的宴会还未结束，仙乐飘散而来吧。也许还有北归中原的希望，我喜出望外，举酒向青童敬酒。这风卷暴雨不是无意而落，是群龙降雨催动了我的诗兴。看到我的诗作，云团变了颜色，闪电改了笑容。它们可能是惊异我老了，容颜衰老，可诗句依然有力，就是在仙人居住的地方，也听不到这种妙声啊。

[集解]

（清）纪昀：“以杳冥诡异之词，抒雄阔奇伟之气，而不露圭角，不使粗豪，故为上乘。源出太白，而运以己法，不袭其貌，故能各有千古。”

和陶与殷晋安别送昌化军使张中

题解

宋哲宗元符二年（1099），昌化军使（由儋州知州兼任）张中为了照顾苏轼，让他暂住行衙，后来派了军士修葺伦江驿供其居住。张中时常给苏轼送酒，陪他下棋，两人相处甚欢。不久后湖南提举常平官董必察访岭南，将苏轼逐出了官舍，张中也被罢职，调往他处。苏轼写诗送别，表达了自己对张中的感激之情。

孤生知永弃，末路嗟长勤。
久安儋耳陋，日与雕题①亲。
海国②此奇士，官居我东邻。
卯酒③无虚日，夜棋有达晨。
小瓮多自酿，一瓢时见分。
仍将对床梦，伴我五更春。
暂聚水上萍，忽散风中云。
恐无再见日，笑谈来生因。
空吟清诗送，不救归装贫。

［注释］

①雕题：古代指南方的少数民族，此处特指黎族。②海国：指海南岛。③卯酒：早晨喝的酒。

［译文］

这一生依然清楚地知道要被永远留在此地了。在儋州居住的时间长了，听不到朝中的消息，每天往来的都是黎族的百姓。海南岛有一个张中，在此地为官与我相邻。我们时常相会，饮酒下棋，相聚十分亲切。张中的酒多是自己酿造的，无论多少都分给我喝。有时同卧一室，伴我度过不眠之夜。短暂的相聚如水上浮萍，转眼间面临离别，好像被狂风吹散的云。此生恐怕是无缘再相见了，只能把见面的希望寄托来生。我只能写这样一首诗为你送行，你的行囊简陋，我却无力相助。

纵笔三首

题解

此诗是苏轼于宋哲宗元符二年（1099）腊月在儋州贬所所作。

其　一

寂寂东坡一病翁，白须萧散满霜风①。
小儿误喜朱颜在，一笑那知是酒红。

[注释]

①满霜风：比喻毛发灰白，也指风摧霜打而如此。

[译文]

苏东坡这个言语不多的病老头，白胡子稀疏，一副风摧霜打的样子。孩子们总以为我面色红润身体康健，哪里知道我这是因为喝酒而脸红啊。

其　二

父老争看乌角巾①，应缘曾现宰官身②。
溪边古路三叉口，独立斜阳数过人。

[注释]

①乌角巾：隐士或退隐官吏的帽子。②宰官身：泛指官吏的身形。《妙法莲华经·妙音菩萨品》载，妙音菩萨能随众生现出种种身形，为他们说经，或现居士身，或现宰官身。

[译文]

乡亲父老看我这个头戴乌角巾的老人，适应机缘也曾做过官吏。如今我却站在溪边古路的交叉路口，在斜阳中数着过往的行人打发时间。

其　三

北船不到米如珠，醉饱萧条半月无。
明日东家知祭灶[①]，只鸡斗酒定膰（fán）吾。

［注释］

①祭灶：旧时民俗，腊月二十三送灶神上天，叫祭灶。

［译文］

北方运粮的船没有来到，米珍贵得像珍珠一样，每日饮酒度日，已经过了半个月萧条的日子了。明天是祭灶的日子，邻居定会请我去吃鸡饮酒。

［集解］

（清）王文诰："此三首平淡之极，却有无限作用在内，未易以情景论也。"
（清）纪昀："叹老语如此出之，语妙天下。"

汲江煎茶

题解

此诗是苏轼于宋哲宗元符三年（1100）在儋州时所作。

活水还须活火[①]烹，自临钓石取深清[②]。
大瓢贮月[③]归春瓮，小杓分江[④]入夜瓶。
雪乳[⑤]已翻煎处脚[⑥]，松风忽作泻时声。
枯肠未易禁三碗[⑦]，坐听荒城长短更[⑧]。

［注释］

①活火：有火焰的火。作者自注："唐人云：茶须缓火炙，活火煎。"②深清：指既深又清的江水。③贮月：月亮映在水中。④分江：舀出江水。⑤雪乳：浓茶。⑥脚：茶脚。⑦枯肠未易禁三碗：唐代卢仝《谢孟谏议寄新茶》中说："一碗喉吻润；二碗破孤闷；三碗搜孤肠，惟有文字五千卷；四碗发轻汗，平生不平事，尽向

毛孔散；五碗肌骨清；六碗通仙灵；七碗吃不得也，惟觉两腋习习清风生。”描写了饮茶的欢快。⑧长短更：打更敲梆子，敲击次数少叫短，次数多叫长。

［译文］

从流动的江中取来水，用旺火煎茶。这是我亲自到江中突出的石头上，取来的既深又清的水。用大瓢舀水，将水中的月亮也一同舀进瓮中，再用小勺舀出江水分装入瓶。煎煮时浓茶和茶脚翻滚，水沸腾时的声音好像风吹松林。我禁不住喝了多碗美茶，独坐听着这荒凉山城打更长长短短的声音。

［集解］

（宋）杨万里：“东坡煎茶诗云：‘活水还须活火烹，自临钓石取深清。’第二句七字而具五意：水清，一也；深处清，二也；石下之水，非有泥土，三也；石乃钓石，非寻常之石，四也；东坡自汲，非遣奴卒，五也。‘大瓢贮月归春瓮，小杓分江入夜瓶。’其状水之清美极矣。‘分江’二字，此尤难下。‘雪乳已翻煎处脚，松风忽作泻时声。’此倒语也，尤为诗家妙法，即少陵‘红稻啄余鹦鹉粒，碧梧栖老凤凰枝’也。‘枯肠未易禁三碗，坐听荒城长短更。’又翻却卢仝公案。同吃到七碗，坡不禁三碗。山城更漏无定，‘长短’二字，有无穷之味。”

儋　耳

题解

宋哲宗元符三年（1100）正月，哲宗死，徽宗赵佶即位，神宗皇后向氏以皇太后身份处分军国事。五月，苏轼接到以琼州别驾廉州（今广西合浦）安置，不得签书公事的诰命。告别海南赴廉州时，苏轼作此诗，表达了北归的喜慰之情。

霹雳收威暮雨开，独凭阑槛倚崔嵬①。
垂天雌霓(ní)②云端下，快意雄风海上来。
野老已歌丰岁语，除书③欲放逐臣回。
残年饱饭东坡老，一壑能专④万事灰。

［注释］

①崔嵬：山峰高峻。②雌霓：双虹中色彩浅淡的叫霓，也叫副虹，被人们定为雌性。③除书：古代拜官授爵的公文，此处指令苏轼移廉州的诰命。④一壑能专：

占有一丘一壑。

[译文]

惊雷收威雨停歇，天象发生了变化，山峰高耸，我独自靠着栏杆眺望。云端垂下了颜色浅淡的霓虹，凉爽的风从海上吹来。本以为要在这偏僻的地方终老，不料一纸文书又让我回归了中原。如今我年事已高，只要能吃饱饭，有地方退居隐身就够了，再没有其他奢望。

[集解]

（清）汪师韩："峭崒雄姿，经挫折而不稍损抑。浩然之气，于此见其心声。"

澄迈驿通潮阁二首

题解

宋哲宗元符三年（1100）六月，苏轼赴廉州途中经过澄迈县（今海南澄迈），作此诗。

其 一

倦客愁闻归路遥，眼明飞阁俯①长桥。

贪看白鹭横秋浦，不觉青林没晚潮。

[注释]

①俯：下临。

[译文]

疲惫的行人暗暗发愁，北归的路如此遥远。眼前飞檐四张的通潮阁下便是长桥，景象明丽喜人。看不够白鹭飞过秋水之滨的美景，不知不觉间傍晚来到。潮水退去，隐没在树林之后。

其 二

余生欲老海南村，帝遣巫阳招我魂①。

杳杳②天低鹘没处，青山一发是中原。

［注释］

①帝遣巫阳招我魂：天神派遣女巫将我召回。《楚辞·招魂》载："帝告巫阳曰：'有人在下，我欲辅之。魂魄离散，汝筮予之。'巫阳焉乃下招曰：'魂兮归来。'"帝，指天神。巫阳，传说中的女巫。②杳杳：幽远的样子。

［译文］

本来剩下的日子就要在海南岛这个偏僻的地方度过了，没想到朝廷又将我召回。天空幽远，鹘远远飞去，在它消失的地方，连绵的青山犹如头发丝一样若有若无，那里就是遥远的中原啊。

六月二十日夜渡海

题解

苏轼在宋哲宗元符三年（1100）六月二十日渡海北上前往廉州，在海南岛稽留的时间正好是三年零八天。这首诗就是写渡海北上那个晚上的情景。

参横斗转[1]欲三更，苦雨[2]终风也解晴。
云散月明谁点缀，天容海色本澄清。
空余鲁叟乘桴意[3]，粗识轩辕奏乐声[4]。
九死南荒吾不恨，兹游奇绝冠平生。

［注释］

①参横斗转：参、斗，两星名，二十八星宿中的两宿。横、转，指星座位置的移动。②苦雨：久雨。③空余鲁叟乘桴意：徒然剩下鲁国老人孔丘关于"乘桴"的主意。孔子曾经说："道不行，乘桴浮于海。"意思说如果政治主张行不通就算了，可以乘坐小木筏漂到海上去。④粗识轩辕奏乐声：传说古时黄帝演奏过《咸池》这个乐曲。

［译文］

发船渡海正是三更时分，参星横挂在天上，北斗七星的斗柄已转得很低。连绵下个不止的阴雨，总有停的时候；成天刮个不停的风，也总有止住的时候。天上的乌云散了，一弯明月挂在天空，不知这景致是什么人安排点缀的。其实天空的面貌，海水的颜色，本来就是澄澈清白的，不需要外力的洗刷。我本想学孔子“乘桴”退出官场，现在不用了，孔子的主意对我来说是用不着了。如今政局转为平和，我也大略领会到黄帝的《咸池》乐曲温润的乐声了。被贬到这南方边远的荒岛上虽然是九死一生，但我并不悔恨。因为这次南游见闻奇绝，是平生所不曾有过的。

［集解］

（清）纪昀：“前半纯是比体，如此措辞，自无痕迹。”

赠岭上老人

题解

宋哲宗元符三年（1100）七月，苏轼北归来到廉州。八月诰命再下，授苏轼舒州团练副使永州安置，十一月授朝奉郎提举成都府玉局观在外州任便居住。苏轼于是继续北上，于徽宗建中靖国元年（1101）正月过大庾岭（今江西和广东的交界处）。据说在大庾岭上，苏轼小憩，村中一老翁得知苏轼北归，向他表示祝贺，苏轼笑而题此诗。

鹤骨霜髯（rán）①心已灰，青松合抱手亲栽。
问翁大庾岭头住，曾见南迁几个回。

［注释］

①鹤骨霜髯：瘦瘦的骨头，花白的胡须，形容年老。

［译文］

体格清瘦胡须花白，早已没有了当年的雄心壮志。当年栽下的松树，如今已经十分粗大了。问老翁：您一直在这大庾岭上居住，曾经见过几个被贬的人回来呢？

虔州吕倚承事，年八十三，读书作诗不已，好收古今帖，贫甚，至食不足

题解

宋哲宗元符三年（1100）三月，苏轼在虔州会晤吕倚（字梦得）。吕倚出示了古今书一轴，苏轼写此诗，表示了对吕倚倾情诗书的敬重和老境贫寒的同情。

扬雄①老无子，冯衍②终不遇。
不识孔方兄③，但有灵照女④。
家藏古今帖，墨色照箱筥(jǔ)⑤。
饥来据空案，一字不堪煮。
枯肠五千卷，磊落⑥相撑拄。
吟为蜩蛩⑦声，时有岛可⑧句。
为语里长者，德齿敬已古。
如翁有几人，薄⑨少可时助。

[注释]

①扬雄：西汉人，字子云，少好学，长于辞赋。这里以扬雄比吕倚。②冯衍：东汉人，字敬通，少有奇才，年二十博通群书，但仕途不顺。③孔方兄：钱的别称。④灵照女：指幼小的女儿。《景德传灯录》载："襄州居士庞蕴，一女名灵照，常随制竹漉篱，令鬻之以供朝夕。"⑤箱筥：竹子编成的筐。⑥磊落：众多的样子。⑦蜩蛩：蝉和蟋蟀。⑧岛可：唐朝诗人贾岛和诗僧无可，二人的诗作风格相似。⑨薄：少量。

[译文]

吕倚好似扬雄，从小好学，长于诗赋。但命运好似冯衍，虽然多才但仕途不顺。一生没有多少钱，只有一个幼小的女儿。家中收藏着古今字帖，竹子编成的筐中满是墨色。空空的案子上没有食物，却舍不得卖掉字帖换粮食。你读书极多，满腹文章。你吟诗声情美妙，好似唐代的贾岛和诗僧无可。我告诉乡里的负责人，尊重年长德高之人是自古以来的传统，像吕倚这样的老人很是少见，应当不时给予他少许资助。

自题金山画像

题解

宋徽宗建中靖国元年（1101）三月，苏轼由虔州出发，经南昌、当涂、金陵，五月抵达了真州（今江苏仪征），六月经润州（今江苏镇江），拟到常州居住。此诗是苏轼在真州游金山龙游寺时所作。

心似已灰之木，身如不系之舟①。
问汝平生功业，黄州、惠州、儋州。

[注释]

①不系之舟：没有拴系的船。比喻漂泊不定的生活。

[译文]

心灵已然寂静无欲了，不会再为外物所动。这一生漂泊不定，好似无法拴系的小船。有人问我平生的功业在何方，那就是黄州、惠州和儋州。

词类

浪淘沙

题解

此词作于宋神宗熙宁五年（1072）正月的杭州。

昨日出东城，试探春情[①]。墙头红杏暗如倾。槛内群芳芽未吐，早已回春。　　绮陌[②]敛香尘，雪霁[③]前村。东君[④]用意不辞辛。料想春光先到处，吹绽梅英。

［注释］

①探春情：旧时都市仕女正月间游宴郊野，称探春。春情，春天的消息。②绮陌：美丽的道路。绮，本义为素地花纹的丝织品。陌，田间小路。③霁：雨雪停止后转晴。④东君：司春之神，掌管春天的来去。

［译文］

昨天出东城踏青游玩。墙上的红杏颜色很暗，茂密得好像要倾斜下来。栏杆内侧的各种花草却还没有露出花苞，春天的脚步还没走到这里。

美丽的小路上，女子经过，扬起尘土和落花，前面的村子刚刚下过雪。这是掌管春天的神辛勤的脚步吧！想必春天来到之时，柔风一定会先吹下梅花。

行香子·过七里滩

题解

此词是苏轼在宋神宗熙宁六年（1073）春过桐庐时所作。七里滩在今浙江桐庐严陵山以西。

一叶舟轻，双桨鸿惊。水天清、影湛波平。鱼翻藻鉴，鹭点烟汀[①]。

过沙溪急，霜溪冷，月溪明。　　重重似画，曲曲如屏。算当年、虚老严陵[2]。君臣一梦，今古虚名。但远山长，云山乱，晓山青。

［注释］

①烟汀：雾霭迷蒙的小洲。②严陵：严子陵，东汉会稽余姚（今浙江余姚）人，名光，少时即有高名，与刘秀一同游学。刘秀即帝位，严子陵改变姓名，隐居不见。被征到京后，以“士故有志”为辞，辞官耕钓于桐庐南的富春山，后人称为“严陵山”。

［译文］

一叶小舟，荡着双桨，像惊飞的鸿雁一样，飞快掠过水面。天空碧蓝，水色清明，山色天光尽入江水，波平如镜。水中游鱼清晰可数，不时跃出明镜般的水面；水边沙洲白鹭点点，悠然自得。白天溪水清澈而见沙底；清晓的溪水清冷而有霜意；月下的溪水好似明亮的水晶宫。

两岸连山重重叠叠如画景，曲曲折折又似屏风。不由得想起当年终老在此的严子陵，皇帝和隐士，而今也已如梦一般消失，只留下空名而已。真正能永恒留传下来的又是什么呢？只有远山连绵，重峦叠嶂；山间白云，缭绕变形；晓山晨曦，青翠欲滴。

［集解］

（明）沈际飞：“傲世。名也是不必有的，名之误人，去利无几。”

（清）黄苏：“沈际飞曰：‘……东坡升沉去住，一生莫定，故开口说梦。如云“人间如梦”“世事一场大梦”“未转头时皆梦”“古今如梦，何曾梦觉”“君臣一梦，今古虚名”，屡读之，胸中鄙吝，自然消去。’”

行香子·丹阳寄述古

题解

宋神宗熙宁六年（1073），苏轼任杭州通判。当时杭州知州陈襄（字述古）是苏轼的至交诗友，他们都因反对王安石的新法而被排斥出朝，外任地方官职。这年十一月，苏轼因公到常州、润州视灾赈饥，姻亲柳瑾（字子玉）同行。次年元旦过丹阳（今江苏丹阳），至京口（今江苏镇江）与柳瑾相别。此词题为“丹阳寄述古”，表达了苏轼对杭州诗友的怀念之情。

携手江村，梅雪[1]飘裙。情何限、处处消魂[2]。故人[3]不见，旧曲重闻。向望湖楼，孤山寺，涌金门。　　寻常行处，题诗千首。绣罗衫、与拂红尘④。别来相忆，知是何人。有湖中月，江边柳，陇头云。

［注释］

①梅雪：梅花开放时像雪花一样的状态。②消魂：牵累思维。③故人：指陈襄。④绣罗衫、与拂红尘：出行身边有美人相伴，罗衫轻拂。宋吴处厚《青箱杂记》载："世传魏野尝从莱公（寇准）游陕府僧舍，各有留题。后复同游，见莱公之诗已用碧纱笼护，而野诗独否，尘昏满壁。时有从行官妓颇慧黠，即以袂就拂之。野徐曰：'若得常将红袖拂，也应胜似碧纱笼。'莱公大笑。"宋时州郡长官游乐，常有官妓相从。

［译文］

风景依稀，又是一年之春了。携手寻春游玩时正值梅花似雪，飘沾衣裙。游赏时无比欢乐，销魂陶醉。此时不见老朋友，不禁想起了昔日一同游玩的光景。那些我们在杭州西湖作诗、饮酒、游乐的地方——望湖楼、孤山寺、涌金门，一一浮现眼前。

平常经过的地方，我们动辄题诗千首。身边有美人相伴，罗衫轻拂。自离开杭州后，是谁在思念我呢？定是西湖的残月、钱塘江边的柳树和孤山上的白云。

瑞鹧鸪·观潮

题解

此词作于宋神宗熙宁六年（1073）八月十五日的杭州。

碧山①影里小红旗，侬是江南踏浪儿。拍手欲嘲山简醉②，齐声争唱浪婆③词。　　西兴渡口④帆初落，渔浦⑤山头日未欹⑥。侬欲送潮歌底⑦曲？尊⑧前还唱使君⑨诗。

［注释］

①碧山：喻潮水掀起的巨浪。②拍手欲嘲山简醉：小孩子们拍手嘲笑山简每日烂醉无所事事。《晋书·山涛传》载：山涛之子山简嗜酒，常出游，每饮必醉，时有儿童歌曰："山公出何许？往至高阳池。日夕倒载归，酩酊无所知。"唐李白《襄

阳歌》说："襄阳小儿齐拍手，拦街争唱《白铜鞮》。旁人借问笑何事，笑杀山公醉似泥。"③浪婆：波涛之神。古时弄潮儿要饮酒拜波涛之神。④西兴渡口：在今浙江萧山西，与杭州隔江相对，是当时吴越一带重要的渡口。⑤渔浦：在今杭州，与六和塔隔江相对，是当时的繁华之地。⑥欹：斜。⑦底：什么。⑧尊：通"樽"，酒器。⑨使君：知州的别称，指当时与其同游的杭州知州陈襄。

[译文]

潮水掀起碧浪，远观好似一片茂密的山林遮天蔽日，只有一面面小红旗闪现其中，那就是江南的踏浪之人。小孩子们都会嘲笑山简每日烂醉无所事事，我们应当一同高唱祭祀波涛之神的歌谣才对。

西山渡口的船帆刚刚收起，渔浦山头的太阳还未落山。我不知道送潮时应该唱什么歌，不如就端起酒杯吟唱知州您的诗作吧。

昭君怨·金山送柳子玉

题解

宋神宗熙宁六年（1073）十一月，在杭州任通判的苏轼前往常州、润州一带赈饥，恰好柳子玉要到舒州（今安徽安庆）灵仙观，二人结伴而行。次年二月，苏轼在金山（今江苏镇江西北）送别柳子玉，作此词以赠。柳子玉名瑾，润州丹徒（今江苏镇江）人，其子柳仲远为苏轼堂妹婿。

谁作桓伊三弄①，惊破绿窗②幽梦。新月与愁烟，满江天。　欲去又还不去，明日落花飞絮。飞絮送行舟，水东流。

[注释]

①谁作桓伊三弄：不知是谁吹奏起优美的笛曲。《世说新语·任诞》载："王子猷出都，尚在渚下，旧闻桓子野善吹笛，而不相识。遇桓于岸上过，王在船中，客有识之者，云是桓子野，王便令人与相闻，云：'闻君善吹笛，试为我一奏。'桓时已贵显，素闻王名，即便回下车，踞胡床，为作三调。弄毕，便上车去，客主不交一言。"桓伊，字叔夏，小名子野，东晋人。三弄，演奏三支曲子。此句用此典，不过是说听见了笛声。②绿窗：纱窗，常指女子居室。

[译文]

在夜深人静的时候，不知是谁吹起了优美的笛曲，将人从梦中惊醒。离愁随之袭来，推开窗，只见江天茫茫，空荡荡的天上一弯孤单的新月，凄冷地望着人间。

道了千万声珍重，但迟迟没有成行。还是走吧，否则明天看见落花如同飞絮，那时别情更会使人黯然。船儿离开江岸渐渐西去，只有那多情的柳絮追逐着行舟，而滔滔江水却全不理会我悲伤的心情，依旧东流而去。

[集解]

（清）沈雄：“《柳塘词话》曰：‘调本两韵，如苏轼、韩驹、万俟雅言、辛弃疾、郑域、张镃，俱得体。’”

蝶恋花·京口得乡书

题解

宋神宗熙宁七年（1074），苏轼在杭州通判任上，曾到京口（今江苏镇江），得乡书，遂作此诗，抒发了浓厚的思乡情怀。

雨后春容清更丽。只有离人，幽恨终难洗。北固山①前三面水，碧琼梳②拥青螺髻③。　一纸乡书来万里。问我何年，真个成归计。白首送春拚④一醉，东风吹破千行泪。

[注释]

①北固山：在镇江北，北峰三面临水，形势险要，故称北固山。②碧琼梳：指江水如碧玉做的梳子。③青螺髻：螺壳状的女子发髻，此处喻指北固山的峰峦。④拚：甘愿，舍得。

[译文]

雨后春天的景色愈发清秀美丽，只有离开家乡的人，才觉得难以摆脱幽怨离恨。北固山北峰三面环水，江水簇拥着峰峦好像女子螺壳状的发髻。

收到了来自万里之外的家书，问我何时能够回乡团聚。头发已白，春天将尽，不惜一醉送春离去，东风吹过，思泪千行。

[集解]

刘乃昌、崔海正：“本篇通过对比、反衬等艺术手法，层层递进地写出了作者强烈的思乡情绪。”

醉落魄·离京口作

题解

此词作于宋神宗熙宁七年（1074）四五月间苏轼离开镇江之时。

轻云微月，二更酒醒船初发。孤城回望苍烟合[①]。记得歌时，不记归时节。　　巾偏扇坠藤床滑，觉来幽梦无人说。此生飘荡何时歇？家在西南，常作东南别[②]。

[注释]

①合：笼罩。②东南别：作者自京口去往位于京口东南的丹阳（今江苏丹阳），与地处西南的家乡背道而驰，故云。又，作者自熙宁四年（1071）年底至杭州做通判，至此已近三年，常因往来各地而与亲友分别。杭州在中国东南部，亦可如此解。

[译文]

月色微微，云彩轻轻，二更时分我从沉醉中醒来，听着咿咿呀呀的摇橹声，船刚刚起航。从船舱中往回望，只见孤城笼罩在一片烟雾之中。我只记得喝醉酒高声吟唱，却不知如何来到了船上，这一切好似做梦一样。

头巾歪在一边，扇子坠落在舱板上，藤床分外滑腻，仿佛连身子也挂不住似的。这时仿佛记起，刚才似乎做了个梦，但此时向何人诉说呢？这样飘荡不定的生活，几时才能结束呢？家乡在西南，我却要不时向相反的方向走。

少年游·润州作，代人寄远

题解

宋神宗熙宁七年（1074），任杭州通判的苏轼因赈济灾民而远在润州（今江苏镇江），为寄托自己对妻子王闰之的思念之情，写下了这首词。此词是作者假托妻子在杭思己之作，含蓄婉转地表现了夫妻双方的一往情深。

去年相送，余杭门[①]外，飞雪似杨花。今年春尽，杨花似雪，犹不见还家。　　对酒卷帘邀明月，风露透窗纱。恰似姮娥②怜双燕，分明照、画梁斜。

恰似姮娥怜双燕

[注释]

①余杭门：宋时杭州北门之一。②姮娥：嫦娥。

[译文]

去年离开杭州时，余杭门外，飘飞的雪花好似杨花飞舞。今年春天将尽，杨花再次飘絮。还不见你归来，怎能不叫人牵肠挂肚呢？

寂寞中饮酒，卷起帘子引明月做伴，可是风露乘隙而入，透过窗纱，扑入襟怀。这相思恰似嫦娥在月宫孤寂地思念丈夫后羿一样，只能以怜爱的目光关爱画梁上双栖的燕子。

[集解]

（清）沈雄："《古今词谱》曰：'《黄钟宫曲》，林君复、苏东坡俱有之，亦不一体，其更变俱在换头也。东坡词换头云"卷帘对酒邀明月"，非"对酒帘也"，刻误。落句云"恰似姮娥怜双燕，分明照、画梁斜"，异矣。'"

江城子·湖上与张先同赋时闻弹筝

题解

这首词是苏轼在任杭州通判时游西湖所作。苏轼当时与同游者在西湖遇到一只彩舟，舟上有两位丽人弹筝，"曲未终，翩然而逝，公戏作长短句云"。词上片写西湖风光，下片记湖上所遇，既有画面似的背景，又有来去飘忽、弹技高妙的人物，仿佛是一场富有情趣的短剧。与苏轼同游的张先字子野，北宋词人，时年已有八十余岁。

凤凰山①下雨初晴，水风清，晚霞明。一朵芙蕖②，开过尚盈盈。何处飞来双白鹭？如有意，慕娉婷③。　　忽闻江上弄哀筝，苦含情，遣谁听？烟敛云收，依约是湘灵④。欲待曲终寻问取，人不见，数峰青。

[注释]

①凤凰山：在杭州市南。②芙蕖：荷花。③娉婷：貌美。白居易《昭君怨》："明妃风貌最娉婷。"④湘灵：湘水女神。传说帝尧的女儿娥皇、女英嫁给舜帝为妃，二人随舜南巡，死于沅湘之间，成为湘水女神。

[译文]

凤凰山下雨后初晴，水面微风清爽，晚霞艳丽。荷花开放，盈盈美好。不知从何处飞来了一对白鹭，可是被荷花的美丽风貌吸引而来的吗？

忽然听到江面传来弹奏筝的乐曲，音色哀婉，谁能忍听？这曲调令烟霭为之敛容，云彩为之收色，好像是湘水女神在倾诉自己的哀伤。一曲终了，弹筝人已飘然远逝，只见青翠的山峰仍然静静地立在湖边，仿佛那哀怨的乐曲仍然荡漾在山间水际。

[集解]

（清）郑文焯："《江城子》湖上与张先同赋云云。宋袁文《瓮牖闲评》记此词为刘贡父兄弟作；换头处作'忽闻筵上起哀筝'，此误作'江上'，盖后人因'江上数峰青'句而以意改之。不知此词本事，实于湖上遇小舟，载佳人，自云：'慕公十余年，善筝，愿当筵献一曲，并赐以词为荣。'词中所咏，皆当时事也。"

虞美人·有美堂赠述古

题解

此词作于宋神宗熙宁七年（1074）七月，苏轼任杭州通判，当时杭州知州陈襄（字述古）调任，即将离杭，宴僚佐于杭州城中吴山上之有美堂。应陈襄之请，苏轼即席写下了这首词。

湖山信是东南美，一望弥千里。使君①能得几回来，便使樽前醉倒更徘徊。　沙河塘②里灯初上，水调③谁家唱。夜阑风静欲归时，唯有一江明月碧琉璃。

[注释]

①使君：对州郡长官的尊称，此处指陈襄。②沙河塘：在钱塘县南，是当时杭州的繁华地方。③水调：曲调名。

[译文]

杭州最美的地方莫过于有美堂，湖山，一望千里。使君此去，何时方能重来？何时方能置酒相聚呢？

华灯初上，繁华的沙河塘异常热闹，江上传来了时下流行的曲调，不知是何人所唱。夜深人静即将归去的时候，只看到月光照耀江面，满眼是碧绿澄澈的江水。

[集解]

从鉴、柯大课：“这是一首赠别诗。上片表示惜别意，下片写出风流云散，更深夜静的景象。全词偏重写湖山之美，略述别情。”

江城子·孤山竹阁送述古

题解

这首词作于宋神宗熙宁七年（1074）。当时陈襄（字述古）将要离开杭州，与作者在孤山竹阁宴别。苏轼作此词，传神地描摹了歌妓的口气，代她向即将调知应天府（今河南商丘）的陈襄表示惜别之意。

翠蛾羞黛①怯人看，掩霜纨②，泪偷弹。且尽一尊、收泪唱阳关③。漫道帝城天样远④，天易见，见君难。　　画堂新创近孤山，曲阑干，为谁安？飞絮落花、春色属明年。欲棹⑤小舟寻旧事，无处问，水连天。

[注释]

①翠蛾羞黛：美好的蛾眉，含羞的妆点。②掩霜纨：用洁白如霜的绢扇遮盖面孔。③阳关：《阳关曲》，也称《阳关三叠》，唐代诗人王维的《送元二使安西》诗谱入乐府后所称，亦名《渭城曲》，用于送别场合。④漫道帝城天样远：陈襄赴应天府任，其地为北宋之“南京”，亦可称“帝城”。⑤棹：船桨，此处作划船讲。

[译文]

美丽的歌女眉目含羞，用洁白如霜的纨扇遮住面容不让人看，她因这次离别而伤心流泪，却又似感羞愧，怕被人知道而取笑。她强忍眼泪，压抑着情感，唱起《阳关曲》，殷勤劝陈襄再喝一杯离别的酒。她说，人们都以为应天十分遥远，哪里知道应天虽然有如天一样遥远，但以后想见天容易，再见陈襄却不容易了。

孤山寺内与竹阁相连的画堂，可徘徊观眺的栏杆是为谁建造的呢？你走后，再不能一同流连此处。去年暮春时节与你一同游湖，明年将不会欢聚一起了。想象明年春日，再驾着小船在西湖寻觅旧迹欢踪，唯有倍加想念与伤心而已。

［集解］

（明）沈际飞：“依依灼灼，嗜嗜喓喓，发韵飞滞。”

南乡子・送述古

题解

宋神宗熙宁七年（1074）七月，苏轼任杭州通判时的同僚及好友陈襄（字述古）移知南京应天府（今河南商丘），苏轼追送他至临平（今浙江余杭），写下了这首情真意切的送别词。

回首乱山横，不见居人[①]只见城[②]。谁似临平山[③]上塔，亭亭。迎客西来送客行。　　归路晚风清，一枕初寒梦不成。今夜残灯斜照处，荧荧[④]。秋雨晴时泪不晴。

［注释］

①居人：居于城中之人，指陈襄。②城：指临平山所在的临平镇，在今杭州东北四十五里。③临平山：在临平镇东十余里，山上有塔。④荧荧：微光闪亮的样子，此处指灯下的泪光。

［译文］

与你分别后一再回望离别之地临平山，直到看不见城中的人影，只见那临平山上亭亭伫立的高塔似乎还在翘首西望。

归路晚风凄清，枕上初寒，辗转无法入眠。看到残灯斜照，微光闪烁处，是我思念你的泪光。唉，就是绵绵的秋雨停了，我思念的泪水也不能停止。

南乡子・和杨元素

题解

宋神宗熙宁七年（1074）九月，苏轼于杭州作此词，全篇拟知州杨元素的口吻而写。

凉簟（diàn）[①]碧纱厨，一枕清风昼睡余。睡听晚衙[②]无个事，徐徐。读尽床头几卷书。　　搔首赋归欤，自觉功名懒更疏。若问使君才与气，何如？占得人间一味[3]愚。

[注释]

①簟：竹席。②晚衙：古时官署一日两次坐衙办公，晚间的一次称晚衙。③一味：全部，整个。

[译文]

清凉的竹席，碧绿的纱帐，枕着阵阵清风在白天睡觉。晚间坐衙办公，没有一点儿公事。太悠闲了，靠着床头读书打发时间。

挠挠头，作了一首归隐的诗，自认为自己是疏于功名了。要问我有什么才学和气度，哪里比别人少呢，不过世间所有的愚蠢之事也都让我赶上了。

[集解]

冷成金："词作表现了苏轼的生平感慨。上片写昼睡醒来读书的情态，十分生动自然；下片则用反语说自己不合时宜，表现出抱负不得施展的感慨和苦闷。其自悲自怜而又愤懑不平的情绪跃然纸上。"

醉落魄·席上呈杨元素

题解

杨元素，名绘，四川绵竹人，苏轼的同乡和友人。宋神宗熙宁七年（1074），陈襄罢杭州知州后，杨元素继任。苏轼和杨元素相聚后常有唱和，但不久便调任密州。在分别之际，苏轼作此词。

分携[1]如昨，人生到处萍漂泊。偶尔相聚还离索。多病多愁，须信从来错。　　尊前一笑休辞却，天涯同是伤沦落[2]。故山犹负平生约，西望峨眉，长羡归飞鹤[3]。

[注释]

①分携：熙宁四年苏轼到杭州为官，时杨元素任御史中丞，二人曾在汴京分别。②天涯同是伤沦落：杨元素与苏轼一样，都对变法持有异议，因此同遭贬谪外地。

③归飞鹤：陶潜《搜神后记》载："丁令威本辽东人，学道于灵虚山，后化鹤归辽，集城门华表柱。时有少年举弓欲射之，鹤乃飞，徘徊空中而言曰：'有鸟有鸟丁令威，去家千年今始归。城郭如故人民非，何不学仙冢累累。'遂高上冲天。"这里的"归飞鹤"含有归隐之意。

丁令威化鹤

[译文]

上次的分别还如昨天的情景一般清晰，感叹人生到处漂泊，就像浮萍一样。虽然偶尔会相聚，但终究朋友还是要离散各地。这多愁多病的身体，在等待朋友的消息中愈发消瘦了。

这杯离别的酒不要推却了，你我都是辗转外郡之人，漂泊不定。虽辜负了归隐故乡的约定，可我总是西望峨眉山，期盼着归隐的日子。

浣溪沙

题解

宋神宗熙宁七年（1074）九月初八，苏轼将离杭州赴密州知州任，时任杭州知州的杨元素也将调任，苏轼在席上作此相别。

自杭移密守，席上别杨元素，时重阳前一日。

缥缈①危楼紫翠间，良辰乐事古难全。感时怀旧独凄然。　璧月琼枝空夜夜，菊花人貌自年年。不知来岁与谁看。

[注释]

①缥缈：隐约高远的样子。

[译文]

在山间楼中与你话别，这楼高耸在紫云翠峰之上。自古以来，天下美好的日子和快乐的事都很难得到，想到这里不觉凄然落泪。

月亮每晚都是这样明亮，菊花年年开放，每年都是这个样子。但人就不同了，不知道明年的重阳这菊花将开给何人观赏。

［集解］

冷金成：“词作表现了生命的空漠感和深沉的悲剧意识，这正是宋代以后士大夫一种重要的心态，也是历史、文化发展的必然。”

减字木兰花

题解

宋神宗熙宁七年（1074）九月，苏轼在湖州作此词。李公择时任湖州知州。

过吴兴，李公择生子，三日会客，作此词戏之。

维熊佳梦①，释氏老君亲抱送②。壮气横秋，未满三朝已食牛③。　犀钱玉果④，利市⑤平分沾四座。“多谢无功？”“此事如何著得侬⑥！”

［注释］

①维熊佳梦：古时认为梦中见熊是男子的吉兆，后指生男孩。《诗经·小雅·斯干》载：“大人占之，维熊维罴，男子之祥。”②释氏老君亲抱送：喻初生儿之高贵。释氏，释迦牟尼，佛教始祖。老君，老子，道家创始人，被尊为道教之祖。③未满三朝已食牛：形容婴儿食量大。《尸子》卷下：“虎豹之驹，未成文而有食牛之气。”杜甫《徐卿二子歌》：“君不见徐卿二子生绝奇，感应吉梦相追随。孔子释氏亲抱送，并是天上麒麟儿。大儿九龄色清彻，秋水为神玉为骨。小儿五岁气食牛，满堂宾客皆回头。”④犀钱玉果：是指为婴儿洗身的赐赠之物。婴儿生后三日洗身，称洗儿。亲朋赠钱以贺，称洗儿钱。钱色与犀牛角之黄色相近，又称犀钱。玉果，光泽如玉的柑橘，也是洗儿时赐赠之物。⑤利市：吉日时的赏钱，此处指犀钱玉果之类。⑥此事如何著得侬：我生儿子这种事怎么能让你有功劳呢？《世说新语·排调》载：“（晋）元帝皇子生，普赐群臣。殷洪乔谢曰：‘皇子诞育，普天同庆。臣无勋焉，而猥颁厚赉。’中宗（晋元帝）笑曰：‘此事岂可使卿有勋邪？’”作者用此典故完全是为了开玩笑。

［译文］

梦中见熊是生男子的吉兆啊，你的儿子天生高贵，是佛祖和老君亲自送来的。这孩子气势盛大冲塞秋空，还未满三天就有吞吃牛的力道了。

洗儿时大家赠送的犀钱和柑橘，你都用来回馈给了在座的宾客。我说："自己无功怎么能接受这喜钱呢？"你笑着回答："我生儿子这种事怎么能让你有功劳呢！"

［集解］

（清）刘熙载："东坡词颇似老杜诗，以其无意不可入，无事不可言也。"

沁园春·赴密州早行马上寄子由

题解

这首词是宋神宗熙宁七年（1074），苏轼在由杭州移守密州的途中寄给其弟苏辙的。词中由景入情，由今入昔，直抒胸臆，表现了作者人生遭遇的不幸和壮志难酬的苦闷。

孤馆灯青，野店鸡号，旅枕梦残。渐月华收练[①]，晨霜耿耿。云山摛(chī)锦[②]，朝露漙(tuán)漙。世路无穷，劳生[③]有限，似此区区长鲜欢。微吟罢，凭征鞍无语，往事千端。　　当时共客长安[④]，似二陆[⑤]初来俱少年。有笔头千字，胸中万卷，致君尧舜[⑥]，此事何难。用舍由时，行藏在我[⑦]。袖手何妨闲处看。身长健，但优游卒岁[⑧]，且斗尊前。

［注释］

①练：洁白的丝绸，此处形容月光。②摛锦：铺开锦绣，形容景色美丽。③劳生：劳累的人生。《庄子·大宗师》载："夫大块载我以形，劳我以生。"④共客长安：宋仁宗嘉祐元年（1056）苏轼二十一岁，苏辙十八岁，到汴京举进士，声名大振。⑤二陆：西晋陆机、陆云。太康末年，兄弟二人到晋都洛阳，才气横溢，深受张华推重。⑥有笔头千字，胸中万卷，致君尧舜：化用杜甫《奉赠韦左丞丈二十二韵》中"读书破万卷，下笔如有神""致君尧舜上，再使风俗淳"等句。苏轼兄弟在汴京时都曾写出大量策论和奏议文章，提出许多政治社会改革建议，后因反对王安石的新法，被贬到外地任官。"致君尧舜"意谓使君主成为如尧舜一样的圣人。⑦用舍由时，行藏在我：引用《论语·述而》"用之则行，舍之则藏"句，意谓用不用我由时势决定，行与藏则凭我们自己选择。⑧优游卒岁：怡然自得地度过岁月。《左传·襄公二十一年》载："优哉游哉，聊以卒岁。"

[译文]

住在简陋的旅店，灯暗梦残。拂晓时的月亮渐渐收起光辉，早霜显露微明。云雾缭绕的山峦像铺开的锦缎一样。长路漫漫，满是晨露，分外清凉。劳累的人生是有限的，像清晨这样的清新能保持多久呢？想到这里，任凭马儿前行。人无语，往事历历涌上心头。

回想当年我们到汴京应试，就像西晋的陆机、陆云兄弟一样。那时我们博学能文，还有着与杜甫相近的辅君济世的抱负。对你我兄弟而言，这有何难？但能否得到重用取决于时局，能否施展抱负则在于我们自己的选择。如今遭到排挤何妨置身事外？只要身体健康，悠然自得地过日子就好了，不要再去管那世事沉浮，且饮酒为乐吧。

采桑子·润州多景楼与孙巨源相遇

题解

宋神宗熙宁七年（1074）十月，苏轼自杭州调知密州，途经镇江时与孙巨源、王正仲聚会于多景楼，又有官妓胡琴在旁弹琵琶。三人皆一时英才，加以景之秀、妓之妙，孙巨源对苏轼说，残霞晚照之景，非奇才不能尽道。苏轼因此作此词以记其盛。多景楼，在镇江北固山甘露寺内，宋人所筑，北临大江，有“天下殊景”之誉。

多情多感仍多病，多景楼中。尊酒相逢，乐事回头一笑空。　　停杯且听琵琶语，细捻轻拢①。醉脸春融，斜照江天一抹红。

乐事回头一笑空

[注释]

①细捻轻拢：两种弹奏指法，捻为揉弦，拢为叩弦。

[译文]

相聚在多景楼中，有多情的女子、善感的士子和多病的身子。为了相聚举杯畅饮，尽情抒怀畅谈欢笑。放下酒杯听歌女弹奏琵琶，她娴熟的指法让情义都自琵琶声中尽情地流露。看着歌女酒后脸红，妩媚的姿态真是美妙，恰好此时夕阳斜照在江面上，犹如那水天交界处的一抹红色。

永遇乐·寄孙巨源

题解

孙巨源因反对王安石新法，请求外任，知海州（今江苏连云港）。宋神宗熙宁七年（1074）八月十五日，离海州赴京，任修起居注、知制诰。当时苏轼离杭州赴密州知州任，两人会于润州甘露寺景疏楼，同至楚州相别。十一月苏轼至海州，与海州知州陈某会于景疏楼，作此词寄孙巨源。

孙巨源以八月十五离海州，坐别于景疏楼上，既而与余会于润州，至楚州乃别。余以十一月十五日至海州，与太守会于景疏楼上，作此词以寄巨源。

长忆别时，景疏楼[①]上，明月如水。美酒清歌，留连不住，月随人千里。别来三度，孤光又满[②]，冷落共谁同醉？卷珠帘、凄然顾影，共伊[③]到明无寐。　　今朝有客，来从濉[④]上，能道使君深意。凭仗清淮[⑤]，分明到海，中有相思泪。而今何在？西垣清禁[⑥]，夜永露华侵被。此时看、回廊晓月，也应暗记。

［注释］

①景疏楼：在海州（今江苏连云港）东北。②别来三度，孤光又满：孙巨源离开海州是在八月十五日，经九月、十月，至十一月十五日苏轼在景疏楼作此诗，恰好是三度月圆。③伊：身影。④濉：水名，由河南开封东流，经安徽、江苏入泗水。⑤清淮：淮水，发源于河南，经安徽、江苏北部入海。⑥西垣清禁：西垣指中书省，清禁指皇宫。北宋时中书省设在禁中，是为皇帝写诏令的机构。孙巨源任修起居注、知制诰，在官值宿。

［译文］

时常怀念你我分别时的场景，在景疏楼上，有明月、美酒、词曲相伴。可惜还要分别，月随人行走千里，同照你我。分别时是满月，今朝恰是三度月圆。没有你和我相伴畅饮，卷起珠帘，只看到自己孤独的身影，一夜无眠。

今天有客人来到，是你派人送来了问候，我很是感慰。你思念的泪水滴落淮水，流到了我身边的入海处，我能感受到你深厚的情谊。如今你是不是还在宫中当值呢？夜深露水冰冷，你要多多保重身体啊。我想你此刻在宫禁中定是在怀念老友，这份友情明月也会铭记在心。

［集解］

（清）刘熙载：“一转一深，一深一妙，此骚人三昧。倚声家得之，便自超出常境。”

蝶恋花·密州上元

题解

此词作于宋神宗熙宁八年（1075），当时苏轼在密州，描绘了杭州上元节和密州上元节的不同景象，流露了对杭州的思念和初来密州时的寂寞心情。上元即正月十五元宵节。

灯火钱塘三五夜[①]，明月如霜，照见人如画[②]。帐底吹笙香吐麝[③]，更无一点尘随马[④]。　　寂寞山城[⑤]人老也，击鼓吹箫，却入农桑社[⑥]。火冷灯稀霜露下，昏昏雪意云垂野。

［注释］

①三五夜：每月十五日夜，此处指元宵节。②照见人如画：形容杭州城元宵节的繁华、热闹景象。③帐底吹笙香吐麝：富贵人家元宵节时要在堂前悬挂帏帐，并在帐底吹出一阵阵的麝香气。麝，麝香，名贵的香料。④更无一点尘随马：江南气清土润，行马无尘。⑤山城：此处指密州治所诸城县（今诸城市）。⑥农桑社：农家社日祭神的场所。

［译文］

杭州的元宵佳节，灯月交辉，引来满城男女老少游赏，十分繁华热闹。笙竹声悦耳，香气扑鼻，空气清新湿润，骑马在街道上行走，没有一点尘土。

如今我在偏僻的密州过元宵节，这里只有在农家社日祭神时才有鼓箫乐曲。元宵节也十分清冷，不仅没有笙箫，连灯火也没有，只有阴霾漫天，大雪将至，云垂旷野。

［集解］

于培杰、孙言诚：“本词运用粗笔勾勒的手法，抓住杭州、密州在气候、地理、风俗等方面各自的特点，描画出两幅风格迥异的上元节小景。”

江城子·乙卯正月二十日夜记梦

题解

此词是苏轼为怀念亡妻王弗而作。当时是宋神宗熙宁八年（1075）正月二十日，苏轼刚到密州任知州。王弗是四川青神县乡贡进士王方之女，十六岁嫁与比她大三岁的苏轼，二人情深意笃，恩爱有加。王弗去世时年仅二十七岁，葬在四川苏轼父母的墓旁。苏轼与朝中权贵不和，外任多年，郁郁不得志，夜中梦见亡妻，凄楚哀婉，于是写下这篇著名的悼亡词。

十年生死两茫茫，不思量，自难忘。千里孤坟①、无处话凄凉。纵使相逢应不识，尘满面，鬓如霜。　　夜来幽梦忽还乡，小轩窗②，正梳妆。相顾无言、惟有泪千行。料得年年肠断处，明月夜，短松冈③。

［注释］

①千里孤坟：苏轼之妻王弗埋葬于四川，当时苏轼在密州，相隔几千里。②小轩窗：小室的窗前。轩，只有窗槛的小室。③短松冈：种植小松树的山冈，指王弗的墓地。

［译文］

两人一生一死，隔绝十年，音讯渺茫。不思念吧，但本来难忘。妻子的孤坟远在千里之外，没有地方与她交谈凄凉的景况。即使相逢也料想不会认识了，因为我四处奔波，灰尘满面，鬓发如霜。

晚上忽然在隐约的梦境中回到了家乡，只见妻子正在小窗前梳妆。两人互相望着，没有言语，只有泪不停地流。料想年年断肠的地方，便是明月照耀着长着小松树的坟地。

［集解］

（明）茅维："公之夫人王氏先卒，味此词，盖悼亡也。"

江城子·密州出猎

题解

此词作于宋神宗熙宁八年（1075），时密州旱灾、蝗灾不断，苏轼曾前往常山祈雨，后果然得雨。苏轼于是到常山祭谢，归途中与同行官员会猎，作此词抒怀。

老夫聊发少年狂，左牵黄，右擎苍①。锦帽貂裘②、千骑③卷平冈。

为报倾城随太守[4]，亲射虎，看孙郎[5]。　　酒酣胸胆尚开张，鬓微霜，又何妨。持节[6]云中[7]、何日遣冯唐[8]。会[9]挽雕弓如满月，西北望，射天狼[10]。

[注释]

①左牵黄，右擎苍：左手牵着黄狗，右臂托着苍鹰。《太平御览》卷九二六引《史记》："李斯临刑，思牵黄犬，臂苍鹰，出上蔡东门，不可得矣。"《梁书·张克传》也说：张克少时出猎，"左手臂鹰，右手牵狗"。②锦帽貂裘：戴着华美鲜艳的帽子，穿着貂皮做的衣服。貂是一种鼠类动物，皮毛黄色或紫黑色，为珍贵的皮料。③千骑：形容出行时随从众多。骑是一人一马的合称。④太守：指作者自己。太守本为战国时对郡守的尊称，汉景帝时改郡守为太守，是一郡的最高行政官员。作者当时担任密州知州，其职位相当于汉代的太守。⑤孙郎：指孙权。这里是作者自喻。《三国志·吴书·孙权传》载：建安二十三年（218）十月，"权将如吴，亲乘马，射虎于亭（今江苏丹阳东）"。⑥节：符节，古代使者所执，以作凭证。⑦云中：郡名，治所在今内蒙古托克托东北。⑧冯唐：汉文帝时的一个年老的郎官。当时云中太守魏尚打败匈奴后，上书报功，因杀敌数字与实际情况稍有出入，获罪削职。冯唐向文帝直言劝谏，文帝便遣他持节赦魏尚，使复任云中守。事见《史记·张释之冯唐列传》。此处作者以魏尚自比，希望朝廷能够起用自己。⑨会：将要。⑩天狼：星名。古代传说，天狼星出现，必有外来的侵掠。见《晋书·天文志》。这里用天狼隐指当时的西夏。

[译文]

让老夫也暂且抒发一回少年的狂放，左手牵着黄犬，右臂托着苍鹰。头上戴着锦缎做的帽子，身上穿着貂皮做的大衣，带领千余膘马席卷过小山冈，威武雄壮。为了酬报太守，人们倾城出动，紧随身后，我要亲自拉弓射虎，如当年的孙权，英姿勃发，意气豪放。

酒意正浓时，胸怀开阔，胆气豪壮。两鬓已生出白发，这又算得了什么！遥想当年，冯唐手持文帝的符节去解救战将魏尚，使其免罪复职。什么时候朝廷能派遣冯唐式的义士来为我请命，让我像魏尚一样受到重用，戍边卫国呢？我也能拉开雕弓圆如满月，随时警惕地注视着西北方，将利箭射向入侵的敌人。

[集解]

（宋）胡寅："词曲至东坡，一洗绮罗香泽之态，摆脱绸缪宛转之度，使人登高望远，举首高歌，逸怀浩气超乎尘垢之外，于是《花间》为皂隶，而耆卿为舆台矣。"

南乡子·梅花词和杨元素

题解

此词约写于宋神宗熙宁七年（1074）冬，是苏轼与时任杭州知州的杨元素相唱和的作品。词中通过咏梅、赏梅来记录词人与杨元素共事期间的一段美好生活和两人之间的深厚友谊。

寒雀满疏篱，争抱寒柯看玉蕤(ruí)[①]。忽见客来花下坐，惊飞。踏散芳英落酒卮[②]。　　痛饮又能诗，坐客无毡[③]醉不知。花谢酒阑春到也，离离[④]。一点微酸已著[⑤]枝。

[注释]

①争抱寒柯看玉蕤：争着围绕梅树观看白梅。柯，草木的枝茎，此处指梅树。玉蕤，指白梅花。②卮：酒杯。③无毡：古人席地而坐，冬日铺以毛毡，无毡说明贫穷。杜甫《戏简郑广文虔兼呈苏司业》："才名四十年，坐客寒无毡。"④离离：飘动的样子。⑤著：附着。句谓梅花谢后将结梅子了。

[译文]

岁暮风寒，百花尚无消息，只有梅花缀树，葳蕤如玉，雀鸟争相飞上枝头，好像要细细观赏梅花。客人赏梅来到花下，雀鸟惊飞，不慎踏散梅花，花瓣都落在了酒杯之中。

杨元素才调不凡，开怀畅饮，文采风流。虽然贫穷得没有毛毡，但客人们毫不计较，饮兴正酣。自梅花开后，这样的聚会太少了，真想一直畅饮到梅花落尽春天来到，看那满枝梅花被一点微酸的青梅所取代。

[集解]

（宋）胡仔："东坡《梅词》云：'花谢酒阑春到也，离离。一点微酸已著枝。'《张右史集》有《梅花十绝》，《后山集》有《梅花七绝》，其无已（陈师道）七绝，乃文潜（张耒）《十绝》中诗，但三绝不是，未知竟谁作者。其间有云：'谁知檀萼香须里，已有调羹一点酸。'用东坡语也。"

梅 花

减字木兰花·送东武令赵昶失官归海州

题解

宋神宗熙宁八年（1075），东武（即密州治所诸城县，诸城在隋代以前称东武）县令赵昶被罢官，归海州，苏轼作此词相赠。

贤哉令尹[①]，三仕已之无喜愠。我独何人，犹把虚名玷搢(jìn)绅[②]。 不如归去，二顷良田无觅处[③]。归去来兮[④]，待有良田是几时。

[注释]

①令尹：县官的别称，此处指赵昶。②搢绅：士大夫的别称。③二顷良田无觅处：《史记·苏秦列传》载："使我有洛阳负郭田二顷，吾岂能佩六国相印乎！"④归去来兮：指归隐乡里。陶渊明《归去来兮辞》："归去来兮，田园将芜胡不归？"

[译文]

贤明的县令啊，你的心胸如此开阔，令人敬佩。我自己凭借着虚名居官，不免玷辱士林。

不如退归田园吧，可惜还没有退隐的条件。我期盼着像你一样归隐乡里，不知要等到何时。

[集解]

郑振铎："《减字木兰花》：'贤哉令尹，三仕已之无喜愠。……'却有点过于枯瘠，无丝毫诗意含蓄着，乃是他的词最坏的一个倾向。"

一丛花·初春病起

题解

宋神宗熙宁九年（1076）早春，苏轼作此词于密州。全词透露出一种病后逢春，既感慨又欣慰的感觉。

今年春浅[①]腊侵年[②]，冰雪破春妍。东风有信无人见，露微意、柳际花边。寒夜纵长，孤衾[3]易暖，钟鼓渐清圆。　　朝来初日半衔山，楼阁淡疏烟。游人便作寻芳计，小桃杏、应已争先。衰病少悰(cóng)[4]，疏慵自放，惟爱日高眠。

［注释］

①春浅：春天来得早。②腊侵年：因上年有闰月，下年的立春日出现在上年的腊月中。③衾：厚被。④悰：心情，情绪。这里指欢乐。

［译文］

今年的春天来得早，天气还很寒冷，美丽的春天依然被冰雪覆盖着。不光春天来得迟，它托东风带来的消息也被人们忽视了，只在柳树、花朵上露出了些许春意。初春时节纵然夜寒且长，但毕竟已是大地春回，厚被子盖着有些热了，就连那报时钟鼓声也清脆圆润起来。

早上起来太阳初生，被山遮住了一半，远处的楼阁笼罩在淡淡的雾气中。春天已到，人们开始计划着外出踏春了，想必郊外的桃花、杏花已经争相开放了。我因为生病没有心情出去游玩，只想懒散地躺着，一直睡到日上三竿。

［集解］

（清）黄子云：“诗不外乎情事景物，情思景物要不离乎真实无伪。一日有一日之情，有一日之景，作诗者若能随境兴怀，因题著句，则固景无不真，情无不诚矣。”

满江红·正月十三日雪中送文安国还朝

题解

文安国，名勋，庐江人，善篆刻，苏轼好友。宋神宗熙宁九年（1076），文安国入朝供职，苏轼在密州作此词相赠。

天岂无情？天也解、多情留客。春向暖、朝来底事[1]，尚飘轻雪。君遇时来纡组绶[2]，我应老去寻泉石。恐异时、杯酒复相思，云山隔。　　浮世事，俱难必。人纵健，头应白。何辞更一醉，此欢难觅。不向佳人诉离恨，泪珠先已凝双睫。但莫遣、新燕却来时，音书绝。

[注释]

①底事：何事。②纡组绶：指的是出任官职。纡，系。组绶，古代官员系玉的丝带。

[译文]

谁说上天无情？天也多情，不忍你离去。春天已到，为什么又飘起了雪花呢？你有时机出任高官，我则应该归老林泉。恐怕以后端起酒杯就会想起你，只可惜云山相隔，再会无期。

在人世漂浮不定，大家都难以预料以后的事，虽然人身体康健，怎奈头发会因为思念而花白。不要推辞了，喝下这杯送别的酒，以后再聚首的日子遥遥无期。不用相对诉说离别的愁苦，睫毛上晶莹的泪珠已然说明了一切。切记当新燕飞来时，一定要让它传来书信，千万不要断绝了彼此的音信。

[集解]

刘乃昌："常把景作为人的环境和烘托，这里景则全然纳入词人想象，与其说是客观环境，不如说是词人借以倾吐情感。"

满江红

题解

此词是宋神宗熙宁九年（1076）三月三日苏轼在密州所作。古以农历三月上旬巳日饮濯于水滨，除却不祥，称修禊。魏晋以后定为三月初三，置酒杯于弯曲的水道，酒杯流至某人面前则饮酒，称"流杯曲水"或"流觞曲水"。东武即密州治所诸城县（诸城在隋代以前称为东武），郑淇是水名，流经东武城南。

东武会流杯亭，上巳日作。城南有坡，土色如丹，其下有堤，壅郑淇水入城。

东武城南，新堤就、郑(fū)淇初溢。微雨过、长林翠阜①，卧红堆碧。枝上残花吹尽也，与君试向江头觅。问向前②、犹有几多春，三之一。　官里事，何时毕。风雨外，无多日。相将泛曲水，满城争出。君不见、兰亭修禊(xì)事，当时座上皆豪逸。到如今、修竹满山阴③，空陈迹。

[注释]

①皋：丘陵。②向前：今后。③山阴：今浙江绍兴。

[译文]

东武的城南，新的堤坝建成，邦淇水因此上涨。一场小雨过后。山地和丘陵都披上了绿装，山花遍地，绿叶堆积。树枝上仅剩的花朵也都被雨水打落了，只能在江水里找到它们远去的身影。问从今往后春天还剩下多少时日，只有三分之一了。

身在官场不知何时才能抽身隐退，那远离官场风雨的好日子恐怕是不多了。真希望能如涨起的水争相流出城一样退出官场。您没看到当年王羲之等人在兰亭修禊，当时在座的人都是当世名流，可如今不过只剩下绍兴满山的翠竹了。

[集解]

（清）陈世焜："风雅疏狂，声流弦外，措词饶有姿态，如灵和殿柳，三起三眠。"

望江南·超然台作

题解

宋神宗熙宁九年（1076），苏轼登密州超然台，作此词。

春未老，风细柳斜斜。试上超然台上看，半壕[①]春水一城花。烟雨暗千家。　　寒食[②]后，酒醒却咨嗟。休对故人思故国[③]，且将新火[④]试新茶。诗酒趁年华。

[注释]

①壕：护城河。②寒食：清明节前两天为寒食节，相传晋国介之推辅助晋文公夺位后，隐居山林。晋文公为了让介之推出山，放火焚烧山林。介之推不肯出林，抱树被焚而死。为了悼念介之推，晋文公宣布这天禁止百姓举火，遂称为寒食节。③故国：故乡。④新火：寒食禁火，清明节后生火，称为新火。

[译文]

春已暮，但风中的细柳依然摇摆生姿。登临超然台远眺，看见满池春水，满城鲜花，千家万户被蒙蒙烟雨笼罩。

寒食已过，想起家乡，酒后心情忧郁。为了摆脱这浓浓的思乡之情，且生火煮茶，品尝着春天新采的茶叶，作诗自娱。不要辜负了这春天的好时光。

[集解]

唐圭璋、潘君昭："'春未老，风细柳斜斜。……'是写烟雨寒食节后，在超然台上四望时所兴起的故园之情。"

水调歌头

题解

此词作于宋神宗熙宁九年（1076年）中秋，当时苏轼四十一岁，为密州（今山东诸城）知州，与其弟苏辙长期别离，中秋之夜对月抒怀。

丙辰中秋，欢饮达旦，大醉，作此篇，兼怀子由。

明月几时有？把酒[①]问青天。不知天上宫阙[②]，今夕是何年[③]。我欲乘风归去，又恐琼楼玉宇[④]，高处不胜寒。起舞弄清影[⑤]，何似在人间！　转朱阁，低绮户[⑥]，照无眠。不应有恨，何事长向别时圆？人有悲欢离合，月有阴晴圆缺，此事古难全。但愿人长久，千里共婵娟[⑦]。

明月几时有？把酒问青天

[注释]

①把酒：端起酒杯。②宫阙：宫殿。③今夕是何年：古代神话传说，天上仅三日，世间已千年。古人认为天上神仙世界年月的编排与人间是不相同的。④琼楼玉宇：白玉砌成的楼阁。⑤弄清影：在月光下起舞，自己的影子也翻动不已，仿佛自己和影子一起嬉戏。⑥绮户：刻有纹饰的门窗。⑦婵娟：月里的嫦娥，代指月亮。

[译文]

明月什么时候出现的？我端着酒杯问青天。不知道天上的神仙宫阙里，现在是什么年代了。我想乘着风回到天上去，又怕玉石砌成的美丽月宫，在高空中经受不住寒冷。在浮想联翩中对月起舞，清影随人，仿佛乘云御风，置身天上，哪里像在人间！

月亮照遍了华美的楼阁。夜深时，月光低低地透进雕花的门窗里，照着心事重重不能安眠的人。月亮既圆，便不应有恨了，但为什么常常要趁着人们离别的时候团圆呢？人的遭遇，有悲哀有欢乐，有离别也有团聚；月亮呢，也会遇到阴、晴、圆、缺。这种情况，自古以来如此，难得十全十美。只愿我们都健康和长在，虽然远隔千里，却能共同欣赏这美丽的月色。

［集解］

（宋）胡仔：“中秋词自东坡《水调歌头》一出，余词尽废。”

（清）黄蓼园：“缠绵惋恻之思，愈转愈曲，愈曲愈深，忠爱之思，令人玩味不尽。”

江城子

题解

宋神宗熙宁九年（1076）十一月，苏轼接到朝廷诰命，移知河中府（今山西永济）。在启程前，苏轼登超然台望月，作此词。

前瞻马耳九仙山①，碧连天，晚云闲。城上高台、真个是超然。莫使匆匆云雨散，今夜里，月婵娟。　小溪鸥鹭静联拳②，去翩翩，点轻烟。人事凄凉、回首便他年。莫忘使君歌笑处，垂柳下，矮槐前。

［注释］

①马耳九仙山：马耳、九仙是诸城附近的两座山。马耳山，在诸城西南六十里。九仙山，在诸城西南九十里。②联拳：身体蜷曲的样子。

［译文］

抬头望见马耳山和九仙山，天色碧蓝，傍晚的云朵间或点缀其中。站在城中的超然台上，可以遍览群山，心情畅快。若使今晚云散雨停，就可以观赏到美好的月亮。

溪边的野鸟蜷集在一起，一时鸟儿飞起，如点滴轻烟消失在天边。想到人世沧桑，不禁回首仔细思量。不要忘记这个曾使我感到快乐的超然台吧，就在低垂的柳树旁，矮矮的槐树前。

［集解］

于培杰、孙言诚：“作品描写了超然台上所见的密州夜景，流露了作者对故地的留恋。……溪边鸥鹭的散去，不仅饱含作者之情，而且简直就是人事变换的象征，给人以强烈的惆怅、凄凉之感，突出了惜别的主题。”

江城子·东武雪中送客

题解

宋神宗熙宁九年（1076），苏轼在密州送客人章传，作此词。章传，字传道，时任密州州学教授。

相从不觉又初寒，对尊前，惜流年。风紧离亭、冰结泪珠圆。雪意流君君不住，从此去，少清欢。　转头山[①]上转头看，路漫漫，玉花翻。云海光宽、何处是超然[②]。知道故人相念否，携翠袖[③]，倚朱阑。

[注释]

①转头山：在诸城南四十里。②超然：指超然台。③翠袖：女人的衣袖，此处代指姬妾。

[译文]

不知不觉又到了初寒时节，面对离别的酒，不禁感慨那些流逝的年华。风雪也知离别在即，风越来越急地吹，冰珠结起。这大雪似乎是为了要留住你，但你还是要远行。唉，这一别，以后少了许多乐趣。

站在转头山上，回头望去，只见长路漫漫，大雪翻飞。地上都是雪，阳光一照耀眼异常，看不见超然台在哪里。知道你也在怀念故友，伴着美姬，倚在栏杆上，独自惆怅。

[集解]

刘乃昌：“‘相从不觉又初寒，对尊前，惜流年。风紧离亭、冰结泪珠圆。雪意流君君不住。……’这首词上片写居者送行者，行者难留而寡欢；下片写行者恋居者，居者惜别而怅惘。上片由己到人，下片由人到己，充分体现出双方意绪契合，情感交流。”

洞仙歌·咏柳

题解

宋神宗熙宁十年（1077）三月，苏轼应朋友之请作此词，以拟人方法咏柳。

江南腊尽[①]，早梅花开后，分付新春与垂柳。细腰枝、自有入格[②]风流。仍更是、骨体清英雅秀。　　永丰坊[③]那畔，尽日无人，谁见金丝弄晴昼？断肠是、飞絮时，绿叶成阴，无个事、一成消瘦。又莫是、东风逐君来，便吹散眉间、一点春皱。

［注释］

①腊尽：年末、岁尽。②入格：有品格。③永丰坊：白居易有妓二人，樊素善歌，小蛮善舞，白居易曾为诗曰："樱桃樊素口，杨柳小蛮腰。""一树春风万万枝，嫩于金色软于丝。永丰坊里东南角，尽日无人属阿谁？"此处用此典。永丰坊，地名，在长安。

［译文］

江南岁末，梅花开后，垂柳带来了春天的气息。那柳枝犹如少女的婀娜腰肢，自有一种风流品格。不仅如此，更有清雅秀丽的气质。

永丰坊如今已然没落，谁还见过小蛮轻舞如春风拂柳？等到杨絮飘飞，柳叶茂密之时，柳枝的婀娜不再，唯有伤感，百无聊赖只剩消瘦。那时只能安慰自己，说等来年春风再起时，如愁眉般的柳叶才会重新舒展。

［集解］

朱祖谋："按毛本题与《纪年》未合，然细绎词意，与《殢人娇》词略同，非止赋物也。"

阳关曲·中秋作

题解

此词作于宋神宗熙宁十年（1077）八月十五日。是年二月苏辙与苏轼相见，四月间陪他同赴徐州，八月中秋之后方才离开，这是阔别六年来兄弟的首次相聚。

暮云收尽溢[①]清寒，银汉[②]无声转玉盘。此生此夜不长好，明月明年何处看？

[注释]

①溢：溢出，暗喻月色如水。②银汉：银河。

[译文]

夜幕降临，云气收尽，天地间充满了寒气，银河流泻无声，皎洁的月亮升上天空，像玉盘那样洁白晶莹。我这一生中每逢中秋之夜，月光多为风云所掩，很少碰到像今天这样的美景，真是难得啊！不知明年的中秋，我会在何处观赏月亮呢？

水调歌头

题解

宋神宗熙宁十年（1077），苏轼改派徐州知州，与苏辙同行。八月十五日，苏辙作《水调歌头》告别，苏轼赋此词相和。

余去岁在东武，作《水调歌头》以寄子由。今年子由相从彭门百余日，过中秋而去，作此曲以别余。余以其语过悲，乃为和之，其意以不早退为戒，以退而相从之乐为慰云耳。

安石在东海[①]，从事鬓惊秋。中年亲友难别，丝竹缓离愁。一旦功成名遂，准拟东还海道，扶病入西州[②]。雅志困轩冕[③]，遗恨寄沧洲[④]。　岁云暮，须早计，要褐裘[⑤]。故乡归去千里，佳处辄迟留。我醉歌时君和，醉倒须君扶我，惟酒可忘忧。一任刘玄德，相对卧高楼[⑥]。

[注释]

①安石在东海：东晋谢安，字安石，隐居在会稽，四十岁才应召出仕。会稽因东临大海，故称东海。②西州：代指东晋的京都建康。③轩冕：古代官员的服装，代指为官。④沧洲：滨水之地，代指隐士的居所。⑤褐裘：粗麻做成的布袍。⑥一任刘玄德，相对卧高楼：任凭像刘玄德一样有雄心壮志的人看不起我们，他卧他的百尺楼，我们住我们的山水地。《三国志·魏志·陈登传》载："许汜与刘备并在荆州牧刘表坐，表与备共论天下人……汜曰：'昔遭乱过下邳，见元龙（陈登字元龙）。元龙无客主之意，久不相与语，自上大床卧，使客卧下床。'备曰：'君有国士之名，今天下大乱，帝王失所，望君忧国忘家，有救世之意，而君求田问舍，言无可采，是元龙所讳也，何缘当与君语？如小人，欲卧百尺楼上，卧君于地，何但上下床之间邪？'表大笑。"此句用此典故，表明作者归隐山林的志向。

[译文]

东晋的谢安隐居在会稽，开始从政的时候，已是头发变白的年纪了。人到中年与亲友分别，只能以乐曲缓解离愁。谢安曾说，一旦功成名就之后，定会经海道归隐，即使病重也要向朝廷请求归隐。可惜谢安因为困于繁重的公务，隐退的雅志始终没能达成，为此抱恨不已。

如今我们也是岁月迟暮，需要早早计划，辞官回乡，穿粗布袍子生活了。故乡远在千里之外，我们还羁绊在官场之中。只有酒才能缓解忧愁，我喝醉作诗你会相和，醉倒了你会照顾我。其实心中一向有大的志向，就算被人瞧不起，又何必介意呢？

[集解]

于培杰、孙言诚："作品采用了上下片对比的手法。上片亲友相别的'离愁'与下片我歌君和、我醉君扶的兄弟欢聚对比；上片的'轩冕'与下片的'葛裘'对比；上片的'遗恨'与下片的'忘忧'对比。这些对比有力地实现了'以退而相从之乐为慰'的主题。"

蝶恋花·暮春别李公择

题解

此词作于宋神宗元丰元年（1078）三月。李公择是苏轼的故友，因反对王安石新法遭贬。是年春赴淮南西路提点刑狱公事之任，途经徐州，便与苏轼相聚月余，分别时，苏轼以此词相送。

簌簌[①]无风花自堕，寂寞园林，柳老樱桃过。落日有情还照坐[②]，山青一点横云破。　路尽河回人转柁，系缆渔村，月暗孤灯火。凭

簌簌无风花自堕

仗飞魂招楚些[3]，我思君处君思我。

[注释]

①簌簌：拟声，指花落。②照坐：照在对坐话别的两人身上。③凭仗飞魂招楚些：也就是“凭仗楚些招飞魂”。意为即像《招魂》召唤屈原那样召唤离去的李公择。古时招魂既用于亡人，也用于遭贬流放之人。

[译文]

花落声簌簌，却不是被风所吹，而是悠悠然自己坠落。在这寂寞的园林，人亦寂寞。暮春之际樱桃花期已过，柳絮飞去更是不肯停留。落日多情，照在对坐依依惜别的人身上，看远山青翠云消雾散。

相送的人在岸上已走到路尽，远去的人在舟中已然转舵，看不见了。今夜你泊于冷落的渔村中，独对孤灯，唯有暗月相伴。我希望朝廷能再次召你回来，不要再让我们彼此相隔，相互思念。

[集解]

（明）沈际飞：“‘落日’二句，敲空有响。”

（清）陈廷焯：“语浅情长，笔致亦超迈。”

浣溪沙

题解

此词作于宋神宗元丰元年（1078）春夏之间。徐州在前一年遭遇水灾，苏轼率百姓抗洪，取得了胜利。不料来年又遭春旱，苏轼在组织百姓抗旱之际，又到城外石潭求雨，果然迎来了降雨。苏轼谢雨归来心情喜悦，作此五词。

徐门石潭谢雨，道上作五首。潭在城东二十里，常与泗水增减，清浊相应。

其一

照日深红暖见鱼，连溪绿暗晚藏乌[1]。黄童白叟聚睢盱(xū)[2]。　麋鹿逢人虽未惯，猿猱③闻鼓不须呼。归家说与采桑姑。

［注释］

①连溪绿暗晚藏乌：溪水两岸柳叶茂密颜色暗，傍晚时分乌鸦都藏身其间。②睢盱：淳朴、喜悦的样子。③猱：猿猴的一种。

［译文］

太阳照射潭水，游鱼如同披上了一层红光，溪水两岸柳叶茂密颜色暗，傍晚时分乌鸦都藏身其间。孩子和老人齐聚潭边观看谢神，满是喜悦的神情。

平时温顺的麋鹿不曾见过如此多的人，惊惶失措四处奔跑，调皮的猿猴听见祭神的鼓声，不用招呼就跑来凑热闹。他们一定会把今天看到的热闹景象当作稀奇的事，回去讲给采桑的姑娘们听。

其　二

旋抹红妆看使君，三三五五棘篱门①。相排踏破蒨(qiàn)②罗裙。　老幼扶携收麦社③，乌鸢④翔舞赛神⑤村。道逢醉叟卧黄昏。

［注释］

①棘篱门：用杂生枣树做成的篱笆门。②蒨：草名，根紫红色，可作染料。③收麦社：祭祀土地以祈求麦收丰产的地方。④鸢：老鹰。⑤赛神：酬祭神灵的各种活动和仪式。

［译文］

村中少女争睹地方官的风采，匆匆忙忙打扮了跑出来，三五成群站在棘篱门前，她们相互推挤，连新换的美丽的红裙子都被踩破了。

麦收季节临近，村民们扶老携幼，聚集在社庙里祭扫神灵，以求有个好收成。乌鸦和老鹰盘旋在天空，是为了吃剩下的祭品。此时吃醉酒的老翁，已经酣睡在黄昏的道路上了。

其　三

麻叶层层檾(qǐng)①叶光，谁家煮茧②一村香。隔篱娇语络丝娘③。　垂白杖藜抬醉眼，捋青捣麨(chǎo)软肌肠④。问言豆叶几时黄？

［注释］

①䔍：同“苘”，青麻，可制成布或绳。②煮茧：缫丝，用热水煮蚕茧，抽出蚕丝。③络丝娘：虫名，又称莎鸡，因鸣声似纺丝得名。此处喻指缫丝姑娘。古时养蚕人家多禁忌，煮茧缫丝时节不能串门，缫丝姑娘只能在各自院中隔着篱笆交谈。④捋青捣麨软肌肠：脱下新麦，炒后捣成粉末作干粮以充饥。捋，脱下物体表面的东西。青，新麦。麨，干粮。软，饱，俗称以酒食相慰劳。

［译文］

那一层层的麻叶泛着油光，忽然闻见一阵清香，这是谁家煮蚕茧的香味呀？闻香寻去，只听见缫丝姑娘们隔着篱笆快乐地交谈。

村中的白发老人手拄黎杖，虽然醉眼蒙眬，却仍在拨去青麦的壳子，炒后捣成粉末作干粮用以充饥。见此情景，我不由得上前问道：粮食何时才能成熟啊？

其　四

簌簌衣巾落枣花，村南村北响缲车①。牛衣②古柳卖黄瓜。　　酒困路长惟欲睡，日高人渴漫思茶。敲门试问野人家。

［注释］

①缲车：缫丝所用的工具。②牛衣：冬季覆盖牛马之物，用草或乱麻制成。此处比喻衣服简陋。

［译文］

初夏季节枣花漫开，行走于乡间田野，枣花纷纷落在衣巾之上，眺望村南村北缫丝声此起彼伏。衣着简陋的菜农坐在古柳树下，叫卖着黄瓜。

太阳渐高，酒困路长，旅途劳顿，口渐干渴。不觉间想喝点茶水，于是敲开了路旁的人家，想向他们讨一杯茶喝。

［集解］

（清）王士祯：“‘牛衣古柳卖黄瓜’，非坡仙无此胸次。”

其　五

软草平莎①过雨新，轻沙走马路无尘。何时收拾耦耕②身？　　日暖桑麻光似泼，风来蒿艾气如薰③。使君元④是此中人。

[注释]

①莎：草本植物，野生于田野沙地。②耦耕：两人并耕，后泛指耕种。③薰：香草名，亦指香味。④元：通“原”，原本。

[译文]

雨后出新草，十分柔软，骑马行走在沙地上，没有一丝尘土。我什么时候才能回归乡间做一个耕种之人呢？

太阳初生照在桑麻上，闪亮的麻叶层层叠叠，凉风吹来，蒿艾的香气阵阵飘散。我不正是这乡间的人嘛！

永遇乐

题解

此词作于宋神宗元丰元年（1078）十月的徐州。白居易《燕子楼三首序》云：“徐州故张尚书（即张建封）有爱妓曰盼盼，善歌舞，雅多风态。予为校书郎时，游徐、泗间，张尚书宴予，酒酣，出盼盼以佐欢。欢甚，予因赠诗云：‘醉娇胜不得，风袅牡丹花。’一欢而去。而后绝不相闻。迨兹仅一纪矣。昨日，司勋员外郎张仲素缋之访予，因吟新诗，有《燕子楼》三首，词甚婉丽。诘其由，为盼盼作也。缋之从事武宁军累年，颇知盼盼始末，云：‘尚书既殁，归葬东洛。而彭城有张氏旧第，第中有小楼，名燕子。盼盼念旧爱而不嫁，居是楼十余年，幽独块然，于今尚在。’”

彭城夜宿燕子楼，梦盼盼，因作此词。

明月如霜，好风如水，清景无限。曲港跳鱼，圆荷泻露，寂寞无人见。紞（dǎn）①如②三鼓③，铿然④一叶，黯黯梦云惊断。夜茫茫、重寻无处，觉来小园行遍。　　天涯倦客，山中归路，望断故园心眼。燕子楼空，佳人何在，空锁楼中燕。古今如梦，何曾梦觉，但有旧欢新怨。异时对、黄楼⑤夜景，为余浩叹。

[注释]

①紞：击鼓声。②如：同“然”。③三鼓：古人分一夜为五更，每更击鼓报时。三鼓约为一二时。《晋书·邓攸传》引吴人歌：“紞如打五鼓，鸡鸣天欲曙。”④铿然：常形容金石或琴瑟声，此处喻树叶落地声，侧写夜之宁静。⑤黄楼：上年八月，

燕子楼空，佳人何在

黄河决堤殃及徐州，苏轼亲率百姓抗洪，并于次年建楼于城东门上。古人认为水受制于土，土为黄色，故取此名。

[译文]

明月的光亮清冷如霜，清风徐徐如水一般温柔，这个夜晚无限清幽。鱼儿跳跃在曲折的荷塘中，露珠不时从荷叶上滚落，这份寂寞无人分享。更鼓敲打三更惊醒了睡梦，四周异常宁静，连树叶落下的声音都能听见，不禁令人黯然伤怀。夜色茫茫，但盼盼不会再入我梦了。无法入睡，只能在这寂寞的园林中独自徘徊。

我久居官场，深感疲倦，归隐山林却遥遥无期。故乡邈远，眼不能望，心不能到。如今燕子楼空空如也，盼盼已经不在了，只有燕子还在檐下筑巢不肯离去。古今万事都如一场梦，但没有人能够跳脱其外，只会永远被新欢旧怨所纠缠。他日，不知会不会也有人在黄楼观赏夜景，为我叹息，一如我今日为盼盼长叹。

[集解]

（宋）张炎："用事最难，要体认着题，融化不涩。如东坡《永遇乐》云：'燕子楼空，佳人何在？空锁楼中燕。'用张建封事。白石《疏影》云：'犹记深宫旧事，那人正睡里，飞近蛾绿。'用寿阳事。又云：'昭君不惯胡沙远，但暗忆江南江北。想佩环月夜归来，化作此花幽独。'用少陵事。此皆用事不为事所使。"

（宋）胡仔："脱去笔墨畦径间，直造古人不到处，真可使人一唱而三叹。"

江城子·别徐州

题解

此词作于宋神宗元丰二年（1079），当时苏轼由徐州调知湖州。本篇是苏轼临离徐州前，与友人告别时所作。

天涯流落思无穷，既相逢，却匆匆。携手佳人①、和泪折残红。为问东风余几许？春纵在，与谁同？　　隋堤②三月水溶溶，背归鸿③，去吴中。回首彭城[4]、清泗[5]与淮通。欲寄相思千点泪，流不到，楚江东[6]。

[注释]

①佳人：贤能之人，此处指友人。②隋堤：隋炀帝时开通的通济渠，引汴水入黄河与淮河相通，沿渠筑堤，人称隋堤。③背归鸿：作者南下吴地，此时正值春天，大雁飞回北方，因此说“背归鸿”。④彭城：徐州。⑤清泗：泗水，源出山东，南下流经徐州，注入淮河。⑥楚江东：指徐州。

[译文]

天涯流落，愁思茫茫，无穷无尽。刚刚经历了邂逅相逢的喜悦，又要面对骤然分别的痛苦。携手友人，含泪折花相送，作为道别。东风徐徐，春光仍在，可我即将离开，这美好的春光今后还能与谁共享呢？

隋堤中的水浩浩荡荡，好似我无限的离思。春光明媚，鸿雁北归，而我却与雁行相反，离开徐州热土，南去吴中。频频回顾，只见清澈的泗水由西北而东南，向着淮水脉脉流去。我想托清泗的流水把千滴相思之泪寄往徐州，怎奈泗水东流，相思难寄。

[集解]

（明）沈际飞：“结局从李后主‘恰似一江春水向东流’转出，更进一步。”

西江月·平山堂

题解

宋神宗元丰二年（1079）四月，苏轼途经扬州，扬州知州鲜于侁设宴于平山堂，宴请苏轼。平山堂是北宋庆历年间欧阳修所建，位于扬州西北蜀冈法净寺内。当时欧阳修已去世，苏轼作此词以表纪念。

三过[1]平山堂下，半生弹指[2]声中。十年[3]不见老仙翁[4]，壁上龙蛇[5]飞动。　　欲吊文章太守[6]，仍歌杨柳春风[7]。休言万事转头空[8]，未转头时皆梦。

[注释]

①三过：苏轼到杭州任，再从杭州赴密州，又自徐州移知湖州，三次路过扬州，

因此说“三过”。②弹指：佛教用语，比喻时间短暂。③十年：熙宁四年（1071），苏轼曾于颍州谒见欧阳修，距此时实为九年，这里举其成数。④老仙翁：指欧阳修。⑤龙蛇：指平山堂上欧阳修的墨迹。⑥文章太守：指欧阳修。⑦杨柳春风：欧阳修有词云：“手种堂前垂柳，别来几度春风。”此处借指欧阳修的诗词。⑧转头空：世事变化快。白居易诗云：“百年随手过，万事转头空。”

［译文］

我第三次经过平山堂，前半生已然在弹指声中过去了。整十年没见老仙翁了，只有墙上遗留着他的墨迹，仍是那样气势雄浑，犹如龙蛇飞舞。

我在平山堂前“欧公柳”的下面，写下这首词悼念文坛英杰、已故扬州太守欧阳修。别说人死后万事皆空，即使活在世上，也不过是一场大梦。

［集解］

（清）黄苏：“后东坡亦守是邦，登平山台，有感而赋《西江月》一阕云：‘三过平山堂下。……’末句感慨之意，见于言外。”

南歌子·湖州作

题解

宋神宗元丰二年（1079）四月，苏轼到湖州（今浙江湖州）。五月，友人刘㧑（字行甫）赴余姚，途经湖州，苏轼在钱氏园为之饯行，写此词。

山雨萧萧过，溪桥浏浏清。小园幽榭枕蘋汀①，门外月华如水彩舟横。　　苕岸②霜花尽，江湖雪阵平。两山遥指海门③青，回首水云何处觅孤城④。

［注释］

①汀：水中或水边的平地。②苕岸：苕溪岸边。苕溪在今浙江北部，由湖州附近注入太湖。③海门：钱塘江两岸有山峰相对，人称海门。④孤城：指湖州。

［译文］

雨声急促，溪流中的水清澈湍急。小园中幽静的台榭枕卧在长有蘋草的小洲上，门外月光清凉如水，湖上彩舟横陈。

想与你乘着小舟划入苕溪，看苕溪两边的苕花洁白如霜，湖面明亮如雪。海门由两座青秀的山峦包围，回首望去，烟水朦胧中的湖州城内，有思念你的友人。

卜算子·黄州定惠院寓居作

题解

这首词是苏轼因“乌台诗案”入狱，释放后被贬谪黄州，寓居黄州东南的定惠院时所作。

缺月挂疏桐①，漏断②人初静。谁见幽人③独往来，缥缈孤鸿影。　　惊起却回头，有恨无人省④。拣尽寒枝不肯栖，寂寞沙洲冷。

[注释]

①疏桐：枝叶稀疏的桐树。②漏断：漏壶的水已滴尽，表示夜深。漏，漏壶，古代计时的工具。③幽人：隐士。此处是作者自指。④省：了解。

[译文]

残缺的月亮挂在疏落的桐树间，夜深人静，只有我这个幽人无法入睡，漂泊无依好似孤独的大雁。

被惊起的大雁回过头望去，没有人了解它心头的烦忧。它物色着栖身之地，即使无枝可依，也不会违背自己的原则同流合污。

[集解]

（宋）黄庭坚：“语意高妙，似非吃烟火食人语，非胸中有数万卷书，笔下无一点尘俗气，孰能至此。”

（清）黄苏：“按此词乃东坡自写在黄州之寂寞耳。初从人说起言如孤鸿之冷落。第二阙专就鸿说，语语双关。格奇而语隽，斯为超诣神品。”

南乡子·黄州临皋亭作

题解

宋神宗元丰三年（1080）初夏，苏轼作此词于黄州。临皋亭在黄州南门外江边，作者五月自定慧院迁居于此。

晚景落琼杯，照眼[1]云山翠作堆。认得岷峨[2]春雪浪，初来。万顷蒲萄涨渌醅(pēi)[3]。　　春雨暗阳台[4]，乱洒歌楼湿粉腮。一阵东风来卷地，吹回。落照江天一半开。

［注释］

①照眼：耀眼。②岷峨：四川境内的岷山和峨眉山。作者常以其代指家乡。③渌醅：美酒。此处与“蒲萄”均喻江水澄澈碧绿。④阳台：相传在四川巫山。宋玉《高台赋》：“妾在巫山之阳，高丘之岨，旦为朝云，暮为行雨，朝朝暮暮，阳台之下。”此处指歌女所处之地，亦即下句之歌楼。

［译文］

夕阳照入酒杯分外耀眼，远方的山峦被云雾笼罩，苍翠夺目。家乡的江水浪涛翻滚如春雪一般，初来之时，江水澄清碧绿如葡萄酒一般。

春雨落在歌台上，打湿了歌女美丽的面颊。一阵东风袭来，吹散了春雨，落日的余光再次照亮了半个江面。

定风波

题解

此词作于宋神宗元丰三年（1080）重阳。杜牧原诗《九月齐安登高》云：“江涵秋影雁初飞，与客携壶上翠微。尘世难逢开口笑，菊花须插满头归。但将酩酊酬佳节，不用登临叹落晖。古往今来只如此，牛山何必泪沾衣。”

重阳，括杜牧之诗。

与客携壶上翠微[1]，江涵秋影雁初飞。尘世难逢开口笑，年少。菊花须插满头归。　　酩酊但酬[②]佳节了，云峤[③]。登临不用怨斜晖。古往今来谁不老？多少。牛山何必更沾衣[④]。

［注释］

①翠微：清淡青葱的山色，也指青山。②酬：应对。③峤：陡峭的高山。④牛山何必更沾衣：齐景公登牛山，北望齐国河山，想到自己终将死去，“俯而泣沾襟”。晏婴说：“如果古人不死，齐国始祖姜太公至今犹存，您今天将披蓑戴笠耕种于田间，操心农事都来不及，哪儿有功夫担心死的事情呢！”牛山，在今山东淄博东。

［译文］

与客人带着美酒登上烟波缭绕的青山，江面上大雁纷飞，一片秋日美景。尘世奔波难得欢笑，看那年轻人多么快乐，不仅登高饮酒赏菊，还要将菊花插满发间才回家。

喝得酩酊大醉，重阳节就这样过去了，看那陡峭的高山多么雄健，登高远眺不用在意已是夕阳西下。从古到今谁能不老呢？实在没有必要为生死之事担心挂怀。

［集解］

（清）王士祯：“文人偶然游戏。”

菩萨蛮·回文，夏闺怨

题解

此词作于宋神宗元丰三年（1080）冬的黄州，为组词“四时闺怨”之一。“回文”是利用独立方块汉字的特性而创作的一种特殊韵文体，其特殊性表现在正读倒读（有些甚至从任何一字起读）均有意义，均能成诵。主要见于诗歌创作中，但词中亦不少见。就词体来说，大致有三种形式：一是全篇倒读成文；二是上片倒读即成下片；三是上句倒读即成下句。东坡词集中有七首回文，都属于第三类。

柳庭风静人眠昼，昼眠人静风庭柳。香汗薄衫凉，凉衫薄汗香。　　手红冰碗藕[①]，藕碗冰红手。郎笑藕丝[②]长，长丝藕笑郎。

［注释］

①手红冰碗藕：红润的手端着冰镇莲藕的碗。②藕丝：配偶的情思。藕，谐“偶”音。丝，谐“思”音。

[译文]

风静时庭柳低垂，闺人困倦而眠；昼眠正熟，清风又吹拂起庭柳了。风吹香汗，薄衫生凉，而在凉衫中又透出些微的汗香。

她那红润的手儿持着盛了冰块和莲藕的玉碗，而这盛了冰块和莲藕的玉碗又冰了她那红润的手儿。情郎笑她情意绵长，她怨情郎太不领情。

[集解]

（清）徐钪："词有櫽括体，有回文体。回文之就句回者，自东坡始也。"

水龙吟·次韵章质夫杨花词

题解

此词约作于宋神宗元丰四年（1081）春，苏轼谪居黄州之时。次韵，即用原作之韵，并按照原作用韵次序进行创作。章质夫，名楶，浦城（今福建浦城）人。当时正任荆湖北路提点刑狱，经常和苏轼以诗词酬唱。章质夫的《水龙吟·咏杨花》原文如下："燕忙莺懒芳残，正堤上、柳花飘坠。轻飞乱舞，点画青林，全无才思。闲趁游丝，静临深院，日长门闭。傍珠帘散漫，垂垂欲下，依前被、风扶起。　　兰帐玉人睡觉，怪春衣、雪沾琼缀。绣床渐满，香球无数，才圆却碎。时见蜂儿，仰粘轻粉，鱼吞池水。望章台路杳，金鞍游荡，有盈盈泪。"

似花还似非花，也无人、惜从教①坠。抛家傍路，思量却是，无情有思②。萦损柔肠③，困酣娇眼④，欲开还闭。梦随风万里，寻郎去处，又还被、莺呼起。　　不恨此花飞尽，恨西园、落红难缀⑤。晓来雨过，遗踪何在？一池萍碎⑥。春色三分，二分尘土，一分流水。细看来、不是杨花，点点是离人泪。

[注释]

①从教：任凭。②无情有思：杨花看似无情，却自有它的愁思。韩愈《晚春》诗："杨花榆荚无才思，唯解漫天作雪飞。"这里反用其意。思：心绪，情思。③柔肠：柳枝细长柔软，故以柔肠为喻。白居易《杨柳枝》："人言柳叶似愁眉，更有愁肠如柳枝。"④娇眼：美人娇媚的眼睛，比喻柳叶。古人诗赋中常称初生的柳叶为柳眼。⑤缀：联结。⑥萍碎：相传杨花入水化为浮萍。苏轼《再次韵曾仲锡荔支》："杨花著水万浮萍。"自注云："柳至易成，飞絮落水中，经宿即为浮萍。"

[译文]

似花还似非花

像花又好像不是花，也无人怜惜，任凭它凋零坠地。它抛离家乡倚在路旁，细思量，它看似无情，却自有它的愁思。受伤的柔肠婉曲，困倦的娇眼昏迷，欲开又闭。梦魂随风飘去万里，正追随情郎而去，无奈却被黄莺儿叫起，惊醒了好梦。

不恨此花飘飞落尽，只恨西园，满地落红枯萎，难使旧枝重缀。清晨小雨初歇，何处有落花遗踪？它飘入池中，化成一池细碎浮萍。三分春色姿容，二分化作尘土，一分坠入流水无踪影。细细看来，那不是杨花，点点飘絮是离人泪盈盈。

[集解]

（宋）朱弁："章质夫《水龙吟·咏杨花》其命意用事清丽可喜。东坡和之，若豪放不入律吕，徐而视之，神韵谐婉，便觉质夫词有织绣工夫。"

（明）杨慎："东坡词潇洒出尘，胜质夫千倍。质夫词，工手；坡老词，仙手。"

（清）沈谦："幽怨缠绵，直是言情，非复赋物。"

（清）陈廷焯："身世流离之感而出以温婉语，令读者喜悦悲歌，不能自已。"

王国维："东坡《水龙吟·咏杨花》，和韵而似原唱；章质夫词，原唱而似和韵，才之不可强也如是！咏物之词，自以东坡《水龙吟》为最工。"

郑文焯："煞拍画龙点睛，此亦词中一格。"

满江红·寄鄂州朱使君寿昌

题解

此词是苏轼贬居黄州期间寄给时任鄂州知州的友人朱寿昌（字康叔）的，作于宋神宗元丰五年（1082）秋。词中寓情于景，寓情于事，言直意纡，表达出苍凉悲慨、郁愤难平的激情。

江汉西来①，高楼②下、蒲萄深碧。犹自带、岷峨雪浪，锦江春色③。君是南山遗爱④守，我为剑外⑤思归客。对此间、风物岂无情，殷勤说。　　《江表传》[6]，君休读。狂处士[7]，真堪惜。空洲对鹦鹉[8]，苇花萧瑟。不独笑书生争底[9]事，曹公黄祖俱飘忽[10]。愿使君、还赋谪仙诗，追黄鹤。

［注释］

①江汉西来：长江和汉水汇于武昌，武昌在黄州之西，故云。②高楼：由末句可知，指面江耸立于武昌蛇山之上的黄鹤楼。始建于223年，与湖南岳阳楼、江西滕王阁并称“江南三大名楼”。③岷峨雪浪，锦江春色：岷峨，指四川境内岷山和峨眉山。锦江，川中水名，横穿成都，经岷江而入长江。此均代指家乡。④遗爱：遗留下恩泽。⑤剑外：唐都长安在剑阁（今属四川）东北，故称剑阁以南为剑外。⑥《江表传》：书名，记三国吴事，裴松之注《三国志》多引及，今已佚。此代指三国典籍。⑦狂处士：指祢衡，字正平，汉末人，《后汉书》称他“少有才辩，而尚气刚傲，好矫时慢物”。祢衡因忠于汉室，曾不受折辱，大骂曹操。曹操不愿承担杀人之名，故意把他遣送给荆州刺史刘表，刘表又把他转送到江夏太守黄祖手下，终被黄祖所杀。处士，未出仕者。⑧空洲对鹦鹉：意思是“空对鹦鹉洲”。鹦鹉，鹦鹉洲，在今武汉汉阳长江中。黄祖之子黄射在此会宾客，有人献鹦鹉，祢衡作《鹦鹉赋》，洲因此而得名。⑨底：什么。⑩飘忽：时光流逝甚快。晋陆机《叹逝赋》：“时飘忽其不再。”此处指死。

［译文］

长江、汉水自西方奔流直下，汇合于武汉，著名的黄鹤楼岿然屹立，俯瞰浩瀚的大江，看到一派葡萄美酒般的深碧之色。这江水带着我家乡水的白色浪花，暖暖春色奔腾而来。你是受到重用的太守，我是渴望归家的游子。谁说风物无情，看到这江水就勾起了我浓浓的思乡情。

不要读记录三国事迹的《江表传》了，那恃才傲物、招致杀身之祸的祢衡，真是太可惜了。祢衡曾撰《鹦鹉赋》而有声名，而后人此时空对着鹦鹉洲，只能看到苇花纷纷，一派萧索景象。书生何苦与那些人纠缠而惹祸招灾呢？曹操、黄祖虽然称雄一时，不也归于泯灭了吗！希望你超然于风高浪急的官场，寄意于历久不朽的文章事业。李白当年游览黄鹤楼，读到崔颢著名的《黄鹤楼》一诗，曾有搁笔之叹，后来还是写了《望黄鹤楼》同崔颢竞胜比美。你也要写出能赶上《黄鹤楼》的名作呀。

［集解］

夏承焘：“苏词还有用雄壮的词调写衰飒的感情的。”

水龙吟

题解

此词作于宋神宗元丰五年（1082）正月，记梦境兼抒友情。闾丘大夫孝终公显，就是任黄州知州的闾丘孝终，字公显。

闾丘大夫孝终公显，尝守黄州，作栖霞楼，为郡中胜绝。元丰五年，余谪居黄。正月十七日，梦扁舟渡江，中流回望，楼中歌乐杂作。舟中人言，公显方会客也。觉而异之，乃作此词。公显时已致仕，在苏州。

小舟横截春江，卧看翠壁红楼起。云间笑语，使君高会，佳人半醉。危柱哀弦[①]，艳歌余响，绕云萦水。念故人老大，风流未减，独回首，烟波里。　　推枕惘然不见，但空江、月明千里。五湖闻道，扁舟归去，仍携西子[②]。云梦南州，武昌东岸[③]，昔游应记。料多情梦里，端来见我，也参差是。

[注释]

①危柱哀弦：指演奏音乐。危，高。柱，弦枕木，移至高处则声音高厉。哀弦，声音悲怨。②五湖闻道，扁舟归去，仍携西子：春秋时越败于吴，越人范蠡以美女西施献吴王夫差求和。后越王勾践卧薪尝胆，终得灭吴。唐宋时始传范蠡于灭吴后携西施遁隐太湖。五湖，即太湖。闻道，指懂得功成身退之道。因苏州地处太湖之滨，故以范蠡比闾丘，谓其功成身退。③云梦南州，武昌东岸：黄州在古云梦泽之南，武昌（今湖北鄂城）之东，武昌与黄州隔长江相对，故称“云梦南州，武昌东岸”。

[译文]

小船横渡春天的江面，我睡在船中看两岸翠绿的山峦，其间有一座红色的高楼。那高高的栖霞楼直入云端，笑语声阵阵飘出，这是太守您在雅聚啊，美丽歌女都已醉意朦胧。演奏音乐声音高亢悲怨。这歌声回旋，悠扬动听，飘荡在云水之间。您虽然年事已高，但风流潇洒仍一如从前。我梦游春江，回头只看到您在烟波之中。

推开枕头坐起身来，这才发现是一场梦，眼前不见老友，只有空荡荡的江面，明月的清光无限。太守您懂得功成身退之道，已然早早去到苏州隐居了。您一定还记得当年我们在黄州之时吧？我们曾四处游玩，十分快乐。您是多情之人，料想您也一定在梦中梦到我了，那情形大概就和我梦到您是一样的吧。

[集解]

（宋）陆游:“八月十九日，郡集于栖霞楼，本太守闾丘孝终公显所作。苏公乐府云：‘小舟横截春江，卧看翠壁红楼起。’正谓此楼也。下临大江，烟树微茫，远山数点，亦佳处也。楼颇华洁。先是郡有庆瑞堂，谓一故相所生之地，后毁以新此楼。”

水调歌头

题解

此词作于宋神宗元丰五年（1082）正月。欧阳文忠公即欧阳修，“文忠”为谥号。退之是韩愈的字。《听颖师琴》原题《听颖师弹琴》，全文如下：“昵昵儿女语，恩怨相尔汝。划然变轩昂，勇士赴敌场。浮云柳絮无根蒂，大地阔远随飞扬。喧啾百鸟群，忽见孤凤凰。跻攀分寸不可上，失势一落千丈强。嗟予有两耳，未省听丝簧。自闻颖师琴，起坐在一旁。推手遽止之，湿衣泪滂滂。颖乎尔诚能，无以冰炭置我肠。”

欧阳文忠公尝问余：“琴诗何者最善？”答以“退之《听颖师琴》诗最善”。公曰：“此诗最奇丽，然非听琴，乃听琵琶也。”余深然之。建安章质夫家善琵琶者乞为歌词，余久不作，特取退之词，稍加檃括，使就声律，以遗之云。

昵昵儿女语①，灯火夜微明。恩怨尔汝来去②，弹指泪和声。忽变轩昂勇士，一鼓填然作气，千里不留行。回首暮云远，飞絮搅青冥③。　众禽里，真彩凤，独不鸣。跻攀寸步千险，一落百寻④轻。烦子指间风雨，置我肠中冰炭⑤，起坐不能平。推手从归去，无泪与君倾。

[注释]

①昵昵儿女语：形容琵琶声似恋人的灯下絮语。昵昵，亲密。儿女，指恋人。②恩怨尔汝来去：形容琵琶声似恋人的私房话。恩怨，指恋人时好时闹。尔、汝，均为第二人称，关系亲近者称对方。③青冥：天空。④寻：八尺。⑤肠中冰炭：喻内心波动剧烈。语出《庄子·人间世》郭象注：“喜惧战于胸中，固已结冰炭于五脏矣。”

[译文]

琵琶声声，好似恋人在忽明忽暗的灯下絮语。琵琶声转，似乎变成了恋人之间时好时闹的私房话。指尖弹奏之间，泪水相伴。忽然琵琶声变得激越慷慨，如勇士作战，一鼓作气勇往直前。很快琵琶声又变得悠扬飘忽，如晴空飞絮。

琵琶声高低变化，一会儿如百鸟齐鸣，一会儿如艰难攀登，声渐高渺直至听不到，好似凤鸟吞声。忽又由高转底，仿佛一落千丈。有劳你弹奏手中的琵琶，让我内心感受到剧烈的波动，站起坐下都无法平静。把琴推到一边，任乐师回去，因为泪水已尽，不能再为你流泪。

定风波

题解

此词作于宋神宗元丰五年（1082），当时苏轼因乌台诗案被贬在黄州已整整两年了，处境十分险恶，生活也很困苦，但全词仍可见词人对人生风雨表现出一种任其自然、不怕挫折、乐观旷达的胸怀。

三月七日，沙湖道中遇雨，雨具先去，同行皆狼狈，余独不觉。已而遂晴，故作此词。

莫听穿林打叶声，何妨吟啸①且徐行。竹杖芒鞋②轻胜马，谁怕？一蓑烟雨任平生。　　料峭③春风吹酒醒，微冷。山头斜照却相迎。回首向来萧瑟处，归去也无风雨也无晴。

[注释]

①吟啸：放声吟诗、长啸。②芒鞋：草鞋。③料峭：形容风力寒冷、尖利。

[译文]

不要听风雨击打树林之声，这一切都无所谓，我依然一边吟诗长啸，一边缓步徐行。穿着草鞋，拄着竹杖，比骑马坐车更觉一身轻松。谁怕风雨侵袭？我漠视这些，身披蓑衣出没烟雨中，任其自然。

冷冷的春风吹散了我的酒意，微微感到有些寒冷。山头的斜阳是来迎接我的吧？回头看看遇雨的地方，归去时又是一片平静，没有什么风雨，也没有放晴。

[集解]

（清）郑文焯："此足征是翁坦荡之怀，任天而动。琢句亦瘦逸，能道眼前景。以曲笔直写胸臆，倚声能事尽之矣。"

浣溪沙

题解

这首词写于宋神宗元丰五年（1082）春，当时苏轼因"乌台诗案"，被贬任黄州团练副使。苏轼因身体有病，住在医生庞安常家中治疗，曾与庞安常游览清泉寺，并作此词。

游蕲(qí)水清泉寺，寺临兰溪，溪水西流。

山下兰芽短浸溪，松间沙路净无泥①，萧萧暮雨子规②啼。　谁道人生无再少？门前流水尚能西③，休将白发唱黄鸡④。

[注释]

①松间沙路净无泥：白居易《三月三日祓禊洛滨》："柳桥晴有絮，沙路润无泥。"②子规：杜鹃鸟，亦称杜宇，相传为古代蜀帝杜宇之魂所化，鸣声凄厉，诗词中常借以抒写羁旅之思。③门前流水尚能西：门前的流水尚且能西流。《旧唐书·一行传》载：天台山国济寺有一老僧会卜算，他说："门前水当却西流，弟子亦至。"一行进去请业，"而门前水果却西流"。④休将白发唱黄鸡：不要因为现在自己有了白发，就哀叹衰老。白居易《醉歌》："谁道使君不解歌，听唱黄鸡与白日。黄鸡催晓丑时鸣，白日催年酉前没。腰间红绶系未稳，镜里朱颜看已失。"这里反用其意，谓不要自伤白发，悲叹衰老。

[译文]

早春时节，溪边兰草初发，松间小径干净无泥，一派生机盎然的景象。但萧萧暮雨中，却有杜鹃哀怨的啼声。

岁月如同东去的流水，然而人世总有意外，东流水亦可西回，又何必为韶华已逝而徒然悲哀呢？

[集解]

（清）陈廷焯："愈悲郁，愈豪放，愈忠厚，令我神往。"

洞仙歌

题解

这是作者据前人所作词之残句，凭想象续作的一首夏日纳凉词，描绘了蜀主孟昶与宠妃花蕊夫人月下纳凉的情景。孟昶是五代时后蜀后主，喜爱文学，工声曲，后兵败降宋。花蕊夫人是孟昶宠妃，姓徐。

仆七岁时，见眉州老尼，姓朱，忘其名，年九十余。自言尝随其师入蜀主孟昶宫中。一日大热，蜀主与花蕊夫人夜纳凉摩诃池上，作一词，朱具能记之。今四十年，朱已死久矣，人无知此词者，但记其首两句。暇日寻味，岂《洞仙歌令》乎？乃为足之云。

冰肌玉骨，自清凉无汗。水殿①风来暗香满。绣帘开、一点明月窥人，人未寝，欹枕②钗横鬓乱。　起来携素手，庭户无声，时见疏星渡河汉。试问夜如何？夜已三更，金波淡③、玉绳低转④。但屈指、西风几时来，又不道⑤，流年暗中偷换。

［注释］

①水殿：筑在摩诃池上或附近临水的宫殿。②欹枕：倚枕。③金波淡：月光淡，指夜已深。④玉绳低转：表示夜深。玉绳，两星宿名，北斗星第五星叫玉衡，玉衡北面两星叫玉绳。低转，位置低落了些。⑤不道：不觉。

［译文］

美人的肌骨冰清玉洁，因为无忧无虑，心情舒畅，所以全身感觉无比清爽。坐在临水的宫殿里乘凉，晚风徐徐吹来，送来缕缕荷花的清香。绣帘撩开一角，皎洁的月光偷偷地照了进来，佳人尚未安寝，独自倚在枕边，头上的金钗滑落，鬓发已经散开。

蜀主牵着花蕊夫人白皙的手，两人悄悄来到宁静的庭院，一边悠闲地漫步，一边仰头遥望满天星斗，不时看到有几颗流星划过宽广的银河岸边。不知过了多久，也不知是谁低声问了一句："不知现在是什么时辰了？"这时夜色已深，应是三更天了吧。月色也渐渐地淡了下来，玉绳星的位置也随着时间的推移渐渐低落了。屈指一算，过不了几天就会夏尽秋来，暑气退净了。不知不觉之中，时光一年年就这般偷偷地溜走了。

[集解]

（宋）张炎："清空中有意境，无笔力者未易到。"

西江月

题解

此词作于宋神宗元丰五年（1082）三月，写自己酒后骑马经过蕲水溪桥的经历。

顷在黄州，春夜行蕲水中，过酒家，饮酒醉，乘月至一溪桥上，解鞍，曲肱醉卧少休。及觉，已晓。乱山攒拥，流水铿然，疑非尘世也。书此词桥柱上。

照野弥弥①浅浪，横空暧暧微霄②。障泥未解玉骢骄③，我欲醉眠芳草。　　可惜一溪明月，莫教踏破琼瑶。解鞍欹枕绿杨桥，杜宇一声春晓。

[注释]

①弥弥：水波荡漾的样子。②微霄：层云。③障泥未解玉骢骄：用《世说新语·术解》典："王武子善解马性。尝乘一马，著连钱障泥，前有水，终日不肯渡。王云：'此必是惜障泥。'使人解去，便径渡。"此处说障泥未卸，马不肯前行，实际是说为美景所陶醉，自己不肯前行。障泥，以布或锦所制，垂于马腹两侧用以挡尘土。骢，青白色的马。骄，马纵腾的样子。

[译文]

月光之下，野外溪水荡漾，泛起浅浅的波浪。抬头望去，隐约可见天上的层云。我被这美景陶醉，不愿离去，只想醉卧在青草地上。

溪水中月亮的倒影是那么可爱，不忍催马过溪，踏破这晶莹的美玉。解下鞍佩，斜卧在桥上，直到杜鹃声声报晓才从睡梦中惊醒。

[集解]

（明）杨慎："苏公词'照野弥弥浅浪，横空暧暧微霄'，乃用陶渊明'山涤余霭，宇暧微霄'之语也。填词虽于文为末，而非自选诗乐府来，亦不能入妙。"

（清）沈雄："'杜宇一声春晓'，东坡《西江月》句，及觉乱山葱胧，不谓人世也。"

江城子

题解

此词作于宋神宗元丰五年(1082)春，当时苏轼贬谪黄州，他以“躬耕于东坡，筑雪堂居之”自比于晋代诗人陶渊明的斜川之游，融说理、写景和言志于一炉，在词中表达了对渊明的深深仰慕之意，抒发了随遇而安、乐而忘忧的旷达襟怀。

陶渊明以正月五日游斜川，临流班坐，顾瞻南阜，爱曾城之独秀，乃作《斜川诗》，至今使人想见其处。元丰壬戌之春，余躬耕于东坡，筑雪堂居之。南挹四望亭之后丘，西控北山之微泉，慨然而叹：此亦斜川之游也。乃作长短句，以《江城子》歌之。

梦中了了[①]醉中醒。只渊明，是前生。走遍人间、依旧却躬耕。昨夜东坡春雨足，乌鹊喜，报新晴[②]。　　雪堂西畔暗泉鸣。北山倾，小溪横。南望亭丘、孤秀耸曾城。都是斜川当日境，吾老矣，寄余龄。

［注释］

①了了：明白，了然。②乌鹊喜，报新晴：古代有乌鹊鸣叫而天放晴的说法。

［译文］

只有醉中才清醒，梦中才了然。醉梦恍惚之间，仿佛自己的前生就是陶渊明，我们的命运是何其相似啊！都是遍尝人世艰辛，最后躬耕为生。昨晚一场春雨过后，乌鹊报晴，满是生机盎然之貌。

我的雪堂之西有泉水叮咚，北临山，门前小溪流淌。向南望去，山坡之上有亭，亭后的山巍然独耸，好像是传说中的昆仑仙境。今日的春景好似渊明当日描述的斜川之景。我老了，只想在这里平淡地度过剩下的岁月。

［集解］

闫笑非：“放旷悲愁，实乃必然。是严酷的现实逼迫着苏轼‘梦中了了醉中醒’，把平生之志深埋在心底。然而，像苏轼这样的人又怎么能真的埋藏得住呢？”

南歌子

题解

此词作于宋神宗元丰五年（1082）春，表现了作者洒落的襟怀和飘逸的情绪。词作意境清朗空明，语言俊真奇拔。

带酒冲[1]山雨，和衣睡晚晴。不知钟鼓报天明，梦里栩然[2]蝴蝶一身轻。　　老去才都尽，归来计未成。求田问舍笑豪英，自爱湖边沙路免泥行。

［注释］

①冲：冒着。②栩然：欢乐畅快的样子。

［译文］

山中下雨我便冒雨去喝酒，傍晚天气晴好我便和衣而睡。不知道报时的钟鼓几时响起，酣睡梦中，我如蝴蝶一样欢乐畅快。

人老才尽，还无法实现归隐的志向。我经营家产惹得人们笑话，他们不知道我只想在湖边无泥的地方悠闲散步而已。

［集解］

于培杰、孙言诚："本词以行路开始，亦行路告终。中间由冒雨奔波到酣然入梦，由梦变蝴蝶到立志归隐，由立志归隐到湖边漫步，环环连接，丝丝入扣，结构可谓巧妙至极。"

哨遍

题解

此词作于宋神宗元丰五年（1082）五月。《归去来》即《归去来兮辞》，为陶渊明名作，表达了作者对田园生活的向往和他的归隐之志。苏轼在元丰四年（1081）三四月间，于黄州东南开荒种地，取名东坡。本年正月大雪，又于其旁修筑住所五间，并绘雪景于壁上，取名雪堂。董毅夫，名钺，元丰五年春来访黄州，见到雪堂十分欣喜，表示将来要与苏轼在此为邻。苏轼作此词相赠。

陶渊明赋《归去来》，有其词而无其声。余既治东坡，筑雪堂于上，人俱笑其陋，独鄱阳董毅夫过而悦之，有卜邻之意。乃取《归去来》词，稍加檃括，使就声律，以遗毅夫。使家僮歌之，时相从于东坡，释耒而和之，扣牛角而为之节，不亦乐乎。

为米折腰，因酒弃家[①]，口体交相累。归去来，谁不遣君归？觉从前皆非今是。露未晞[②]，征夫[③]指予归路，门前笑语喧童稚。嗟旧菊都荒，新松暗老，吾年今已如此。但小窗容膝[④]闭柴扉[⑤]，策杖看孤云暮鸿飞。云出无心，鸟倦知还，本非有意。　噫！归去来兮，我今忘我兼忘世。亲戚无浪语，琴书中有真味。步翠麓崎岖，泛溪窈窕，涓涓暗谷流春水。观草木欣荣，幽人自感，吾生行且休矣！念寓形宇内[⑥]复几时，不自觉皇皇[⑦]欲何之，委吾心、去留谁计。神仙知在何处？富贵非吾志。但知临水登山啸咏，自引壶觞[⑧]自醉。此生天命更何疑，且乘流、遇坎还止。

[注释]

①为米折腰，因酒弃家：为俸禄向权贵弯腰，为了有酒喝而离家去做官。萧统《陶渊明传》记陶语："我岂能为五斗米，折腰向乡里小儿。"陶渊明自谓"性嗜酒，家贫不能常得"，而"彭泽去家百里，公田之利，足以为酒，故便求之"（《归去来兮辞序》）。②晞：晒干。③征夫：行人。④容膝：义同"立足"，形容地方窄。⑤柴扉：形容居室寒简。⑥寓形宇内：寄身人世间。⑦皇皇：同"遑遑"，匆忙的样子。⑧觞：酒杯。

［译文］

有人为了俸禄向权贵弯腰，有人为了有酒喝而离家去做官，有人为了口欲而拖累身体，有人为了身体的舒适而妨碍口欲。还是归隐吧，早点认识到以前的过错，坚定今日归家的选择。晨露还没被太阳晒干，路上的行人指给我看归乡之路，那门前有许多儿童在喧闹。我感叹以前种下的菊花都荒废了，松树颜色黯淡，看来我也是年迈如此了。虽然房屋窄小简陋，但我拄杖观看云飘雁过，心情愉快。云彩的往来没有一定之规，鸟儿疲倦了知道返回山林，这都是很自然的。

唉！回来吧，可以忘掉官场、尘世的一切烦忧。亲戚们不会随便非议我，弹琴读书可以让我内心舒畅。走上崎岖的翠绿山峰，看溪水深远，春天的溪水缓缓经过峡谷，一派春意盎然。看到草木都这样欣欣向荣，不禁让我这个隐居之人生出了感叹，我这一生就是如此而已了！要再次寄身人世间不知还有多长时间，不知道自己匆忙间想去哪里，还是听任我的本心，随遇而安吧。有谁知道神仙的居所呢？富贵不是我所追求的，我只要常常登山赏水歌咏一番，独自饮酒独自陶醉。这一生已然是命中注定了，还是顺流漂行吧，遇到险阻就避开，顺其自然罢了。

［集解］

（宋）张炎："东坡词如……皆清丽舒徐，高出人表。《哨遍》一曲，檃括《归去来辞》，更是精妙，周、秦诸人所不能到。"

（明）杨慎："醉翁亭，赤壁前后赋，当时俱括为词，俱淡然无味，此东坡归去辞独胜，不特其音律之谐也。"

哨遍·春词

题解

此词背景不详。

睡起画堂，银蒜[①]押帘，珠幕云垂地。初雨歇，洗出碧罗天，正溶溶养花天气[②]。一霎暖风回芳草，荣光浮动，卷皱银塘[③]水。方杏靥匀酥[④]，花须吐绣，园林排比红翠。见乳燕捎[⑤]蝶过繁枝，忽一线炉香逐游丝。昼永人闲，独立斜阳，晚来情味。　便乘兴携将佳丽，深入芳菲里。拨胡琴语，轻拢慢捻[⑥]总伶俐。看紧约罗裙，急趋檀板[⑦]，《霓裳》[⑧]入破惊鸿起[⑨]。颦（pín）月临眉，醉霞横脸，歌声悠扬云际。任满头红雨落花飞，渐鳷（zhī）鹊楼[⑩]西玉蟾[⑪]低。尚徘徊、未尽欢意。君看今古悠悠，浮宦人间世。这些百岁光阴几日，三万六千而已。醉乡路稳不妨行，但人生、要适情[⑫]耳。

［注释］

①银蒜：银质蒜形帘坠，挂于帘幕下端，以防风吹。②正溶溶养花天气：谓暮春牡丹花开时。古人认为此时天气轻云微雨，半阴半晴，适宜养花。溶溶，暖和貌。③银塘：波光粼粼的塘面。④匀酥：匀净细嫩。⑤掯：掠过。⑥轻拢慢捻：拢、捻，叩弦与揉弦。⑦趁檀板：用檀板打起节拍。趁，节拍，此为打节拍。檀板，檀木所制拍板，用以定节拍。⑧《霓裳》：《霓裳羽衣曲》，传自唐代。⑨入破惊鸿起：唐宋大曲（一种大型歌舞乐曲）分散序、排遍、破三大段，入破为破之第一乐段，至此节奏加快，演唱急促，故舞者动作如惊雁飞起。⑩鳷鹊楼：南朝楼阁名，在今江苏南京。李白《永王东巡歌》之四："春风试暖昭阳殿，明月还过鳷鹊楼。"⑪玉蟾：皎洁的月亮。蟾，蟾蜍，俗称癞蛤蟆。《淮南子·精神训》载："月中有蟾蜍。"后以蟾蜍代指月亮。⑫适情：顺乎性情。

［译文］

在绘有壁画的美丽居室里休息、工作，饰有珠玉的帘幕垂地，上面有银蒜悬挂，不会被风儿吹起。刚刚下过一场春雨，天色好像也被洗过似的，颜色澄净异常，此时的天气轻云微雨，半阴半晴，正适宜养花。一阵轻风吹来，芳草回绿，草木的光泽闪现，池塘水面也被风吹皱了。树上的杏正是匀净细嫩之时。花蕊吐出，园林中姹紫嫣红，景色绚丽。小燕子掠过蝴蝶，在繁密的枝头飞来飞去，香炉烟飘渺渺，好似空中偶尔飘过的蜘蛛丝。白天的时间变得长了，不被琐事缠身的人独自站在夕阳中，体味这暮春时节的春意。

乘兴携同美人走入这花丛中。美人弹奏起琵琶，指法娴熟，音色悠扬。看她系紧裙子，用檀板打起节拍，随着音乐翩翩起舞，动作宛如惊雁飞起。她的眉毛似弯月，脸色红润，好像晚霞般灿烂，歌声响亮，飘荡到云端。任凭头上满是落花，任凭月低垂，夜深沉，依然在此歌舞游玩，没有尽兴怎么可能回去呢？你看这人世间悠悠万事、宦海沉浮，即使能活上一百年，也不过是三万六千日罢了。倒不如一醉方休算了。人生在世，一定要顺乎自己的性情啊。

念奴娇·赤壁怀古

题解

宋神宗元丰五年（1082）七月，苏轼游览黄州赤壁，作此词。

大江东去，浪淘尽、千古风流人物。故垒[1]西边，人道是、三国周郎[2]赤壁。乱石穿空，惊涛拍岸，卷起千堆雪[3]。江山如画，一时多少豪杰。　　遥想公瑾当年，小乔[4]初嫁了，雄姿英发[5]。羽扇纶(guān)巾[6]，谈笑间、樯橹[7]灰飞烟灭。故国神游[8]，多情应笑我，早生华发。人生如梦，一尊还酹(lèi)[9]江月。

大江东去

[注释]

①故垒：黄州古老的城堡。②周郎：指周瑜，字公瑾，为吴中郎将时年仅二十四岁，吴中称他为“周郎”。③雪：比喻浪花。④小乔：乔玄的小女儿，嫁给周瑜。⑤英发：勃发，谈吐不凡。⑥羽扇纶巾：手摇羽扇，头戴纶巾。这是古时儒将的装束，形容周瑜从容娴雅。纶巾是古代配有青丝带的头巾。⑦樯橹：此处代指曹操的水军战船。⑧故国神游：神游于故国。指词人想象当年周瑜大破曹军的情景。故国，指旧地。⑨酹：以酒洒地表示祭奠。

[译文]

长江滚滚朝东流去，千百年来，那些才华横溢的英雄豪杰，都被这滚滚的波浪冲洗掉了。那旧营垒的西边，人们常说，就是三国时周郎大破曹兵的赤壁。陡峭不平的石壁插入天空，惊人的巨浪拍打着江岸，卷起层层雪似的浪花。俊美的江山啊，那时该有多少英雄豪杰！

遥想当年的周公瑾，小乔刚刚嫁过来时，正是姿态雄峻的年纪。手里拿着羽毛扇，头上戴着青丝帛的头巾，谈笑之间，曹操的无数战船便在浓烟烈火中烧成了灰烬。神往于三国的古战场，不禁笑我太过多愁善感，以至于早早生出了白发。人生就像一场梦，还是把这酒献给江上的明月，和我同饮共醉吧！

[集解]

（宋）胡仔："语意高妙，真古今绝唱。"

念奴娇·中秋

题解

宋神宗元丰五年（1082）中秋，苏轼在黄州贬所时作此词。

凭高眺远，见长空、万里云无留迹。桂魄[①]飞来，光射处、冷浸一天秋碧[②]。玉宇琼阁[③]，乘鸾来去，人在清凉国[④]。江山如画，望中烟树历历[⑤]。　我醉拍手狂歌，举杯邀月，对影成三客[⑥]。起舞徘徊风露下，今夕不知何夕。便欲乘风，翻然归去，何用骑鹏翼。水晶宫[⑦]里，一声吹断横笛。

[注释]

①桂魄：月亮的别称。古时称月亮为魄，传说月中有桂树，故称月亮为"桂魄"。《周易参同契》卷下："阳神曰魂，阴神曰魄。"②秋碧：秋日晴朗的天空。③玉宇琼阁：传说中月宫里神仙居住的楼宇。王嘉《拾遗记》载：翟乾祐与弟子在江边赏月，有人问月中何有，翟乾祐让弟子顺着他手指的方向看去，只见月中"琼楼玉宇烂然"。④清凉国：指月宫。⑤烟树历历：烟雾笼罩的树木清楚可数。⑥举杯邀月，对影成三客：李白《月下独酌》："举杯邀明月，对影成三人。"这里借用了李白诗中的意境。⑦水晶宫：指清澈明净的月宫。

[译文]

登高远眺万里无云的天空，只见月光照处，凉气浸透清碧的秋日天空。月宫中清爽宜人，不如乘鸾鸟飞去。那里风景如画，烟雾笼罩着棵棵桂树。

我饮酒畅怀，纵声放歌，面对明月高举酒杯，与月下人影相伴饮酒。在夜风轻露中翩翩起舞，不知人间的今夜在月宫是哪一天。我想乘风飞升天宇，哪里需要骑那展翅的大鹏。到了月宫吹响横笛，高昂的笛声响彻云端。

[集解]

（宋）胡寅："一洗绮罗香泽之态，摆脱绸缪宛转之度，使人登高望远，举首高歌。"

临江仙·夜归临皋

题解

此词作于宋神宗元丰五年（1082）九月的黄州。临皋，即临皋亭，是长江边的一个水驿官亭，在黄州朝宗门外。元丰三年（1080）作者由定惠院移居于此。

夜饮东坡[①]醒复醉，归来仿佛三更。家童鼻息已雷鸣。敲门都不应，倚杖听江声。　　长恨[②]此身非我有，何时忘却营营[③]？夜阑风静縠(hú)纹[④]平。小舟从此逝，江海寄余生。

［注释］

①东坡：本为黄州城东的旧营地。作者于本年春在此开荒，因仰慕白居易在四川忠州东坡躬耕之事，遂名此地为“东坡”，并取以为号。又建雪堂，其时堂未建成，故仍回临皋。②恨：感到遗憾，身不由己。③营营：为名利所纷扰。④縠纹：喻指水面上细小的波纹。縠，有皱纹的纱。

［译文］

一醉方休后，在深夜返回临皋，恐怕此时已是三更天了吧。家童已然睡熟，鼾声如雷，全然不觉我的叩门声。当此万籁俱寂的深夜，我索性拄杖走到江边，细听涛声阵阵。

叹平生颠沛漂泊，身不由己之时居多，何时才能不为外物所羁绊，任性逍遥呢？就像这深夜无风而平静的江面一样，让我的心也宁静超然。不如就驾一叶扁舟，从此远离尘世喧嚣，在江湖深处安闲地度过余生吧。

南乡子·重九涵辉楼呈徐君猷

题解

此词是苏轼贬谪黄州期间，于宋神宗元丰五年（1082）重阳日在涵辉楼宴席上，为黄州知州徐君猷而作。词中抒发了作者以顺处逆、旷达乐观而又略带惆怅、哀愁的矛盾心境。涵辉楼又名栖霞楼，原黄州知州闾丘孝终所建，在黄州城最高处。陆游《入蜀记》："下临大江，烟树微茫，远山数点，亦佳处也。"

霜降水痕收，浅碧鳞鳞[①]露远洲。酒力渐消风力软，飕飕（sōu）。破帽多情却恋头[②]。　　佳节若为酬？但把清樽断送秋。万事到头都是梦，休休。明日黄花[③]蝶也愁。

[注释]

①鳞鳞：鲜明的样子。②破帽多情却恋头：《晋书·孟嘉传》载，桓温于九月九日宴群僚于龙山，孟嘉所戴帽为风吹落而未觉，"落帽"后遂成重阳登高的典故。③黄花：菊花。

[译文]

正是深秋霜降季节，江上水浅，水泛微波好似鱼鳞，江心的沙洲显现。随着酒劲渐消，虽然风力不大，还是感到了些许凉意。破帽对我的头似乎很有感情，不管风怎样吹，抵死也不肯离开。

这重阳佳节怎样度过呢？唯有喝酒罢了，就把这秋天送走了。万事到头不过都是梦一场，算了吧。你看这菊花，到了明日色香均会大减，就是迷恋菊花的蝴蝶，也会为之叹息伤悲。

[集解]

（清）沈际飞："自来九日多用落帽，东坡不落帽，醒目。"

（清）冯金伯："东坡'破帽多情却恋头。'翻龙山事特新。"

（清）陈廷焯："翻用落帽事，极疏狂之趣。"

浣溪沙

题解

这组词共五首，写于宋神宗元丰五年（1082）十二月的黄州。徐君猷，名大受，时任黄州知州。他对贬谪黄州的苏轼十分优待。元丰六年（1083）徐君猷病逝后，苏轼在给君猷之弟得之的信中说："始谪黄州，举目无亲，君猷一见，相待如骨肉，此意岂可忘哉？"

十二月二日，雨后微雪，太守徐君猷携酒见过，座上作《浣溪沙》三首。明日酒醒，雪大作，又作二首。

其　一

覆块青青麦来苏①，江南云叶②暗随车。临皋③烟景世间无。　　雨脚半收檐断线，雪床④初下瓦跳珠。归来冰颗乱粘须。

[注释]

①覆块青青麦来苏：麦苗覆盖田垄。块，土地。苏，复苏，此处指麦苗返青。②云叶：云朵。③临皋：亭名，在黄州南门外的江边。苏轼在元丰三年（1080）二月贬黄州时居定惠院，五月迁于此。④雪床：雪珠。

[译文]

青青的麦苗覆盖着田垄，江南的云朵似乎都是悄悄跟随着您的车来的。临皋亭烟雾缭绕的景象真是世间少有。

原本密集的雨点稀疏了，屋檐的滴水变成了断线，雪珠开始在瓦上蹦跳。没想到吃酒归来，小冰珠便落满了胡须。

其　二

醉梦昏昏晓未苏，门前辘辘①使君车。扶头②一盏怎生无？　　废圃寒蔬挑翠羽，小槽③春酒冻真珠。清香细细嚼梅须④。

[注释]

①辘辘：车轮转动的声音。②扶头：一种酒，因易醉而得名。③槽：酿酒或注酒的器皿。④须：花蕊。

[译文]

喝醉了沉睡昏昏，天都大亮了也没从美梦中醒来，直到门前传来车轮转动的声音，原来是君猷来了，说："怎么没有扶头酒喝呢？"

我急忙在菜园中挑选出鲜嫩的菜叶，酒壶中的美酒晶莹剔透。清香入口，如同品尝了梅花的花蕊一般。

其　三

雪里餐毡(zhān)例姓苏[①]，使君载酒为回车。天寒酒色转头无。　荐士已闻飞鹗表[②]，报恩应不用蛇珠[③]。醉中还许揽桓须[④]。

[注释]

①雪里餐毡例姓苏：那个用雪和毡毛充饥，死不变节的人也姓苏。《汉书·苏武传》载，苏武出使匈奴，匈奴将他关在窖中，断其饮食，逼其投降。苏武将毡毛和雪咽下，数日不死，匈奴以为神。此句用此典，不取守节不屈之意，意在比喻生活贫穷。②荐士已闻飞鹗表：我听说你不久前向朝廷上表推荐了我。汉时上疏荐贤常用"鸷鸟累百，不如一鹗"，如樊准荐庞参，孔融荐祢衡。鹗，一种大雕。③报恩应不用蛇珠：报恩不会用那种蛇衔珠的世俗方式。《淮南子·览冥训》载："譬如隋侯之珠。"汉高诱注："隋侯见大蛇伤断，以药敷之，后蛇于江中衔大珠以报之，因曰隋侯之珠。"此句反用此典，意谓自己不需用世俗的方式来感谢徐君猷。④醉中还许揽桓须：只能如谢安对桓伊那样表达感激。《晋书·桓伊传》载：谢安为皇帝所疑，桓伊在皇帝面前抚筝而歌："为君既不易，为臣良独难。忠信事不显，乃有见疑患……"声节慷慨，俯仰可观。"安泣下沾襟，乃越席而就之，将其须曰：'使君子此不凡！'帝甚有愧色。"此句借此典表示对徐君猷的感激之情。

苏武

［译文］

那个用雪和毡毛充饥，死不变节的人也姓苏。如今我的生活虽然贫穷，但也算不了什么，使君带着酒专程来看我。要知道天寒地冻，酒意很快就会消除，实在是太冷了。

我听说你不久前向朝廷上表推荐了我，我十分感激。无法用世俗的方法来报答你，只能如谢安对桓伊那样来表达我的感激之情。

其　四

半夜银山上积苏①。朝来九陌带随车②。涛江烟渚③一时无。　　空腹有诗衣有结④，湿薪如桂米如珠。冻吟谁伴捻髭(zī)须？

［注释］

①苏：草。②朝来九陌带随车：清晨路上车行处翻起白道。九陌，本为都城大路，此处泛指道路。③渚：小洲，小岛。④空腹有诗衣有结：此句表示自己处境虽艰难，但弦歌不辍。《晋书·隐逸传》载：董京披发而行，逍遥吟咏，“时乞于市，得残碎缯絮，结以自覆，全帛佳绵则不肯受”。

［译文］

半夜一场大雪，山上的草都被积雪覆盖，一片银色。清晨路上车行处翻起白道如练，天寒地冻，平日江水流淌的景象和小洲上的烟云都看不到了。

生活虽然艰难，但我腹内还有诗书，心情依旧乐观。眼下物价飞涨，湿的柴火好似桂皮，大米的价钱快赶上珍珠了。在这寒冷的日子里，谁来为我搓胡须取暖，伴我吟诗呢？

其　五

万顷风涛不记苏①，雪晴江上麦千车。但令人饱我愁无。　　翠袖倚风萦柳絮，绛唇得酒烂②樱珠。樽前呵手镊霜须。

［注释］

①苏：苏醒。②烂：色彩绚烂。

［译文］

只记得昨晚听见风声一片，却不记得何时醒来。看江上大雪纷飞，想这瑞雪兆丰年，明年的麦子一定能够丰收。只要百姓能吃饱，我就没什么可发愁的了。

歌女临风而立，身边的雪花似柳絮，她用那红红的嘴唇喝下美酒，犹如樱桃般绚烂。我则在酒杯前嘘气暖手，用镊子拔取白胡须。

满庭芳

题解

宋神宗元丰六年（1083）五月，陈慥（字季常）与王长官过访苏轼，三人聚会后，苏轼写此词以表送别。

有王长官者，弃官黄州三十三年，黄人谓之王先生。因送陈慥来过余，因为赋此。

三十三年，今谁存者，算只君与长江。凛然苍桧①，霜干苦难双。闻道司州古县②，云溪上，竹坞③松窗。江南岸，不因送子，宁肯过吾邦？

扨(chuāng)扨④。疏雨过，风林舞破，烟盖云幢⑤。愿持此邀君，一饮空缸。居士先生老矣，真梦里、相对残釭(gāng)⑥。歌声断，行人未起，船鼓已逢逢⑦。

［注释］

①苍桧：青绿的松柏。②司州古县：指湖北黄陂县（今武汉市黄陂区），唐朝时曾称南司州，王长官住在此地。③坞：凉棚。④扨：同“撞”，形容阵雨的声音。⑤幢：车帘。⑥残釭：残灯。⑦逢逢：鼓声，开船的信号。

［译文］

弃官黄州长达三十三年，这样的人世上还有谁？除了王长官，只有长江水。你的傲然性格好似青绿的松柏，不怕霜侵，风骨凛然。听说你住在司州古县，居所简朴高雅，用竹子搭建凉棚，用松枝编制窗户。这次要不是送陈慥来黄州，你我恐怕还不得见面。

风雨骤至，雨后你翩然乘车而至，车盖和车帘带着烟云。我愿以酒待客，与先生一醉方休。我和你都老了，人生无常，对着残灯相饮欢谈，不觉竟是一个通宵。昨夜歌声已歇，行人未起，船鼓却已催客动身了。

［集解］

郑文焯：“健句入词，更奇峰郁起，此境非稼轩所能梦到。不事雕凿，字字苍寒，如空岩霜干，天风吹堕颇黎地上，铿然作碎玉声。”

西江月·重阳栖霞楼作

题解

此词作于宋神宗元丰六年（1083年）。两年前，苏轼与徐君猷同登栖霞楼赏菊；一年前的重阳苏轼在此送别徐君猷。栖霞楼为曾任黄州知州的闾丘孝终所建，在州城的最高处。

点点楼头细雨，重重江外平湖。当年戏马会东徐[①]，今日凄凉南浦[②]。　莫恨黄花未吐，且教红粉相扶。酒阑不必看茱萸[③]，俯仰人间今古。

［注释］

①当年戏马会东徐：戏马，指戏马台，在徐州，项羽所筑。东徐即徐州。南朝宋武帝刘裕为宋公时，曾于重阳日与军士出游戏马台，后来相沿成俗。②南浦：本义为水的南岸。《楚辞·九歌·河伯》云："送美人兮南浦。"故后世多指送别之处。此处亦为此意，而所指实为栖霞楼，因为去年今日苏轼在此与徐君猷相别。③茱萸：植物名，生于川谷，香味浓烈。古人在重阳这天头插茱萸，认为可以避邪。

［译文］

栖霞楼前，细雨点点落下，平静的江面则被雨丝圈出了一个个圆圈，重重叠叠。当年宋武帝刘裕曾在重阳日与军士出游戏马台，我和君猷也曾于重阳日在此相聚，今天只有我一个人站在这凄凉的离别之地。

不要怪菊花未开，还是让侍女来相伴饮酒吧。酒尽之时也不必去看茱萸，明年还不知道谁会在此看茱萸呢。时光流逝得飞快，转眼之间，今天就会成为往昔。

［集解］

（清）沈雄："调始于欧阳炯《中吕宫曲》，以隔韵叶者。后则渐滥而无纪极矣。惟东坡重阳词近之。欧阳词云'月映长江秋水'，东坡词云'点点楼头细雨'，恐又是平仄一韵，然已合调耳。"

水调歌头·黄州快哉亭赠张偓佺

题解

张偓佺，名怀民，一字梦得，在黄州与苏轼有交游。宋神宗元丰六年（1083），张偓佺贬谪黄州，营新居于江上，在其住处西南筑亭，苏轼命名为“快哉”。

落日绣帘卷，亭下水连空①。知君为我，新作窗户湿青红。长记平山堂上，攲枕江南烟雨，渺渺没孤鸿。认得醉翁语，山色有无中。　一千顷，都镜净，倒碧峰。忽然浪起，掀舞一叶白头翁。堪笑兰台公子②，未解庄生天籁③，刚道有雌雄。一点浩然气，千里快哉风。

[注释]

①亭下水连空：亭在城南，下临长江。水连空意为水天相接。②兰台公子：指宋玉，曾任兰台令。宋玉《风赋》载：楚襄王游兰台宫，凉风吹拂，襄王曰：“快哉此风，寡人所与庶人共者也？”宋玉谓庶人不能共享，风有“大王之雄风”“庶人之雌风”的区别。③庄生天籁：指庄子的天籁之说。《庄子·齐物论》载：“汝闻人籁而未闻地籁，汝闻地籁而未闻天籁。”

[译文]

落日中卷起绣帘眺望，亭下江水与碧空相接，远处的夕阳与亭台相映，空阔无际。为了我的到来，你特意把窗户涂上了颜料，色彩犹新。这让我想起当年在平山堂的时候，靠着枕席，欣赏江南的烟雨，遥望远方天际孤鸿出没的情景。今天看到眼前的景象，我才体会到醉翁欧阳修词句中所描绘的，山色若隐若现的景致。

广阔的水面十分明净，山峰翠绿的影子倒映其中。忽然一阵飓风，江面倏忽变化，波澜汹涌，风云开阖，一个渔翁驾着一叶小舟，在狂风巨浪中掀舞。见此不由得想起了宋玉的《风赋》，像宋玉这样可笑的人，是不可能理解

亭下水连空

庄子的天籁之说的，硬说什么风有雄雌之别。其实，一个人只要具备了至大至刚的浩然之气，就能超凡脱俗，在任何境遇中，都能处之泰然，享受到无穷快意的千里雄风。

［集解］

（清）黄苏："前阕从'快'字之意入，次阕起三语承上阕写景，'忽然'二句一跌，以顿出末二句来，'快'字之意方足。"

（近代）郑文焯："此等句法，使作者稍稍矜才使气，便入粗豪一派。妙能写景中人，用生出无限情思。"

满庭芳

题解

此词约作于苏轼贬谪黄州期间。在词中，苏轼嘲讽追名逐利，否定争强好胜，宣扬人生短促，鼓励饮酒享乐，狂放不羁的思想表现得淋漓尽致。

蜗角[①]虚名，蝇头微利，算来著甚干忙[②]。事皆前定，谁弱又谁强？且趁闲身未老，尽放我、些子[③]疏狂。百年里，浑教是醉，三万六千场。　　思量。能几许，忧愁风雨，一半相妨。又何须，抵死[④]说短论长[⑤]。幸对清风皓月，苔茵[⑥]展、云幕高张。江南好，千钟美酒，一曲《满庭芳》。

［注释］

①蜗角：比喻微不足道。典出《庄子·则阳》："有国于蜗之左角者，曰触氏；有国于蜗之右角者，曰蛮氏。时相与争地而战，伏尸数万，逐北，旬有五日而后返。"②著甚干忙：白忙什么。著，着急、着慌之"着"。甚，什么。干忙，白忙，空忙。③些子：一点儿。④抵死：拼命，竭力。⑤说短论长：争强好胜。⑥苔茵：如毯子一样的草地。茵，垫褥。

［译文］

蜗角为了弹丸之地而争夺，图的不过是虚名，这些蝇头小利其实都微不足道，想想你争我夺白忙些什么呢？名利得失之事自有因缘，不可强争。难道得者就一定强大，失者就必然软弱吗？无须过分介意这些事。还是趁着身在贬谪中，又没有衰老，多一些狂放吧，人生不过百年，不妨在酒醉中度过，不问世事。

盘算这人生能有多长，一生的时光，心情就像天气一样，好坏各占一半。又何必还要竭力地争强好胜呢？好在这世上还有清风明月，毯子般的草地、像帷幕一样的云朵可以亲近。不如欣赏江南美景，饮千杯美酒，吟唱一曲《满庭芳》。

南乡子·集句

题解

此词约作于苏轼贬谪黄州时期。集句素有“百家衣”之称，同檃括、嵌字、回文、独木桥体等一样，具有文字游戏的性质，有争奇斗巧的成分。集句就是选取前人成句合为一篇，这本是诗之一体，始见于西晋傅咸的《七经诗》。宋代自石延年、王安石到文天祥，都喜为集句诗，此词苏轼所集皆唐人诗句。

怅望送春杯[①]（杜牧），渐老逢春能几回[②]（杜甫）。花满楚城[③]愁远别（许浑），伤怀。何况清丝急管[④]催（刘禹锡）。　　吟断[⑤]望乡台（李商隐），万里归心独上来[⑥]（许浑）。景物登临闲始见[⑦]（杜牧），徘徊。一寸相思一寸灰[⑧]（李商隐）。

[注释]

①送春杯：在举杯饮酒中度过春天。杜牧《惜春》：“春半年已除，其余强为有。即此醉残花，便同尝腊酒。怅望送春杯，殷勤扫花帚。谁为驻东流，年年长在手。”②能几回：表示来日无多。杜甫《绝句漫兴九首》之四：“二月已破三月来，渐老逢春能几回。莫思身外无穷事，且尽生前有限杯。”③楚城：此词作于黄州，当地为古楚国。许浑《竹林寺别友人》：“骚人吟罢起乡愁，暗觉年华似水流。花满楚城伤远别，蝉鸣萧寺喜同游。前山月落杉松晚，深夜风清枕簟秋。明日分襟又何处，江南江北路悠悠。”④清丝急管：清脆的弦乐和急促的管乐。刘禹锡《洛中送韩七中丞之吴兴口号五首》之三：“今朝无意诉离杯，何况清弦急管催。本欲醉中轻远别，不知翻引酒悲来。”⑤断：彻底、充分之义。李商隐《晋昌晚归马上赠》：“西北朝天路，登临思上才。城闲烟草遍，村暗雨云回。人岂无端别，猿应有意哀。征南予更远，吟断望乡台。”⑥万里归心独上来：勾起归乡之心。许浑《冬日登越王台怀归》：“月沉高岫宿云开，万里归心独上来。河畔雪飞扬子宅，海边花盛越王台。泷分桂岭鱼难过，瘴近衡峰雁却回。乡信渐稀人渐老，只应频看一

枝梅。”⑦闲始见：因有闲暇，才得见美景。杜牧《八月十二日得替后移居霅溪馆因题长句四韵》：“万家相庆喜秋成，处处楼台歌板声。千岁鹤归犹有恨，一年人住岂无情。夜凉溪馆留僧话，风定苏潭看月生。景物登临闲始见，愿为闲客此闲行。”⑧一寸相思一寸灰：相思无望。李商隐《无题四首》之二：“飒飒东风细雨来，芙蓉塘外有轻雷。金蟾啮锁烧香入，玉虎牵丝汲井回。贾氏窥帘韩掾少，宓妃留枕魏王才。春心莫共花争发，一寸相思一寸灰。”

[译文]

怅望着这杯送春的酒，撩起了比酒更浓的伤春之情。伤春所以伤老，不知这么美好的春天自己还能经历几次。虽然花满黄州，但是想起家乡，触目伤心。而席间清脆急速的乐声仿佛还在催迫人的愁怀。

倍加望乡情切，勾起了我归乡之心。这春日的景色，只因此身遭到贬谪，才得以从容登临观赏。然而，越看越觉得归乡无望，内心更是忧伤。

鹧鸪天

题解

此词为宋神宗元丰六年（1083），苏轼在黄州贬所所作。

林断山明竹隐墙，乱蝉①衰草小池塘。翻空②白鸟时时见，照水红蕖(qú)③细细香。　　村舍外，古城旁，杖藜(lí)徐步转斜阳。殷勤昨夜三更雨，又得浮生④一日凉。

[注释]

①乱蝉：形容蝉声嘈杂。②翻空：飞翔在高空。③红蕖：红色的荷花。④浮生：古时认为人生世事虚浮无定，故称。

[译文]

茂林的尽头露出秀丽的青山，扶疏的竹影遮住了围墙。蝉声嘈杂，衰草长满小小的池塘。在空中翻腾翱翔的白鸟时隐时现，映照在水面的粉红荷花散发着微微的清香。

在乡村的野外，古老的城旁，我拄着藜杖慢步徘徊，转瞬已是黄昏时分。昨夜三更的时候下过一阵雨，今天又能使漂泊不定的人享受一日的清凉了。

［集解］

郑文焯："渊明诗：'啸傲东轩下，聊复得此生。'此词从陶诗中得来，俞觉清异，较'浮生半日闲'句，自是诗词异调。作者每谓坡公以诗笔入词，岂审音知言者？"

满庭芳

题解

宋神宗元丰七年（1084）三月，苏轼接到由黄州移汝州（今河南汝州）的诰命，四月起身告别邻里。这时兴国军知军杨绘（字元素）令其门生李翔（字仲览）来黄州，邀请苏轼行经兴国（今江西兴国），苏轼写此词相赠。

元丰七年四月一日，余将去黄移汝，留别雪堂邻里二三君子。会李仲览自江东来别，遂书以遗之。

归去来兮，君归何处？万里家在岷峨[①]。百年强半[②]，来日苦无多。坐见黄州再闰[③]，儿童尽楚语吴歌[④]。山中友，鸡豚社酒[⑤]，相劝老东坡。　　云何？当此去，人生底事，来往如梭。待闲看，秋风洛水清波。好在堂前细柳，应念我、莫翦柔柯[⑥]。仍传语，江南父老，时与晒渔蓑。

［注释］

①岷峨：指苏轼故乡四川的岷山、峨眉山。②百年强半：人生已过大半。韩愈《除官赴阙至江州寄鄂岳李大夫》："年皆过半百，来日苦无多。"③再闰：苏轼于元丰三年（1080）二月到黄州，元丰三年闰九月，六年闰六月，故为"再闰"。④楚语吴歌：黄州在春秋战国时属楚地，三国时期属吴地，故称。⑤鸡豚社酒：这里皆指宴饮之物。豚，猪。社酒，祭祀神祇时所用的酒。⑥莫翦柔柯：不要砍伐柔嫩的枝条，此处指要珍惜彼此的友情。

［译文］

思归不得归，有家不能归，我将何去何从呢？人生已过大半，将来的日子不多了。来到黄州已经两个闰年了，那时出生的孩子都学会了此地的语言。山中的邻里拿出了祭祀用的酒肉，与我聚会宴饮，互相劝酒。

临行之际说些什么呢？人生就是这样到处奔走，好似织布的梭子一样往来不停。我马上就要到汝州去观赏秋风中的洛水了。好在堂前有柳树，应该会想念我，请不要砍伐那柔嫩的枝条。也请转告江南的父老，要不断为我晾晒所穿的蓑衣，我一定还会再回来的。

[集解]

（宋）周煇：“居士词岂无去国怀乡之感，殊觉哀而不伤。”

阮郎归·初夏

题解

此词作于宋神宗元丰七年（1084）四月上旬的永兴（今湖北阳新）。题为“初夏”，实写闺情。闺情之作往往与妍艳、慵懒、相思等相关联，此词却一扫旧径，别有一种闲情雅致。

绿槐高柳咽[①]新蝉，薰风初入弦[②]。碧纱窗下水沉烟[③]，棋声惊昼眠。　微雨过，小荷翻，榴花开欲然[④]。玉盆纤手弄清泉，琼珠碎却圆。

碧纱窗下水沉烟

[注释]

①咽：声音低哑。②薰风初入弦：开始演奏《南风》之曲。《礼记·乐记》载：“昔者，舜作五弦之琴，以歌《南风》。”《孔子家语·辩乐解》载《南风》之辞：“南风之薰兮，可以解吾民之愠兮。”薰风，即南风，和煦的风。入弦，用弦乐器演奏。③水沉烟：沉香，用一种入水能沉的香木做成。④然：同“燃”。

[译文]

绿绿的槐树，高高的嫩柳，夏蝉的叫声低哑，有人在轻轻弹奏《南风》之曲。碧纱窗下，沉香发出阵阵幽香，下棋的声音将人从睡梦中唤醒。

一阵细雨过去，轻风把荷叶翻转，石榴花

的颜色本就鲜红，经雨一洗，红得像火焰一般。少女端着漂亮的瓷盆到清泉边玩水，水花散溅到荷叶上，像珍珠一样圆润晶亮。

［集解］

（清）沈雄：“观者叹服其八句状八景。音律一同，殊不散乱，人争宝之。刻之琬琰，挂于堂室间也。”

（清）黄蓼园：“清和婉丽中而风格自佳。”

俞陛云：“写闺情而不着妍辞，不作情语，自有一种娴雅之趣。”

渔家傲

题解

此词作于宋神宗元丰七年（1084）七月。王胜之，名益柔，曾任龙图阁直学士，比苏轼大二十三岁，为人耿直，喜论天下事，很受苏轼尊重。苏轼当时由黄州辗转至金陵，王胜之却刚好离开金陵另去他处，遗憾之情自不能免。词作题材虽属普通的登临送别，表达方式却十分独特，充满奇幻的想象和浪漫色彩。

金陵赏心亭送王胜之龙图。王守金陵，视事一日，移南都。

千古龙蟠并虎踞①，从公一吊兴亡处②。渺渺斜风吹细雨。芳草渡，江南父老留公住③。　　公驾飞车凌彩雾，红鸾骖(cān)乘青鸾驭。却讶此洲名白鹭。非吾侣，翩然欲下还飞去。

［注释］

①龙蟠并虎踞：似龙盘伏，如虎蹲坐，形容地势险要。②兴亡处：南京为东吴、东晋以及南朝宋、齐、梁、陈六朝古都，历经三百年繁华，此所谓“兴”；但六朝更迭既速，隋灭陈时，六朝所造城阙宫殿多被平毁，至唐宋时只剩断垣颓壁而已，此所谓“亡”。③江南父老留公住：南京百姓挽留王胜之。王胜之此前一年曾守金陵，为百姓所推爱。

［译文］

金陵自古以来地势险要，似龙盘伏，如虎蹲坐，我与您在此凭吊这六朝的繁荣与颓败。轻风吹着细细的雨丝，芳草渡口，南京的百姓都挽留您，不希望您离开。

您乘着飞行之车在彩色的雾气中飞驰，有神鸟在一旁为您驾车、陪同。驾车的神鸟看到了金陵的白鹭洲。神奇的鸾鸟不愿意和白鹭成为伴侣，所以掀动翅膀，载着您翩然远去。

［集解］

（宋）赵令畤："东坡自黄移汝，过金陵，见舒王。适陈和叔作守，多同饮会。一日，游蒋山，和叔被召，将行，舒王顾江山，曰：'子瞻可作歌。'坡醉中书云：'千古龙蟠并虎踞。'和叔到任，数日而去，舒王笑曰：'白鹭者得无意乎？'"

如梦令

题解

唐宋时期，浴室多设在禅寺内。苏轼此时自黄州迁汝州，途经泗州，浴于雍熙塔下，所以用与洗浴有关的佛典禅语作此词。

元丰七年十二月十八日，浴泗州雍熙塔下，戏作《如梦令》阕。此曲本唐庄宗制，名《忆仙姿》，嫌其名不雅，故改为《如梦令》。盖庄宗作此词，卒章云："如梦，如梦，和泪出门相送。"因取以为名云。

水垢何曾相受①，细看两俱无有。寄语揩背人，尽日劳君挥肘。轻手，轻手，居士本来无垢②。

［注释］

①水垢何曾相受：前秦鸠摩罗什译《维摩诘所说经》卷中《文殊师利问疾品》，载维摩诘所说偈："八解之浴池，定水湛然满。布以七净花，浴此无垢人。"②无垢：佛教用语，比喻一切本来清净。

［译文］

水与污垢何时曾相互容纳过呢？细细看来，水中没有污垢，污垢中也没有水。告诉擦背的人，这一天劳烦你挥动胳膊了。轻一点，轻一点，我原本就没有污垢。

［集解］

（宋）吴曾："东坡《宿海会寺》诗：'本来无垢洗更轻。'乐府云：'居士本来无垢。'按《维摩诘经》偈云：'八解之浴池，定水湛然满。布以七净华，浴此无垢人。'"

行香子·与泗守过南山晚归作

题解

此词作于宋神宗元丰七年（1084）十二月，写了作者与泗州知州刘士彦（字倩叔）同游南山的所见所感。

北望平川①，野水荒湾，共寻春，飞步孱颜②。和风弄袖，香雾萦鬟（huán）③。正酒酣时，人语笑，白云间。　飞鸿落照，相将归去，澹（dàn）④娟娟、玉宇清闲。何人无事，宴坐空山？望长桥⑤上，灯火乱，使君还。

［注释］

①川：平地。②孱颜：高峻的山岭。③鬟：环形发髻。这里指代同游的歌妓。④澹：恬静。⑤长桥：泗州通往南山的一座桥。

［译文］

向北望去一马平川，这郊外的水湾中，溪水畅快地流淌，似乎也要寻觅春天的脚步，我们则快步行走在这高峻的山岭上。和煦的微风吹拂衣袖，身旁歌女的头发上香雾萦绕。酒酣耳热之际，只听见我们的笑语声回荡在白云之间。

夕阳西下，大雁盘旋在天际，和我们一同回去，小溪恬静明美，天空朗朗。是什么人这么悠闲，闲坐在这南山之上呢？望向长桥，只看见灯火通明人影嘈杂，是太守回去了。

［集解］

（清）黄苏："情景交融，自具隽旨。于旁观着笔，笔笔有余妍，亦是跳脱生新之法。"

浣溪沙

题解

宋神宗元丰七年（1084）十二月，苏轼赴汝州途中行经泗州（今安徽泗州），与刘倩叔游南山，作此词。

元丰七年十二月二十四日，从泗州刘倩叔游南山。

细雨斜风作晓寒，淡烟疏柳媚晴滩①，入淮清洛②渐漫漫。　雪沫乳花③浮午盏，蓼茸④蒿笋试春盘⑤，人间有味是清欢。

[注释]

①媚晴滩：装饰晴滩。晴滩指南山附近的十里滩。②清洛：清澈的洛河。③雪沫乳花：煎茶的水面浮现的泡沫。④蓼茸：蓼菜的嫩芽。⑤试春盘：旧俗立春日馈赠亲友，以蔬菜水果、糕饼等装盘，谓“春盘”。因时近立春，故此云“试”。

[译文]

风斜雨细，瑟瑟寒侵，天气好似小寒时节。南山附近的十里滩，雨过天晴，柳树装饰着河滩，风光宜人。洛水注入淮河，水势盛大，畅通无阻。

在野外饮茶进餐，香茶配上翡翠般的春蔬，十分爽口。这清新欢娱的生活，真是人生的一种快乐啊！

[集解]

曹树铭：“因东坡在性格方面所嗜好的，是明月，是清风，是山色，是湖光，是小桥，是流水，是如茵的绿草，是野生的杂花，所以他常说‘人间有味是清欢’。”

满庭芳

题解

此词作于宋神宗元丰七年（1084）十二月末，词作表现了作者潦倒窘困的心绪和思归不得的乡愁，但言语间仍然透露出“疏狂异趣”的不屈个性和旷达胸襟。

余年十七，始与刘仲达往来于眉山，今年四十九，相逢于泗上。淮水浅冻，久留郡中，晦日同游南山，话旧感叹，因作此词。

三十三年，漂流江海，万里烟浪云帆。故人惊怪，憔悴老青衫[①]。我自疏狂异趣，君何事、奔走尘凡？流年尽，穷途坐守，船尾冻相衔。　　巉巉（chán）[②]。淮浦[③]外，层楼翠壁，古寺空岩。步携手林间，笑挽攕攕（xiān）。莫上孤峰尽处，萦望眼、云海相搀[④]。家何在？因君问我，归梦绕松杉[⑤]。

[注释]

①故人惊怪，憔悴老青衫：故人指刘仲达。青衫，唐代八品和九品的官服，常指官位低下。作者时任团练副使，为十等散官之第四等，从八品。苏轼作于此时的《乞常州居住表》云："自离黄州，风涛惊恐，举家重病，一子丧亡。今虽已至泗州，而资用罄竭，去汝尚远，难于陆行。无屋可居，无田可食，二十余口，不知所归，饥寒之忧，近在朝夕。"此即当时作者的憔悴之状。②巉巉：高峭险峻的样子，形容下文南山的楼壁寺岩。③浦：水滨。④搀：混杂。⑤松杉：指故乡的树。

[译文]

与你分别了三十三年，各自漂泊，行走过万里路，看尽了烟波云帆。你惊讶我年老生活贫苦，满是憔悴之态。我本来是个豪放不羁的人，志趣与众不同，潦倒窘困就是因为不随众流。那么你为什么也同样如此呢？这一年就要过去了，这样艰难的处境，就好似船头与船尾相连的船队一样，明年也会如此。

淮河的水滨之外，有高耸陡峭的楼壁岩寺。我们在林中游玩，微笑着挽着歌女柔美的手。不用走到那山峰的尽头、高处，眼前已然满是云雾了。你问我家乡在哪里，唉，我也只是梦中才能看到啊。

舟中话别

[集解]

刘乃昌："这年春节全家都是在泗州船上度过的。这首词反映了作者当时的旅况和心境。"

满庭芳

题解

此词作于宋神宗元丰八年（1085）二月，当时苏轼被授检校尚书水部员外郎、汝州团练副使，途经商丘时收到诰命，神宗准许其在常州宜兴居住。苏轼十分欣喜，作此词。

余谪居黄州五年，将赴临汝，作《满庭芳》一篇别黄人。既至南都，蒙恩放归阳羡，复作一篇。

归去来兮，清溪无底，上有千仞嵯峨①。画楼东畔，天远夕阳多。老去君恩未报，空回首、弹铗悲歌②。船头转，长风万里，归马驻平坡③。　无何④。何处有，银潢⑤尽处，天女停梭。问何事人间，久戏风波⑥？顾谓同来稚子，应烂汝、腰下长柯⑦。青衫破，群仙笑我，千缕挂烟蓑⑧。

［注释］

①上有千仞嵯峨：形容山高。仞，古代长度单位，六尺或八尺。嵯峨，山势高峻的样子。②弹铗悲歌：弹击剑把哀声歌唱。《战国策·齐策》载：冯谖为孟尝君门客，认为自己的待遇不好，“倚柱弹其剑，歌曰：‘长铗归来乎，出无车。’”孟尝君听说后，派给了他车马。“后有顷，复弹其铗，歌曰：‘长铗归来乎，食无鱼。’”孟尝君又命赐给他鱼。不久后冯谖再次歌曰：“长铗归来乎，无以为家。”孟尝君一一满足了冯谖的要求，后冯谖为孟尝君解除了后顾之忧。③归马驻平坡：船顺风疾行，犹如骏马奔驰。④无何：“无何有之乡”的简称，指空无所有的虚幻境界。语出《庄子·逍遥游》：“何不树之于无何有之乡？”⑤银潢：银为银河，潢为天潢星，指星空。⑥风波：比喻政治斗争。⑦应烂汝、腰下长柯：身上的斧柄都烂了。梁任昉《述异记》载：晋王质伐木石室山，有童子数人下棋。童子给王质一枣核状物，王质吃下以后不再饥饿。过了一会儿，童子问王质为何不离去，“质起视，斧柯烂尽。既归，无复时人（同时代的人都不在了）。”所谓山中一日，世上千年。柯，斧柄。⑧烟蓑：比喻天宫烟云缠绕，仿佛蓑衣披身。

［译文］

回来吧，看清澈的溪流，攀登高峻巍峨的峰峦。如画的楼宇之畔，天高夕阳充足。晚年蒙受了皇帝的恩典，满足了居住常州的心愿，但我不能像冯谖那样，报答皇帝这份恩典。调转船头奔向常州，船儿顺风疾驰，好似骏马奔驰一般。

世间一切本是虚幻。银河与星空的尽头在哪里，织女星何时会消失呢？没有人知道。我为何要待在这人世间，一直和世俗官场较劲？回头对身边的年轻人说：古时的王质在吃了仙童给他的枣子后，身上的斧柄都烂了，林中虽然仅一日，但世上已过千年。看天宫烟云缠绕，仿佛蓑衣披身，神仙们一定都在嘲笑我。往日的宦游生涯是个错误，如今身上这件官衣已然破旧，为什么还不脱去它归隐呢？

[集解]

（元）赵孟頫："东坡公欲买园种橘于荆溪之上，然志竟不遂。岂造物者尚有所靳耶？而《楚颂》一帖，传之后世，为不朽，则又非造物者能靳也。"

渔 父

题解

这组词共四首，约写于宋神宗元丰八年（1085）二三月间。

其 一

渔父饮，谁家去？鱼蟹一时①分付。酒无多少醉为期②，彼此不论钱数。

[注释]

①一时：一并。②期：限度。

[译文]

打鱼的老翁想喝酒，到哪里去呢？来到酒家，将钓得的鱼和蟹一并交给酒家，不说要换多少酒，只以喝醉为限度。酒家欣然接受，彼此都不计较酒和鱼蟹的价钱。

[集解]

（宋）沈作喆："《渔父》一篇，文理浅俗，非庄子书，眉山知其妄，甚快人意也。"

其 二

渔父醉，蓑衣舞。醉里却①寻归路。轻舟短棹②任横斜，醒后不知何处。

[注释]

①却：倒退，往回走。②棹：船桨。

[译文]

渔父喝醉了，穿着蓑衣跳舞，醉步后退寻找回家的路。来到船上，任凭船桨横斜，放任小舟漂流。酒醒后四顾惘然，不知自己身在何处。

其　三

渔父醒，春江午。梦断落花飞絮。酒醒还醉醉还醒[①]，一笑人间今古。

[注释]

①酒醒还醉醉还醒：写渔父的醉态。语出白居易《醉吟先生传》："又引数杯，兀然而醉，既而醉复醒，醒复吟。吟复饮，饮复醉。醉吟相仍，若循环然。"

[译文]

渔父一觉醒来，看见春天的江水波光粼粼，落花飞絮好景致，已是正午时分了。渔父沉浸在壶中天地，酒醒后还会去饮，继而还会醉倒。就这样周而复始，将世事纷扰付之一笑。

其　四

渔父笑，轻鸥举[①]。漠漠[②]一江风雨。江边骑马是官人，借我孤舟南渡。

[注释]

①举：飞翔。②漠漠：弥漫的样子。

[译文]

渔父酒醒后开怀大笑，好似轻快的海鸥飞翔在天空，俯视身下风雨弥漫的江面。在江边骑马行走的是为官之人，也不得不向孤舟上的渔父借渡南归。

[集解]

（清）王文诰："《渔父词》起于三闾，诰向能以七弦道之。公又尝改张志和词为《鹧鸪天》。此四章亦其遗意，皆可谱入琴声也。"

水龙吟·赠赵晦之吹笛侍儿

题解

此词作于宋神宗元丰八年（1085）十月。赵晦之，名起，是苏轼知密州时的属官。

楚山①修竹如云，异材秀出千林表。龙须②半剪，凤膺微涨③，玉肌匀绕④。木落淮南，雨晴云梦，月明风袅。自中郎不见，桓伊去后⑤，知孤负、秋多少。　闻道岭南太守⑥，后堂深，绿珠⑦娇小。绮窗学弄，《梁州》初遍，《霓裳》未了⑧。嚼征含宫，泛商流羽⑨，一声云杪⑩。为使君洗尽、蛮风瘴雨，作《霜天晓》。

［注释］

①楚山：此词作于涟水军（今江苏涟水），古属楚地，故云。②龙须：古人取优质竹子制笛，打通各节，仅留首节，并保存其表面的细枝条，修剪捆束，称“龙须”。③凤膺微涨：良笛首节以下略粗似凤胸，故云。④玉肌匀绕：良笛除首节外，各节均光滑洁净，故云。⑤自中郎不见，桓伊去后：中郎指东汉蔡邕，曾为中郎将，善制笛。桓伊是东晋人，善吹笛。⑥岭南太守：赵晦之刚卸藤州（今广西藤县）知州任归来，故称。⑦绿珠：西晋人石崇的歌妓，《晋书·石崇传》称其“美而艳，善吹笛”。此喻赵晦之的吹笛侍儿。⑧《梁州》初遍，《霓裳》未了：吹完了《梁州》的开篇，便开始了《霓裳》的结尾。《梁州》，又作《凉州》。《霓裳》，《霓裳羽衣曲》。二者均为传自唐代的乐曲。⑨嚼征含宫，泛商流羽：乐声变化丰富。古乐有宫、商、角、徵、羽五声音阶。嚼、含、泛、流，均指吹奏的动作和技法。⑩杪：本义为树梢，引申为末端。

［译文］

楚地山上修长的竹子很多，好似天上的白云，林端的竹材更是优异。用这样的竹子制笛，要打通各节，保存其表面的细枝条，修剪捆束。好的笛子，首节以下略粗，似凤胸，其余各节光滑洁净好似女子的肌肤。在天清气爽、风微月明之时吹笛，声音才会美妙。而此地的天气正适合吹奏笛曲。自从蔡邕、桓伊这些善于制笛、吹笛的人故去以后，楚山中的好竹子被埋没了多少年啊！

听说岭南太守的家中，有一位艳丽又善于吹笛的美女。你在雕饰美丽的窗户下吹笛，吹完了《梁州》的开篇，便又吹《霓裳》的结尾。不但乐声变化丰富，吹奏的技法也十分娴熟，能让这笛声直达云端。今天赵晦之从南方容易患病的地方回来，我们为他接风洗尘，不如就吹奏一支《霜天晓》吧。

[集解]

（宋）张炎："清丽舒徐，高出人表。"

定风波

题解

苏轼的好友王巩（字定国）因受"乌台诗案"牵连，被贬谪到地处岭南荒僻之地的宾州。王定国受贬时，其歌妓柔奴（别名寓娘）毅然随行到岭南。五年后王巩北归，命柔奴为苏轼劝酒。苏轼问她岭南风土，柔奴答曰："此心安处，便是吾乡。"苏轼听后大受感动，作此词以赞。

王定国歌儿曰柔奴，姓宇文氏，眉目娟丽，善应对，家世住京师。定国南迁归，余问柔："广南风土，应是不好？"柔对曰："此心安处，便是吾乡。"因为缀词云。

此心安处是吾乡

常羡人间琢玉郎①，天应乞与点酥娘②。尽道清歌传皓齿，风起。雪飞炎海变清凉。　万里归来颜愈少，微笑。笑时犹带岭③梅香。试问岭南④应不好，为道此心安处是吾乡。

[注释]

①琢玉郎：形容王定国英俊，如玉琢成一般。②点酥娘：形容柔奴肤润如酥。娘是对年轻女子的称呼。③岭：指大庾岭，在今江西大余与广东南雄交界处，岭上梅花最有名。④岭南：泛指五岭（今桂、粤、湘、赣交界处）以南地区，即今两广一带。王定国贬所宾州属

岭南。

［译文］

常常羡慕王定国英俊潇洒，如玉琢成一般，而美貌的柔奴就是上天赐予你的。人人都说柔奴歌喉美妙，悦耳的歌声从她芳洁的口中传出，令人感到如同风起雪飞，使炎暑之地一变而为清凉之乡。

你们从遥远的宾州归来，柔奴却显得更加年轻貌美了，微笑的时候，仿佛能让人体味到大庾岭上梅花的清香。我问柔奴岭南的生活是不是很艰苦，柔奴回答道："只要是心情平静安详，就如同在家乡一样。"

［集解］

（清）沈雄："王定国自岭南归，出歌者柔奴，劝东坡酒。东坡问以广南风土应是不好。柔奴曰：'此心安处，便是吾乡。'东坡亦作《定风波》词，其卒章曰：'岭南应不好，为道此心安处是吾乡。'然最难凑泊者此调也，亦不过记事云耳。"

如梦令·寄黄州杨使君二首

题解

此词约作于宋哲宗元祐元年（1086），是苏轼在京城官翰林学士期间所作。词中抒写了怀念黄州之情，表现出归耕之意。杨使君指杨君素，继徐君猷之后为黄州知州。

其　一

为向东坡[①]传语，人在玉堂深处[②]。别后有谁来？雪压小桥无路。归去，归去，江上一犁春雨[③]。

［注释］

①东坡：指黄州城东南作者所垦数十亩地。②玉堂深处：玉堂，学士院的别称，下设翰林学士，负责起草制诰。作者于元祐元年（1086）九月至元祐四年（1089）三月任此职。因为玉堂在宫中，故曰"深处"。③一犁春雨：形容雨量不大，适于犁地春耕。

［译文］

为我向黄州城内我曾耕种的那片地带句话：我因在宫中任职，无法亲自前往。自我走后有没有人来呢？是雪压住了小桥，路不通吗？真想回去啊，近日春雨喜降，正适合犁地春耕。

其　二

手种堂前桃李，无限绿阴青子①。帘外百舌儿②，惊起五更③春睡。居士④，居士，莫忘小桥流水。

［注释］

①青子：果实未成熟。②百舌儿：鸟名，立春后始鸣，因叫声反复如百鸟齐鸣而得名。③五更：天将亮的时候。④居士：作者自称。

［译文］

黄州我的居所雪堂之前，有我亲手种下的桃树和李树，到如今已然是绿叶成荫，青青的果实挂满枝头。帘外的鸟儿天刚蒙蒙亮就开始鸣叫，把我从睡梦中唤醒。东坡啊东坡，不要忘记黄州小桥流水的美景，早日归隐吧。

好事近·西湖夜归

题解

此词作于宋哲宗元祐五年（1090）九月。当时苏轼在杭州，遂以“西湖夜归”为题，不仅描写了西湖夜色的宁静幽美，也写出自己夜归时的恬淡自适。笔触细腻，颇能传神。

湖上雨晴时，秋水半篙①初没。朱槛俯窥寒鉴②，照衰颜华发。　　醉中吹堕白纶巾③，溪风漾流月。独棹④小舟归去，任烟波飘兀⑤。

［注释］

①篙：船竿。②鉴：镜子，比喻湖水。③白纶巾：用青白丝织成的头巾。④棹：划。⑤兀：摇晃。唐皮日休《孤园寺》：“艇子小且兀，缘湖荡白芷。”

［译文］

西湖上小雨停歇，天色放晴之时，秋日的湖水上涨，船篙的一半都没在水中。倚着画船的栏杆观看明净的湖水，水中倒影现出了我苍老的容颜和花白的头发。

饮酒小醉，一阵清风袭来，头巾被吹落湖中，平静的水面被打破，月亮的倒影随溪水荡漾起来。独自划着小船就这样归去，任凭它随着湖上的烟波摇摆。

[集解]

（近代）俞陛云："西湖夜归，清幽之境也，不可无此雅词。"

临江仙·送钱穆父

题解

此词作于宋哲宗元祐六年（1091）春，当时苏轼任杭州知州。钱穆父，名勰，是作者的好友，一起在京城为官时，因性情投契建立了深厚的友谊。后来钱穆父出知越州（今浙江绍兴），苏轼曾赋诗为其送行。三年后，钱穆父又要远赴瀛州（今河北河间），路经杭州时与苏轼短暂相聚。再次分别之时，苏轼写此词为钱穆父送行。

一别都门三改火[1]，天涯踏尽红尘。依然一笑作春温[2]。无波真古井，有节是秋筠(yún)[3]。　　惆怅孤帆连夜发，送行淡月微云。樽前不用翠眉[4]颦。人生如逆旅，我亦是行人。

[注释]

①改火：本指四季以不同木材钻木取火，后多指寒食禁火三日后重新起火，故以一改火指一年。②春温：如春天般温暖。③筠：竹。④翠眉：指送别的官妓。

[译文]

自从我们在京城分别，一晃又是三年了。你远涉天涯，一直奔走辗转在这人世间。相逢一笑时，依然如春天般温暖。你的心像古井水不起波澜，高风亮节之气就像秋天的竹子。

我心惆怅，因为又要离别，你要连夜扬起孤帆前行。送行之时，云色微茫，月儿淡淡。陪酒的歌妓不用对着酒杯太过凄婉。其实人生在世就好像住旅舍一样，我也包括在旅行者里边，和你是一样的啊。

[集解]

（宋）袁文："《说文》筠字从竹，竹皮也。孔颖达亦以为竹外青皮。苏东坡作《临江仙》词云'无波真古井，有节是秋筠'，乃用白乐天诗'无波古井水，有节秋竹竿'。虽承乐天之语，而改竹为筠，遂觉差逊。"

八声甘州·寄参寥子

题解

此词作于宋哲宗元祐六年（1091），当时苏轼由杭州太守被召为翰林学士承旨，离开杭州时，送给参寥此词。参寥是僧道潜的字，他以精深的道义和清新的文笔为苏轼所推崇，与苏轼过从甚密，结为莫逆之交。苏轼贬谪黄州时，参寥不远两千里赶去，追随他数年。

有情风、万里卷潮来，无情送潮归。问钱塘江上，西兴浦口，几度斜晖？不用思量今古，俯仰昔人非。谁似东坡老，白首忘机①。　　记取西湖西畔，正春山好处，空翠烟霏。算诗人相得，如我与君稀。约他年、东还海道②，愿谢公、雅志莫相违。西州路③，不应回首，为我沾衣。

[注释]

①忘机：消除机巧之心，恬淡宁静。②约他年、东还海道：作者此处借谢安的典故，表明了日后归隐杭州的愿望。《晋书·谢安传》载：谢安虽身为大臣，“然东山之志始终不渝，每形于言色。及镇新城，尽室而行，造泛海之装，欲须经略粗定，自江道还东。雅志未就，遂遇疾笃”。③西州路：作者借西州路的典故安慰友人，自己一定不会像谢安一样违背雅志，使老友恸哭于西州门下。《晋书·谢安传》载：谢安东山再起后，时时不忘归隐，但终究还是病逝于西州门。羊昙素为谢安所重，谢安死后，羊昙一次醉后无意走过西州门，觉后大哭而去。

[译文]

钱塘江的大潮仿佛是随着大风的感情变化而涨落，潮来潮去似乎没有眷恋。已然不记得有多少次，看到残阳照射中的钱塘大潮了。也不用思古论今，转眼间就物是人非，不必替古人伤心，也不必为现实忧虑。有谁能像我这样呢？泯灭机心，无意功名，淡泊宁静。

记得西湖之畔，我们曾一同游春，山峰青翠，烟雾迷茫。你我相知颇深，很少有人能够相提并论。我希望他年能够与你重返浙东，一同归隐山林，但愿不违背这美好的愿望。放心吧，我一定不会像谢安那样与雅志相违，使你失望的。

[集解]

郑文焯：“突兀雪山，卷地而来，真似钱塘江上看潮时，添得此老胸中数万甲兵，是何气象雄且桀。妙在无一字豪宕，无一字险怪，又出以闲逸感喟之情，所谓骨重神寒，不食人间烟火气者，语境至此观止矣。云锦成章，天衣无缝，是作从至情流出，不假熨帖之工。”

木兰花令·次欧公西湖韵

题解

这首词作于宋哲宗元祐六年（1091）八月苏轼知颍州时，是苏轼为怀念恩师欧阳修而作。

霜余已失长淮阔，空听潺潺清颍咽。佳人犹唱醉翁词，四十三年[①]如电抹。　　草头秋露流珠滑，三五盈盈还二八。与余同是识翁人，惟有西湖[②]波底月。

［注释］

①四十三年：此词是苏轼在颍州所作，欧阳修也曾知颍州，到苏轼作此词，正好四十三年。②西湖：指颍州西湖。

［译文］

霜降之后，淮河失去了盛水季节那种宽阔的气势，河面变窄，只听见水声潺潺，那是颍河在幽咽悲切。醉翁在颍州作的词，至今歌女们仍在吟唱。唉，时光如电光一闪而过，至今已经四十三年了。

草上的露珠明澈圆润，流转似珠，却倏忽而逝。十五的月亮晶莹圆满。到了十六，月轮就要缺一分了。当年识得醉翁的人，如今除了我，只有这西湖波底的月亮而已了。

减字木兰花·春月

题解

此词作于宋哲宗元祐七年（1092）正月十五日。据苏轼在颍州时的僚属赵德麟记载："元祐七年正月，东坡先生在汝阴（即颍州），堂前梅花大开，月色鲜霁。先生王夫人曰：'春月色胜如秋月色，秋月令人凄惨，春月令人和悦。何如召赵德麟辈来，饮此花下。'先生大喜曰：'吾不知子亦能诗耶？此真诗家语耳。'遂相召与二客饮。用是语作《减字木兰花》词。"

春庭月午[①]，摇荡香醪光欲舞[②]。步转回廊，半落梅花婉娩[③]

香。　　轻云薄雾，总是少年行乐处。不似秋光，只与离人照断肠。

总是少年行乐处

[注释]

①月午：午夜。午，正中。②摇荡香醪光欲舞：杯中酒在月光下摇荡。醪，酒糟未过滤的酒，又称浊酒。③婉娩：柔弱，清淡。

[译文]

在春天午夜的庭院中，杯中酒在月光下摇荡。信步走在回廊上，看梅花轻轻落下，散发出清淡的幽香。

云轻雾薄，这样的时刻正是少年玩乐的时光。春天的月色不像秋夜的月光那样总是让人想到分别的场景，心情凄凉。

[集解]

（清）周济：“人赏东坡粗豪，吾赏东坡韶秀。韶秀是东坡佳处，粗豪则病也。”

（清）沈德潜：“情景名为二，而实不可离。神于诗者，妙合无垠。”

减字木兰花

题解

此词作于宋哲宗元祐七年（1092）五月的扬州。无咎指晁补之，“苏门四学士”之一，时为扬州通判，东坡的属吏。随斋是晁补之在扬州的寓所。

五月二十四日，会于无咎之随斋。主人汲泉置大盆中，渍白芙蓉，坐客翛然，无复有病暑意。

回[1]风落景[2]，散乱东墙疏竹影。满座清微，入袖寒泉不湿衣[3]。　　梦回酒醒，百尺飞澜鸣碧井[4]。雪洒冰麾[5]，散落佳人白玉肌。

[注释]

①回：旋转。②景：通“影”，日影。③不湿衣：谓寒意沁入肌肤。④百尺飞澜鸣碧井：从布满青苔的百尺井中汲水。澜，波浪。⑤麾：同“挥”。

[译文]

夕阳西下，风儿回转，将墙上稀疏的竹影吹得散乱。坐上的客人们也感到了这微细清凉的晚风，吹入袖中寒意沁入肌肤，好似一汪清凉的泉水浸润身体。

午睡之后酒意散去，主人从布满青苔的百尺井中汲出水来。清凉的井水撒在白荷花上，好像雪花落在了美人白嫩的肌肤上一般。

[集解]

（宋）傅藻：“元祐七年壬申……五月……二十四日会无咎随斋，汲泉渍白芙蓉，不复有病暑意，作《减字木兰花》。”

满江红·怀子由作

题解

宋哲宗元祐七年（1092），苏轼接到诰命，由颍州移知扬州。此词是苏轼赴扬州以前，为怀念苏辙所作。

清颍东流，愁目断、孤帆明灭。宦游处、青山白浪，万重千叠。孤负当年林下语，对床夜雨听萧瑟。恨此生、长向别离中，添华发。　一尊酒，黄河侧。无限事，从头说。相看恍如昨，许多年月。衣上旧痕余苦泪，眉间喜气添黄色①。便与君、池上觅残春，花如雪。

[注释]

①添黄色：古人认为黄色是喜事的征兆。韩愈《郾城晚饮奉赠副使马侍郎及冯、李二员外》：“城上赤云呈胜气，眉间黄色见归期。”

[译文]

清澈的颍水向东流去，望着江面行船远去，船帆若隐若现，心中愁苦。为官四处奔走，走过千山万水，历经风波险恶。我辜负了当年与你对床夜语，早退隐居的约定。这一生聚少离多，徒生白发。

在黄河之畔饮酒，想起往日情由，无限感慨。虽然分离多年，旧事却恍如昨日般清晰。经历了多年的磨难与辛酸，终于快有归去的喜信了。到那时，和你在这残春出游，看落花如雪，该是多么快乐啊！

行香子

题解

此词约作于宋哲宗元祐年间，抒写了作者把酒对月之时的襟怀意绪，流露了人生苦短、知音难觅的感慨，表达出作者渴望摆脱世俗困扰的退隐、出世之意。

清夜无尘，月色如银，酒斟时、须满十分①。浮名浮利，虚苦劳神。叹隙中驹②，石中火③，梦中身④。　　虽抱文章，开口谁亲⑤？且陶陶⑥、乐尽天真。几时归去，作个闲人。对一张琴，一壶酒，一溪云。

［注释］

①酒斟时、须满十分：斟酒要斟满。白居易《问少年》诗："十分酒写白金盂。"又《雪夜喜李郎中见访兼酬所赠》："十分满盏黄金液。"②隙中驹：比喻时光易逝。典出《庄子·知北游》："人生天地间，如白驹之过隙，忽然而已。"③石中火：比喻人生短促。古乐府："凿石见人能几时。"④梦中身：比喻生命虚幻。许浑《题苏州虎丘寺僧院》："万里高低门外路，百年荣辱梦中身。"⑤虽抱文章，开口谁亲：虽然有文才却无赏识之人。⑥陶陶：快乐的样子。

［译文］

夜气清新，尘渣皆无，月光皎洁如银。杯中斟满美酒，仰望夜空，遐想无穷。想这世间之人追求名利，不过都是徒然劳神费力，万物宇宙都是短暂的，人的一生更是短暂，须臾即逝。

虽有文才却无赏识之人，倒不如远离官场，归隐田园。不知何时才能实现这个愿望，每日间弹琴、饮酒、赏玩山水、吟风弄月。

［集解］

（明）沈际飞："天趣浮出，如不经心手。说得英雄，倏热倏冷。学士一肚子不合时宜，真相知。"

（清）陈廷焯："看得破，说得透。恬淡中别具热肠，是真名士。"

归朝欢·和苏坚伯固

题解

此词作于宋哲宗绍圣元年（1094）七月的九江，是苏轼为酬赠阔别多年后又不期而遇的老友苏坚（字伯固）而作。词中以雄健的笔调，营造出纯真爽朗、境界阔大、气度昂扬的词境，抒写了作者的浩逸襟怀。全词气象宏阔，情致高雅，堪称苏词中写离别的代表作。

我梦扁舟浮震泽[①]，雪浪摇空千顷白。觉来满眼是庐山，倚天无数开青壁[②]。此生长接淅[③]，与君同是江南客[④]。梦中游，觉来清赏，同作飞梭掷[⑤]。　　明日西风还挂席[⑥]，唱我新词泪沾臆[⑦]。灵均[⑧]去后楚山空，澧阳兰芷[⑨]无颜色。君才如梦得[⑩]。武陵[⑪]更在西南极。《竹枝词》[⑫]，莫徭[⑬]新唱，谁谓古今隔？

［注释］

①震泽：太湖，在江苏、浙江交界处。②倚天无数开青壁：形容庐山峰峦叠翠，直插云霄。③接淅：漉干已淘的米，比喻四处奔波，席不暇暖。语出《孟子·万章下》："孔子之去齐，接淅而行。"孔子急于离开齐国，等不及做好饭，将已淘的米捞起来漉干就走。淅，本义为淘米。④与君同是江南客：指自己与苏坚皆客居九江。宋时九江属江南西路，故云。⑤飞梭掷：形容时光飞逝。⑥挂席：扬帆远行。⑦臆：胸。⑧灵均：指屈原。⑨澧阳兰芷：澧阳，又称澧州，今湖南澧县。芷，一种香草，屈原赋中经常将其与兰并提。苏坚与作者分手后将去澧阳，故提及之。⑩梦得：指唐代诗人刘禹锡。⑪武陵：今湖南常德，刘禹锡在永贞元年（805）至元和九年（814）贬谪此处。⑫《竹枝词》：古代巴渝（今四川东部）地区的民歌，刘禹锡任夔州刺史时改当地民歌成《竹枝词》十余首。⑬莫徭：少数民族，分布在湖南澧阳等地。《隋书·地理志下》载："长沙郡又杂有夷蜒，名曰莫徭，自云其先祖有功，常免徭役，故以为名。"

［译文］

我梦见自己坐在一叶扁舟中，徜徉于太湖的云水之间，看雪花似的浪花翻滚，广阔的湖面一片银白。醒来却见青山蔚然深秀，千峰峭峙，拔地参天。忽然想到，这一生屡遭贬黜，四处奔波，充满了艰难挫折，和您一样，此时都是客居在九江。梦中的景象迷离，醒来看到湖山清景，感觉时光都如飞梭过眼，转瞬即逝。

明天您就要扬帆西去了，吟唱这新作的离别之曲，不由得泪湿衣襟。自从屈原死后，楚地更无人才，那些散发着屈原人格光辉的香草，也因为他的逝去而憔悴无华了。您的才学堪比唐朝诗人刘禹锡，这回您要去的地方就在当年刘禹锡贬所的西南端。刘禹锡曾用巴渝民歌《竹枝》曲调创作了九首《竹枝词》。您到了那边可接续刘禹锡的余风，创作出可与他的《竹枝词》媲美的新词来，让这个寂寞已久的澧阳重新鸣奏出诗的合唱，与千古名贤交相辉映。那时谁还会说古今有所不同呢？

［集解］

（宋）曾季貍："东坡词中《归朝欢·和苏伯固》者，为送伯固往澧阳。故用灵均、梦得等事。今词中但云'和伯固'而不言往澧阳也。"

青玉案·用贺方回韵送伯固归吴中

题解

此词作于宋哲宗元祐七年（1092）三月。苏轼出任杭州知州时，苏坚（字伯固）为其下属，两人交情甚笃，苏轼治理西湖多得苏坚的帮助。三年后，苏轼送别友人归吴中故乡，惜别之情难以自已。

三年枕上吴中路，遣黄耳[①]，随君去。若到松江呼小渡，莫惊鸳鹭。四桥[②]尽是，老子[③]经行处。　《辋(wǎng)川图》[④]上看春暮，常记高人右丞句。作个归期天定许。春衫犹是，小蛮[⑤]针线，曾湿西湖雨。

［注释］

①黄耳：指通信犬。《晋书·陆机传》："机有犬名黄耳，其在洛阳时，曾系信于犬颈，致松江（亦属'吴中'）家中，犬又系带回信还洛。"②四桥：指古吴江城外的甘泉桥。《苏州府志》卷三十四《津梁》："甘泉桥一名第四桥，以泉品居第四也。"③老子：老年人的自称，此是作者自指。④《辋川图》：唐朝诗人王维，有别墅在辋川，曾于蓝田清凉寺壁上画《辋川图》，表示林泉隐逸之情志。⑤小蛮：唐朝白居易有侍妾名叫小蛮，此处指苏轼的侍妾朝云。

［译文］

我们相识有三年，日子如同做梦一般。如今你要回吴中故园去，我有心打发黄狗随你身边，以便来来往往把彼此的音信传递。如果到松江渡口时招呼渡船，不要惊动那里的白鹭双鸳。它们都是我旧时相识，有名的四桥我也都走过看遍。

如今我只能在王维的画中欣赏春天，常记王右丞描绘美丽山水的诗句，不知何时我才能回去。我又穿上那件春天的衣衫，这衣衫曾是朝云的针线，西湖的雨点沾湿过的。

［集解］

（清）况周颐："东坡《青玉案·用贺方回韵送苏伯固归吴中》歇拍云：'作个归期天已许。春衫犹是，小蛮针线，曾湿西湖雨。'上三句，未为甚艳。'曾湿西湖雨'是清语，非艳语。与上三句相连属，遂成奇艳、绝艳，令人爱不忍释。坡公天仙化人，此等词犹为非其至者，后学已未易抚仿其万一。"

临江仙·惠州改前韵

题解

此词作于宋哲宗绍圣三年（1096）四月。惠州今属广东，苏轼于绍圣元年（1094）十月被贬此处。

九十日春①都过了，贪忙何处追游。三分春色一分愁。雨翻榆荚阵，风转柳花球②。　　我与使君③皆白首，休夸年少风流。佳人斜倚合江楼④。水光都眼净，山色总眉愁。

［注释］

①九十日春：农历正月至三月。②柳花球：柳絮染尘成球。此句指风吹絮球翻滚。③使君：指惠州知州詹范。④合江楼：作者初至惠州时所居之所，在惠州东门，因东西二江汇合于此而得名。

［译文］

春天过去了，一直忙忙碌碌，如今再想寻春，也不可能了。纵然还有三分春色，那一分惆怅也无法免去。雨打榆荚零落，柳絮染尘成球，被风吹得到处翻滚。

我和知州您都是白发老人了，再不要说以前的年少风流往事了。美丽的歌女斜靠在合江楼边。水光清凉，山色美丽，总是让人情不自禁为之感叹。

西江月

题解

此词作于宋神宗元丰三年（1080）。本年，苏轼被贬到黄州，心情苦困，八月十五日夜，孤独的苏轼遂作此词。

世事一场大梦，人生几度新凉。夜来风叶已鸣廊，看取眉头鬓上。　　酒贱常愁客少，月明多被云妨。中秋谁与共孤光[①]，把盏凄然北望[②]。

［注释］

①孤光：月光。②北望：所思之人在北方，故北望。

［译文］

世上万事恍如一场大梦，人生经历了几度新凉的秋天。晚上风吹动树叶的声音响彻回廊，眉头鬓上又多了几根银丝。

酒并非好酒，却怕少有人陪，就像月亮一般，被云遮住了月光。中秋时节谁能够和我共同度过这孤独寂寥的时光啊？无人回答，我只能拿起酒杯，凄然望着北方。

［集解］

（宋）杨湜："东坡在黄州，中秋夜对月独酌，作《西江月》词：……坡以谗言谪居黄州，郁郁不得志，凡赋诗缀词，必写其所怀，然一日不负朝廷，其怀君之心，末句可见矣。"

西江月·梅花

题解

此词作于宋哲宗绍圣三年（1096）十一月，是苏轼为悼念死在岭外的歌妓朝云而作。苏轼有数妾，与朝云最相知。绍圣元年（1094）十月被贬惠州时，其他人早散去，唯有朝云随其度岭。此词托物取兴，纯用比体，以岭外梅花的玉骨冰姿、素面洗妆，喻指朝云美丽的容颜和品格。

玉骨[①]那愁瘴雾[②]，冰姿自有仙风。海仙时遣探芳丛，倒挂绿毛幺风[③]。　　素面常嫌粉涴[④]，洗妆不褪唇红。高情已逐晓云空，不与梨花同梦。

[注释]

①玉骨：形容梅花品质之美。②瘴雾：旧称南方湿热易致疾病的气候。③海仙时遣探芳丛，倒挂绿毛幺凤：幺凤，岭南珍禽，绿毛红嘴，状似鹦鹉而小，栖息时倒挂在树枝上，又称"倒挂子"。芳丛，梅林。相传自东海来，非当地产，故此二句想象倒挂梅枝的这种珍禽是海仙遣来探望梅花的。④涴：污染。

[译文]

惠州的梅花生长在瘴疠之乡，却不怕瘴气的侵袭，是因为它有冰雪般的肌体、神仙般的风致。它的仙姿艳态引起了海仙的羡爱，海仙经常派遣使者来到花丛中探望它。

岭南的梅花天然洁白，不屑于用铅粉来妆饰；施了铅粉，反而掩盖了它的自然美容。岭南的梅花花叶四周皆红，即使梅花谢了，梅叶仍有红色。我爱梅的高尚情操已随着晓云而变成空无，此生不再梦见梨花。

[集解]

（明）杨慎："古今梅词，以东坡此首为第一。"

蝶恋花

题解

此词作于宋哲宗绍圣元年（1094），当时苏轼谪知英州，正在南下途中。

花褪残红[①]青杏小。燕子飞时，绿水人家绕。枝上柳绵[②]吹又少，天涯何处无芳草。　　墙里秋千墙外道。墙外行人，墙里佳人笑。笑渐不闻声渐悄，多情却被无情恼。

[注释]

①花褪残红：春花逐渐枯萎脱落。②柳绵：柳絮。

[译文]

春天将尽，百花枯萎，杏树上已经长出了青涩的果实。燕子飞过天空，清澈的河流围绕着村落和人家。柳枝上的柳絮已被吹得越来越少，但天涯到处都长满了茂盛的芳草。

围墙之内，少女正在荡秋千，发出动听的笑声。围墙外的行人听到笑声，忍不住想象少女荡秋千的欢乐场面。慢慢地，墙里的笑声听不见了，行人惘然若失，仿佛自己的多情被少女的无情所伤害。

[集解]

（明）沈际飞："'枝上'二句，断送朝云；一声《何满子》，肠断李延年，正若是耳。"

（清）李佳："苏东坡'墙里秋千墙外道。墙外行人，墙里佳人笑。笑渐不闻声渐悄，多情却被无情恼。'此亦寓言，无端置谤之喻。"

蝶恋花

题解

此词作时不详。词中以种种柔美的意象，塑造出一个多愁善感的伤春少女形象；以春意阑珊的景象，烘托出少女伤春的复杂心绪。

蝶懒莺慵春过半。花落狂风，小院残红满。午醉未醒红日晚，黄昏帘幕无人卷。　云鬓[①]鬅(péng)松[②]眉黛浅[③]。总是愁媒[④]，欲诉谁消遣[⑤]？未信此情难系绊，杨花犹有东风管。

[注释]

①云鬓：如云鬓发，形容女子。②鬅松：同"蓬松"，指头发乱。③眉黛浅：指未化妆。黛，青黑色颜料，女子画眉所用。④愁媒：引起愁的缘由。媒，媒介。⑤消遣：消除、排解。

[译文]

春光已消逝大半，蝴蝶懒得飞舞，黄莺也有些倦怠。风卷花落，残红满院。红日偏西，午醉未醒，光线渐暗，帘幕低垂，却懒得起身将它卷起。

因春天离去而伤心，头发蓬松也懒得梳理；没有化妆，眉毛也没有描画。一切景物都成为愁的缘由，却又无人可以倾诉。心绪烦乱，襟怀孤寂，可以想到。不相信此情将会一无依托，那杨花尚有东风来吹拂照管，难道自身连杨花也不如吗？

蝶恋花

题解

此词作时不详。

春事阑珊[①]芳草歇。客里[②]风光，又过清明节。小院黄昏人忆别，落红处处闻啼鴂(jué)[③]。　咫尺江山分楚越。目断[④]魂销，应是音尘[⑤]绝。梦破五更心欲折，角声吹落梅花月[⑥]。

[注释]

①阑珊：将尽。②客里：离家在外。③鴂：又名“鶗鴂”，即杜鹃鸟，三月始鸣，夏末而止。鸣时已近春末，花草将谢。④目断：望尽，喻极度盼望。⑤音尘：消息。李白《忆秦娥》：“咸阳古道音尘绝。”⑥角声吹落梅花月：角声在月色中吹响。角，西北游牧民族的乐器，后用于横吹（横笛）曲。吹落梅花月，暗嵌汉乐府横吹曲《梅花落》之名。李白《与史郎中钦听黄鹤楼上吹笛》：“黄鹤楼中吹玉笛，江城五月落梅花。”清明已过，当然无梅花可吹落，吹落的只是月亮（五更时天将明而月西斜，仿佛被角声吹落）。

小院黄昏人忆别

[译文]

春天将尽，芳香的小草也到了尽头。离家在外，又到了清明时节。黄昏之时独自坐在庭院中，不禁回忆起当初离别的时刻，那也是春末时节，落花纷纷，杜鹃哀鸣。

咫尺天涯，距离虽近，感觉却远。离人因即将分别而悲伤至极，从此以后，恐怕是音信不通了。天蒙蒙亮时从睡梦中醒来，只觉得十分伤心，角声在月色中吹响，声音凄然。

[集解]

（清）王士祯：“字字惊心动魄。”

蝶恋花

题解

此词作时不详。

记得画屏初会遇。好梦惊回[①]，望断高唐[②]路。燕子双飞来又去，纱窗几度春光暮。　　那日绣帘相见处。低眉佯[③]行，笑整香云[④]缕。敛尽春山[⑤]羞不语，人前深意难轻诉。

［注释］

①惊回：惊醒。②高唐：比喻男女恋情。宋玉《高唐赋》载：楚王游高唐观，梦见巫山神女。③佯：假装。④香云：指女子之发。⑤春山：喻女子之眉。

［译文］

与你在画屏之间的初次相遇，至今记得清清楚楚。然而情缘突然被割断，好梦既破，所有美好的向往都成了泡影。尽管如此，情丝却还紧紧相连，恰如梁间的双飞燕春来又秋去。美丽的春光几度从窗前悄悄走过，而对你的思念并不因时间的流逝而减弱半分。

记得那天在绣帘旁边的相见，我低眉垂眼，假意要走开，却微笑着用手整理自己的鬟发。敛起眉头不说话，不是对你无情，实在是出于害羞，不愿在人前诉说对你的爱慕。

定风波·咏红梅

题解

此词作时不详，是苏轼檃括其诗《红梅三首》其一而成的。原诗云："怕愁贪睡独开迟，自恐冰容不入时。故作小红桃杏色，尚余孤瘦雪霜姿。寒心未肯随春态，酒晕无端上玉肌。诗老不知梅格在，更看绿叶与青枝。"

好睡[①]慵开莫厌迟，自怜冰脸[②]不时宜。偶作小红桃杏色[③]，闲雅。尚余孤瘦雪霜姿[④]。　　休把闲心随物态[⑤]，何事。酒生微晕沁瑶肌[⑥]。

诗老[⑦]不知梅格在，吟咏。更看绿叶与青枝。

［注释］

①好睡：睡得香酣。②冰脸：指白梅。③偶作小红桃杏色：红梅微红，偶似桃、杏。④尚余孤瘦雪霜姿：意谓红梅孤高瘦劲、姿容高洁，实与桃、杏不同。⑤随物态：追随世态人情。⑥瑶肌：肌肤如玉，形容花瓣。⑦诗老：指宋初诗人石曼卿。因其年辈高于作者，故云。

［译文］

红梅好似睡姿香酣的美人，懒得开放与人观赏，这种孤寂的高洁总有些不合时宜。红梅微红之时，有些类似于桃花和杏花，鲜艳娇丽，虽偶露红妆，光彩照人，却仍保留着雪霜之资质，和桃花、杏花还是很不一样的。

这份心性原本闲淡雅致，不应随世态而转移；肌肤原本洁白如玉，何以酒晕生红？石老不了解红梅的真正品格，红梅之所以不同于桃杏，并不在于青枝、绿叶的差别，而在于它具有独特的风流品格。

［集解］

（清）刘熙载："东坡《定风波》云：'尚余孤瘦雪霜姿。'《荷华媚》云：'天然地别是风流标格。'雪霜姿，风流标格，学坡词者，便可从此领取。"

行香子·秋兴

题解

此词作时不详。

昨夜霜风，先入梧桐。浑[①]无处、回避衰容。问公何事，不语书空[②]。但一回醉，一回病，一回慵。　朝来庭下，光阴如箭，似无言、有意伤侬[③]。都将万事，付与千钟[④]。任酒花[⑤]白，眼花乱，烛花红。

［注释］

①浑：全，所有。②不语书空：表示郁愤。《世说新语·黜免》载：晋人殷浩遭黜，整天以手划空，旁人仔细看去，知为"咄咄怪事"四字。③侬：我。④钟：

酒器。⑤酒花：酒沫。

[译文]

昨夜秋风乍起，梧桐树叶纷纷落下。所有的地方都是一派秋天衰败的景象。人们问我是什么事让我心情忧郁。在这凄凉的秋日，我无事可做，不是喝酒，就是病卧床上，慵懒寂寞。

今日这秋风更加凛冽，人在屋中也感到了寒冷，时光流逝是这样快，好像是要故意伤我的心一般。不管这世上万事，去饮酒吧。只看美酒泛起白沫，喝到酒后眼花，伴着红红的灯花到老算了。

贺新郎

题解

这是一首抒写闺怨的双调词，上片写美人，下片专咏榴花，借花以喻，时而花人并列，时而花人合一。作者赋予词中的美人、榴花以孤芳高洁的品格和自伤迟暮的情感，在这两个美好的意象中渗透进自己的人格和感情。词中写失时之佳人，托失意之情怀；以婉曲缠绵的儿女情肠，寄慷慨郁愤的身世之感。

乳燕飞华屋。悄无人、桐阴转午①，晚凉新浴。手弄生绡白团扇②，扇手一时似玉。渐困倚、孤眠清熟。帘外谁来推绣户？枉教人、梦断瑶台曲。又却是，风敲竹。　　石榴半吐红巾蹙③。待浮花、浪蕊都尽，伴君幽独。秾(nóng)艳④一枝细看取，芳心千重似束。又恐被、秋风惊绿⑤。若待得君来向此，花前对酒不忍触。共粉泪，两簌簌⑥。

[注释]

①桐阴转午：桐树的影子逐渐转移，时间已指向午后。②生绡白团扇：白色生丝制的团扇。③石榴半吐红巾蹙：形容石榴花半开时状如褶皱的红巾。④秾艳：茂盛，美丽。李白《清平调》词：“一支秾艳露凝香。”⑤秋风惊绿：石榴夏天开花，秋风起后，榴花凋谢，便只有一片绿叶了。⑥共粉泪，两簌簌：指佳人泪、榴花蕊一起落下。簌簌，形容花瓣与眼泪落下的声音。

[译文]

雏燕穿飞在华丽的房屋中。悄然无人，桐树的影子逐渐转移，午后来临。晚间凉爽，美人刚刚沐浴完毕，手里摇弄着白绢团扇，团扇与素手似白玉凝酥。渐渐困倦，独自睡得香熟。窗外是谁推响彩绣的门户？白白地把人叫起，惊散了好梦一场。唉，敲门并不是有人来，而是夜风敲响了翠竹。

半开的石榴花像红巾叠簇，等轻浮的花蕊谢尽，它就会来陪伴美人的孤独。取一枝艳丽的榴花细细看，千层的花瓣好像美人心事重重。只怕那秋风骤起，吹得只剩下一树绿叶。若那时美人再来，残花之前即便对着美酒也不能畅怀，只有花蕊与美人的眼泪一起落下。

[集解]

（明）沈际飞："本咏夏景，至换头单说榴花。高手作文，语意到处即为之，不当限以绳墨。"

（清）黄氏："前一阕，是写所居之幽僻。次阕，又借榴花以比此心蕴结，未获达于朝廷，又恐其年已老也。末四句，是花是人，婉曲缠绵，耐人寻味不尽。"

（清）陈廷焯："情节相生，笔致婉曲，东坡笔墨自有东坡心事。"

减字木兰花·己卯儋耳春词

题解

宋哲宗元符二年（1099）正月立春日，苏轼在儋州作此词，描绘了当地迎春的景象。

春牛春杖①，无限春风来海上。便丐春工②，染得桃红似肉红。　春幡(fān)春胜③，一阵春风吹酒醒。不似天涯④，卷起杨花似雪花。

[注释]

①春牛春杖：春牛，古时农历十二月出土牛以送寒气，第二年立春再造土牛，以劝农耕，象征春耕开始。春杖，耕夫持犁杖而立，杖即执鞭打土牛，也有打春一称。②丐春工：乞求春神降临。③春幡春胜：都有迎春之意。春幡，即春旗。立春日农家户户挂春旗，标示春天到来。也有人剪成小彩旗插在树枝上。春胜，一种剪成图案或文字的剪纸，也称剪胜。④天涯：多指天边。此处指儋州。

[译文]

立春时节，人们放置土牛，耕夫鞭打土牛，迎接春天的来到。春神降临，桃花染红，颜色娇艳。

家家户户挂起春旗，裁春胜，春风将酒意吹散。不像是儋州的风光，杨花盛开好似飘飞的雪花。

［集解］

王水照：“全词用了七个‘春’字，春耕开始，春酒醉人；桃花，杨花，红白相照，突出了海南绚丽的春色和充满生命力的大自然，使诗人不禁忘记身贬天涯了。”

散文类

江行唱和集叙

题解

本篇是作者于宋仁宗嘉祐四年（1059），为苏氏父子的诗集《江行唱和集》作的叙。当时苏轼母亲程氏死于四川家乡，苏轼、苏辙兄弟回家奔丧，后随父亲苏洵由水路赴京。一路上父子三人随感而发，写了一百篇诗文，汇成《江行唱和集》。

夫昔之为文者，非能为之为工，乃不能不为之为工也。山川之有云雾，草木之有华实①，充满勃郁②，而见于外，夫虽欲无有，其可得耶？自闻家君之论文，以为古之圣人有所不能自已而作者。故轼与弟辙为文至多，而未尝有作文之意。己亥③之岁，侍行适楚④，舟中无事，博弈饮酒，非所以为闺门⑤之欢。而山川之秀美，风俗之朴陋，贤人君子之遗迹，与凡耳目之所接者，杂然有触于中，而发为咏叹。盖家君之作，与弟辙之文皆在，凡一百篇，谓之《南行集》。将以识一时之事，为他日之所寻绎⑥，且以为得于谈笑之间，而非勉强所为之文也。时十二月八日。江陵驿书。

［注释］

①华实：开花结果。华，同“花”。实，果实。②勃郁：蓄积。③己亥：宋仁宗嘉祐四年（1059）。④楚：指今湖北一带。⑤闺门：家门。⑥寻绎：寻思，推求。

［译文］

以前那些作论文之人，不是无法论述得精妙，而是无法论述得不精妙。要知道，山川会有云雾笼罩，花草树木开花结果，是原本蓄积的能量释放出来，才能被外界所看到。如果只有写作的欲望，而没有发自内心的感悟，怎么可能作出好文章呢？自从看了父亲的论文，我就意识到，自古以来，圣贤之人都是有感触于内心，不吐不快，才能写出好的文章来。因此我和弟弟苏辙虽然也写过不少文章，但从没奢望写作父亲那样的论文。己亥这年，我们陪伴父亲行船到达湖北一带，在船中没有什么事做，无非是下棋饮酒，无法像在家中那样安乐。然而沿途秀美的山川景色，朴实或丑陋的风俗，贤人名家的遗迹，凡是我们见到的，多少都会有一些感悟，自然便会感慨，继而写成诗作。父亲的文章，我和弟弟写作的诗文，共有一百篇，结成集子，名为《南行集》。这里记录了沿途的所见所闻和内心感受，作为以后细细寻思考量的依据吧。这些诗文都是在谈笑之间而写，随感而发，不是刻意、勉强所作的文章。此时是十二月八日，我在江陵的驿站写下了这篇序文。

喜雨亭记

题解

苏轼于宋仁宗嘉祐六年（1061）任凤翔府签书判官，第二年修建此亭，恰逢喜降春雨，于是命名为“喜雨亭”。文章从该亭命名的缘由写起，记述建亭经过，表达人们久旱逢雨时的喜悦心情。文章句法灵活，笔调活泼，在风趣的对话中轻松含蓄地发表见解，给人以举重若轻的感觉。

亭以雨名，志喜也。古者有喜，则以名物，示不忘也。周公得禾，以名其书①；汉武得鼎，以名其年②；叔孙胜狄，以名其子③。其喜之大小不齐，其示不忘一也。

余至扶风之明年，始治官舍。为亭于堂之北，而凿池其南，引流种树，以为休息之所。是岁之春，雨麦于岐山之阳，其占为有年。既而弥月不雨，民方以为忧。越三月乙卯，乃雨，甲子又雨，民以为未足。丁卯大雨，三日乃止。官吏相与庆于庭，商贾相与歌于市，农夫相与忭④于野，忧者以喜，病者以愈，而吾亭适成。

[注释]

①周公得禾，以名其书：周成王的同母弟唐叔得一异禾，献给了成王。成王将禾转送给周公。周公于是作了《嘉禾》一篇。②汉武得鼎，以名其年：汉武帝于公元前 116 年五月在汾水上得一宝鼎，于是改年号为元鼎元年。③叔孙胜狄，以名其子：鲁文公十一年，北狄鄋瞒伐鲁，鲁文公派叔孙得臣抗敌，获胜，并俘获其首领侨如，于是特为自己的儿子命名为侨如。④忭：高兴，喜欢。

[译文]

这座亭子用雨作名字来命名，是为了表示喜庆。古代每逢喜庆的事情，就用来题名于事物，表示不忘。周公得到了嘉禾，就用《嘉禾》作为他著作的篇名；汉武帝得到了宝鼎，就用元鼎作为年号；叔孙得臣打败了狄人侨如，就用“侨如”给自己的儿子起名。喜庆虽然有大有小，但表示不忘的用意是一样的。

我到扶风的第二个年头，开始修建我的府邸。我在厅堂北面筑了一座亭子，并且在南面凿了一口池塘，引水种树，作为休息的场所。这一年的春天，岐山南麓的空中落下了麦子，经过占卜，认为这是丰收的兆头。但接下来整月不下雨，百姓都很着急。到了三月乙卯日才下雨，甲子日又下雨，百姓却觉得雨水还不够。丁卯那天下了一场大雨，三天才停下来。为此，衙院里的官吏相互庆贺，市场上的商人相互歌唱，田间的农民也很欢喜。担忧的人为之高兴，患病的人为之痊愈，而我的亭子正好在这个时候落成了。

于是举酒于亭上，以属客而告之，曰：“五日不雨可乎？”曰：“五日不雨则无麦。”“十日不雨可乎？”曰：“十日不雨则无禾。”无麦无禾，岁且荐饥，狱讼繁兴，而盗贼滋炽。则吾与二三子，虽欲优游以乐于此亭，其可得耶？今天不遗斯民，始旱而赐之以雨，使吾与二三子得相与优游而乐于此亭者，皆雨之赐也。其又可忘耶？

春 夜

既以名亭，又从而歌之，曰：“使天而雨珠，寒者不得以为襦[1]；使天而雨玉，饥者不得以为粟。一雨三日，伊谁之力？民曰太守，太守不有；归之天子，天子曰不然；归之造物，造物不自以为功；归之太空，太空冥冥，不可得而名。吾以名吾亭。”

[注释]

①襦：短衣，短袄。

[译文]

于是，我在亭子里摆设酒宴，向客人劝

酒，对他们说："如果五天不下雨，可以吗？"你们一定会说："五天不下雨，麦子就长不成了。""十天不下雨呢？"你们又一定会说："十天不下雨，稻子就长不成了。"没有麦子和稻子，就要发生饥荒，诉讼的案件就会增加，并且盗贼纷起，那么，我和诸位想在这座亭中游玩观赏，办得到么？还好上天不遗弃百姓，刚开始发生旱情不久就赐雨于人间，使我和诸位能够在这座亭中感受到舒畅、欢乐，这都是雨的恩赐。怎么可以忘记呢？

亭的名字确定后，我又进而作歌词道："假如上天降下的是珍珠，寒冷的人不能用它来做棉衣；假如上天降下的是玉石，挨饿的人不能用它做米饭。如今一连下了三天雨，这是谁的力量啊？百姓说是太守，太守没有这种力量；归功于天子，天子又说不对；该归功于造物主，造物主并不认为自己有功；归结到太空，太空渺茫，不可能为亭命名。我还是自己来为我的亭子命名吧。"

[集解]

（明）茅坤："公之文好为滑稽，得之庄子副墨洛诵之说。"

（清）储欣："浅制耳。然数百年家弦耳诵文字，不可不存。"

（清）浦起龙："志不忘，是名亭主意，即是通篇命意，作者分明点出。"

凌虚台记

题解

宋仁宗嘉祐八年（1063），苏轼任凤翔府签书判官。太守陈希亮于后圃筑土台，命名"凌虚台"，请苏轼写了这篇题记。文章记叙了土台的修建和命名过程，并引古证今，抒发感慨，从人事万物变化无常的感叹中，批判了稍有所得便"夸世而自足"的作风，鼓励人们去探求真正可以永久依靠的东西。文章寓理深刻，委婉含蓄，读来耐人寻味。

台因于南山之下，宜若起居饮食与山接也。四方之山，莫高于终南，而都邑之丽山者，莫近于扶风。以至近求最高，其势必得，而太守之居，未尝知有山焉。虽非事之所以损益，而物理[①]有不当然者。此凌虚之所为筑也。

方其未筑也，太守陈公杖履逍遥于其下。见山之出于林木之上者，累累如人之旅行于墙外而见其髻也。曰："是必有异。"使工凿其前为方池，以其土筑台，高出于屋之檐而止。然后人之至于其上者，恍然不知台之高，而以为山之踊跃奋迅而出也。公曰：“是宜名凌虚。”以告其从事苏轼，而求文以为记。

［注释］

①物理：事物的道理。

［译文］

居住在南山脚下，自然饮食起居都与山接近。四面的山，没有比终南山更高的了。而城市当中靠近山的，没有比扶风城更近的了。靠山最近而要求住得最高，那么这位置必然能达到。但太守在此居住，开始还不知道附近有山。这虽然不是事情得失的原因，但是按事物的道理来讲不该这样。这就是凌虚台修筑的原因。

就在它还没有修建之前，陈太守拄着拐杖穿着布鞋在山下闲游，见到山峰高出树林之上，山峰重重叠叠的样子正如有人在墙外行走而显现的发髻的形状一样。陈太守说：“这必然有不同之处。”于是派工匠在山前开凿出一个方池，用挖出的土建造了一个高台，台子修到高出屋檐才停止。这之后有人到了台上，都恍恍惚惚不知道台的高度，以为这高台是山突然活动起伏冒出来的。陈公说：“这台叫凌虚台很合适。”他把这件事告诉了他的下属苏轼，并要求写一篇文章来记录此事。

轼复于公曰：“物之废兴成毁，不可得而知也。昔者荒草野田，霜露之所蒙翳[①]，狐虺(huǐ)[②]之所窜伏。方是时，岂知有凌虚台耶？废兴成毁，相寻于无穷，则台之复为荒草野田，皆不可知也。尝试与公登台而望，其东则秦穆之祈年、橐(tuó)泉也，其南则汉武之长杨、五柞(zhà)，而其北则隋之仁寿、唐之九成也。计其一时之盛，宏杰诡丽，坚固而不可动者，岂特百倍于台而已哉！然而数世之后，欲求其仿佛，而破瓦颓垣无复存者，既已化为禾黍荆棘丘墟陇亩矣，而况于此台欤？夫台犹不足恃以长久，而况于人事之得丧，忽往而忽来者欤？而或者欲以夸世而自足，则过矣。盖世有足恃者，而不在乎台之存亡也。”既已言于公，退而为之记。

[注释]

①翳：遮盖。②虺：古书上说的一种毒蛇。

[译文]

苏轼回复陈公说："事物的兴盛和衰败，是无法预料的。这里从前是长满荒草的野地，是被霜露覆盖的地方，狐狸和毒蛇出没的所在。在那时，哪里知道这里会有凌虚台呢？兴盛和衰败交替，无穷无尽，那么这高台会不会又变成长满荒草的野地呢？这些都是不能预料的。我曾试着和陈公一起登台而望，看到其东面就是当年秦穆公的祈年、橐泉两座宫殿遗址；其南面就是汉武帝的长杨、五柞两座宫殿遗址；其北面就是隋朝的仁寿宫，也就是唐朝的九成宫遗址。回想它们一时的兴盛，宏伟奇丽，坚固而不可动摇，何止百倍于一座高台呢！然而几百年之后，想要寻找它们的样子，却连破瓦断墙都不复存在，已经变成了种庄稼的田亩和长满荆棘的废墟了。相比之下这座高台又怎样呢？一座高台尚且不足以长久依靠，更何况人间的得失，来去匆匆没有定数。或者想要以高台夸耀于世而自我满足，那就错了。因为要是世上真有足以依仗的东西，就不会在乎台子的存亡了。"对陈公说了这些话，我回来后便为他记了下来。

[集解]

（明）茅坤："苏公往往有此一段旷达处，却于陈太守少回护。"

（明）李贽："大难为太守矣！一篇骂太守文字耳。亦好。"

李氏山房藏书记

题解

本文作于宋神宗熙宁九年（1076）。李氏，指李常，字公择，南昌军建昌（今江西南城）人，做过齐州（今山东济南）知州，是黄庭坚的舅父。李常早年力学，藏书很多，本篇是苏轼应李常之约所写的一篇藏书记。

象犀[①]珠玉怪珍之物，有悦于人之耳目，而不适于用。金石草木丝麻五谷六材[②]，有适于用，而用之则弊，取之则竭。悦于人之耳目，而适于用；用之而不弊，取之而不竭；贤不肖之所得，各因其才；仁智之所见，各随其分；才分不同，而求无不获者，惟书乎！

自孔子圣人，其学必始于观书。当是时，惟周之柱下史老聃为多书[③]。韩宣子适鲁，然后见《易象》与《鲁春秋》。季札聘于上国，然后得闻《诗》之《风》《雅》《颂》。而楚独有左史倚相，能读《三坟》《五典》《八索》《九丘》。士之生于是时，得见六经[4]者盖无几，其学可谓难矣。而皆习于礼乐，深于道德，非后世君子所及。

[注释]

①象犀：象牙、犀牛角。②六材：指干、角、筋、胶、丝、漆六种材料。③惟周之柱下史老聃为多书：老子姓李名耳，谥聃，曾任周王室的柱下守藏使，即掌管藏书的官。④六经：指《诗》《书》《礼》《乐》《易》《春秋》。

[译文]

象牙、犀牛角、珠宝、玉器之类珍贵的东西，看着它们可以让人心情愉悦，但是不适合使用。金、石、草木、丝麻、五谷、六材，适合人们日常使用，但使用就会有所损坏，而且这些材料不断使用就会越来越少。既要让人看着心情愉悦，又要适于使用；既要适于使用又要不会损坏，不会越使越少；仁者、智者都会因其天分才智的不同而各有所见；才智、天分不同，所求得不到的，只有书籍。

窗下读书

自圣人孔子开始，读书都十分刻苦。那时，老子也曾做过周王室掌管书籍的官员。韩宣子到鲁国，读到《易象》和《鲁春秋》两部书，大为感慨。季札受聘于鲁国，得以观看乐工歌唱的《诗经》中的《风》《雅》《颂》。而楚国有左史倚相，能读《三坟》《五典》《八索》《九丘》等经典，颇受君王重视。生在那时的士人，能够读到《六经》的人太少了，可见那时的学习是多么困难。他们都要学习礼乐，懂得做人的道德，这就不是后世的读书人所能相比的。

自秦汉以来，作者益众，纸与字画日趋于简便[1]，而书益多，世莫不有，然学者益以苟简[2]，何哉？余犹及见老儒先生，自言其少时，欲求《史记》《汉书》而不可得；幸而得之，皆手自书，日夜诵读，惟恐不及。近岁市人转相摹刻诸子百家之书，日传万纸，学者之于书，多且易致如此，其文辞学术，当倍蓰于昔人③，而后生科举之士，皆束书不观，游谈无根，此又何也？

余友李公择，少时读书于庐山五老峰下白石庵之僧舍。公择既去，而山中之人思之，指其所居为李氏山房。藏书凡九千余卷。公择既已涉其流，探其源，采剥其华实，而咀嚼其膏味，以为己有，发于文词，见于行事，以闻名于当世矣。而书固自如也，未尝少损。将以遗来者，供其无穷之求，而各足其才分之所当得。是以不藏于家，而藏于其故所居之僧舍。此仁者之心也！

余既衰且病，无所用于世，惟得数年之闲，尽读其所未见之书。而庐山固所愿游而不得者，盖将老焉。尽发公择之藏，拾其余弃以自补，庶有益乎！而公择求余文以为记，乃为一言，使来者知昔之君子见书之难，而今之学者有书而不读为可惜也。

［注释］

①纸与字画日趋于简便：古代无纸，秦汉以前的文字主要刻写在甲骨、青铜器、竹木条等材料上。秦汉以来，竹木简册和帛书成为主要书写材料。东汉时发明了纸，六朝隋唐时期手抄的帛书和纸书盛行，五代时起，开始发展为印本。这句说明书写的工具和材料越来越多，书籍的求得也越来越方便。②益以苟简：越发不认真。③当倍蓰于昔人：当超过前人好几倍。蓰，五倍。

［译文］

自秦汉两朝以来，作者越来越多，书写的工具和材料越来越多，非常方便，书因此也越来越多，这是以前不曾有过的情形，但读书人的态度越发不认真了，这是为什么呢？我有幸见过几位年长的儒者，说他们年轻的时候，想要读《史记》《汉书》，却总是不能如愿；一旦幸运地得到一本，都会自己抄录下来，日夜诵读不止，生怕来不及看。最近几年人们大多辗转翻印诸子百家的作品，每天能印出数万张纸。对于学者而言，得到书竟然一下子变得如此容易，那么他们的文辞和学术，当比过去的读书人高出好几倍才对。但是这些年轻的士子们，都不再看书了，言谈中没有学识根基，这又是为什么呢？

我的友人李公择，年轻的时候住在庐山五老峰下白石庵的僧舍中读书。离去后，山里的人都十分想念他，将他住过的房子称为李氏山房，里面的藏书有九千余卷。公择已经遍读这些书，领悟了其中的道理，明白了书中的精华，并将其为己所用，他的学识在文辞中尽显，行事中可见，因此闻名于世。那些书保存得很好，很少有损坏的。公择将这些藏书留下，是为了给后来之人阅读，以满足他们不同的才智天分的需求。因此他没有将书收藏在家中，而是放在以前所住的僧舍中。这是仁者博大的心胸啊！

我的身体衰弱多病，活在这世上也用处不大，希望还能有一些闲暇的岁月，读遍以前所没读过的书。庐山是我一直向往却无法成行的地方，我希望能够终老在此。读遍公择藏书中自己所没有读过的书，这该是多么好的事啊。公择请我为他的藏书写一篇文章，好让来此读书的人知道过去的士子读书的难处。而今天的士子，有书却不读，真是太可惜了。

［集解］

（明）茅坤：“题本小，而文旨特放而远之。”

超然台记

题解

本文作于宋神宗熙宁九年（1076）。当时苏轼任密州知州，修复了一座残破的楼台，其弟苏辙为之命名“超然”。苏轼便写了这篇《超然台记》，以表明超然物外、无往而不乐的思想。文章写景生动，说理透辟，语言清新自然，行文如汩汩流泉，体现了苏文洒脱自如、纵横不羁的特点。

凡物皆有可观。苟有可观，皆有可乐，非必怪奇玮丽者也。餔(bū)糟啜醨(lí)[①]皆可以醉，果蔬草木皆可以饱。推此类也，吾安往而不乐？

夫所谓求福而辞祸者，以福可喜而祸可悲也。人之所欲无穷，而物之可以足吾欲者有尽。美恶之辨战乎中，而去取之择交乎前，则可乐者常少，而可悲者常多，是谓求祸而辞福。夫求祸而辞福，岂人情也哉！物有以盖之矣。彼游于物之内，而不游于物之外。物非有大小也，自其内而观之，未有不高且大者也。彼挟其高大以临我，则我常眩乱反覆，如隙中之观斗，又焉知胜负之所在。是以美恶横生，而忧乐出焉，可不大哀乎！

[注释]

①哺糟啜醨：吃酒糟，喝薄酒。哺，吃。糟，酒糟。啜，饮。醨，薄酒。典出《楚辞·渔父》：“众人皆醉，何不哺其糟而啜其醨？”

吾安往而不乐

[译文]

凡是事物都有可观赏的地方。如有可观赏的地方，就一定有快乐，不必一定是奇险伟丽之景。吃酒糟、喝薄酒，都可以使人醉；水果蔬菜草木，都可以使人饱。类推开去，我到哪儿会不快乐呢？

人们之所以求福避祸，是因为福能带来快乐，祸会引起悲伤。人的欲望是无穷的，而能满足我们欲望的外物却是有限的。孰美孰丑，在心中争论不已，取此舍彼，又在眼前选择不停，这样可乐之处常常很少，可悲之处常常很多，这叫作求祸避福。求祸避福，难道是人之常情吗！这是外物蒙蔽人呀！他们只游心于事物的内部，而不游出于事物的外面；事物本无大小之别，如果人拘于其内部而来看待它，那么没有一物不是高大的。它以高大的形象注视着我，那么我就常常会眼花缭乱、犹豫反复了，如同在隙缝中看人争斗，又哪里能知道谁胜谁负？因此，美丑交错而生，忧乐夹杂并出，这不是很大的悲哀么！

余自钱塘移守胶西，释舟楫之安，而服车马之劳；去雕墙之美，而蔽采椽之居；背湖山之观，而行桑麻之野。始至之日，岁比不登，盗贼满野，狱讼充斥；而斋厨索然，日食杞菊，人固疑余之不乐也。处之期年，面貌加丰，发之白者日以反黑。余既乐其风俗之淳，而其吏民亦安予之拙也。于是治其园圃，洁其庭宇，伐安丘、高密之木以修补破败，为苟全之计。而园之北，因城以为台者旧矣，稍葺而新之，时相与登览，放意肆志焉。

南望马耳、常山，出没隐见，若近若远，庶几有隐君子乎？而其东则庐山，秦人卢敖之所从遁也。西望穆陵，隐然如城郭，师尚父、齐桓公之遗烈，犹有存者。北俯潍水，慨然太息，思淮阴之功，而吊其不终。

台高而安，深而明，夏凉而冬温。雨雪之朝，风月之夕，余未尝不在，客未尝不从。撷园蔬，取池鱼，酿秫（shú）酒，瀹（yuè）①脱粟而食之，曰：“乐哉游乎！”

方是时，余弟子由适在济南，闻而赋之，且名其台曰“超然”。以见余之无所往而不乐者，盖游于物之外也。

[注释]

①瀹：煮。

[译文]

我从钱塘调任到胶西来做知州，舍去坐船的安逸，而承受坐车骑马的劳累；放弃墙壁雕绘美丽图案的住宅，而蔽身在粗木造的居室里；离开了湖山的景观，而行走在种植桑麻的野地里。刚到之时，连年收成不好，盗贼到处都有，案件也数不胜数；厨房内空空如也，每天只吃枸杞和菊花，人们一定都怀疑我会不快乐。过了一年，我面腴体丰，原来头发白的地方也一天天变黑了。我喜欢这里的淳厚风俗，而这里的官吏百姓也习惯于我的笨拙质朴。因此，我在这里修整花园菜圃，打扫干净庭院屋宇，砍伐安丘、高密县的树木来修补破败之处，作为苟且求安的法子。在园子的北面，靠着城墙而造的台已经很旧了，我稍稍修葺使它焕然一新，常常与众人一起登台观赏。我在这里得以放开心意，尽展情志。

从台上向南望去，是马耳山、常山，它们忽出忽没，时隐时现，若近若远，也许有隐士住在那里吧？而东面是庐山，秦人卢敖就是在那里隐遁的。向西望去是穆陵关，高高的如同城郭一般，姜太公、齐桓公的遗风尚有留存。向北俯视潍水，不禁慨叹万分，想起了淮阴侯韩信的赫赫战功，又哀叹他不得善终。

这台高大而又平稳，进深而又明亮，夏凉冬暖。雨雪纷飞的早晨，风清月明的夜晚，我没有不在那里的时候，客人们没有不跟从我的。采摘园子里的蔬菜，钓取池塘里的游鱼，酿米酒，煮糙米，大家吃喝着，说道：“游玩真痛快啊！”

当时，我的弟弟子由恰在济南，听说了这件事，写了一篇赋，并且把这台命名为“超然”，以此说明我到哪儿都快乐的原因，在于我的心能超出于事物之外啊！

[集解]

（明）唐顺之：“前发超然之意，后段叙事解意，兼叙事格。”

（明）茅坤：“子瞻本色。与《凌虚台记》并本之庄生。”

放鹤亭记

题解

本文约作于宋神宗熙宁十年（1077）至元丰六年（1083）之间。当时苏轼在徐州做知州，友人张天骥（名师厚），别号云龙山人，在彭城（今江苏徐州）建了一座亭，亭中养有二鹤，早上放出去，晚上又会飞回来，苏轼常与朋友在亭中饮酒赏玩，因有所悟，故作了一篇《放鹤亭记》。这篇文章气势纵横，自然清畅，通过引古证今，歌颂了隐逸者的乐趣，寄寓了自己政治失意时向往清远闲放的情怀。文章写景精约，特征突出；叙事简明，清晰有致；用活泼的对答歌咏方式抒情达意，显得轻松自由，读来饶有兴味。

熙宁十年秋，彭城大水，云龙山人张君之草堂，水及其半扉①。明年春，水落，迁于故居之东，东山之麓。升高而望，得异境焉，作亭于其上。彭城之山，冈岭四合，隐然如大环，独缺其西一面，而山人之亭适②当其缺。春夏之交，草木际天；秋冬雪月，千里一色；风雨晦明之间，俯仰百变。山人有二鹤，甚驯而善飞。旦则望西山之缺而放焉，纵其所如。或立于陂③田，或翔于云表。暮则傃(sù)④东山而归。故名之曰“放鹤亭”。

［注释］

①扉：门。②适：恰好。③陂：水边。④傃：向，沿着。

［译文］

熙宁十年秋，彭城发洪水。云龙山人张天骥的草屋深受其害，洪水漫上他家大门的一半。第二年春天，洪水退去，山人搬家到原来住的东面，在东山脚下。山人登高眺望，找到了一块奇异的地方，就在上面造了一座亭子。彭城的山，冈岭四面围拢，隐约像个大环，只缺它的正西一面，山人的亭子刚巧对准那个缺口。春夏两季交替的时候，草木茂盛，似乎接近天空；秋日的月色和冬天的飘雪，使广阔的大地看上去一片洁白；在刮风、下雨、阴暗、晴朗的天气之间，景色瞬息万变。山人有两只鹤，很驯服，而且很会飞。早晨，山人就望着西山的缺口把它们放出去，听任它们飞到什么地方。它们有时站在池塘边、田野里，有时飞翔到云层的上面。傍晚，它们就向着东山飞回来。所以山人给亭子起名叫“放鹤亭”。

郡守苏轼，时从宾客僚吏往见山人，饮酒于斯亭而乐之，揖[①]山人而告之曰："子知隐居之乐乎？虽南面之君，未可与易也。《易》曰：'鸣鹤在阴，其子和之。'《诗》曰：'鹤鸣于九皋，声闻于天。'盖其为物清远闲放，超然于尘埃之外，故《易》《诗》人以比贤人君子隐德之士。狎[②]而玩之，宜若有益而无损者；然卫懿公好鹤则亡其国。周公作《酒诰》，卫武公作《抑戒》，以为荒惑败乱，无若酒者；而刘伶、阮籍之徒，以此全其真而名后世。嗟夫！南面之君，虽清远闲放如鹤者，犹不得好；好之则亡其国。而山林遁世之士，虽荒惑败乱如酒者，犹不能为害，而况于鹤乎？由此观之，其为乐未可以同日而语也。"

[注释]

①揖：拉。②狎：亲近而态度不庄重。

[译文]

郡守苏轼时常带着友人和下属去看望山人，在这座亭子上喝酒，感到很快乐，苏轼斟了杯酒给山人喝，并且告诉他说："您知道隐居的快乐吗？即使是朝南坐的君主，也不能跟他交换。《易经》上说：'鹤在山上的北面叫，它的孩子雏鹤便会应和它。'《诗经》上说：'鹤在低洼的地方叫，声音一直传到天上。'这是因为作为鸟类，鹤的品格清高、深沉、安静，超出尘世之外，所以《易经》和《诗经》的作者把它比作明智的人、有才能的人和身怀高尚品德的人。跟它亲昵，跟它玩耍，好像是有利而无害的。然而，卫懿公爱好鹤，就丧失了自己的国家。周公作《酒诰》，卫武公作《抑戒》，都认为荒废事业、迷惑性情、败坏和搅乱国家的，没有什么像酒那样严重的了；可是刘伶、阮籍这班人却因此保全了自身，而且名声传到后代。唉！朝南坐的君主，即使是面对像鹤那样清高、深沉、安静、自在的事物，还不能爱好它；如果爱好它，就会丧失自己的国家。然而，在山林间逃避世俗的人，即使是面对像酒那样荒废事业、迷惑性情、败坏和搅乱国家的东西，爱好它也不能成为祸害，何况爱好鹤呢？从这一点看来，国君和隐士的快乐是不可以放在一起讲的。"

山人欣然而笑曰："有是哉？"乃作放鹤招鹤之歌曰："鹤飞去兮，西山之缺。高翔而下览兮，择所适。翻然敛翼，婉将集兮，忽何所见，矫然而复击。独终日于涧谷之间兮，啄苍苔[①]而履白石。鹤归来兮，东山之阴。其下有人兮，黄冠草履葛衣而鼓琴。躬耕而食兮，其余以汝饱。归来归来兮，西山不可以久留。”

［注释］

①苍苔：青苔。

［译文］

山人听了我的话，高兴地微笑着说：“有这样的道理吗？”于是，我作放鹤和招鹤的歌，说：“鹤飞去呀，望着西山的缺口。在高空飞翔，向下面观察，选择它们认为应该去的地方。很快地回过身体，收起翅膀，似乎打算飞下来休息。忽然看到什么东西，又昂首飞向天空，准备再作奋然一击。怎么能整天徘徊在溪涧、山谷之间，嘴啄青苔，脚踏白石。鹤归来了，在东山的北面。那下边有个人，头戴道帽，足蹬草鞋，身穿葛衣，正在坐着弹琴。他亲自种田过活，把那剩余的粮食喂你。归来吧！归来吧！西山不能够长久停留。”

［集解］

（明）茅坤：“疏旷爽然，特少沉深之思。”

（清）储欣：“清音幽韵，序亦不烦。”

日　喻

题解

本篇是宋神宗元丰元年（1078），苏轼任徐州知州时所作，是一篇善于用形象比喻的议论文。

生而眇[①]者不识日，问之有目者。或告之曰：“日之状如铜盘。”扣盘而得其声，他日闻钟，以为日也。或告之曰：“日之光如烛。”扪烛而得其形。他日揣籥（yuè）[②]，以为日也。

日之与钟、籥亦远矣，而眇者不知其异，以其未尝见而求之人也。道之难见也甚于日，而人之未达也，无以异于眇。达者告之，虽有巧譬善导，亦无以过于盘与烛也。自盘而之钟，自烛而之籥，转而相之，岂有既[③]乎？故世之言道者，或即其所见而名之，或莫之见而意之，皆求道之过也。然则道卒不可求欤？苏子曰：“道可致而不可求。”何谓致？孙武曰："善战者致人，不致于人。"子夏[4]曰："百工居肆，以成其事，君子学以致其道。"莫之求而自至，斯以为致也欤！

[注释]

①眇：瞎一只眼，这里泛指双目失明。②揣籥：摸着一支笛状的管乐器。③既：尽。④子夏：孔子的弟子，名卜商。

[译文]

一出生就双目失明的人不认识太阳，问看得见的人太阳是什么样子。有的人告诉他说："太阳的样子像铜盘。"这个失明的人敲铜盘听到了它的声音，一天听到钟声，就把发出声音的钟当作了太阳。有的人告诉他说："太阳的光像蜡烛。"失明的人用手摸蜡烛，晓得了它的形状。一天，他摸到一支形状像蜡烛的乐器，就把它当作了太阳。

太阳和钟、管乐器的差别太大了，但是天生双目失明的人却不知道它们之间有很大的差别，因为他不曾亲眼看见，而是向他人求得关于太阳的知识。抽象的道理很难被认识，这一点比太阳难认识的情况更加严重；人们不通晓抽象的道理的情况，跟生来就不认识太阳的盲人没有什么不同。通晓的人告诉他，即使有巧妙的比喻和很好的启发诱导，也无法使这些比喻或教法比用铜盘和用蜡烛来说明太阳的比喻或教法好。从用铜盘比喻太阳到把铜钟当作太阳，从把铜钟当作太阳而到把乐器当作太阳，像这样辗转连续地推导，难道还有个完吗？所以人世上大谈"道"的人，有的就他自己的理解来阐明它，有的没有理解它却主观猜度它，这都是研求"道"的弊病。既然如此，那么这个"道"最终不可能求得吗？苏轼说："道能够通过自己的虚心学习，循序渐进使其自然来到，但不能不学而强求它。"那么什么叫作自然来到呢？孙武说："会作战的将军能调动敌人，而不被敌人所调动，不使自己处于被动的境地。"子夏说："各行各业的手艺人坐在店铺作坊里，完成他们制造和出售产品的业务，有才德的人刻苦学习，来使那道自然到来。"不是强求它而是使它自己到来，这就是"致"啊！

观日

南方多没人①，日与水居也，七岁而能涉，十岁而能浮，十五而能浮没矣。夫没者岂苟然哉？必将有得于水之道者。日与水居，则十五而得其道；生不识水，则虽壮，见舟而畏之。故北方之勇者，问于没人，而求其所以没，以其言试之河，未有不溺者也。故凡不学而务求道，皆北方之学没者也。

昔者以声律取士，士杂学而不志于道；今者以经术取士，士求道而不务学。渤海②吴君彦律③，有志于学者也，方求举于礼部④，作《日喻》以告之。

［注释］

①没人：潜水的人。②渤海：宋代的滨州别名渤海郡，即今山东滨州。③吴君彦律：吴彦律，名管，时任徐州监酒正字。④方求举于礼部：正要到京城接受由礼部主管的进士考试。据《乌台诗案》载："元丰元年，轼知徐州。十月十三日，在本州监酒正字吴琯锁厅得解，赴省试。轼作文一篇，名为《日喻》，以讥讽近日科场之士，但务求进，不务积学，故皆空言而无所得。以讥讽朝廷更改科场新法不便也。"

［译文］

南方有很多会潜水的人，他们天天都生活在水边，七岁就能蹚水过河，十岁就能浮在水面游泳，十五岁就能潜入水里了。潜水的人能长时间潜入水里，哪里是马虎草率而能这样的呢？一定是对水的活动规律有所领悟才能做到。天天生活在水边，那么十五岁就能掌握它的规律；生来不识水性，那么即使到了壮年，见到了船也会害怕。所以北方的勇士，向南方会潜水的人询问来求得他们能潜入水里的技术，按照他们说的技术到河里试验，没有不淹死的。所以凡是不老老实实刻苦学习而专力求道的，都会像北方学潜水的人一样。

从前以讲究声律的诗赋择取人才，所以读书人学习儒家、墨家还兼及名家、法家，而不是立志在求儒家之道；现在以经学择取人才，所以读书人只知道强求义理，而不是踏踏实实地学习。渤海人吴彦律，是有志对经学作实实在在研究的人，正要到京城接受由礼部主管的进士考试，我因此作《日喻》来勉励他。

［集解］

（明）陆贞山："此明学道也。起语设问日者，说明道不可过求；后设学没水一段话，明道不可不学。有据之论。"

（明）茅坤："公之以文点化人，如佛家参禅妙解。"

文与可画筼筜谷偃竹记

题解

筼筜谷，在陕西洋县西北，谷中多竹。宋神宗熙宁八年（1075），文同任洋州知州，曾在此谷中筑亭。文同，字与可，梓潼（今四川梓潼）人，苏轼的表兄兼好友，北宋著名画家，长于画竹，曾画《筼筜谷偃竹》赠苏轼。元丰二年（1079）正月，文与可病逝。七月，苏轼在湖州曝晒书画，看到文与可的这幅遗作，写了这篇题记。

竹之始生，一寸之萌[①]耳，而节叶具焉。自蜩腹蛇蚹(fú)[②]以至于剑拔十寻者，生而有之也。今画者乃节节而为之，叶叶而累之，岂复有竹乎？故画竹必先得成竹于胸中，执笔熟视，乃见其所欲画者，急起从之，振笔直遂[③]。以追其所见，如兔起鹘落，少纵则逝矣。与可之教予如此。予不能然也，而心识其所以然。夫既心识其所以然而不能然者，内外不一，心手不相应，不学之过也。故凡有见于中而操之不熟者，平居自视了然，而临事忽焉丧之，岂独竹乎。子由为《墨竹赋》以遗与可曰："庖丁[④]，解牛者也，而养生者取之；轮扁，斫轮者也[⑤]，而读书者与之。今夫夫子之托于斯竹也，而予以为有道者则非邪？"子由未尝画也，故得其意而已。若予者，岂独得其意，并得其法？

[注释]

①萌：嫩芽。②蜩腹蛇蚹：蝉的肚皮、蛇腹下的横鳞。③遂：完成。④庖丁：古代著名厨师。《庄子·养生主》载：庖丁解牛的技艺高妙，因为他能洞悉牛的骨骼肌理，运刀自如，十九年解了数千只牛，其刀刃还同新磨的一样，毫无损伤。文惠君听了庖丁的介绍后，说："善哉！吾闻庖丁之言，得养生焉。"⑤轮扁，斫轮者也：轮扁，砍削轮子的人。《庄子·天道》载：桓公在堂上读书，轮扁在堂下斫轮，轮扁停下工具，说桓公所读的书都是古人的糟粕，桓公责问其由。轮扁说自己斫轮"不徐不疾，得之于手而应于心，口不能言，有数存焉于其间"。自己技艺虽高，却无法用口传授给别人。

［译文］

竹子刚开始生长的时候，只是一寸长的嫩芽，竹节和叶子都有了。竹子开始拔节生长的时候，笋壳逐渐脱落，好像蝉的肚皮和蛇腹下的鳞片，竹子长得很快，越长越高，这都是自然生成的。如今画竹子的人是一节一节地画，然后逐渐加画叶子，这还怎么能够看见竹子呢？因此画竹子一定要在心中先有竹子的形态，拿起笔就能看出竹子的形态，看清了，很快就能开始画，挥笔落纸，一气呵成。要想捕捉他画竹的笔法，就好似看兔子飞跑，看鹰降落一般，一不注意便错过了。文与可就是这样教我的。我虽然不能照他教的作画，但心里明白这个作画的方法。心里明白却画不出来，心里所想与手中之笔无法相应，这是没有认真练习的缘故。因此，凡是平时认为自己了解一切，却不勤于练习的，自以为掌握了一项技能，可事到临头便无法实行，这不单单是画竹才出现的问题。子由将《墨竹赋》送给文与可说："庖丁，职责是解剖牛，但他的经验被养生者所取；轮扁，工作是砍削轮子，但他的见解被读书人所赞许。现在您借画竹来寄托这番道理，我认为您是一位深晓规律的人，难道不是吗？"子由从来没画过画，因而只是领悟了其中的道理。而我，怎么能够只懂得其中的道理，而不去学会这种方法呢？

与可画竹，初不自贵重，四方之人持缣(jiān)素[①]而请者，足相蹑于其门。与可厌之，投诸地而骂曰："吾将以为袜材。"士大夫传之，以为口实。及与可自洋州还，而余为徐州。与可以书遗余曰："近语士大夫，吾墨竹一派[②]，近在彭城，可往求之。袜材当萃于子矣[③]。"书尾复写一诗，其略曰："拟将一段鹅溪[④]绢，扫取寒梢万尺长。"予谓与可："竹长万尺，当用绢二百五十匹，知公倦于笔砚，愿得此绢而已。"与可无以答，则曰："吾言妄矣。世岂有万尺竹哉？"余因而实之，答其诗曰："世间亦有千寻竹，月落庭空影许长。"与可笑曰："苏子辩则辩矣，然二百五十匹绢，吾将买田而归老焉。"因以所画筼筜(yún dāng)谷偃竹遗予曰："此竹数尺耳，而有万尺之势。"筼筜谷在洋州，与可尝令予作洋州三十咏，《筼筜谷》其一也。予诗云："汉川修竹贱如蓬，斤斧何曾赦箨(tuò)龙[⑤]？料得清贫馋太守，渭滨千亩在胸中。"与可是日与其妻游谷中，烧笋晚食，发函得诗，失笑喷饭满案。

元丰二年正月二十日，与可没于陈州[⑥]。是岁七月七日，予在湖州[⑦]曝书画，见此竹，废卷而哭失声。昔曹孟德《祭桥公文》，有车过、腹痛之语[⑧]。而予亦载与可畴昔戏笑之言者，以见与可于予亲厚无间如此也。

[注释]

①缣素：供书画用的白色细绢。②墨竹一派：善画墨竹的人，指苏轼。③袜材当萃于子矣：谓求画的细绢当聚集到你处。④鹅溪：在今四川盐亭县西北，附近产名绢，称鹅溪绢，宋人多用以作书画材料。⑤箨龙：指竹笋。⑥陈州：治所在今河南淮阳。⑦湖州：今浙江吴兴，当时苏轼任湖州知州。⑧昔曹孟德《祭桥公文》，有车过、腹痛之语：建安七年，曹操军过浚仪，遣使以太牢祀旧友桥玄。祀文说："承从容约誓之言：'殂逝之后，路有经由，不以斗酒只鸡过相沃酹，车过三步，腹痛勿怪。'虽临时戏笑之言，非至亲之笃好，胡肯为此辞乎？"苏轼以此典比喻自己与文与可的情谊笃厚。

[译文]

文与可画竹子，起初并不认为这画有多贵重，四面八方的人抱着白色的细绢来求画，人多得在门口都互相踩脚。文与可很是厌烦，把白绢扔在地上骂道："这些绢不过是做袜子的材料。"士大夫们口口相传，一时成为笑话。文与可洋州任满之时，我恰好出任徐州知州。文与可给我写信说道："我最近告诉那些求画的士大夫们，有善画墨竹的人，就在徐州，可以去向他求画。求画的细绢不久就要汇集到你那里了。"信的后面还写了一首诗，大意是说："想用一段名贵的鹅溪绢，用来作画竹子的材料，绘画出长长的竹子。"我对文与可说："竹子长万尺，应当使用二百五十匹绢来作画，知道你懒得作画，只是想要这二百五十匹绢而已。"文与可无法回答，只得说："你说胡话呢。这世上哪里去找一万尺长的竹子呢？"我因此举例证实，这世上有万尺竹的可能，作诗答复他说："世间若有千尺高的竹子，月下投影在庭院中，说不定就有万尺了。"文与可笑着说："苏轼真是狡辩啊，如果得到这二百五十匹绢，我就可以买田归隐了。"因此，文与可将他所画的筼筜谷的竹子送给我，说："这些竹子只高几尺而已，但有长到万尺的可能。"筼筜谷在洋州，文与可曾经让我写洋州三十咏，《筼筜谷》是这三十首之一。我在

竹

诗中写道："汉川修长的竹子多且散乱，刀斧怎么能够砍得光呢？想必是清贫的生活让太守无法生存，把这千亩竹笋都吞没了。"文与可那天正与妻子在谷中游玩，烧笋做晚饭，打开信封读了这首诗，笑得将饭喷了一桌子。

元丰二年(1079)正月二十日，文与可在陈州去世了。这年七月七日，我在湖州曝晒书画，见到他画的这幅竹子，不禁失声痛哭。以前曹操祭桥玄，祭文中有戏谑之语。我这篇文章中也记载了与文与可往昔的欢笑言谈，以此表露我们之间笃厚的情谊罢了。

[集解]

（明）茅坤："中多诙谐之言，而论画竹入解。"

三槐堂铭

题解

此文是宋神宗元丰二年（1079）苏轼在湖州任上为学生王巩家中的"三槐堂"题写的铭词。三槐堂是北宋初年兵部侍郎王佑家中的厅堂，因手植三棵槐树于庭院而得名（古代传说，三棵槐树象征朝廷官吏中职位最高的三公）。王巩是王旦（宋真宗时任宰相）的孙子，北宋诗人，授太常博士，任宗正丞，与苏轼既是师生又是朋友。王巩的家在汴京东郊，苏轼在京期间曾去访问过王巩之父王素（官至工部尚书）。苏轼在徐州期间，王巩曾与他一起郊游吟诗。苏轼来湖州上任，王巩也赶来相会，并请为自家三槐堂题铭。苏轼便应邀撰写《三槐堂铭》。

天可必乎？贤者不必贵，仁者不必寿，天不可必乎？仁者必有后。二者将安取衷哉？吾闻之申包胥[①]曰："人众者胜天，天定亦能胜人。"世之论天者，皆不待其定而求之，故以天为茫茫。善者以怠，恶者以肆。盗跖之寿，孔颜之厄，此皆天之未定者也。松柏生于山林，其始也困于蓬蒿，厄于牛羊，而其终也，贯四时阅千岁而不改者，其天定也。善恶之报，至于子孙，而其定也久矣。吾以所见所闻考之，而其可必也审矣。

国之将兴，必有世德之臣，厚施而不食其报，然后其子孙能与守文太平之主共天下之福。故兵部侍郎晋国王公显于汉周之际，历事太祖、太宗，文武忠孝，天下望以为相，而公卒以直道不容于时。盖尝手植三槐于庭，曰："吾子孙必有为三公者。"已而，其子魏国文正公相真宗皇帝于景德、祥符之间，朝廷清明、天下无事之时，享其福禄荣名者十有八年。

[注释]

①申包胥：春秋时楚国大夫，名包胥，封于申，故名申包胥。

[译文]

上天一定会展现其意愿吗？但为什么贤德的人不一定富贵，仁爱的人不一定长寿呢，难道上天不一定会展现其意愿吗？但行善仁爱之人一定有好的后代。这两种说法哪一种是对的呢？我听申包胥曾经说过："人为的因素可以改变天命，天命胜于人为因素。"世上议论天道的人，都不等上天的意愿完全表现出来就去责求，因此认为天是茫茫无知的。善良的人因此而懈怠，邪恶的人因此而放肆。盗跖可以长寿，孔子、颜回却遭受困厄，这都是上天还没有表现出真实意愿的缘故。松柏生长在山林之中，起初被蓬蒿围困，遭牛羊践踏，但最终还是四季常青，经千年而不凋零，这就是上天赐予它的天性。关于对人的善恶报应，有的要一直到子孙后代那里才能表现出来，这也是上天确定已久的。我根据所见所闻来验证，上天的意愿一定会展现，这是明白无疑的。

国家将要兴盛时，必定有世代积德的大臣，做了很大的好事而没有得到福报，但此后他的子孙能够与遵循先王法度的太平君主，共享天下的福禄。已故的兵部侍郎晋国公王佑，显赫于后汉、后周之间，先后在太祖、太宗两朝任职，文武忠孝，天下的人都期盼他能出任宰相，然而王佑由于正直不阿，不为当世所容。他曾亲手在庭院里种植了三棵槐树，说："我的后世子孙将来一定有位列三公者。"后来他的儿子魏国文正公，在真宗皇帝景德、祥符年间做了宰相，当时朝廷政治清明，天下太平，他享有福禄荣耀十八年。

今夫寓物于人，明日而取之，有得有否。而晋公修德于身，责报于天，取必于数十年之后。如持左契，交手相付。吾是以知天之果可必也。吾不及见魏公，而见其子懿敏公，以直谏事仁宗皇帝，出入侍从将帅三十余年，位不满其德。天将复兴王氏也欤？何其子孙之多贤也？世有以晋公比李栖筠（yún）①者，其雄才直气，真不相上下。而栖筠之子吉甫，其孙德裕，功名富贵，略与王氏等，而忠恕仁厚，不及魏公父子。由此观之，王氏之福盖未艾也！懿敏公之子巩与吾游，好德而文，以世其家，吾是以录之。铭曰：

“呜呼休哉！魏公之业，与槐俱萌。封植之勤，必世乃成。既相真守，四方砥平，归视其家，槐荫满庭。吾侪小人，朝不及夕，相时射利，皇恤厥德？庶几侥幸，不种而获。不有君子，其何能国？王城之东，晋公所庐，郁郁三槐，惟德之符。呜呼休哉！”

[注释]

①李栖筠：字贞一，“安史之乱”时，肃宗驻灵武，李栖筠选精兵七千护驾，后被肃宗擢为殿中侍御史。当时关中一带靠白渠、郑渠灌溉，有豪强者堵截上游，设置水磨，夺去农用水量十分之七。李栖筠请旨，全部拆除。因受宰相元载忌妒，出为常州刺史。李栖筠在当地指挥百姓开渠引水，捕获盗贼，兴办学堂，倡行教化。但终因受元载压制，忧郁而卒。赐吏部尚书，谥文献。

[译文]

现在如果把东西寄存在别人处，第二天就去取，可能得到，也可能得不到了。但晋国公王佑自身修养德行，以求上天的福报，在几十年之后，得到了必然的回报。如同手持契约，亲手交接一样。我因此知道上天的意愿一定会展现的。我没来得及见到魏国公，却见到了他的儿子懿敏公，他事奉仁宗皇帝时直言敢谏，出外带兵、入内侍从三十多年，这种爵位还不足以和他的德行相称。上天将再一次使王氏兴盛吗？为什么他的子孙有这么多的贤人呢？世上有的人把晋国公与李栖筠相比，他们两人的雄才大略、正直气节，确实不相上下。而李栖筠的儿子李吉甫，孙子李德裕，享有的功名富贵和王氏也差不多，但忠恕仁厚不如魏公父子。由此可见，王氏的福分正旺盛不衰啊！懿敏公的儿子王巩，跟我交游，他崇尚道德而又善诗文，以此继承了他的家风，我因此把他记了下来。铭曰：

“啊，多么美好啊！魏公的家业，跟槐树一起萌兴。辛劳的培植，一定要经过一代才能长成。他辅佐真宗，天下太平，回乡探家，槐荫笼庭。我辈小人，一天从早到晚，只知窥察时机求取名利，哪有空闲修养自己的德行？只希望有意外的侥幸，不种植就能收获。如果没有君子，国家又怎能成为一个国家？京城的东面，是晋国公的住所，郁郁葱葱的三棵槐树，象征着王家的仁德。啊，多么美好啊！”

前赤壁赋

题解

宋神宗元丰二年（1079），苏轼被贬到黄州（今湖北黄冈）任团练副使。三年后，再游黄州城外的赤壁（亦名赤鼻矶），联想到周瑜大破曹操的赤壁（今湖北蒲圻），一时兴之所至，写下一词两赋。后人习惯称前赋为《赤壁赋》或《前赤壁赋》，后赋为《后赤壁赋》。

壬戌之秋，七月既望，苏子与客泛舟游于赤壁之下。清风徐来，水波不兴。举酒属[①]客，诵明月之诗，歌窈窕之章。少焉，月出于东山之上，徘徊于斗牛之间。白露横江，水光接天。纵一苇之所如，凌万顷之茫然。浩浩乎如冯虚御风，而不知其所止；飘飘乎如遗世独立，羽化而登仙。

于是饮酒乐甚，扣舷而歌之。歌曰："桂棹兮兰桨，击空明兮溯流光。渺渺兮予怀，望美人兮天一方。"客有吹洞箫者，倚歌而和之。其声呜呜然，如怨如慕，如泣如诉。余音袅袅，不绝如缕。舞幽壑之潜蛟，泣孤舟之嫠（lí）妇[②]。

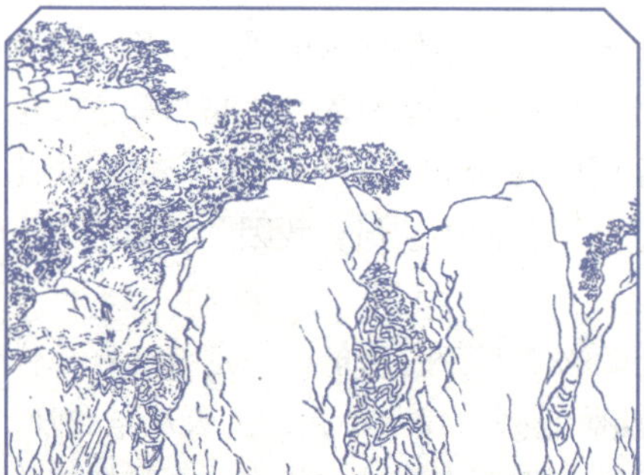

赤 壁

[注释]

①属：劝酒。②嫠妇：寡妇。

[译文]

壬戌年的秋天，七月十六日，我和客人荡着船，在赤壁下游览。清风缓缓吹来，水面波浪不兴。我举起酒杯，劝客人同饮，朗诵"明月"的诗篇，吟唱"窈窕"一章。一会儿，月亮从东边山上升起，徘徊在斗宿和牛宿之间。白茫茫的雾气笼罩江面，水面浮光远接天边。我们任凭小船儿随意漂流，越过那茫茫无边的江面。江水浩浩荡荡，船儿像要凌空驾风而飞去，却不知道将停留到什么地方；飘飘然，又像脱离尘世，超然独立，变成神仙，飞升仙界。

这时候，喝着酒，心里快乐极了，就边敲着船舷边唱起歌来。唱道：“桂木做的桌啊兰木做的桨，划破月光下澄明的水波啊，在月光浮动的江面逆流而上。我的情思啊悠远茫茫，眺望心中的美人啊，她却在天边遥远的那一方。”客人中有会吹洞箫的，按着歌曲的声调和节拍吹箫伴奏。那箫声呜咽，像哀怨，像思慕，像抽泣，像低诉。吹完后，余音悠长，像细长的丝缕延绵不断。这声音，能使深渊里潜藏的蛟龙起舞，使孤独小船上的寡妇悲泣。

苏子愀然，正襟危坐而问客曰：“何为其然也？”客曰：“‘月明星稀，乌鹊南飞’，此非曹孟德之诗乎？西望夏口，东望武昌，山川相缪，郁乎苍苍，此非孟德之困于周郎者乎？方其破荆州，下江陵，顺流而东也，舳舻千里，旌旗蔽空，酾(shī)酒临江，横槊(shuò)赋诗，固一世之雄也，而今安在哉？况吾与子渔樵于江渚之上，侣鱼虾而友麋鹿，驾一叶之扁舟，举匏(páo)樽[①]以相属。寄蜉蝣于天地，渺沧海之一粟。哀吾生之须臾，羡长江之无穷。挟飞仙以遨游，抱明月而长终。知不可乎骤得，托遗响于悲风。”

苏子曰：“客亦知夫水与月乎？逝者如斯，而未尝往也；盈虚者如彼，而卒莫消长也。盖将自其变者而观之，则天地曾不能以一瞬；自其不变者而观之，则物与我皆无尽也，而又何羡乎！且夫天地之间，物各有主，苟非吾之所有，虽一毫而莫取。惟江上之清风，与山间之明月，耳得之而为声，目遇之而成色，取之无禁，用之不竭，是造物者之无尽藏也，而吾与子之所共适。”

客喜而笑，洗盏更酌。肴核既尽，杯盘狼藉。相与枕藉乎舟中，不知东方之既白。

[注释]

①匏樽：也作“匏尊”，一种酒具。

[译文]

我有些忧伤，理好衣襟端正地坐着，问那客人说：“那箫声为什么这样悲凉呢？”

客人回答说："'月明星稀，乌鸦南飞'，这不是曹孟德的诗句吗？向西可望见夏口，向东可望见武昌，这儿山水环绕，草木茂盛苍翠，这不就是曹操被周瑜打败的地方吗？当他占取荆州，攻下江陵，顺江东下的时候，战船连接千里，旌旗遮蔽天空，临江饮酒，横握长矛吟诗，本是一代盖世英雄，可如今在哪里呢？何况我和你在江中的小洲上捕鱼打柴，以鱼虾为伴侣，以麋鹿为朋友，驾着一只小船，举酒互相劝饮。把蜉蝣一般短暂的生命寄托在天地之间，渺小得像大海里的一粒小米。哀叹我们生命的短促，羡慕长江的无穷无尽。愿与神仙相伴来遨游太空，同明月一道永世长存。我知道这种愿望是不能多得的，只好把这种无可奈何的心情通过箫声寄托在悲凉的秋风中。"

我对客人说："你也知道那江水和明月的道理吗？江水总是像这样不断地滚滚东流，但始终不曾流走；月亮不断地那样时圆时缺，但它最终并没有消损或增长。要是从那变化的方面来看，那么天地间的万事万物，连一眨眼的时间都不曾保持过原状；从那不变的方面来看，那么事物和我们本身都是永恒的，没有尽头，这样，我们又羡慕什么呢！再说那天地之间，万物各有自己的主宰者，如果不是我应有的东西，即使是一丝一毫也不拿取。只有江上的清风和山间的明月，耳朵听它，听到的便是声音，眼睛看它，看到的便是色彩，取得它没有人禁止，享用它没有穷尽，这是大自然的无穷宝藏，也是我和你可以共同享受的。"

客人高兴地笑了，洗净酒杯重新斟酒。菜肴果品都已吃完，杯子盘子杂乱一片。大家互相枕着靠着睡在船上，不知不觉东方已经露出白色的曙光。

［集解］

（清）方苞："所见无绝殊者，而文境邈不可攀，良由身闲地旷，胸无杂物，触处流露，斟酌饱满，不知其所以然而然。岂惟他人不能模仿，即使子瞻更为之，亦不能如此适调而畅遂也。"

后赤壁赋

题解

本篇是《前赤壁赋》的继续。作者在文中所抒发的思想感情与前篇毫无二致，但是笔墨尽不相同。写景方面，前篇字字秋色，本篇句句冬景，与前篇幽静安谧的情景恰成鲜明的对照。鲜明地反映出不同季节山水面貌的变化，勾勒了两幅截然有别的江山景色图。叙事方面，前篇是即事而叙，简洁明了；本篇则对于客、酒、肴进行详述，写得别有情味。抒情方面，前篇由乐而悲而解脱，过程起伏，但直抒多于想象，作者的观点表达得完整而且显露；本篇则从飞鹤探舟而西展开想象，将鹤与道士合而为一，完全是幻觉和梦境的描述，涂上了一层神秘的色彩。这种虚无消极的思想当然不足为训，但是在写作方法上告诉我们，只有从不同的角度去表现不同的情景，同一主题的文章才能各具特色。以上有别于前篇的各点，正是本篇的艺术成就所在。

是岁①十月之望，步自雪堂，将归于临皋②。二客从予过黄泥之坂。霜露既降，木叶尽脱。人影在地，仰见明月，顾而乐之，行歌相答。

已而叹曰："有客无酒，有酒无肴。月白风清，如此良夜何？"客曰："今者薄暮，举网得鱼，巨口细鳞，状如松江之鲈。顾③安所得酒乎？"归而谋诸妇④。妇曰："我有斗酒，藏之久矣，以待子不时之需。"

[注释]

①是岁：这一年。②临皋：亭名。苏轼初到黄州时，寓居定惠院，后移居临皋亭。③顾：但是。④归而谋诸妇：回家跟妻子商量。妇，指妻子。

[译文]

这一年十月十五日，我从雪堂出发，准备回临皋亭。有两位客人跟随着我，一起走过黄泥坂。这时霜露已经降下，树叶全都脱落。我们的身影倒映在地上，抬头望见明月高悬，四下里瞧瞧，心里十分快乐，于是一面走一面吟诗，相互酬答。

过了一会儿，我叹惜地说："有客人却没有酒，有酒却没有菜。月色皎洁，清风吹拂，这样美好的夜晚，我们怎么度过呢？"一位客人说："今天傍晚，我撒网捕到了鱼，大嘴巴，细鳞片，形状就像吴淞江的鲈鱼。不过，到哪里去弄酒呢？"我回家和妻子商量，妻子说："我有一斗酒，保藏了很久，为了应付您突然的需要。"

于是携酒与鱼，复游于赤壁之下。江流有声，断岸千尺；山高月小，水落石出。曾日月之几何，而江山不可复识矣！予乃摄衣而上，履巉(chán)岩，披蒙茸，踞虎豹，登虬龙①，攀栖鹘之危巢，俯冯夷②之幽宫。盖二客不能从焉。划然长啸，草木震动，山鸣谷应，风起水涌。予亦悄然而悲，肃然而恐，凛乎其不可留也。反而登舟，放乎中流，听其所止而休焉。

时夜将半，四顾寂寥。适有孤鹤，横江东来，翅如车轮，玄裳缟衣③，戛然长鸣，掠予舟而西也。

须臾客去，予亦就睡。梦一道士，羽衣蹁跹(piánxiān)，过临皋之下，揖予而言曰："赤壁之游乐乎？"问其姓名，俯而不答。"呜呼噫嘻！我知之矣。畴昔之夜，飞鸣而过我者，非子也耶？"道士顾笑，予亦惊寤。开户视之，不见其处。

[注释]

①登虬龙：攀着像虬龙般弯曲的古树。虬龙，古代传说中有两个角的龙。②冯夷：水神名。③玄裳缟衣：玄裳，黑色的下裙。缟衣，白色的上衣。这是形容孤鹤身白尾黑。

[译文]

就这样，我们携带着酒和鱼，再次到赤壁的下面游览。长江的流水发出声响，陡峭的江岸高峻直耸；山峦很高，月亮显得小了，水位降低，礁石露了出来。才相隔多少日子，上次游览所见的江景山色再也认不出来了！我就撩起衣襟上岸，踏着险峻的山岩，拨开纷乱的野草，蹲在虎豹形状的怪石上，又不时拉住形如虬龙的树枝，攀上猛禽做窝的悬崖，下望水神冯夷的深宫。两位客人都不能跟着我到这个极高处。我一声长啸，草木被震动，高山与我共鸣，深谷响起了回声，大风吹起，波浪汹涌。我也不觉忧伤悲哀，感到恐惧，觉得这里使人害怕，不可久留。回到船上，把船划到江心，任凭它漂流到哪里就在哪里停泊。

这时快到半夜，望望四周，觉得冷清寂寞得很。正好有一只鹤，横穿江面从东边飞来，翅膀像车轮一样大小，尾部的黑羽如同黑裙子，身上的白羽如同洁白的衣衫，它嘎嘎地拉长声音叫着，擦过我们的船向西飞去。

过了一会儿，客人离开了，我也回家睡觉。梦见一位道士，穿着羽毛编织成的衣裳，轻快地走来，走过临皋亭的下面，向我拱手作揖说："赤壁的游览快乐吗？"我问他的姓名，他低头不回答。"哎呀！我知道你的底细了。昨天夜晚，边飞边叫经过我船上的，不就是你吗？"道士回头笑了起来，我也忽然惊醒。开门张望，却看不到他在什么地方。

记承天寺夜游

题解

本文是宋神宗元丰六年（1083），苏轼贬官黄州时所作。抒发了他贬官后表面轻松而实际苦闷已极的心情。承天寺，在湖北黄冈南。

元丰六年十月十二日，夜。解衣欲睡，月色入户，欣然起行。念无与为乐者，遂至承天寺，寻张怀民[1]。怀民亦未寝，相与步于中庭。庭下如积水空明，水中藻荇（xìng）交横[2]，盖竹柏影也。何夜无月？何处无竹柏？但少闲人如吾两人者耳。

[注释]

①张怀民：张梦得，清河（今河北清河）人，当时也贬居黄州。②藻荇交横：水藻与荇菜交织。荇，荇菜，其根生在水底，叶子浮在水面上。

[译文]

元丰六年（1083）十月十二日，晚上。解开衣服想睡觉时，月光从窗口射进来，我愉快地起来走到户外。想到没有可与自己一起游乐的人，于是来到承天寺，找张怀民。张怀民也还没有睡觉，于是和我一起在庭院中散步。庭院中的月光宛如一泓积水那样清澈透明，水中的水藻和荇菜纵横交叉，其实那都是绿竹和翠柏的影子。哪个夜晚没有月光呢？哪里没有绿竹和翠柏呢？但唯独缺少像我两个这样的闲人。

[集解]

（清）储欣："仙笔也。读之觉玉宇琼楼，高寒澄澈。"

记游定惠院

题解

本文约作于宋神宗元丰七年（1084）三月，记述了苏轼与友人一天的愉快游赏。

黄州定惠院东小山上，有海棠一株，特繁茂。每岁盛开，必携客置酒，已五醉其下矣。今年复与参寥师①及二三子访焉，则园已易主。主虽市井人，然以予故，稍加培治。山上多老枳木②，性瘦韧，筋脉呈露，如老人项颈。花白而圆，如大珠累累，香色皆不凡。此木不为人所喜，稍稍伐去，以予故，亦得不伐。既饮，往憩于尚氏之第。尚氏亦市井人也，而居处修洁，如吴越间人，竹林花圃皆可喜。醉卧小板阁上，稍醒，闻坐客崔成老弹雷氏琴③，作悲风晓月，铮铮然，意非人间也。晚乃步出城东，鬻(yù)④大木盆，意者谓可以注清泉，瀹(yuè)⑤瓜李，遂夤缘⑥小沟，入何氏、韩氏⑦竹园。时何氏方作堂竹间，既辟地矣，遂置酒竹阴下。有刘唐年⑧主簿者，馈油煎饵，其名为“甚酥”，味极美。客尚欲饮，而予忽兴尽，乃径归。道过何氏小圃，乞其丛橘，移种雪堂之西。坐客徐君得之⑨将适闽中，以后会未可期，请予记之，为异日拊掌。时参寥独不饮，以枣汤代之。

[注释]

①参寥师：僧人道潜，钱塘人，苏轼通判杭州时与之交游。②枳木：也称枸橘，果实可入药。③雷氏琴：苏轼题跋有《家藏雷琴》一首，言琴上有“雷家记”字样，谓“此最琴之妙，而雷琴独然”。④鬻：卖，这里可作“买”讲。⑤瀹：浸。⑥夤缘：循沿。⑦何氏、韩氏：指友人何圣可、韩毅甫。⑧刘唐年：字君佐。⑨徐君得之：徐大正，字得之，黄州知州徐大受之弟，苏轼友人。

海 棠

[译文]

黄州定惠院东边的小山上有一株海棠，枝叶特别繁荣茂盛。每年花开的时候，我都会带着客人前去喝酒，已经五次醉在这海棠树之下了。今年又和参寥禅师以及其他两三个人去访赏，然而那个园子已经换了主人。主人虽然是个市井之人，但因为我的原因，他也稍稍地培育治理了这个园子。园子里有很多年老的枳木，木性瘦瘠而坚韧，树的筋脉都显露在外面，好像老人的头颈。花为白色，很圆，好像很多颗大粒的珍珠，香气和颜色都很不平凡。这种树不讨人喜欢，主人本来想过砍去，也是因为我的缘故，没有被砍掉。喝过酒之后，我们去姓尚的人家休息。尚氏也是个平凡的人，但居住的地方干净整洁，好像吴越之地的人，他家的竹林和花圃都很讨人喜欢。我醉躺在小板阁上，一会醒了，听见客人崔成老弹奏雷氏琴，琴声像悲鸣的风、微亮的月光，铮铮有声，得到的享受是人间所没有的。到了晚上，徒步来到城东，买了一个大木盆，心想可以注入清水，浸泡瓜和李子，于是沿着小沟，走进了姓何与姓韩人家的竹园。那时何氏在竹林之间修筑大堂，已经把地方都腾出来了，于是把酒放在竹荫下。有一个叫刘唐年的主簿，送给我们一种油炸的小吃，名字叫“甚酥”，味道很好。客人还要喝酒，而我忽然没了兴致，于是直接回家了。路上拜访了姓何人家的小园子，跟他要了一丛橘子，移植到了雪堂的西边。客人徐得之马上就要启程到闽中去，以后不知道什么时候才能再见面，于是恳请我记下今天之事，作为以后的谈资。那个时候，参寥是唯一一个不喝酒的人，于是用枣汤代替了酒。

方山子传

题解

本文作于苏轼贬谪黄州之时，方山子抛弃荣利功名而自甘淡泊贫贱的行为，对当时的苏轼有不少触动。作者结合自己当时被贬黄州的处境，借他人之酒浇自己胸中的块垒。文章写方山子，其实也是作者在黄州心态的一种形象的折射。

方山子，光、黄间隐人也。少时慕朱家、郭解[①]为人，闾里之侠皆宗之。稍壮，折[②]节读书，欲以此驰骋当世，然终不遇。晚乃遁于光、黄间，曰岐亭。庵居蔬食，不与世相闻。弃车马，毁冠服，徒步往来山中，人莫识也。见其所著帽，方耸而高，曰：“此岂古方山冠之遗像乎？”因谓之方山子。

余谪居于黄，过岐亭，适见焉。曰：“呜呼！此吾故人陈慥季常也，何为而在此？”方山子亦矍(jué)然，问余所以至此者。余告之故，俯而不答，仰而笑，呼余宿其家。环堵萧然，而妻子奴婢，皆有自得之意。余既耸然异之。

[注释]

①朱家、郭解：皆汉初侠客。②折：改变。

[译文]

方山子，是光州、黄州一带的隐士。年轻时，仰慕汉代游侠朱家、郭解的为人，乡里的游侠之士都尊奉他。年岁稍长，就改变志趣，发奋读书，想以此来驰名当代，但是一直没有交上好运。到了晚年隐居在光州、黄州一带名叫岐亭的地方。住茅屋，吃素食，不与社会各界来往。放弃坐车骑马，毁坏书生的衣帽，徒步来往于山里，没有人认识他。人们见他戴的帽子上面方方的而且很高，就说："这不就是古代乐师戴的方山冠遗留下来的样子吗？"因此就称他为方山子。

我因贬官居住在黄州，有一次经过岐亭时，正巧碰见了他。我说："啊！这是我的老朋友陈季常呀，怎么会住在这里的呢？"方山子也惊讶地问我到这里来的原因。我把原因告诉了他，他低头不语，继而仰天大笑，请我住到他家去。他的家里四壁萧条，然而他的妻儿奴仆都显出怡然自得的样子。我对此感到十分惊异。

独念方山子少时，使酒好剑，用财如粪土。前十九年，余在岐山，见方山子从两骑，挟二矢，游西山。鹊起于前，使骑逐而射之，不获。方山子怒马独出，一发得之。因与余马上论用兵及古今成败，自谓一世豪士。今几日耳，精悍之色犹见于眉间，而岂山中之人哉？

然方山子世有勋阀，当得官，使从事于其间，今已显闻。而其家在洛阳，园宅壮丽与公侯等。河北有田，岁得帛千匹，亦足以富乐。皆弃不取，独来穷山中，此岂无得而然哉？

余闻光、黄间多异人，往往阳狂[①]垢污，不可得而见。方山子傥见之欤！

[注释]

①阳狂：即佯狂。

[译文]

回想起方山子年轻的时候，曾是个嗜酒弄剑，挥金如土的游侠之士。十九年前，我在岐山，见到方山子带着两名骑马随从，身藏两箭，在西山游猎。只见前方一鹊飞起，他便叫随从追赶射鹊，未能射中。方山子拉紧缰绳，独自跃马向前，一箭射中飞鹊。他就在马上与我谈论起用兵之道及古今成败之事，自认为是一代豪杰。这已经过了多少日子，一股英气勃勃的神色，依然在眉宇间显现，这怎么会是一位蛰居山中的人呢？

方山子出生于世代功勋之家，按理说应有官做，假如他能栖身官场，到现在已得高官荣名了。他原有家在洛阳，园林宅舍雄伟富丽，可与公侯之家相比。在河北地方还有田地，每年可得上千匹的丝帛收入，这些也足以使生活富裕安乐。然而他都抛开了，偏要来到穷僻的山沟里，这难道不是因为他有所心得才这样的吗？

我听说光州、黄州一带有很多奇人逸士，常常假装疯癫，衣衫破旧，但是无法见到他们。方山子或许能遇见他们吧！

［集解］

（明）袁宗道："方山子小有侠气耳，因子瞻用笔，隐见出没形容，遂似大侠。"

（清）储欣："隐字、侠字一篇骨子。始侠而今隐，侠处写得豪迈，须眉生动，则隐处亦复感慨淋漓。传神手也。"

石钟山记

题解

此文作于宋神宗元丰七年（1084），记游石钟山及由探讨此山名称来历引起感想。是年三月作者奉诏由黄州移贬汝州（今河南临汝），六月乘舟赴任。当时其子苏迈同舟赴任饶州德兴（今属江西），父子同游石钟山，并作此记。石钟山在湖口县鄱阳湖东岸，分上钟山、下钟山。

《水经》①云："彭蠡②之口有石钟山焉。"郦元③以为下临深潭，微风鼓浪，水石相搏，声如洪钟。是说也，人常疑之。今以钟磬置水中，虽大风浪不能鸣也，而况石乎！至唐李渤④始访其遗踪，得双石于潭上，扣而聆之。南声函胡⑤，北音清越，枹⑥止响腾，余韵徐歇。自以为得之矣。然是说也，余尤疑之。石之铿然⑦有声者，所在皆是也，而此独以钟名，何哉？

［注释］

①《水经》：地理学著作，旧题汉桑钦撰。②彭蠡：鄱阳湖，在今江西省北部。③郦元：《水经注》作者郦道元。④李渤：字浚之，洛阳人。唐宪宗时做过江州（今

江西九江一带）刺史，著有《辨石钟山记》。⑤南声函胡：南边那块石头发出的声音浑厚而宏大。⑥枹：同“桴”，鼓槌。⑦铿然：形容声音洪亮。

［译文］

《水经》说：“鄱阳湖口有石钟山。”郦道元认为下面对着深潭，微风鼓动波浪，水和石互相碰撞，发出的声音好像大钟一般。这个说法，人们常常怀疑它。现在把钟磬放在水中，即使大风大浪也不能使它发出声响，何况是石头呢！到了唐代，李渤去探寻它的遗迹，在深潭边找到两块山石，敲打它们，听它们的声音。南边那块的声音重浊而模糊，北边那块的声音清脆而响亮，鼓槌停止敲击，声音还在传扬，余音慢慢地消失。他自己认为找到石钟山命名的原因了。但是这个说法，我更加怀疑它。山石被敲打时铿锵作响，到处都这样，可是唯独这座山用钟来命名，为什么呢？

元丰七年六月丁丑，余自齐安舟行适临汝，而长子迈将赴饶之德兴尉，送之至湖口，因得观所谓石钟者。寺僧使小童持斧，于乱石间择其一二扣之，硿硿(kōng)①焉，余固笑而不信也。至暮夜月明，独与迈乘小舟至绝壁下。大石侧立千尺，如猛兽奇鬼，森然欲搏人；而山上栖鹘，闻人声亦惊起，磔磔②云霄间；又有若老人咳且笑于山谷中者，或曰此鹳鹤也。余方心动欲还，而大声发于水上，噌吰(chēng hóng)③如钟鼓不绝。舟人大恐。徐而察之，则山下皆石穴罅(xià)④，不知其浅深，微波入焉，涵淡澎湃而为此也。舟回至两山间，将入港口，有大石当中流，可坐百人，空中而多窍，与风水相吞吐⑤，有窾(kuǎn)坎镗鞳(tāng tà)⑥之声，与向之噌吰者相应，如乐作焉。因笑谓迈曰：“汝识(zhì)⑦之乎？噌吰者，周景王之无射(yì)也，窾坎镗鞳者，魏庄子之歌钟也。古之人不余欺也！”

事不目见耳闻，而臆断其有无，可乎？郦元之所见闻，殆与余同，而言之不详；士大夫终不肯以小舟夜泊绝壁之下，故莫能知；而渔工水师虽知而不能言，此世所以不传也。而陋者用以斧斤考击而求之，自以为得其实。余是以记之，盖叹郦元之简，而笑李渤之陋也。

［注释］

①硿硿：形容敲击石块发出的声音。②磔磔：鸟叫声。③噌吰：形容洪亮的声音。

④罅：裂缝。⑤空中而多窍，与风水相吞吐：大石内空而多孔，风和水穿流进出。窍，窟窿。吞吐，吸进吐出。⑥窾坎镗鞳：形容钟鼓鸣响的声音。⑦识：记住，明白。

[译文]

石钟山

元丰七年（1084）六月丁丑日，我从齐安坐船到临汝去，长子苏迈将要去就任饶州德兴县的县尉，我送他到湖口，因而能够观察这座称为“石钟”的山。庙里的和尚叫小孩拿着斧头，在乱石中间选一两处敲打它，发出响声，我本来就觉得可笑，并不相信。到了晚上，月光明亮，我独自和苏迈坐着小船来到绝壁下面。巨大的山石在旁边耸立着，高达千尺，好像凶猛的野兽和奇异的鬼怪，阴森森地要向人扑过来；山上宿巢的老鹰听到人声，也受惊飞起来，在云霄中磔磔地鸣叫；又有像老人在山谷中边咳边笑的声音，有人说这是鹳鹤。我正心惊想要回去，忽然巨大的声音从水上发出，像钟鼓般噌吰的声音连续不断。船夫非常害怕。我慢慢地观察，原来山脚下都是石头的洞穴和裂缝，不知它们的深浅，微微的水波涌进洞穴和裂缝，激荡撞击便产生这样的声音。船绕到两山之间，将要进入港口，有块大石头挡在水流的中央，上面可坐百人，中间是空的，而且有许多窟窿，把风浪吞进去又吐出来，发出钟鼓鸣响一般的声音，同先前噌吰的声音相互应和，好像音乐演奏。我于是笑着对苏迈说：“你明白了吗？那噌吰的响声，是周景王无射钟的声音，钟鼓鸣响的声音，是魏庄子歌钟的声音。古时的人没有欺骗我啊！”

凡事不亲眼看到或亲耳听到，却凭主观想象去推断它的有无，可以吗？郦道元见到和听到的，大概和我一样，但是说得不详细；士大夫终究不愿夜晚乘着小船停靠在悬崖绝壁下面，所以不能知道真相；而渔夫船工，虽然知道却又不能用文字表达。这就是石钟山得名的由来在世上没有流传下来的缘故啊。而浅陋的人，竟用斧头敲打山石的办法来寻求石钟山得名的原因，自以为找到了真相。我因此记下这件事，叹惜郦道元记叙的简略，讥笑李渤的浅陋。

[集解]

（明）钟惺：“真穷理之言，所谓身到处不肯放过也。又，可见穷山水之情者，不是好事，真是虚心细心。”

（明）茅坤：“风旨亦自《水经》来，然多奇峭之兴。”

书吴道子画后

题解

本文写于宋神宗元丰八年（1085）十一月七日，苏轼为史全叔收藏的吴道子的画写的题跋。吴道子，名道玄，阳翟（今河南禹州）人，唐代杰出画家，有画圣之称。

知者创物，能者述焉，非一人而成也。君子之于学，百工之于技，自三代①历汉至唐而备矣。故诗至于杜子美②，文至于韩退之③，书至于颜鲁公④，画至于吴道子。而古今之变，天下之能事毕矣。道子画人物，如以灯取影，逆来顺往，旁见侧出，横斜平直，各相乘除⑤，得自然之数，不差毫末。出新意于法度之中，寄妙理于豪放之外，所谓游刃余地，运斤成风⑥，盖古今一人而已。余于他画，或不能必其主名，至于道子，望而知其真伪也。然世罕有真者，如史全叔所藏，平生盖一二见而已。

［注释］

①三代：指夏、商、周三个朝代。②杜子美：杜甫，字子美，唐代诗人。③韩退之：韩愈，字退之，唐代杰出文学家。④颜鲁公：颜真卿，字清臣，封鲁郡公，世称颜鲁公，唐代著名书法家。⑤乘除：增减。⑥运斤成风：语出《庄子·徐无鬼》："郢人垩慢其鼻端若蝇翼，使匠石斫之。匠石运斤成风，听而斫之，尽垩而鼻不伤，郢人立不失容。"这里用以比喻吴道子手法纯熟。

［译文］

聪明的人创造事物，有能力的人来叙述，这不是一个人能够独立完成的。士人攻读诗书，匠人学习技艺，从夏、商、周三代，一直到汉朝、唐朝，一套体系都很完备了。因此作诗当推杜甫，写文章当推韩愈，书法当推颜真卿，而作画则当推吴道子。虽然从古至今有许多艺术形式，但能够超过他们的几乎没有。吴道子画人物，好似看着灯烛能描绘出影子，笔锋往来自如，笔势不拘一格，横竖笔画互为增减补充，这是得到了自然之法啊。他的画作传神逼真，在传统的画法中不乏新意，豪放的风格里不乏细腻，手法娴熟，可以称得上是游刃有余，古今只有他可以当此殊荣。对于其他人的画作，我不能肯定其作者的名字，但对于吴道子的画，一看就知道真伪。可惜现在存世的赝品太多，像史全叔收藏的这幅真品，我这辈子也只见过一两次。

［集解］

（清）沈德潜：“举一画而他可类推。道子之画，子瞻之评，唯圣神于此艺者能之。”

潮州韩文公庙碑

题解

唐代著名文学家韩愈，卒谥文公。唐宪宗时，因谏迎佛骨被贬潮州（今广东潮州）。宋哲宗元祐七年（1092），潮州人重修韩愈庙，苏轼写了这篇碑文，对韩愈的人格、思想、精神及其在文化上所起的作用都给予了高度评价。

匹夫而为百世师，一言而为天下法，是皆有以参天地之化，关盛衰之运。其生也有自来，其逝也有所为矣。故申、吕自岳降，而傅说为列星，古今所传，不可诬也。

孟子曰：“吾善养吾浩然之气。”是气也，寓于寻常之中，而塞①乎天地之间。卒然遇之，则王公失其贵，晋、楚失其富，良、平失其智，贲、育失其勇，仪、秦失其辩。是孰使之然哉？其必有不依形而立，不恃力而行，不待生而存，不随死而亡者矣。故在天为星辰，在地为河岳，幽则为鬼神，而明则复为人。此理之常，无足怪者。

自东汉以来，道丧文弊，异端并起。历唐贞观、开元之盛，辅以房、杜、姚、宋而不能救。独韩文公起布衣，谈笑而麾(huī)②之，天下靡然从公，复归于正，盖三百年于此矣。文起八代之衰，而道济天下之溺；忠犯人主之怒，而勇夺三军之帅：此岂非参天地，关盛衰，浩然而独存者乎？

［注释］

①塞：充满。②麾：指挥、挥动。

韩 愈

[译文]

一个普通人却成为千百年的榜样，一句话就能成为天下人效法的准则，这是因为他们的品格可以与天地化育万物相提并论，也关系到国家气运的盛衰。他们的降生是有来历的，他们的逝世也是有所作为的。所以，申伯、吕侯由高山之神降生，傅说死后成为天上列星之一，从古到今的传说，是不可否认的。

孟子说："我善于培养我盛大正直之气。"这种气，寄托在平常事物中，又充满于天地之间。突然遇上它，那么，王公贵族就会失去他们的尊贵，晋国、楚国就会失去它们的富有，张良、陈平就会失去他们的智慧，孟贲、夏育就会失去他们的勇力，张仪、苏秦就会失去他们的辩才。是什么东西使它这样的呢？那一定有一种不依附形体而成立，不依靠外力而行动，不等待出生就存在，不随着死亡而消逝的东西了。所以在天上就成为星宿，在地下就化为河川山岳，在阴间就成为鬼神，在阳世便又成为人。这个道理十分平常，不足为奇。

自从东汉以来，儒道沦丧，文风败坏，各种邪说一齐出现。经历了唐代贞观、开元的兴盛时期，依靠房玄龄、杜如晦、姚崇、宋璟等名臣辅佐，还不能挽救。只有韩文公从普通人里崛起，在谈笑风生中指挥古文运动，天下人纷纷倾倒追随他，使思想和文风又回到正路上来，到现在已经有三百年左右了。他的文章使八代以来的衰败文风得到振兴，他对儒道的宣扬，使天下人在沉溺中得到拯救；他的忠诚曾触犯了皇帝的恼怒，他的勇气能折服三军的主帅：这难道不是与天地化育万物相并列，关系到国家盛衰，浩大刚正而独立存在的正气吗？

盖尝论天人之辨，以谓人无所不至，惟天不容伪。智可以欺王公，不可以欺豚鱼；力可以得天下，不可以得匹夫匹妇之心。故公之精诚，能开衡山之云，而不得回宪宗之惑；能驯鳄鱼之暴，而不能弭皇甫镈、李逢吉之谤；能信于南海之民，庙食百世，而不能使其身一日安于朝廷之上。盖公之所能者，天也；其所不能者，人也。

始潮人未知学，公命进士赵德为之师。自是潮之士，皆笃于文行，延及齐民。至于今，号称易治。信乎孔子之言："君子学道则爱人，小人学道则易使也。”潮人之事公也，饮食必祭。水旱疾疫，凡有求必祷焉。而庙在刺史公堂之后，民以出入为艰。前太守欲请诸朝作新庙，不果。元祐五年，朝散郎王君涤来守是邦。凡所以养士治民者，一以公为师。民既悦服，则出令曰：“愿新公庙者，听！”民欢趋之，卜地于州城之南七里，期年①而庙成。

或曰：“公去国万里，而谪于潮，不能一岁而归。没而有知，其不眷恋于潮也，审②矣。”轼曰：“不然，公之神在天下者，如水之在地中，无所往而不在也。而潮人独信之深，思之至。焄（hūn）蒿凄怆，若或见之。譬如凿井得泉，而曰水专在是，岂理也哉？”

［注释］

①期年：一年。②审：明白，清楚。

［译文］

我曾谈论过天道和人事的区别，认为人没有什么事不能做出来，只是天不允许人作伪。人的智谋可以欺骗王公，却不能欺骗小猪和鱼；人的力量可以取得天下，却不能取得普通老百姓的心。所以韩公的专心诚意，能够驱散衡山的阴云，却不能够挽回宪宗佞佛的执迷不悟；能够驯服凶暴的鳄鱼，却不能够制止皇甫镈、李逢吉的诽谤；能够在潮州老百姓中取得信任，百代都享受庙堂祭祀，却不能使自身在朝廷上有一天的平安。原来，韩公能够遵从的，是天道；他不能屈从的，是人事。

从前，潮州人不知道学习，韩公指定进士赵德做他们的老师。从此潮州的读书人，都专心于学问的研究和品行的修养，并影响到普通百姓。直到现在，潮州依然被称为容易治理的地方。确实不错啊，孔子曾说过这样的话：“有地位的人学了道理，就会爱护人民；地位低的人学了道理，就容易治理。”潮州人敬奉韩公，吃喝的时候必定要祭祀他。水灾旱荒、疾病瘟疫，凡是要求助于神灵的事，人们必定要到祠庙里去祈祷。可是祠庙在州官衙门大堂的后面，百姓以为进出不方便。前任州官想申请朝廷建造新的祠庙，没有成功。元祐五年（1090），朝散郎王涤先生来担任这个州的知州。凡是用来培养士子、治理百姓的措施，他完全以韩公为榜样。老百姓心悦诚服以后，他便下命令说：“愿意重新修建韩公祠庙的人，就来听我的命令！”老百姓高高兴兴地赶来参加这项工程，他在州城南面七里处选了一块好地方，一年后新庙就建成了。

有人说：“韩公远离京城约万里，而贬官到潮州，不到一年便回去了。他死后有知的话，是不会深切怀念潮州的，这是明摆着的。”我说：“不是这样的，韩公的神灵在人间，好比水在地上，没有什么地方不存在。而且潮州人信仰特别深厚，思念十分恳切。

每当祭祀时，香雾缭绕，不由涌起悲伤凄怆的感觉，就像见到了他一样。就好比挖一口井得到了水，就说水只在这个地方，难道符合情理吗？”

元丰七年，诏封公昌黎伯，故榜曰“昌黎伯韩文公之庙”。潮人请书其事于石，因作诗以遗之，使歌以祀公。其词曰：“公昔骑龙白云乡，手抉云汉分天章，天孙为织云锦裳。飘然乘风来帝旁，下与浊世扫粃(bǐ)糠。西游咸池略扶桑，草木衣被昭回光。追逐李杜参翱翔，汗流籍、湜走且僵，灭没倒影不能望。作书诋佛讥君王，要观南海窥衡湘，历舜九嶷(yí)吊英皇。祝融先驱海若藏，约束蛟鳄如驱羊。钧天无人帝悲伤，讴吟下招遣巫阳。犦(bào)①牲鸡卜羞我觞，于粲荔丹与蕉黄。公不少留我涕滂，翩然被发下大荒。”

［注释］

①犦：指犦牛，一种形状像骆驼的野牛。

［译文］

元丰七年（1084），皇帝下诏书封韩公为昌黎伯，所以祠庙的匾额上题为“昌黎伯韩文公之庙”。潮州人请我书写他的事迹刻在石碑上，因此作首诗送给他们，让他们歌唱着祭祀韩公。歌词说：“您从前骑龙遨游在白云乡，双手拨动银河，挑开天上的云彩，织女替您织成云锦衣裳。您轻快地乘着风来到皇帝的身旁，下降到人间，为混乱的俗世扫除异端。您在西边游览了咸池，巡视了扶桑，草木都披上了您的恩泽，承受着您的光辉普照。您追随李白、杜甫，与他们一起比翼翱翔，使张籍、皇甫湜奔跑流汗，两腿都跑僵了，也不能仰见您那能使倒影消失的耀眼光辉。您上书痛斥佛教，讽谏君王，被邀请到潮州来观看，中途又游览了衡山和湘水，经过了埋葬帝舜的九嶷山，凭吊了娥皇和女英。到了潮州，祝融为您在前面开路，海若躲藏起来了，您管束蛟龙、鳄鱼，好像驱赶羊群一样。天上缺少人才，天帝感到悲伤，派巫阳唱着歌到下界招您的英魂上天。用野牛作祭品，用鸡骨来占卜，敬献上我们的美酒，还有殷红的荔枝、金黄的香蕉。您不肯稍作停留，使我们泪如雨下，只得送您的英灵，披着头发，轻快地返回仙乡。”

［集解］

（宋）洪迈：“东坡之碑一出，而后众说尽废。”

（明）钱仁夫：“宋人集中无此文字，直然凌越四百年，迫文公而上之。”

（清）储欣：“歌词悲壮，竟爽韩诗。”

记游松风亭

题解

宋哲宗绍圣元年（1094），哲宗亲政，章惇为相，苏轼被贬为宁远军节度副使惠州（今广东惠州）安置。十月，苏轼到达惠州，居住在嘉祐寺，游览松风亭时作此文。

余尝寓居惠州嘉祐寺[①]，纵步松风亭[②]下，足力疲乏，思欲就床止息。仰望亭宇，尚在木末[③]，意谓如何得到？良久忽曰："此间有甚么歇不得处？"由是心若挂钩之鱼，忽得解脱。若人悟此，虽两阵相接，鼓声如雷霆，进则死敌，退则死法，当恁么时，也不妨熟歇[④]。

[注释]

①嘉祐寺：故址在白鹤峰以东，明代改建城隍庙。②松风亭：原在嘉祐寺旁边。③木末：树梢，指在高处。④熟歇：很好地歇息一番。

[译文]

我曾经住在惠州的嘉祐寺，信步走到松风亭下，感到腿酸疲乏，很想找个能躺下的地方休息一下。抬头望向松风亭，还在高处，心想这么高，我可如何爬上去休息呢？就这样想了一会儿，忽然对自己说："这里为什么就不能休息呢？"于是心情一下子放松了，好像已经挂在鱼钩上的鱼儿忽然得到了解脱。如果人们都能领悟随遇而安的道理，即便是马上就要上阵杀敌，耳边听得战鼓声声，想到前进杀敌也是死，逃跑受到军法处置也是死，到那时，一样能放下顾虑，很好地休息一番。

在儋耳书

题解

儋耳，古郡名，治所在今海南儋州西北。本文是作者于宋哲宗元符元年（1098）在儋耳所写，一题作《试笔自书》。

吾始至南海，环视天水无际，凄然伤之，曰："何时得出此岛耶？"

已而思之，天地在积水中，九州在大瀛(yíng)海[①]中，中国在少海中，有生孰不在岛者？覆盆水于地，芥(jiè)[②]浮于水，蚁附于芥，茫然不知所济。少焉，水涸，蚁即径去，见其类，出涕曰："几不复与子相见，岂知俯仰之间，有方轨八达之路乎。"念此可以一笑。戊寅九月十二日，与客饮薄酒小醉，信笔书此纸。

[注释]

①大瀛海：大海，相当于大洋。②芥：小草。

[译文]

我刚到海南岛的时候，看到四周天水相连，无边无际，不禁为之伤心，说道："什么时候我才能离开这里啊？"现在想来，天和地也都是在水中的，偌大的九州在大海的包围中，中国在小一些的海洋包围中，有谁能说自己不是生活在岛上的呢？将一盆水倒在地上，小草浮在水面上，蚂蚁便会爬到小草上，茫然不知如何是好。不久水干了，蚂蚁爬开，见到了它的同类，不禁伤心地说："我还以为见不到你了，哪里知道就在片刻之间，宽阔的道路就出现了。"想到此处不禁一笑。戊寅年九月十二日，与客人饮酒微醉，随手将这些感触写在了纸上。

书上元夜游

题解

本文作于宋哲宗元符二年（1099），记述了苏轼与海南文士月夜出游的一个生活片断，反映儋州小城上元之夜的热闹景象和淳朴风俗。

己卯上元[①]，予在儋州[②]，有老书生数人来过，曰："良月嘉夜，先生能一出乎？"予欣然从之。步城西，入僧舍，历小巷，民夷杂糅，屠沽纷然。归舍已三鼓矣。舍中掩关熟睡，已再鼾矣。放杖而笑，孰为得失？过[③]问先生何笑，盖自笑也！然亦笑韩退之钓鱼无得[④]，更欲远去，不知走海者未必得大鱼也。

［注释］

①己卯上元：元符二年（1099）农历正月十五日。②儋州：今海南儋州。③过：苏轼的幼子，字叔党。④韩退之钓鱼无得：韩愈《赠侯喜》诗说："半世遑遑就举选，一名始得红颜衰。""君欲钓鱼须远去，大鱼岂肯居沮洳。"这里借韩愈诗句，表示不赞同其强求多得。

［译文］

己卯年的上元之夜，我在儋州，有几个老书生过来对我说："如此好的月夜，先生能不能一起出去呢？"我很高兴地跟从他们，步行到了城西，进入僧舍，走过小巷，看到汉族百姓和当地的少数民族百姓都聚居在一起，有卖肉的，有卖酒的，很是热闹。回到家中已经是三更天了，家里人闭门熟睡，睡得很鼾甜。我放下拐杖，不禁笑了笑，暗想：什么是得，什么是失呢？苏过醒来，问我为什么发笑，我说是自己笑自己吧！然而也是笑韩愈钓鱼没有钓到，他只想要到更远的地方钓鱼，却不知道即使到了海边，也未必能钓到大鱼。

黠鼠赋

题解

本文借一只狡猾的老鼠利用人的疏忽而逃脱的故事，说明了一个道理：最有智慧的人类，尽管可以"役万物而君之"，却难免被狡猾的老鼠所欺骗，原因全在做事时是否精神专一。专一则事成，疏忽则事败。文章故事生动，寓意深刻，发人深省。

苏子夜坐，有鼠方啮[①]。拊[②]床而止之，既止复作。使童子烛之，有橐(tuó)[③]中空，嘐嘐(jiāo)聱聱(áo)[④]，声在橐中。曰："嘻！此鼠之见闭而不得去者也。"发而视之，寂无所有，举烛而索，中有死鼠。童子惊曰："是方啮也，而遽死耶？向为何声，岂其鬼耶？"覆而出之，堕地乃走，虽有敏者，莫措其手。

苏子叹曰："异哉！是鼠之黠[⑤]也。闭于橐中，橐坚而不可穴也。故不啮而啮，以声致人；不死而死，以形求脱也。吾闻有生，莫智于人。扰龙伐蛟，登龟狩麟，役万物而君之[⑥]。卒见使于一鼠，堕此虫之计中，惊脱兔于处女，乌在其为智也？"

坐而假寐[⑦]，私念其故。若有告余者曰："汝惟多学而识[⑧]之，望道而未见也。不一于汝，而二于物，故一鼠之啮而为之变也。人能碎千金之璧，不能无失声于破釜；能搏猛虎，不能无变色于蜂虿[⑨]：此不一之患也。言出于汝，而忘之耶？”余俯而笑，仰而觉。使童子执笔，记余之作。

东坡赋鼠

[注释]

①啮：咬。②拊：拍。③橐：箱状的盛衣食的家具。④嘐嘐聱聱：象声词，形容鼠啮咬的声音。⑤黠：狡猾。⑥君之：做它们的主宰。⑦假寐：闭目打盹。⑧识：通“志”，记。⑨蜂虿：蝎类毒虫。

[译文]

我在夜里坐着，有只老鼠在咬东西。我拍击床板，声音就停止了，停止拍击床板，声音又响了起来。我让童子拿蜡烛照床下，有一个空的箱型器具，老鼠咬东西的声音从里面发出。童子说：“啊！这只老鼠被关住就不能离开了。”童子打开箱子来看里面，却是空空的，一无所有，童子举起蜡烛来搜索，只见箱子中有一只死老鼠，童子惊讶地说：“老鼠刚才是在叫的，怎么会突然死了呢？之前是什么声音，难道是鬼吗？”童子把箱子翻过来倒出老鼠，老鼠一落地就逃走了，再敏捷的人也措手不及。

我叹了口气，说：“怪了！这是老鼠的狡猾。老鼠被关在箱子里，箱子是坚硬的，老鼠不能够钻透。所以老鼠是在不能够咬的时候咬箱子，用声音来招致人来；在没有死的时候装死，凭借装死的外表求得逃脱。我听说生物中没有比人更有智慧的了。人能驯化神龙，捉住蛟龙，能用龟壳占卜，能捕捉麒麟，役使世界上所有的东西然后主宰它们。可如今突然被一只老鼠利用，陷入这只老鼠的计谋中，惊讶于老鼠从极静到极动的变化，人的智慧在哪里呢？”

我坐下来，闭眼打盹，在心里想这件事的原因。听到好像有人对我说：“你只是因为多学而记住一点知识，但还是离‘道’很远。你自己心里不专心，又受了外界事物的干扰、左右，所以一只老鼠发出叫声就能招引你受它支配，帮它改变困境。人能够在打破价值千金的碧玉时不动声色，而在打破一口锅时失声尖叫；人能够搏取猛虎，可见到毒蝎时不免变色，这是不专一的结果。这是你说过的话，忘记了吗？”我俯下身子笑了，仰起身子又醒悟了。于是命令童子拿着笔，记下了这篇文章。

[集解]

（宋）谢枋得：“庄生之文，以物追玄理，如解牛、承蜩之类，是作可骖驾。”

（明）袁宏道：“假黠鼠以明人心不一之患。”

策论类

刑赏忠厚之至论

题解

本文为宋仁宗嘉祐二年（1057）苏轼应礼部试的试卷。主考官欧阳修认为其脱尽五代宋初以来的浮靡艰涩之风，十分赏识，曾说："读轼书不觉汗出，快哉！老夫当避此人，放出一头地。"

尧、舜、禹、汤、文、武、成、康①之际，何其爱民之深，忧民之切，而待天下之以君子长者之道也。有一善，从而赏之，又从而咏歌嗟叹之，所以乐其始而勉其终。有一不善，从而罚之，又从而哀矜惩创之，所以弃其旧而开其新。故其吁俞②之声，欢休惨戚，见于虞、夏、商、周之书③。成、康既没，穆王④立，而周道始衰。然犹命其臣吕侯⑤，而告之以祥刑⑥。其言忧而不伤，威而不怒，慈爱而能断，恻然有哀怜无辜之心。故孔子犹有取焉。

[注释]

①尧、舜、禹、汤、文、武、成、康：尧、舜、禹，是上古的三代帝王。汤，是商朝开国君主。文、武、成、康，指的是周朝的文王、武王、成王、康王。这八人均为儒家所推崇的圣君。②吁俞：反对和赞成。吁，惊疑声。俞，赞许声。③见于虞、夏、商、周之书：指《尚书》，《尚书》分为《虞书》《夏书》《商书》《周书》四部分。④穆王：西周穆王姬满。⑤吕侯：甫侯，周穆王时任司寇，穆王采纳了他的建议，从轻制定刑法，布告四方，称为"吕刑"。⑥祥刑：谨慎用刑。

[译文]

尧、舜、夏禹、商汤、周文王、周武王、周成王、周康王的时候，他们是多么深爱人民、关切人民，又用君子长者的态度来对待天下之人啊！有人做了一件好事，奖赏他之余，又用歌曲赞美他，为他有一个好开始而高兴，并勉励他坚持到底。有人做了一件不好的事，处罚他之余，又哀怜同情他，希望他抛弃过去而开始一个新生活。反对和赞同的声音，欢喜和忧伤的感情，在虞、夏、商、周的文献里都可见到。成王、康王死后，穆王继承王位，周朝的王道开始衰落。但是，周穆王还是吩咐臣子吕侯，告诫他谨慎地使用刑法。他说话带有忧愁却不悲伤，威严却不愤怒，慈爱而有所决断，有哀怜无罪者的好心肠。因此，孔子把这篇《吕刑》选进《尚书》里。

《传》曰："赏宜从与，所以广恩也；罚疑从去，所以慎刑也。"当尧之时，皋陶[①]为士。将杀人，皋陶曰"杀之"，三。尧曰"宥之"，三。故天下畏皋陶执法之坚，而乐尧用刑之宽。四岳[②]曰："鲧(gǔn)[③]可用！"尧曰："不可！鲧方命圮族[④]。"既而曰："试之！"何尧之不听皋陶之杀人，而从四岳之用鲧也？然则圣人之意，盖亦可见矣。

［注释］

①皋陶：古代圣贤，被舜任命为掌管刑法的官。②四岳：尧时四方部落的首领。③鲧：夏禹的父亲，由四岳荐举，奉尧命治水，九年未治好，被舜杀死在羽山。④方命圮族：违抗命令，残害同类。

［译文］

古书上说，奖赏时如有可疑者，应该照样留在应赏之列，为的是推广恩泽；处罚时遇有可疑者，则从应罚之列除去，为的是谨慎地使用刑法。尧帝当政之时，皋陶是掌管刑法的官。有一次要处死一个人，皋陶三次说要杀，尧帝却一连三次说应当宽恕。所以天下人都害怕皋陶执法坚决，而赞美尧帝用刑宽大。四岳建议鲧可以任用。尧帝认为不可以，因为鲧违抗命令，残害同族的人。但过后，尧帝还是同意试用一下。为什么尧帝不听从皋陶处死犯人的主张，却听从四岳任用鲧的建议呢？圣人的心意，从这里就可以看出来了。

《书》曰："罪疑惟轻，功疑惟重。与其杀不辜，宁失不经[①]。"呜呼！尽之矣。可以赏，可以无赏，赏之过乎仁；可以罚，可以无罚，罚之过乎义。过乎仁，不失为君子；过乎义，则流而入于忍人。故仁可过也，义不可过也。古者，赏不以爵禄，刑不以刀锯。赏以爵禄，是赏之道，行于爵禄之所加，而不行于爵禄之所不加也。刑之以刀锯，是刑之威，施于刀锯之所及，而不施于刀锯之所不及也。先王知天下之善不胜赏，而爵禄不足以劝也；知天下之恶不胜刑，而刀锯不足以裁也。是故疑则举而归之于仁，以君子长者之道待天下，使天下相率而归于君子长者之道。故曰忠厚之至也。

《诗》曰："君子如祉[2]，乱庶遄已。君子如怒，乱庶遄沮[3]。"夫君子之已乱，岂有异术哉？时其喜怒，而无失乎仁而已矣。《春秋》之义，立法贵严，而责人贵宽。因其褒贬之义以制赏罚，亦忠厚之至也！

［注释］

①不经：不合常规。②祉：福，引申为喜悦。③沮：终止。

［译文］

《尚书》里说："罪行有可疑时，宁可从轻处置；功劳有疑点时，宁可从重奖赏。与其错杀无辜的人，不如犯执法失误的过失。"唉！这句话完全表现出忠厚之意。可以赏，可以不赏，奖赏太多是仁爱的表现；可以罚，可以不罚，惩罚过分就意味着过于坚持法度。仁爱之心多，不失为君子；过分坚持法度，也就流于残酷。因此仁爱可以多，但法度不可过分坚持。因此古人不用爵禄来赏赐，也不用刀锯作为刑罚的工具。仅以爵禄为赏，这种办法只能限于爵禄所施加的范围，而不能施行于更广泛的领域。用刀锯作为刑罚工具，这只是显示刑罚的威力，只能在刀锯的能力范围内施行，不能在刀锯的范围之外起到任何作用。古代的帝王知道天下的好行为是赏赐不过来的，而爵禄并不能让人们都去做好事；天下的坏事也不是靠刑罚能杜绝的，刀锯并不能砍断罪恶的根苗。因此虽然功劳有疑点，还是要从重奖赏，用君子长者的仁爱治理天下，使天下人都愿意跟随君子长者的步伐，这就是忠厚啊。

《诗经》说："君子如果喜欢听谏言，祸乱很快就会停止。君子如果对谗言恼怒，祸乱也很快就会停止。"君子止息祸乱，难道有奇异的法术吗？他不过是应喜则喜，应怒则怒，不偏离仁慈宽大的原则罢了。《春秋》的大义是立法贵在严厉，责人贵在宽厚。根据它褒奖和贬责的大意来制定赏罚，这也是忠厚至极啊！

［集解］

（明）茅坤："东坡试论文字，悠扬宛宕，于今场屋中极利者也。"

（明）唐顺之："此文一意翻作数段。"

（明）杨慎："此东坡所做时论也，天才灿然，自不可及。每段述事，而以婉言警语，且有章调。"

（清）储欣："风气将开，拔此大才，以奏扫荡廓清之烈，欧阳公力也。"

留侯论

题解

本文是苏轼在宋仁宗嘉祐六年（1061）应制科考试时所呈的《进论》之一。

古之所谓豪杰之士者，必有过人之节①。人情有所不能忍者，匹夫见辱，拔剑而起，挺身而斗，此不足为勇也。天下有大勇者，卒②然临之而不惊，无故加之而不怒。此其所挟持者甚大，而其志甚远也。

夫子房受书于圯上③之老人也，其事甚怪。然亦安知其非秦之世有隐君子者，出而试之？观其所以微见其意者，皆圣贤相与警戒之义；而世不察，以为鬼物，亦已过矣。且其意不在书。当韩之亡，秦之方盛也，以刀锯鼎镬(huò)④待天下之士，其平居无罪夷灭者，不可胜数。虽有贲、育⑤，无所复施。夫持法太急者，其锋不可犯，而其势未可乘。子房不忍忿忿之心，以匹夫之力，而逞于一击之间⑥。当此之时，子房之不死者，其间不能容发，盖亦已危矣！千金之子，不死于盗贼，何者？其身之可爱，而盗贼之不足以死也。子房以盖世之材，不为伊尹、太公⑦之谋，而特出于荆轲、聂政⑧之计，以侥幸于不死，此圯上老人之所为深惜者也。是故倨傲鲜腆⑨而深折之，彼其能有所忍也，然后可以就大事，故曰："孺子可教也。"

［注释］

①节：操守。②卒：通"猝"。③圯上：桥上。《史记·留侯世家》载：张良少年时，一日在桥上散步，一位衣衫褴褛的老人将鞋子丢下桥，命张良下桥拣鞋，并为自己穿上。老人遂约张良次日一早相会。前两次，张良因迟到受到了老人的责备。第三次，张良半夜就在桥上等候，老人很高兴，送给他一部《太公兵法》，赞扬他"孺子可教"。④刀锯鼎镬：古代残酷的刑具。⑤贲、育：孟贲、夏育，是古代传说中的勇士。⑥子房不忍忿忿之心，以匹夫之力，而逞于一击之间：《史记·留侯世家》载：张良本为韩国贵族，韩国灭亡后，张良决意复仇，曾趁秦始皇东巡博浪沙

张良圯上受书

（今河南原阳县东南）时派力士以一百二十斤的铁锥狙击，误中副车。秦始皇大怒，布告天下通缉张良。张良遂更名改姓隐藏起来。⑦伊尹、太公：伊尹是商朝的开国之臣。太公指吕尚，周朝的开国之臣。⑧荆轲、聂政：二人都是战国时的刺客。荆轲受燕太子丹的派遣刺杀秦王。聂政受韩卿严遂的指使，刺杀韩相侠累。⑨倨傲鲜腆：傲慢不恭，没有礼貌。

［译文］

古时候被人称作豪杰的志士，一定具有超人的节操。一般人在生活中，有时会碰上无法忍受的事情，一个人受到侮辱，拔剑而起，挺身上前搏斗，这并不算是勇敢。天下有一种真正勇敢的人，遇到突发的情况毫不惊慌，无缘无故受到侵犯，他也不动怒。为什么能够这样呢？因为他胸怀大志，目标高远。

张良从桥上老人手里得到兵书这件事，确实很古怪。但是，谁知那不是秦朝的一位隐士出来试探他呢？看那老人用来暗示的内容，都是圣贤用来劝勉与警戒别人的道理；一般人不明白，把那老人当成神仙，真是把事情看偏了。再说，那老人的真正用意，并不在于送兵书。当时韩国已经灭亡，秦朝势力极盛，秦王用刀锯、油锅对付天下的志士，那些住在家里便平白无故被抓去杀头灭族的人，数也数不清。就是有孟贲、夏育那样的勇士，对于这种滥施淫威的做法也是毫无办法。凡是执法过分严厉的君王，他的刀锋是不好硬碰的，他的威势是不可随便打压的。张良压不住他对秦王的愤恨，以他个人的力量，用一次猛击来发泄怨恨。在那时他没有被捕被杀，真是间不容发，危险极了！大富大贵的人，是不肯死在盗贼手里的，为什么呢？因为他们的生命宝贵，死在盗贼手里太不值得。张良有超人的才能，不去作伊尹、姜尚那样深谋远虑的建国之人，反而用荆轲、聂政的手段，仅仅因为侥幸所以没有死掉，这是桥上老人为他深深感到痛惜的。所以那老人故意用粗暴傲慢的态度来侮辱他，如果他能忍受得住，方才可以凭这点而成就大功业，所以到最后，老人说：“这个年轻人可以教育了。”

楚庄王伐郑，郑伯肉袒①牵羊以逆。庄王曰：“其君能下人，必能信用其民矣。”遂舍之。勾践之困于会稽，而归臣妾于吴者，三年而不倦。且夫有报人之志，而不能下人者，是匹夫之刚也。夫老人者，以为子房才有余而忧其度量之不足，故深折其少年刚锐之气，使之忍小忿而就大谋。何则？非有平生之素，卒然相遇于草野之间，而命以仆妾之役，油然而不怪者，此固秦皇之所不能惊，而项籍之所不能怒也。

观夫高祖之所以胜，而项籍之所以败者，在能忍与不能忍之间而已矣。项籍唯不能忍，是以百战百胜，而轻用其锋。高祖忍之，养其全锋而待其毙，此子房教之也。当淮阴破齐，而欲自王，高祖发怒，见于词色。由此观之，犹有刚强不忍之气，非子房其谁全之？

太史公疑子房以为魁梧奇伟，而其状貌乃如妇人女子，不称其志气。呜呼！此其所以为子房欤！

[注释]

①肉袒：脱光上衣。

[译文]

楚庄王攻打郑国时，郑襄公脱光了上衣，牵了羊来迎接。庄王说："国君能够做人下人，一定能信任和使用他的百姓。"就此放过了他。越王勾践在会稽陷于困境，他和妻子一起到吴国去做奴仆，好几年都不懈怠。有对敌人施加报复的大志，却不能做人下人的，不过是普通人的刚硬而已。那老人认为张良才智有余，但担心他的度量不够，因此深深挫折他年轻的刚锐之气，使他能忍得住小怨愤去成就大计划。为什么这样说呢？老人和张良并没有长期交往，突然在荒野相遇，却命令张良做奴仆做的事，张良顺从了他，毫不责怪。就凭这一点，秦始皇也不能使他害怕，项羽也不能使他发怒了。

再看汉高祖之所以成功，项羽之所以失败，原因就在于一个能忍耐、一个不能忍耐。项羽不能忍耐，因此战争中百战百胜，但过分随便使用了他的力量。汉高祖能忍耐，一直保全自己的力量等待项羽消耗实力，这是张良教他的啊。当淮阴侯韩信攻破齐国要自立为王时，汉高祖为此发怒了，通过语气脸色显露出来。由此可看出，他还有刚强不能忍耐的气度，若不是张良帮助他，谁能使他成就大业呢？

司马迁本来猜想张良的形貌一定是魁梧奇伟的，谁料到他的长相却像个女人，好像和他的志气不相称。啊！这就是张良之所以成为张良的原因吧！

[集解]

（明）钱文登："一意反复到底，中间生枝生叶，愈出愈奇。"

（明）茅坤："此文只是一意反复，滚滚议论，然子瞻胸中见解亦本黄老来也。"

（清）金圣叹：“此文得意在‘且其意不在书’，一句撇开，掀翻尽变，如广陵秋涛之排空而起也。”

（清）沈德潜：“‘其意不在书’一语，空际掀翻，如海上潮来，银山蹴起。”

论项羽范增

题解

本文也是苏轼在宋仁宗嘉祐六年（1061）应制科考试时所呈的《进论》之一。

汉用陈平计，间疏楚君臣。项羽疑范增与汉有私，稍夺其权。增大怒曰：“天下事大定矣，君王自为之，愿赐骸骨，归卒伍。”未到彭城，疽发背死。

苏子曰：“增之去，善矣，不去，羽必杀增，独恨其不早耳。”然则当以何事去？增劝羽杀沛公，羽不听，终以此失天下，当以是去耶？曰：“否。增之欲杀沛公，人臣之分也。羽之不杀，犹有君人之度也，增曷为以此去哉？《易》曰：‘知几其神乎！’《诗》曰：‘相彼雨雪，先集维霰(xiàn)①。’增之去，当于羽杀卿子冠军②时也。”

陈涉之得民也，以项燕、扶苏。项氏之兴也，以立楚怀王孙心；而诸侯叛之也，以弑义帝。且义帝之立，增为谋主矣。义帝之存亡，岂独为楚之盛衰，亦增之所与同祸福也。未有义帝亡，而增独能久存者也。羽之杀卿子冠军也，是弑义帝之兆也，其弑义帝，则疑增之本也，岂必待陈平哉？物必先腐也，而后虫生之；人必先疑也，而后谗入之。陈平虽智，安能间无疑之主哉？

［注释］

①霰：雪珠。②卿子冠军：指宋义。秦末各路大军纷纷起义时，秦军围攻赵王，义帝派宋义为上将军，项羽为次将，范增为末将，领兵前去救援。抵达安阳（今山东曹县东南），宋义按兵不进，被项羽所杀。

[译文]

汉军使用陈平的计策，离间疏远了楚军的君臣关系。项羽怀疑范增与汉军有私情，于是就慢慢地剥夺了他的权力。范增大怒说："天下的事已定下来了，请你好自为之，希望你能让我回家，结束军队生活。"还未到彭城，范增就患疽病死了。

项 羽

我说："范增离开是对的，如果不离开，项羽必定杀他，只是遗憾他不早一点离开。"然而应该因为什么事离开呢？范增劝说项羽杀刘邦，项羽不听，最终因此而失去了天下，应该是因此而离开的吗？我说："不是。范增想杀刘邦，是作为人臣的分内之事。项羽不杀他，是因为他还有君子的风度，范增为何因此而离开？《周易》上说：'能预知事物的苗头是神明！'《诗经》上说：'看那天上下雪，是先落雪珠的。'范增离去，应该是因为项羽杀了卿子冠军这件事。"

陈涉得了民心，是凭项燕、扶苏的名号。项羽的兴起，是因为立了楚怀王的孙子熊心为义帝；而诸侯背叛后又杀了义帝。并且义帝在立位之时，范增是主要策划人。义帝的存亡不仅关系到楚国的兴衰，也关系着范增的祸福。没有听说义帝死了，而范增还能在此久居的。项羽杀卿子冠军，是杀义帝的先兆；而杀义帝是怀疑范增的根本，难道一定要等陈平使用反间之计吗？事物必定先自己腐烂，然后才能生虫；人一定是先有疑心了，然后离间才能奏效。陈平虽有智慧，怎么能离间没有猜疑的君臣呢？

吾尝论：义帝，天下之贤主也。独遣沛公入关，而不遣项羽，识卿子冠军于稠人之中，而擢为上将，不贤而能如是乎？羽既矫杀卿子冠军，义帝必不能堪，非羽弑帝，则帝杀羽。不待智者而后知也，增始劝项梁立义帝，诸侯以此服从。中道而弑之，非增之意也。夫岂独非其意，将必力争而不听也。不用其言，而杀其所立，羽之疑增必自此始矣。

方羽杀卿子冠军，增与羽比肩而事义帝，君臣之分未定也。为增计者，力能诛羽则诛之，不能则去之，岂不毅然大丈夫也哉？增年七十，合则留，不合则去，不以此时明去就之分，而欲依羽以成功名，陋矣？虽然，增，高帝之所畏也，增不去，项羽不亡。呜呼，增亦人杰也哉！

［译文］

我曾经议论义帝，说他是天下的贤主。只让刘邦入关而不派项羽，在众人中识别卿子冠军，提拔他为上将，如果不贤能这样吗？项羽假托君命杀了卿子冠军，义帝必定不能忍受，不是项羽杀义帝，就是义帝杀项羽。想不到聪明人落后了，范增起先劝项梁立义帝，诸侯因此而服从。半途杀了他，这不是范增的意思。这不仅不是他的意思，而且他肯定极力争取但项羽没有听他的。不听他的话，反而杀了他所立的人，项羽怀疑范增一定是从这时就开始的。

当项羽杀卿子冠军时，范增与项羽并肩侍奉义帝，君臣的名分还没有定。替范增出谋的人都说能除掉项羽，就除掉，不能除掉，就应离开他，不果断怎么能成为大丈夫？范增那时已经七十岁了，能合作就合作，不能合作就离开，不在这个时候明确去留，反而想依靠项羽成就名声，不是太浅见了吗？然而范增是刘邦所怕的人，他不离去，项羽就不会灭亡。唉，范增也是人中俊杰啊！

［集解］

（宋）罗大经："（论范增）曰：'增始劝项梁立义帝……自此始矣。'以无为有者也。"

（明）茅坤："增之罪案，一一刺骨。"

（清）储欣："论未确。而行文跳脱，不肯一字粘著纸上。"

贾谊论

题解

本文是苏轼在宋仁宗嘉祐六年（1061）应制科考试时所呈的《进论》之一。

非才之难，所以自用者实难。惜乎！贾生，王者之佐，而不能自用其才也。

夫君子之所取者远，则必有所待；所就者大，则必有所忍。古之贤人，皆负可致之才，而卒不能行其万一者，未必皆其时君之罪，或者其自取也。

愚观贾生之论，如其所言，虽三代何以远过？得君如汉文，犹且以不用死。然则是天下无尧、舜，终不可有所为耶？仲尼圣人，历试于天下，苟非大无道之国，皆欲勉强扶持，庶几一日得行其道。将之荆，先之以冉有，申之以子夏。君子之欲得其君，如此之勤也。孟子去齐，三宿而后出昼，犹曰："王其庶几召我。"君子之不忍弃其君，如此其厚也。公孙丑问曰："夫子何为不豫？"孟子曰："方今天下，舍我其谁哉？而吾何为不豫？"君子之爱其身，如此其至也。夫如此而不用，然后知天下果不足与有为，而可以无憾矣。若贾生者，非汉文之不能用生，生之不能用汉文也。

[译文]

不是才能难得，而是自己把才能施展出来实在困难。可惜啊！贾谊是辅佐帝王的人才，却未能施展自己的才能。

君子要想实现远大的目标，就一定要等待时机；要想成就伟大的功业，则一定要能够忍耐。古代的贤能之士，都有建功立业的才能，但有些人最终未能施展其才能的万分之一，这未必都是当时君王的过错，有时也是他们自己造成的。

我看贾谊的议论，照他所提出的规划目标，即使夏、商、周三代的成就又怎能远远地超过他？遇到像汉文帝这样的明君，尚且因未能尽才而郁郁死去。照这样说起来，如果天下没有尧、舜那样的圣君，就终身不能有所作为了吗？孔子是圣人，曾周游天下，只要不是极端无道的国家，他都想勉力扶助，希望终有一天能实践他的政治主张。将到楚国时，孔子先派冉有去接洽，再派子夏去联络。君子要想得到国君的重用，就应该这样殷切。孟子离开齐国时，在昼地住了三夜才出走，还说："齐宣王大概会召见我的。"君子不忍心别离他的国君，感情是这样深厚。公孙丑向孟子问道："先生为什么不高兴？"孟子回答："当今治国平天下的人才，除了我还有谁呢？我为什么要不高兴？"君子爱惜自己是这样无微不至。如果做到了这一点，还是得不到施展，那么就应当明白世上果真已没有一个可以共图大业的君主了，也就可以没有遗憾了。像贾谊这样的人，不是汉文帝不重用他，而是贾谊不能利用汉文帝来施展自己的政治抱负啊。

夫绛侯亲握天子玺而授之文帝，灌婴连兵数十万，以决刘、吕之雌雄，又皆高帝之旧将，此其君臣相得之分，岂特父子骨肉手足哉？贾生，洛阳之少年，欲使其一朝之间，尽弃其旧而谋其新，亦已难矣。为贾生者，上得其君，下得其大臣，如绛、灌之属，优游浸渍而深交之，使天子不疑，大臣不忌。然后举天下而唯吾之所欲为，不过十年，可以得志。安有立谈之间，而遽为人痛哭哉？观其过湘为赋以吊屈原，纡郁愤闷，趯(yuè)[1]然有远举之志。其后卒以自伤哭泣，至于夭绝。是亦不善处穷者也。夫谋之一不见用，则安知终不复用也？不知默默以待其变，而自残至此。呜呼！贾生志大而量小，才有余而识不足也。

古之人，有高世之才，必有遗俗之累。是故非聪明睿哲不惑之主，则不能全其用。古今称苻坚得王猛于草茅之中，一朝尽斥去其旧臣，而与之谋。彼其匹夫略有天下之半，其以此哉！愚深悲生之志，故备论之。亦使人君得如贾生之臣，则知其有狷介之操，一不见用，则忧伤病沮，不能复振。而为贾生者，亦慎其所发哉！

[注释]

①趯：跳跃。

[译文]

绛侯周勃曾亲手持着皇帝的印玺献给汉文帝，灌婴曾联合数十万兵力，掌握着刘、吕两家胜败的命运，他们都是汉高祖的旧部，这种君臣遇合的深厚情分，哪里只是父子骨肉之间的感情所能比拟的呢？贾谊不过是洛阳的一个青年，要想使汉文帝在一朝一夕之间，就全部弃旧图新，也真太难了。作为贾谊这样的人，应该向上取得皇帝的信任，向下取得大臣的支持，对于周勃、灌婴之类的大臣，要从容渐进、感情深厚地结交他们，使得天子不疑虑，大臣不猜忌。这样以后，整个国家才会按他的主张去治理，不出十年，就可以实现自己的理想。怎么能在顷刻之间就突然对人痛哭起来呢？看他路过湘江时作赋凭吊屈原，心绪烦乱，十分忧郁愤懑，大有远走高飞、悄然退隐之意。此后，终因经常感伤哭泣，以至于早死。这也真是个不善于身处逆境的人。谋略一时不被采用，怎么知道就永远不被采用呢？不知道默默地等待形势的变化，而自我摧残到如此地步。唉！贾谊真是志向远大而气量狭小，才力有余而见识不足。

古人有出类拔萃的才能，必然会不合时宜而招致困境。因此若非英明智慧、不受蒙蔽的君主，就不能充分发挥他们的作用。古人和今人都称道苻坚能从草野平民之中起用王猛，在很短时间内全部斥去了原来的大臣而与王猛商讨军国大事。苻坚那样一个平常之辈，竟能占据了半个天下，这道理就在于此吧！我很惋惜贾谊的抱负未能施展，所以对此加以详尽地评论。同时也要使君主明白：如果得到了像贾谊这样的臣子，就应当了解这类人有孤高不合群的性格，一旦不被重用，就会忧伤颓废，不能重新振作起来。而像贾谊这种人，也应该有节制地发泄自己的情感啊！

[集解]

（明）王慎中："谓贾生不能用汉文，直是说得贾生倒，而文字翻覆变幻，无限烟波。"

（明）茅坤："细观此文，子瞻高贾生一格。"

（清）刘大櫆："长公笔有仙气，故文极纵荡变化，面落韵甚轻。"

晁错论

题解

本文是苏轼在宋仁宗嘉祐六年（1061）应制科考试时所呈的《进论》之一。

天下之患，最不可为者，名为治平无事，而其实有不测之忧。坐观其变，而不为之所，则恐至于不可救；起而强为之，则天下狃(niǔ)[①]于治平之安而不吾信。惟仁人君子豪杰之士，为能出身为天下犯大难，以求成大功；此固非勉强期月之间，而苟以求名之所能也。

天下治平，无故而发大难之端。吾发之，吾能收之，然后能免难于天下。事至而循循焉欲去之，使他人任其责，则天下之祸，必集于我。

昔者晁错尽忠为汉，谋弱山东之诸侯，诸侯并起，以诛错为名。而天子不察，以错为说。天下悲错之以忠而受祸，而不知错之有以取之也。

古之立大事者，不惟有超世之才，亦必有坚忍不拔之志。昔禹之治水，凿龙门，决大河而放之海。方其功之未成也，盖亦有溃冒冲突可畏之患。惟能前知其当然，事至不惧，而徐为之所，是以得至于成功。

汉景帝刘启

［注释］

①狃：拘泥。

［译文］

天下的灾难，最难以解决的，是表面看来太平无事，其实有无法预料的隐患。旁观事态的发展，而不去解决它，就怕事情发生的时候已经无可救药了；采用强制办法武断处理，那么我不相信天下还能维持太平的状态。只有那些仁人、君子、贤士、英雄，才能不怕艰险为国家效力，以此建立功勋；但这本来就不是在短时间就能勉强解决的事，因此这些贤人、英雄们这样做只是为了出名。

国家在平安稳定之际，突然无故发生灾难。我敢站出来，我能解决，对天下人我就有了交代。事情解决不了，却犹豫徘徊，想逃避它，让别人承担责任，那国家灾难的罪魁，就集中到我身上了。

从前晁错为汉朝尽忠，谋划削弱太行以东的诸侯国的实力，这些国家一同叛乱，借着诛杀晁错的名义。但是皇帝不辨是非，反而归咎于晁错。天下人惋惜晁错因为忠心而承担罪名，却不知道这是晁错咎由自取啊。

自古能成就伟大功绩的人，不仅要有超凡的才能，也一定要具备坚忍不拔的意志。从前大禹治水，凿开龙门堤口，引导河水流入大海。开始还没有成功的时候，也有洪水泛滥的巨大隐患。只是大禹能够清楚事情会如何发展，洪水发生后就不感到害怕，而是慢慢地寻找处理办法，所以最后获得了成功。

夫以七国之强，而骤削之，其为变，岂足怪哉？错不于此时捐其身，为天下当大难之冲，而制吴楚之命，乃为自全之计，欲使天子自将而己居守。且夫发七国之难者，谁乎？己欲求其名，安所逃其患？以自将之至危，与居守之至安；己为难首，择其至安，而遗天子以其至危，此忠臣义士所以愤怨而不平者也。

当此之时，虽无袁盎①，错亦未免于祸。何者？己欲居守，而使人主自将。以情而言，天子固已难之矣，而重违其议。是以袁盎之说，得行于其间。使吴楚反，错以身任其危，日夜淬砺，东向而待之，使不至于累其君，则天子将恃之以为无恐，虽有百袁盎，可得而间哉？

嗟夫！世之君子，欲求非常之功，则无务为自全之计。使错自将而击吴楚，未必无功。惟其欲自固其身，而天子不悦，奸臣得以乘其隙。错之所以自全者，乃其所以自祸欤！

［注释］

①袁盎：此人反对削藩，主张杀晁错，不给诸侯国反叛的借口。

［译文］

七个诸侯国当时已经很强大，突然要削弱七国势力，他们叛变，这奇怪吗？晁错这个时候只有挺身而出，站在解决问题的最前沿，来平定吴国、楚国的叛乱，这才是保全自己的办法，可他却怂恿皇帝亲自出征，而自己驻守后方。那么造成七国叛变的是谁呢？晁错自己要追求名声，怎么能够逃避自己制造出来的问题呢？亲自出征是最危险的，留守后方是最安全的；自己是问题的制造者，却选择留守后方，反而劝说皇帝去做最危险的事，这是忠臣义士们最反感的做法。

当时，就算没有袁盎，晁错也不会幸免于死的。为什么呢？他自己打算留守，而让皇帝亲自出征。从情理上说，皇帝已经很为难了，所以内心反对晁错的建议。也正因为如此，袁盎杀掉晁错安抚叛军的建议才得以实行。如果吴楚等国叛乱，晁错挺身而出，奋发图强，昼夜练兵，做好防守东边的准备，使叛军不会威胁到皇帝，那么皇帝就会依赖晁错而没有忧虑，就算有一百个袁盎，还能离间他们君臣的关系吗？

唉！世上的君子，想要建立大的功业，没有一个先考虑保全自己的。如果晁错亲自带兵讨伐叛军，未必不能取胜。只是他想保全性命，导致皇帝不高兴，奸臣才得以有机可乘。晁错这种保全性命的做法，那是自取其祸啊！

［集解］

（宋）吕祖谦："此篇前面引人事说景帝虽为治平，有七国之变。此篇体制好，大概作文要渐渐引入来。"

（宋）谢枋得："此论先立冒头，然后入事，又是一格。老于世故，明于人事，有幽深思远之志，有排难解纷之勇，不特文章之功也。"

（清）金圣叹："此是先生破尽身见，独存义勇，而乃抒为妙文。后贤且只学其刀刀见血。"

决壅蔽

题解

苏轼于宋仁宗嘉祐六年(1061)应制科考试时,曾奏《进策》二十五篇。本篇是进策中《策别课百官》其三。文中分析了宋朝的政治弊害和社会危机,提出了改革主张。全文说理透辟,见解明晰,是一篇切中时弊的政论文。

所贵乎朝廷清明而天下治平者,何也?天下不诉[1]而无冤,不谒而得其所欲。此尧舜之盛也。其次不能无诉,诉而必见察,不能无谒,谒而必见省。使远方之贱吏,不知朝廷之高,而一介之小民,不识官府之难,而后天下治。今夫一人之身,有一心两手而已,疾痛苛[2]痒,动于百体[3]之中。虽其甚微不足以为患,而手随至,夫手之至,岂其一一而听之心哉?心之所以素爱其身者深,而手之所以亲听于心者熟,是故不待使令而卒[4]然以自至。圣人之治天下,亦如此而已。百官之众,四海之广,使其关节脉理,相通为一。扣之而必闻,触之而必应。夫是以天下可使为一身,天子之贵,土民之贱,可使相爱。忧患可使同,缓急可使救。

[注释]

①诉:诉讼。②苛:同“疴”,疥疮。③百体:身体的各个器官。④卒:通“猝”。

[译文]

什么叫作朝廷的政治清明,天下得到平稳治理呢?即百姓没有冤枉要进行诉讼,不用向官府反映问题就能得到解决。做到这点,就可以说重现了尧舜盛世。如果做不到这一点,那么退一步讲,百姓去官府诉讼能够得到明察,去反映问题能够得到解决,也是好的。要让远离朝廷的小吏不觉得朝廷遥不可及,要让普通的百姓不觉得面见官府困难,这样天下就能得到治理了。一个人,不过有一颗心两只手罢了,而身体的各个器官都会得病,且病症繁多。就算是很微小的症候,可以手到病除,但这只医治病痛的手,能够完全听从心的指挥吗?心一向是希望身体康健的,而手一向是听从心的指挥的,因此四肢灵活，关节畅通，一旦身体的某处发生痛痒，两手就会自动保护。圣人治理天下，也应该如此。官员数量众多，分布在广阔的疆域，使国家关节畅通，这和人的身体是同一个道理。敲它、碰它都会得到回应。天下就好比一个人的身体，高贵的天子和贫贱的百姓应该互相关爱。这样有了忧患可以共同分担，有了灾祸可以一同救助。

今也不然，天下有不幸，而诉其冤，如诉之于天。有不得已，而谒其所欲，如谒之于鬼神。公卿大臣不能究其详悉，而付之于胥吏①。故凡贿赂之先至者，朝请而夕得；徒手而来者，终年而不获。至于故常之事，人之所当得而无疑者，莫不务为留滞，以待请属②。举天下一毫之事，非金钱无以行之。

[注释]

①胥吏：官府中的衙差小吏。②请属：请托，指通关系。

[译文]

今天的情况却不是如此，天下有了不幸的事，百姓去官府申诉，好像是在祈求上天为其申冤。有了无法解决的问题，去官府反映，就好像去面见鬼神。公卿大臣们不能听取百姓详尽的诉说，完全让官府中的衙差小吏去办。于是那些先行贿赂的人，问题往往很快就得到解决；而没有贿赂的人，问题可能永远得不到解决。于是，哪怕是一些平常之事，一旦没有得到及时解决，人们就会认为是官吏故意滞留，等着通关系的人来行贿。于是天下很小的事，没有金钱就无法办到。

昔者汉唐之弊，患法不明，而用之不密，使吏得以空虚无据之法而绳天下，故小人以无法为奸。今也法令明具，而用之至密，举天下惟法之知。所欲排者，有小不如法，而可指以为瑕。所欲与者，虽有所乖戾①，而可借法以为解。故小人以法为奸。今天下所为多事者，岂事之诚多耶？吏欲有所鬻(yù)②而未得，则新故相仍，纷然而不决。此王化之所以壅(yōng)遏③而不行也。

[注释]

①乖戾：违法。②鬻：卖。③壅遏：堵塞。

[译文]

以前汉唐的弊端，就在于法度不明，执行不细致，使得官吏钻了法律的空子，让小人做了奸佞之事而得不到法律的制裁。今天法令明确，执行周密细致，天下之人都知道法度。所要排除的，就是一些很小的、吹毛求疵之事。所要管的，是尽管违法却可以用法律来解决的事。因此小人常常利用法律来做坏事。如今天下之所以多事，并非事情确实那么多，而是官吏想卖法收贿，还没达到目的，因此新旧交替，事情越积越多，得不到解决。这就是朝廷的法令得不到切实实行的原因。

昔桓文之霸①，百官承职②，不待教令而办。四方之宾至，不求有司。王猛③之治秦，事至纤悉，莫不尽举，而人不以为烦。盖史之所记，麻思还冀州，请于猛，猛曰："速装，行矣。"至暮而符下，及出关，郡县皆已被符。其令行禁止而无留事者，至于纤悉，莫不皆然。苻坚④以戎狄之种至为霸王，兵强国富，垂及升平者，猛之所为，固宜其然也。

[注释]

①桓文之霸：桓，指齐桓公。文，指晋文公。二人都是春秋时期的霸主。②承职：奉行各自的职责。③王猛：字景略，前秦国主苻坚的丞相，治国果断力行，富有方略。④苻坚：前秦国主，氐族。

[译文]

古时齐桓公、晋文公建立霸业，百官奉行各自的职责，不用等待教令就会自行办理。四方来客，不需要临时请有关部门解决问题。王猛治理前秦，细微的小事也没有不尽力的，没有人厌烦。据史书记载，麻思要回冀州，向王猛告假，王猛说："快快收拾行李，马上上路吧。"晚上麻思出关，所有的郡县都接到了公文，准许其通行。王猛令行禁止，没有滞留的公事，连如此小事也不例外。苻坚虽然是氐族，但能够在中原建立霸业，国富兵强，社会太平繁荣，这些都是王猛的功劳。

今天下治安，大吏奉法，不敢顾私，而府吏之属招权鬻法。长吏心知而不问，以为当然。此其弊有二而已：事繁而官不勤，故权在胥吏。欲去其弊也，莫如省事而厉精。省事莫如任人，厉精莫如自上率之。

今之所谓至繁，天下之事，关于其中，诉者之多，而谒者之众，莫如中书与三司[①]。天下之事，分于百官，而中书听其治要。郡县之钱币制于转运使[②]，而三司受其会计。此宜若不至繁多。然中书不待奏课以定其黜陟，而关预[③]其事，则是不任有司也。三司之吏，推析赢虚，至于毫毛，以绳郡县，则是不任转运使也。故曰：省事莫如任人。

[注释]

①中书与三司：中书，中书省，中央官署名。三司，指盐铁、度支、户部三司，总领国家财富。②转运使：宋代朝廷特命的路一级的常设官员，主管所属各州水陆运转和财政税收。③关预：参与。

[译文]

如今天下太平安定，高官大吏奉公守法，不敢顾及私利，但是官府中的小吏大肆揽权，出卖法律。他的上司虽然知道，却不过问，认为这种事情是理所当然的。这种情形会产生两种弊端：一是公事繁多但官员不勤奋；二是权力掌握在小吏的手中。要想去除弊病，就要精简中央官署的事务，让官员们振奋精神勤于政务。要精简官署的事务就要信任官员，要让官员勤奋就必须自上而下有一个表率的作用。

舜

今日所说的繁多的官务，以天下之事来看，其中最多的，莫过于向上反映问题，而这其中的多数，是向中书省和盐铁、度支、户部这些掌管国家财政的机构投诉。国事分给百官掌管，而中书省总领他们，考察掌管要紧的事务。郡县的财政由转运使掌管，三司对其进行总的统计。这种办法适宜事务并不繁多的情况。如今，中书省不等有关方面的申奏考核，可以直接决定官员的升降，这表明中书省不信任常设的在职官员。三司对各路财政管得太细太死，想以此管辖郡县，这也是不信任转运使的表现。因此，要想精简事务，一定要信任所任命的官员。

古之圣王爱日以求治，辨色而视朝。苟少安焉而至于日出，则终日为之不给。以少而言之，一日而废一事，一月则可知也，一岁则事之积者不可胜数矣。故欲事之无繁，则必劳于始而逸于终。晨兴而晏罢[①]，天子未退，则宰相不敢归安于私第；宰相日昃（zè）[②]而不退，则百官莫不震悚尽力于王事，而不敢宴游，如此则纤悉隐微莫不举矣。天子求治之勤，过于先王，而议者不称王季[③]之晏朝，而称舜之无为。不论文王之日昃，而论始皇之量书[④]，此何以率天下之怠耶？臣故曰：厉精莫如自上率之，则壅蔽决矣。

［注释］

①晏罢：晚上退朝。②日昃：太阳落山。③王季：名季历，周文王之父。《史记·周本纪》载他“日中不暇食而待士”。④始皇之量书：《史记·秦始皇本纪》载：始皇定天下后，“天下之事无大小皆决于上，上至以衡石量书，日夜有呈，不中呈，不得休息”。

［译文］

古代有德行的圣君无不勤于政事，天明即上朝听政。偶尔多休息一会儿，等太阳出来了才上朝，必然会一整天忙于政事。以小事来看，如果一天少做一件事，那么一个月要少做多少事呢？一年下来，积累起来的事情就多得数不胜数了。所以，要想事情不至于繁多，就必须自始至终勤奋不懈。早起上朝晚上退朝，天子不休息，宰相就不敢回家；宰相到了太阳偏西还在工作，那么百官都会为之震动，尽力做好自己的工作，不会去宴乐游玩，这样一来，就算是细微的小事也会得到妥善处理。天子勤于政事，比以前的帝王都要勤劳，可是朝官不称颂季历的励精图治，偏偏鼓吹舜的无为之治。不称颂周文王的勤政，而讥讽秦始皇量书，这种言论怎么能让天下的官员都勤奋起来呢？因此臣说：励精图治一定要由天子作出表率，这样才能治理政令法规堵塞无法执行的弊病。

教战守策

题解

本文是苏轼在宋仁宗嘉祐六年（1061）应制科考试时，所奏《策别》中议论“安万民”问题的第五篇。北宋中期以后，辽和西夏成为西北边境的严重威胁，苏轼分析了当时的形势，清醒地预见到战争不可避免，明确指出知安忘危的危险，建议朝廷改变萎靡不振的局面，使百姓“尊尚武勇，讲习兵法”，以便应对战局。这是一篇很有见地，现实性、针对性较强的政论文。

夫当今生民之患，果安在哉？在于知安而不知危，能逸而不能劳。此其患不见于今，将见于他日。今不为之计，其后将有所不可救者。

昔者先王①知兵之不可去也，是故天下虽平，不敢忘战。秋冬之隙，致民田猎以讲武。教之以进退坐作之方，使其耳目习于钟鼓、旌旗之间而不乱。使其心志安于斩刈(yì)、杀伐之际而不慑②。是以虽有盗贼之变，而民不至于惊溃。及至后世，用迂儒之议，以去兵为王者之盛节③；天下既定，则卷甲而藏之。数十年之后，甲兵顿弊，而人民日以安于佚乐。卒④有盗贼之警，则相与恐惧讹言，不战而走。开元、天宝⑤之际，天下岂不大治？惟其民安于太平之乐，酣豢(huàn)⑥于游戏、酒食之间，其刚心勇气，消耗钝眊(mào)⑦，痿(wěi)蹶⑧而不复振。是以区区之禄山⑨一出而乘之，四方之民兽奔鸟窜，乞为囚虏之不暇，天下分裂，而唐室因以微矣。

［注释］

①先王：指夏、商、周三代帝王。②慑：害怕。③盛节：美好的法度。④卒：同“猝”，突然。⑤开元、天宝：唐玄宗李隆基的年号。⑥酣豢：沉醉安养。⑦钝眊：迟钝衰竭。⑧痿蹶：精力疲敝。⑨禄山：安禄山，安史之乱的发动者，天宝末年起兵攻陷长安。

［译文］

目前人民的忧患，究竟在哪里呢？就在于身处安定而不知危险，能享受安乐而不能忍受劳苦。这种忧患不会马上显现，而是会在日后体现出来。如果现在不想出对策，那么往后危险降临就不好救援了。

过去夏、商、周三代帝王知道军队是不可以解散的，因此虽然天下太平，也不敢忘记操练军队。在秋冬的农闲时节，召集百姓打猎借以练武。教他们前进、后退、跪下、起立的操作，使大家听惯了战鼓，看惯了旌旗，不会发生混乱。使大家在攻守斩杀的时候心志安定，不会感到恐惧。因此即使有叛乱发生，人民也不会惊慌溃散。到了后世，君王采用那些迂腐儒生的建议，认为解除军备才是圣明天子美好法度的体现；天下既然安定了，就要将铠甲、兵器都收起来。数十年以后，兵将都麻痹了，老百姓也日益安于享乐。突然有了兵乱，人们就只会相互传播恐惧的消息，不抵抗就逃跑了。唐朝开元、天宝年间，天下难道不是得到了治理吗？老百姓都在太平世道中安稳生活，沉醉于吃喝玩乐之中，勇气和心志都被消耗殆尽，精力疲惫，不再振奋。因此区区一个安禄山的叛变，就让天下的百姓四处逃亡，好像受惊的鸟兽一样没有主张，忙不迭地向敌人投降。至此天下分裂，唐朝从此走向了衰微。

盖尝试论之：天下之势，譬如一身。王公贵人，所以养其身者，岂不至哉？而其平居常苦于多疾。至于农夫小民，终岁劳苦，而未尝告疾，此其何故也？夫风雨、霜露、寒暑之变，此疾之所由生也。农夫小民，盛夏力作，而穷冬暴露，其筋骸之所冲犯，肌肤之所浸渍[①]，轻霜露而狎风雨，是故寒暑不能为之毒。今王公贵人，处于重屋之下，出则乘舆，风则袭裘[②]，雨则御盖[③]。凡所以虑患之具，莫不备至。畏之太甚，而养之太过，小不如意，则寒暑入之矣。是故善养身者，使之能逸而能劳，步趋动作，使其四体狃(niǔ)[④]于寒暑之变，然后可以刚健强力，涉险而不伤。夫民亦然。今者治平之日久，天下之人，骄惰脆弱，如妇人孺子，不出于闺门。论战斗之事，则缩颈而股栗；闻盗贼之名，则掩耳而不愿听。而士大夫亦未尝言兵，以为生事扰民，渐不可长，此不亦畏之太甚而养之太过欤？

且夫天下固有意外之患也。愚者见四方之无事，则以为变故无自而有，此亦不然矣。今国家所以奉西北之虏者，岁以百万计[⑤]。奉之者有限，而求之者无厌，此其势必至于战。战者，必然之势也。不先于我，则先于彼；不出于西，则出于北。所不可知者，有迟速远近，而要以不能免也。天下苟不免于用兵，而用之不以渐，使民于安乐无事之中，一旦出身[⑥]而蹈死地，则其为患必有不测。故曰：天下之民，知安而不知危，能逸而不能劳，此臣所谓大患也。

[注释]

①浸渍：被水浸泡。②裘：皮袄。③盖：雨伞。④狃：习惯。⑤今国家所以奉西北之虏者，岁以百万计：宋仁宗庆历年间，每年向辽朝献纳银二十万两，绢三十万匹；向西夏输银十万两，绢十万匹。西，指西夏。北，指辽国。百万，指数量之多。⑥出身：投身。

[译文]

由此，我曾试着分析这个问题：如果将天下的形势比作一个人。王公贵人，凡是能够养护他身体的手段，没有不用的，但为什么他还总是苦恼身体多病呢？那些农夫贫民，终年劳苦耕作，却很少叹息身体多病，这是为什么呢？刮风下雨、霜降露水、冷热天气的交汇，都是疾病产生的原因。农夫小民，在炎热的天气下也会努力耕作，最冷的冬天也在野外劳作，他们的筋骨受过磨炼，肌肤被水浸泡，习惯了风雨霜露的侵袭，冷热的变化也不能够侵害到他们。而那些王公贵人，住在宽大的屋子里，出门就乘车，刮风就穿皮袄，下雨就打伞。凡是能防备灾患的东西，没有不完备的。因为太过害怕，所以保养得就太过小心谨慎，一旦有些小的地方没注意到，就会病倒了。因此善于保养身体的人，都是既会休息又不忘劳作，在行走劳动之中，让身体习惯于季节的更替，这样才能使身体强健有力，遇到不好的天气也不会生病。身体是这样，百姓也是如此。如今天下太平，人们安于这种现状，骄傲懒惰的情绪日益增多，小心得与女人和孩子一般，轻易连门都不出。一说到战斗的事，就缩着脖子两腿发抖；传来盗贼的恶名，就捂着耳朵不愿去听。百姓如此，士大夫们也不议论战争，以为谈论战争是生事扰民的举动，这不就是因为畏惧情绪太深，所保养得愈发谨慎小心吗？

要知道天下的忧患往往发生在意料和预防之外。没有长远思虑的人，看到眼下天下太平，就认为不会发生什么变故，这是不对的。如今国家被西夏和辽国侵扰，每年要向他们献纳银百万。我们供给的钱和绢帛是有限量的，可是他们贪婪的心理是不会满足的，这种情势发展下去，一定会带来战争。这种战争是必然的，不是我方先发动，就是对方先发动；不是由西夏发动，就是由辽国发动。我们所不能确定的，是这战争何时发生，在何地发生，但没有办法提前制止。既然不能避免要用兵作战，就要早做准备，用兵不在平时渐进地训练，使人民在安乐无事之时提高警惕，忽然有一天要他们出来牺牲生命去与敌人交战，那么这样造成的祸患必定是不可预测的。因此说：天下的百姓，如果只贪图安乐生活而没有忧患意识，只会享受而不能劳动，这就是国家最大的危机。

臣欲使士大夫尊尚武勇，讲习兵法；庶人之在官者①，教以行阵之节；役民之司盗者②，授以击刺之术。每岁终则聚于郡府，如古都试③之法，有胜负，有赏罚。而行之既久，则又以军法从事。然议者必以为无故而动民，又挠以军法，则民将不安。而臣以为此所以安民也。天下果未能去兵，则其一旦将以不教之民而驱之战。夫无故而动民，虽有小恐，然孰与夫一旦之危哉？

今天下屯聚之兵，骄豪而多怨，陵压百姓而邀④其上者，何故？此其心以为天下之知战者，惟我而已。如使平民皆习于兵，彼知有所敌，则固以破其奸谋，而折其骄气。利害之际，岂不亦甚明欤？

［注释］

①庶人之在官者：在军队服役的平民。②役民之司盗者：从民间抽调的负责捕盗的差役。③都试：汉代定期集合官兵于都城演习武事的一种制度。《汉书·韩延寿传》载：“及都试讲武，设斧钺旌旗，习射御之事。”④邀：要挟。

［译文］

我希望士大夫们都能尊崇习武的精神，习惯于谈论兵法；那些在军队中服役的平民，要练习阵法；从民间抽调的负责捕盗的差役，要学会搏杀的技巧。每年的年末农闲时，官府要组织聚会，像古时候那样组织官兵演习，不但要有胜负的较量，还要有赏罚的措施。这种方法推行一段时间后，可以按照军队的法规办事。有些人会认为这样做是无故使人民劳累，让军队的法令受到干扰，人民将得不到安定的生活。但我认为这样做恰恰可以让人们得到安定的生活。天下如果不能免除战争，那么一旦发生动乱，就必须要让得不到训练的人民去战场交锋。平时无故使人民操劳，虽然会给人民带来一些小的恐慌，但比起突如其来的危险，哪一个带来的恐惧更大呢？

如今国家的军队，士兵大多骄傲并怀有怨气，不时欺压百姓，要挟长官，这是为什么呢？他们认为天下懂得战争，了解军法的只有自己而已。如果平时能够让百姓也习武，就会让这些兵士知道百姓也是不弱于他们的。知道了这些，不但能挫败他们反叛的锐气，也能打败他们骄傲的气焰。权衡利弊，这难道不是很好的举措吗？

［集解］

（明）王守仁：“宋嘉祐间，海内狃于晏安，而耻言兵。长公预知北狩事，故发此议论。”

（明）宗臣：“此篇文字绝好，词意之玲珑，神髓之融液，势态之翩跹，各臻其妙。”

乞校正陆贽奏议进御札子

题解

本文是苏轼呈给皇帝的奏折。

臣等猥(wěi)以空疏，备员讲读①。圣明天纵，学问日新。臣等才有限而道无穷，心欲言而口不逮②，以此自愧，莫知所为。

窃谓人臣之纳忠，譬如医者之用药，药虽进于医手，方多传于古人。若已经效于世间，不必皆从于己出。

伏见唐宰相陆贽(zhì)③，才本王佐，学为帝师。论深切于事情，言不离于道德，智如子房而文则过，辩如贾谊而术不疏，上以格君心之非，下以通天下之志。三代已还，一人而已。但其不幸，仕不遇时。德宗以苛刻为能，而贽谏之以忠厚；德宗以猜疑为术，而贽劝之以推诚；德宗好用兵，而贽以消兵为先；德宗好聚财，而贽以散财为急。至于用人听言之法，治边驭将之方，罪己以收人心，改过以应天道，去小人以除民患，惜名器④以待有功，如此之流，未易悉数。可谓进苦口之药石，针害身之膏肓，使德宗尽用其言，则贞观可得而复。

［注释］

①备员讲读：备员，凑数。讲读，指侍讲、侍读，官名。②逮：到，及。③陆贽：唐德宗时任翰林学士、宰相，后受谗被贬。著有《翰苑集》，亦名《陆宣公奏议》。④名器：意即赏赐不可滥用。《左传》："唯器与名，不可以假人。"

［译文］

臣等才疏学浅，成为皇帝的侍读不过是凑数而已。皇帝的聪明是上天赐予的，学问每天都有进益。我们的才学有限，但知识是无限的，想要陪伴皇帝读书，但心有余而力不足，因此感到非常羞愧，不知该怎么办才好。

我们私下议论，认为臣属要对皇帝尽忠，就像医生对病人用药一样，药虽然是医生所配，但药方大多源自古代。只要是已经被证明有用的，何必在乎一定是医生所发现的呢？

我们所敬佩的唐朝宰相陆贽，以才学辅佐君王。对任何事都有深切的见地，言谈不违背道义，智谋堪比张良，而才学要比张良高；答辩之术和贾谊不相上下，处世之道却比贾谊强多了，他能够指出君王的不足，有治理天下的抱负。像这样的人，夏商周三代以来，只有他一人而已。然而不幸的是，他做官的时运不济。德宗治世苛刻，陆贽以忠厚之心进谏；德宗为人猜疑不定，陆贽便劝他要用人不疑；德宗好大喜功，而陆贽力在消除兵患；德宗喜欢聚揽钱财，陆贽却以散财救民为己任。在用人、治理边患等问题上，陆贽主张自己主动承担过失，以此稳固人心；及时改正错误以顺应天道；远离小人以消除百姓的疾苦；不能随便赏赐臣下，只有立功之人才能获得封赏，能做到这些的人真是太少了。可以说，陆贽就是治病的良药，如果德宗能够听从陆贽的建议，那么贞观之治的局面就可以再次出现了。

臣等每退自西阁，即私相告言，以陛下圣明，必喜贽议论。但使圣贤之相契，即如臣主之同时。昔冯唐论颇、牧①之贤，则汉文为之太息②；魏相条晁、董③之对，则孝宣以致中兴。若陛下能自得师，莫若近取诸贽。夫六经、三史、诸子百家④，非无可观，皆足为治。但圣言幽远，末学支离，譬如山海之崇深，难以一二而推择。如贽之论，开卷了然，聚古今之精英，实治乱之龟鉴。臣等欲取其奏议，稍加校正，缮写进呈。愿陛下置之坐隅，如见贽面，反覆熟读，如与贽言。必能发圣性之高明，成治功于岁月。臣等不胜区区之意，取进止。

［注释］

①颇、牧：颇，指廉颇。牧，指李牧。均为战国名将。②太息：叹息，长叹。③晁、董：晁，指晁错。董，指董仲舒。均为西汉思想家。④六经、三史、诸子百家：六经，即《诗》《书》《礼》《易》《春秋》《乐》。三史，指《史记》《汉书》《后汉书》。诸子百家，指先秦时期孔、孟、庄、老、墨、韩非、荀子等人的著作和儒道、墨、名等各种流派的学说。

［译文］

臣等每次从西阁退出，相互谈论，认为以皇上的聪明，一定喜欢陆贽的议论。只要圣主和贤臣的意见相合，等于相隔百年的君臣处身同一时代。从前，冯唐谈论廉颇、李牧的贤能，使汉文帝为不遇贤才而叹息；魏相列举晁错、董仲舒的对策，令汉宣帝采用而导致汉室中兴。如果皇上能够自去求得老师，没有比就近从陆贽那里取得教益更合适了。传统的六部经书和三部史书、诸子百家的文章，并非没有可观的地方，学习这些文章都有助于治理国家。但是，圣人的言论太深奥，史书和诸子百家的道理太支离破碎，好像山高海深，难以精简地选出来。可是像陆贽的言论，一看就明白，其中聚合了古今政治见解的精华，确实是国家治乱的借鉴。臣等想取来他的奏议，稍为校正，缮写进呈。希望皇上把它放在座位旁边，就像见到陆贽一样，反复熟读，好像和陆贽交谈一样。这样，相信一定能启发皇上神圣的天分，在短时间内成就太平盛世的事业。臣等表达不尽诚恳的心意，希望皇上决定呈进与否。

［集解］

（明）茅坤：“长公所最得意识见，亦最得意条奏，借贽之所苦口于德宗者，感动主上。”

（清）金圣叹：“进宣公奏议，便剀切一如宣公，此是先生天才独擅。然后笔墨之外，毕竟别有一种风流委折，此又是先生本色，不能自掩也。”

（清）储欣：“所以进书之意，轩豁流露。”

书信类

上梅直讲书

题解

本文作于宋仁宗嘉祐二年（1057），是苏轼考中进士后写给梅尧臣的信。梅尧臣字圣俞，时任国子监直讲。这年礼部的进士考试，他为参详官，读到苏轼的试卷后大为赞赏，推荐给了主考官欧阳修。苏轼以这封书信表达了自己的感激之情。

轼每读《诗》至《鸱鸮》(chī xiāo)①，读《书》至《君奭》(shì)②，常窃悲周公之不遇。及观《史》，见孔子厄于陈、蔡之间，而弦歌之声不绝，颜渊、仲由之徒相与问答。夫子曰："匪兕(sì)③匪虎，率彼旷野，吾道非邪，吾何为于此？"颜渊曰："夫子之道至大，故天下莫能容。虽然，不容何病？不容然后见君子。"夫子油然而笑曰："回，使尔多财，吾为尔宰④。"夫天下虽不能容，而其徒自足以相乐如此。乃今知周公之富贵，有不如夫子之贫贱。夫以召公之贤，以管、蔡⑤之亲而不知其心，则周公谁与乐其富贵？而夫子之所与共贫贱者，皆天下之贤才，则亦足与乐乎此矣！

［注释］

①《鸱鸮》：《诗经·豳风》篇名，说成王初立，周公摄政，管叔、蔡叔散布流言，说周公要篡位自立。周公作此诗，托鸟言志，诉说了自己的艰难处境。②《君奭》：《尚书》篇名。奭，周公的弟弟召公的名字。周武王死后，周公和召公共同辅佐成王，召公误信了周公篡位的流言，周公作文自辩，兼以自勉。③兕：一种野牛。④宰：掌管。⑤管、蔡：管叔，名鲜。蔡叔，名度。他们都是周公的弟弟，曾散布流言攻击周公。

［译文］

我每次读到《诗经》的《鸱鸮》，读到《尚书》的《君奭》，总是暗暗悲叹周公没有遇到知己。等到读了《史记》，看到孔子被围困在陈国和蔡国之间，粮食断绝，但弹琴唱歌的声音没断绝过，颜渊、仲由等学生仍跟随在孔子身边学习，互相问答。孔子说："我不是野牛，也不是老虎，却要在旷野上奔波，难道是我的主张不对吗？我为什么会沦落到这种境地呢？"颜渊说："先生的主张极为宏大深远，所以天下没有人能够接受。尽管如此，没人接受又有什么害处？以后他们自然会知道您的见解是正确的。"孔子温和地笑着说："颜回，如果你有很多财产，我就替你管账吧。"虽然天下没有人接受孔子的主张，但他的学生竟能够满足，而且这样快乐。现在我才知道，周公的富贵实在比不上孔子的贫贱。像召公这样的贤人，管叔、蔡叔这样的亲属，却不能够了解周公的心思，那么周公跟谁一同享受这富贵的快乐呢？然而跟孔子一同过着贫贱生活的人，却都是天下的贤才，光凭这一点也就值得快乐啊！

轼七八岁时，始知读书，闻今天下有欧阳公者，其为人如古孟轲、韩愈之徒。而又有梅公者从之游，而与之上下[①]其议论。其后益壮，始能读其文词，想见其为人，意其飘然脱去世俗之乐而自乐其乐也。方学为对偶声律之文，求斗升之禄，自度无以进见于诸公之间。来京师逾年，未尝窥其门。今年春，天下之士群至于礼部，执事与欧阳公实亲试之。诚不自意，获在第二。既而闻之人，执事爱其文，以为有孟轲之风，而欧阳公亦以其能不为世俗之文也而取焉。是以在此非左右为之先容[②]，非亲旧为之请属，而向之十余年间，闻其名而不得见者，一朝为知己。退而思之，人不可以苟富贵，亦不可以徒贫贱，有大贤焉而为其徒，则亦足恃矣。苟其侥一时之幸，从车骑数十人，使闾巷小民聚观而赞叹之，亦何以易此乐也？

《传》曰："不怨天，不尤人。"盖优哉游哉，可以卒岁。执事名满天下，而位不过五品。其容色温然而不怒，其文章宽厚敦朴而无怨言，此必有所乐乎斯道也。轼愿与闻焉。

[注释]

①上下：增减，此处指互相商讨。②先容：事先推荐说情。

[译文]

我七八岁的时候，开始接触诗书，知道了当今天下有一位欧阳公，他的为人就像古

梅尧臣

时的孟子、韩愈一般。还有一位梅公，跟欧阳公交游，凡事都能够相互商讨。后来年纪大了，才能够读他的文章辞赋，想见他的为人，料想他潇洒地脱离世俗的所谓快乐，而自己也因此感到十分快乐。我当时正在学作诗赋骈文，想求得微薄的俸禄，自己估量没有办法进见诸位先生。来到京城一年多，不曾登门求教。今年春天，天下的读书人都聚集在礼部，先生和欧阳公亲自主考。我没有想到竟得了第二名。后来听说是先生您喜欢我的文章，认为有孟轲的风格，而欧阳公也因为我能够不受世俗文风的影响而录取了我。不是左右亲近的人先替我疏通关节，不是亲戚朋友为我请求嘱托，而是从前十多年里听到名声却不能进见的人推荐了我，一下子与我成为知己。退下来思考这件事，觉得人不能够苟且追求富贵，也不能够空守着贫贱，有大贤人而能成为他的学生，那也就可以欣慰了。即便侥幸获得一些成功，带着成队的车马和几十个随从，使得里巷的百姓围着观看并且赞叹他，又怎么抵得上这种快乐呢？

《论语》上说："不怨天，不怪人。"因为从容自得才能平安地度过人生。先生名满天下，但官位不过五品。先生面色温和，没有怒容；先生的文章宽厚质朴，没有怨言，这定是对圣人之道有很深的理解啊。我很希望得到先生的教导。

[集解]

（明）金圣叹："文态如天际白云，飘然从风，自成卷舒。人固不知其胡为而然，云亦不自知其所以然。"

（清）沈德潜："见富贵不足重，而师友以道相乐，乃人间之至乐也。周公、孔、颜，凭空发论；以下层次照应，空灵飘洒，东坡文之以韵生者。"

答黄鲁直书

题解

宋神宗元丰元年（1078）初，北京（北宋时的北京为大名府，在今河北大名）国子监教授黄庭坚致信徐州知州苏轼，并附《古风》二首，表达了对苏轼的景仰倾慕之情。苏轼次韵奉和，并写了这封书函。函中追述了两次见黄庭坚诗文的感受，称扬了对方超尘拔俗的品格。

轼顿首再拜鲁直[1]教授长官足下。轼始见足下诗文于孙莘老[2]之坐上，耸然异之，以为非今世之人也。莘老言："此人，人知之者尚少，子可为称扬其名。"轼笑曰："此人如精金美玉，不即人而人即之，将逃名而不可得，何以我称扬为？然观其文以求其为人，必轻外物而自重者，今之君子莫能用也。"其后过李公择[3]于济南，则见足下之诗文愈多，而得其为人益详，意其超逸绝尘，独立万物之表，驭风骑气，以与造物者游，非独今世之君子所不能用，虽如轼之放浪自弃，与世阔疏者，亦莫得而友也。今者辱书词累幅，执礼恭甚，如见所畏者，何哉？轼方以此求交于足下，而惧其不可得，岂意得此于足下乎？喜愧之怀，殆不可胜。然自入夏以来，家人辈更卧病，怱怱至今，裁答甚缓，想未深讶也。《古风》二首，托物引类，真得古诗人之风，而轼非其人也。聊复次韵，以为一笑。秋暑，不审起居何如？未由会见，万万以时自重。

[注释]

①鲁直：黄庭坚字鲁直，号山谷道人，洪州分宁（今江西修水）人。②孙莘老：孙觉，字莘老，苏轼之友，黄庭坚的岳父。③李公择：李常，字公择，苏轼友人，黄庭坚的舅父。

[译文]

苏轼再次叩头拜见黄鲁直教授。我第一次欣赏您的诗文，是在孙莘老家，当时不觉耸肩惊讶，认为这不是当代人能够写出来的文章。孙莘老说："这个人，了解他的人还不多，你可以给他宣扬一下。”我笑着回答：“这人必定如纯金美玉一般，就算他不去接触别人，别人也会主动接近他，哪里用我去宣扬呢？看他的文章来揣度他的为人，必定是看轻身外之物，注重自身品德之人，如今正直的君子没有不被争相启用的。”这以后我与李公择在济南相会，见到了更多你的诗文，对你的为人有了更加详尽的了解，知道你风度超然脱俗，与众不同，且品格超拔，不受世俗的羁绊，不是得不到当今君子的赏识，也不像我这样放浪形骸，与世俗格格不入，交不到好的朋友。今日看到你的书信，礼数甚是恭敬，态度极为谦卑，好像是见到了一个让你害怕的人，这又何必呢？我一直想以书信与你结交，却害怕唐突，不料得到你的书信，欣喜之余不禁有些惭愧。只因自从入夏以来，家人不断有人生病卧床，断断续续直到如今，所以回信很是缓慢，希望你不要介意。你寄来的《古风》两首，以物寄托深意，真是具备古代诗人的风格，而我并不是你所推崇备至的人。我也作了次韵诗寄给你，见笑见笑。秋天的暑气还很重，不知你的生活如何？没有机会见面，希望你保重身体，善自珍重。

[集解]

（明）茅坤：“苏黄两相知处可掬。”

（清）储欣：“世有子瞻，而鲁直、太虚诸作者，皆宗仰于无穷，太史公所以有附骥之叹也。”

与王定国书

题解

王定国，名巩，大名莘县（今山东莘县）人，工于诗，与苏轼交谊甚厚。因苏轼乌台诗案受到株连，被谪宾州（今广西宾阳）监酒税。苏轼被贬黄州后，对王定国的远放深感不安，但王安国在赴贬所途中致书安慰苏轼。本文是宋神宗元丰三年（1080），苏轼写给王定国的回信，倾吐了因自己获罪而连累朋友的负疚之情。

某启：罪大责轻，得此甚幸，未尝戚戚。但知识数十人，缘我得罪，而定国为某所累尤深，流落荒服[①]，亲爱隔阔。每念及此，觉心肺间便有汤火芒刺。今得来教，既不见弃绝，而能以道自遣，无丝发蒂芥[②]。然后知定国为可人，而不肖他日犹得以衰颜白发厕宾客之末也。甚幸！甚幸！恐从者不由此过，故专遣人致区区。惟愿定国深自爱重，仍以戒我者自戒而已。临书悒悒（yì）[③]，不知此人到江，犹及见仙舟[④]否？匆匆，不宣。

[注释]

①荒服：离皇城最远的地区。②蒂芥：草芥，比喻胸中郁积。司马相如《子虚赋》中说："吞若云梦者八九于其胸中，曾不蒂芥。"③悒悒：郁闷惆怅的样子。④仙舟：指装饰华丽的游船。

[译文]

我写信相告：罪责重大惩罚却很轻微，能得到这种处分已经很幸运了，所以我不曾觉得悲伤。但是几十位好友，因为我的缘故都受到了处罚，而王定国被我连累得最深，发配到远离皇城的偏远地区，与亲人朋友相隔遥远。每每想到此处，我便觉得心肺都像被热汤浇，被芒刺扎一样难受。今日看到了你的来信，不但没有责怪我，反而通过研习学术来自我消遣，心中丝毫没有郁积的情绪。我由此认识到你是个很不错的人，但是不知道你已经容颜衰老，却仍为他人之客。真是太难得了！真是太难得了！我唯恐路过的人不能将这封信送到，因此专门派人送去，表达我一点诚恳的心意。我希望你多多保重身体，用告诫我的那些话自诫吧。写到此处心情郁闷，不知送信的人走到江边，还能不能赶上装饰华丽的游船呢？信写得匆忙，无法尽述我的心意。

答毛滂书

题解

这封书札是宋哲宗元祐四年（1089）苏轼调离汴京，出知杭州前写给毛滂的。毛滂，字泽民，衢州江山（今浙江江山）人，著有《东堂词》。

轼启：比日[①]酷暑，不审起居何如？顷承示长笺及诗文一轴，日欲裁谢，因循至今，悚息[②]！今时为文者至多，可喜者亦众。然求如足下闲暇自得，清美可口者实少也。敬佩厚赐，不敢独飨[③]，当出之知者。世间唯名实不可欺。文章如金玉，各有定价，先后进相汲引[④]，因其言以信于世[⑤]，则有之矣。至其品目高下，盖付之众口，决非一夫所能抑扬。轼于黄鲁直[⑥]、张文潜[⑦]辈数子，特先识之耳。始诵其文，盖疑信者相半，久乃自定，翕然[⑧]称之，轼岂能为之轻重哉？非独轼如此，虽向之前辈，亦不过如此也。而况外物之进退。此在造物者，非轼事。辱见贶(kuàng)[⑨]之重，不敢不尽。承不久出都，尚得一见否？

[注释]

①比日：近日。②悚息：恐惧惭愧的样子。③飨：享用酒食，这里比喻欣赏美文。④汲引：推荐。⑤信于世：展现于世。信，通“伸”，展现。⑥黄鲁直：黄庭坚字鲁直。⑦张文潜：苏轼友人。⑧翕然：聚合在一起的样子，此处表示一致。⑨见贶：受赐。

[译文]

苏轼陈述：近日天气炎热，不知道你身体如何？前几天接到了你送来的诗文，当天就想着要回复答谢，不想到今日才写回信，深感惭愧！如今作诗文的人很多，写得好的人也不少。不过像你的文章这样自然清新的却太少了。我很是敬佩，感谢你的赠文，不敢独自欣赏，于是推荐给了一些通晓诗文的人。世上只有名实不能假冒。文章也像黄金玉石一样，有着不同的价值，需要不同的人推荐，有了这种推荐，文章才能展现于世间，被人们认可。至于品评诗文的价值，要让大家共同来评价，而不是一个人能够褒扬或是贬低的。我和黄鲁直、张文潜等数人结交比你早，也都是通过诵读诗文才结交的。品读诗文时，有的人认为好，有的人认为不好，时间久了，大多数人才都表示认可，我一个人又怎么能轻易地表示抑扬呢？并不是只有我这样，向任何前辈请教，他们大多是这种态度。何况诗文进益的高低，完全在于个人的努力，并不是我的评论所能左右的。我承蒙你的看重，赠送诗文，不敢不说明自己的看法。不久后我就要离开汴京了，不知还能不能见上一面呢？

与参寥子

题解

参寥，即僧人道潜，钱塘（今杭州）人，苏轼通判杭州时结交的朋友。在苏轼南贬途中，参寥多次致函问候。至惠州后，参寥又派专人送函慰问。本文是宋哲宗绍圣二年（1095）苏轼的复信。

某启：专人远来，辱手书，并示近诗，如获一笑之乐，数日慰喜忘味也。某到贬所半年，凡百粗遣，更不能细说。大略只似灵隐、天竺①和尚退院后，却住一个小村院子，折足铛②中，罨(yǎn)③糙米饭吃，便过一生也得。其余，瘴疠(lì)④病人。北方何尝不病？是病皆死得人，何必瘴气。但苦无医药，京师国医手里死汉尤多。参寥闻此一笑，当不复忧我也。故人相知者，即以此语之，余人不足与道也。未会合间，千万为道自爱。

[注释]

①灵隐、天竺：均为杭州著名的寺院，灵隐寺在西湖西北灵隐山麓，天竺寺在城西十里。②折足铛：断腿的锅。③罨：捞。④瘴疠：旧指南方山林水边容易致人疾病的湿热之气。

[译文]

我写信相告：你专门派人远来送信，还有你近日的诗作，好像得到开怀一笑的快乐，数日喜慰，都不知道饭菜的味道。我来到贬谪的居所有半年了，凡事大多过得去，这里也就不细说了。就好像灵隐寺、天竺寺的僧人离开禅房，住到一个小村落中过活，用断腿的锅煮饭，捞糙米饭吃，就这样过一辈子了。再有，就是这里病人多，都是因为湿热之气生病的。其实北方何尝没有人生病呢？得了病就会死人，并不单单是因为瘴气才让人生病。只是这里缺少医药，不过京城里的著名医生也不能保证不死人呀。你看到此处肯定会一笑抒怀，不必再为我忧虑。你是昔日与我相知的好友，我才这样写信相告，至于其他的人我也没有必要对他们讲述什么。我们没有机会见面，请你千万保重。

与元老侄孙

题解

苏元老，字在廷，是苏轼的侄孙。这是苏轼在儋州写给他的一封书札，是一封家书。

侄孙元老秀才：久不闻问[①]，不识即日体中佳否？蜀中骨肉，想不住得安讯。老人住海外如昨，但近来多病瘦瘁，不复如往日，不知余年复得相见否？循、惠[②]不得书久矣。旅况牢落[③]，不言可知。又海南连岁不熟，饮食百物艰难，及泉、广[④]海舶绝不至，药物鲊酱等皆无。厄穷至此，委命而已。老人与过子相对，如两苦行僧尔。然胸中亦超然自得，不改其度。知之，免忧。所要志文，但数年不死便作，不食言也。侄孙既是东坡骨肉，人所觑（qū）看[⑤]。住京，凡百加关防，切祝切祝！今有一书与许下诸子[⑥]，又恐陈浩秀才不过许，只令送与侄孙，切速为求便寄达。余惟万万自重。

[注释]

①闻问：通音讯。②循、惠：循指循州，治所在今广东惠阳东。时苏辙贬居循州，苏轼的家属留在惠州。③牢落：孤寂零落。④泉、广：泉指泉州（今福建泉州），广指广州（今广东广州），均为当时的海上贸易城市。⑤觑看：细看、关注。⑥许下诸子：当时苏轼兄弟两家分住惠州、筠州、许州和常州四处。许下指许州，治所在今河南许昌。

[译文]

侄孙元老秀才：很久没有通音讯了，不知最近身体可好？四川的家人，都得不到他们安好的消息。我住在海南岛，情况一如往昔，只是近来生病，瘦了一些，不如往日那样健壮了，不知道这剩下的岁月还能不能与你再见面。我与循州、惠州也很久没通音讯了。贬谪在外的凄凉孤寂，我不说你也明白。加上海南岛连年荒灾，吃饭生活等事很是艰难，泉州和广州的商船很久没来了，因此连药品、咸菜、鱼酱等物都缺乏了。穷困到这种地步，只有听天由命了。我和儿子苏过相伴过日，好像两个苦行僧。不过心中依然超脱自得，没有改变心意。你知道了这些，可以不必替我们担忧。你以前向我所要的墓表，只要我不死，一定会写，不会食言的。因为你是我的侄孙，必然会受到人们的关注。你又住在京城，行事一定要小心防范，切记切记！我还有一封书信给许州的家属，但是担心送信的陈浩秀才不路过许州，便只请他送信给你，请你再速速替我转寄吧。剩下的话不多说了，你一定要多保重。

又答王庠书

题解

王庠，荣州（今四川荣县）人，苏辙的女婿。本篇是苏轼晚年回答王庠问学的一封书札，以循循善诱的态度，告诉王庠求学无捷径可走，必须勤奋学习，讲求方法，抓住重点，深入把握。

别纸累幅过当，老病废忘，岂堪英俊如此责望耶！少年应科目时，记录名数沿革及题目等，大略与近岁应举者同尔。亦有少节目文字[1]，才尘忝后[2]。便被举主取去，今日皆无有，然亦无用也。实无捷径必得之术。但如君高才强力，积学数年，自有可得之道，而其实皆命也。

但卑意欲少年为学者，每一书皆作数过尽之。书富如入海，百货皆有之，人之精力，不能兼收尽取，但得其所欲求者耳。故愿学者每次作一意求之。如欲求古人兴亡治乱圣贤作用，但作此意求之，勿生余念。又别作一次求事迹故实典章文物之类，亦如之，他皆仿此。此虽迂钝，而他日学成，八面受敌，与涉猎者不可同日而语也。甚非速化之术，可笑可笑！

［注释］

①节目文字：指应试时较难较大的题目。《礼记·学记》载："善问者如攻坚木，先其易者，后其节目。"②才尘忝后：才能低下，名列榜末。自谦之辞。

［译文］

苏辙

你在来信中称颂我太过了，我如今年老多病爱忘事，如何能承受你这样的期望啊！我年轻时参加科举考试，那些需要死记的应试科目，大概和近几年的依然相同。也有一些应试时较难较大的题目，我因才能低下，所以这部分的考试名列榜末。这些文章都已经被当年的考官拿走了，今天估计都不在了，不过就算留存下来，也没什么用了。其实学习是没有任何捷径的。像你这样天分高，学习能力又强，学习几年之后，自然会悟出学习的方法，不需要外力来辅佐。年轻人读书，每一本好书都读它几遍。好书内容丰富，就像知识的海洋，读书时人的意识指向一个方面，不能使各个方面的知识都被掌握，所以每读一遍都只带着一个目标去读就可以了。因此我希望求学的时候每次都能专心。如果想掌握古人是如何安定国家、治理祸乱的，学习古代的圣贤之人，就要像我说的这样去求学，不要有其他走捷径的想法。你还可以仿照古人的名文，写一篇类似的文章，并且要从不同的角度下笔。这个方法虽然有些笨拙，但将来必定受益匪浅，学成之时，可应付各种学问上的质难，那些博览群书却不作深入研究的人是无法与你相比的。这些都不是速成的方法，见笑见笑。

答谢民师书

题解

谢民师，名举廉，新淦（今江西新干）人。宋哲宗元符三年（1100），苏轼自琼州遇赦北还，十月过海至广州。时谢民师任广州推官，曾携诗文谒见苏轼，深得苏轼赞赏。苏轼离开广州后，谢民师多次函候。本文是苏轼行至广东清远时写给谢民师的复函，以简洁朴实的文笔倾谈了个人的心绪，并阐述了对诗文创作的见解。

近奉违①，亟辱②问讯，具审起居佳胜，感慰深矣！某受性刚简，学迂材下，坐废累年，不敢复齿缙(jìn)绅③。自还海北，见平生亲旧，惘然如隔世人，况与左右无一日之雅④，而敢求交乎？数赐见临，倾盖如故⑤，幸甚过望，不可言也。

［注释］

①奉违：离别。奉，敬辞。②亟辱：亟，屡次。辱，承蒙。③缙绅：官僚士大夫。④一日之雅：一天的交往。⑤倾盖如故：一见如故。倾盖，两人车上的伞盖倾斜靠在一起。

［译文］

最近我俩分别之后，多次承蒙你来信问候，详知你日常起居安好，十分欣慰！我禀性刚直单纯，学问迂阔，才质驽钝，因事连年被贬谪，不敢再自居于士大夫的行列。从海南北还以后，见到旧日亲友，也已经漠然如同路人，何况与你平素没有交往，还敢与你订交吗？你数次屈尊光临，立谈之间一见如故，使我万分欣幸，无法用言辞来形容。

所示书教及诗赋杂文，观之熟矣，大略如行云流水，初无定质，但常行于所当行，常止于所不可不止，文理自然，姿态横生。孔子曰："言之不文，行而不远。"又曰："辞，达而已矣。"夫言止于达意，即疑若不文，是大不然。求物之妙，如系风捕影；能使是物了然于心者，盖千万人而不一遇也，而况能使了然于口与手者乎？是之谓辞达。辞至于能达，则文不可胜用矣。扬雄[1]好为艰深之词，以文浅易之说，若正言之，则人人知之矣。此正所谓“雕虫篆刻”者，其《太玄》《法言》皆是类也，而独悔于赋，何哉？终身雕虫，而独变其音节，便谓之“经”，可乎？屈原作《离骚经》，盖《风》《雅》之再变者，虽与日月争光可也。可以其似赋而谓之“雕虫”乎？使贾谊[2]见孔子，升堂有余矣；而乃以赋鄙之，至与司马相如同科。雄之陋如此比者甚众。可与知者道，难与俗人言也，因论文偶及之耳。欧阳文忠公言：“文章如精金美玉，市有定价，非人所能以口舌定贵贱也。”纷纷多言，岂能有益于左右，愧悚不已。

［注释］

①扬雄：字子云，西汉文人。②贾谊：西汉人，少年时即精通诸家书，后被召为博士。

［译文］

您给我看的诗赋、杂文，我已读了多遍，犹如行云流水，原本无一定的形式，飘荡流动，当行则行，当止则止，文理毫不做作，千姿百态，舒卷自如。孔子说：“说话不讲究文采，流传就不会广远。”又说：“言辞只求能表达意思就行了。”言辞仅要求能达意，好像是不讲究文采，这是不对的。要把握事物的微妙处，就像捕风捉影那样难；心中能把事物彻底弄清楚的，大概在千万人中也找不到一个，更何况是要用口说和手写来把事物表达清楚呢？表达清楚的，这就叫辞达。言辞要做到能够达意，那么文采就运用不尽了。扬雄喜欢用艰深的辞藻来文饰浅显易懂的意思，假如直截了当地说出来，就人人都能明白了。这种写作方法正是扬雄自己所批评的“雕虫篆刻”，他的《太玄》《法言》都属于这一类，而他偏偏只对作赋追悔，这是为什么呢？终身经营雕虫小技，而写作《太玄》《法言》时仅仅变有韵之文为无韵之文，便称之为“经”，这可以吗？屈原作的《离骚》，是《风》《雅》传统的再发展，即使与日月争辉也不逊色。难道我们可以因为它像赋，就称之为雕虫小技吗？如果贾谊成为孔子的学生，那么他的学识已经足以入室了，而扬雄却因为他作过辞赋而贬低他，认为他与司马相如等同。像这样浅陋的见解，在扬雄身上是很多的。这些话可以同明白人说，不能同一般人讲，我因为议论文章，所以偶然谈到。欧阳修先生说：“文章像赤金美玉，市上本有定价，不是凭谁的一句话就能论定价格的贵贱。”我讲了一大堆，对你未必有什么好处吧，真是惭愧惶恐不已。

所须惠力[①]法雨堂字，轼本不善作大字，强作终不佳，又舟中局迫难写，未能如教。然轼方过临江[②]，当往游焉。或僧欲有所记录，当为作数句留院中，慰左右念亲之意。今日至峡山寺[③]，少留即去，愈远。惟万万以时自爱，不宣。

［注释］

①惠力：寺名，一作慧力寺，临近谢民师的家乡。②临江：临江军，治所在今江西清江。③峡山寺：在今广东清远。

［译文］

你索要惠力寺法雨堂的题字，我本来不善于书写大字，勉强写来终究不好，又加上船上地方狭窄难以书写，所以未能遵命。但是我将路过临江，会去游览。或者寺僧要我写一点什么，我会写上几句留在寺院内，以安慰你的乡土之思。今天到达峡山寺，稍作逗留后就离开了。与你相距越来越远，希望你千万珍重。

［集解］

（元）刘埙："先生此论，深中子云之病。"

（明）茅坤："此书所论文，然却是苏长公文章本色。"

附录一：苏轼生平及主要成就

苏轼，字子瞻，又字和仲，号“东坡居士”，眉州眉山（今属四川）人，北宋著名文学家、书画家。他与父亲苏洵、弟弟苏辙皆以文学名世，世称“三苏”。苏轼与唐代的韩愈、柳宗元和宋代的欧阳修、苏洵、苏辙、王安石、曾巩合称“唐宋八大家”，与黄庭坚、米芾、蔡襄同为最能代表宋代书法成就的书法家，合称为“宋四家”。

嘉祐元年（1056），二十一岁的苏轼首次出川赴京，参加朝廷的科举考试。翌年参加了礼部的考试，以一篇《刑赏忠厚之至论》获得主考官欧阳修的赏识，高中进士。

后苏轼应中制科考试，即通常所谓“三年京察”，入第三等，授大理评事、签书凤翔府判官。此后，他因反对王安石变法，调任杭州通判。苏轼在杭州任职三年，任满后，被调往密州、徐州、湖州等地任知州。

这样持续了大概十年，苏轼遇到了生平第一等祸事。有人把他的诗句扭曲，大做文章。元丰二年（1079），苏轼到任湖州还不到三个月，就因为作诗讽刺新法，以“文字毁谤君相”的罪名被捕下狱，史称“乌台诗案”。

苏轼坐牢103天，幸亏北宋在太祖赵匡胤时期即定下不杀士大夫的国策，苏轼才算躲过一劫。出狱后，苏轼被降职为黄州团练副使。苏轼经此一狱大受打击，于是带领家人开垦荒地，种田帮补生计。“东坡居士”的别号便是他在这时为自己起的。

宋神宗元丰七年（1084），苏轼离开黄州，奉诏赴汝州就任。由于长途跋涉，旅途劳顿，苏轼的幼子不幸夭折。汝州路途遥远，且路费已尽，再加上丧子之痛，苏轼便上书朝廷，请求暂时不去汝州，先到常州居住。

就在此时哲宗即位，高太后听政，新党势力倒台，司马光重新被启用为相。苏轼于是年以礼部郎中被召还朝。在朝半月，升起居舍人，三个月后升中书舍人，不久又升为翰林学士。当苏轼看到旧党势力拼命压制王安石集团的人物并尽废新法后，认为其与所谓“王党”不过一丘之貉，再次向皇帝提出谏议。

苏轼至此既不能见容于新党，又不能见谅于旧党，因而再度自求外调。他以龙图阁学士的身份，再次到阔别了十六年的杭州当知州。苏轼在杭州主持了一项重大的水利工程，疏浚西湖，用挖出的泥在西湖旁边筑了一道堤坝，也就是著名的“苏堤”。

元祐六年（1091），苏轼被召回朝，但不久又因为政见不合被外放颍州。元祐八年（1093）新党再度执政，苏轼以“讥刺先朝”罪名被贬为惠州安置，再贬为儋州（今海南儋州）别驾、昌化军安置。宋徽宗即位后，调廉州安置，又任舒州团练副使、永州安置。元符三年（1101）遇大赦，复任朝奉郎。北归途中卒于常州，谥号文忠。享年六十六岁。

苏轼是继欧阳修之后主持北宋文坛的领袖人物，在当时的作家中享有极高声誉，其文学观点和欧阳修一脉相承，但更强调文学的独创性、表现力和艺术价值。

苏诗现存约四千首，内容广泛，风格多样，笔力纵横，穷极变幻，具有浪漫主义色彩，为宋诗的发展开辟了新的道路。苏轼的词现存三百四十余首，冲破了专写男女恋情和离愁别绪的狭窄题材，具有广阔的社会内容，在我国词史上占有特殊的地位。他将北宋诗文革新运动的精神，扩大到词的领域，扫除了晚唐五代以来的传统词风，开创了与婉约派并立的豪放词派，扩大了词的题材，丰富了词的意境，冲破了诗庄词媚的界限，对词的革新和发展作出了重大贡献。

苏轼的书法以行书、楷书见长，遍学晋、唐、五代名家，得力于王僧虔、李邕、徐浩、颜真卿、杨凝式，而自成一家。在绘画方面，苏轼擅画墨竹，其论书画均有卓见，论画影响更为深远。存世书迹有《黄州寒食诗》《赤壁赋》《答谢民师论文》与《祭黄几道文》等。存世画迹有《古木怪石图卷》《潇湘竹石图卷》等。

附录二：苏轼年表

1036年（宋仁宗景祐三年）	苏轼出生。
1043年（庆历三年）	八岁，入天庆观北极院读书。
1044年（庆历四年）	九岁，入乡校读书。
1045年（庆历五年）	十岁，父苏洵赴京师游学，苏轼自乡校归家，由母亲程氏授书。
1048年（庆历八年）	十三岁，与弟苏辙拜在刘巨（字微之）门下读书。
1052年（皇祐四年）	十七岁，读书乡里。
1054年（至和元年）	十九岁，与王弗结婚。王弗是青神县乡贡进士王方之女，时年十六岁。
1055年（至和二年）	二十岁，游学成都。
1056年（嘉祐元年）	二十一岁，与苏辙随父亲苏洵经成都，取道长安赴京参加举人考试。
1057年（嘉祐二年）	二十二岁，应进士考试，欧阳修得其考卷《刑赏忠厚之至论》，颇为欣赏，取为进士第二，复试春秋对义，居第一。四月，母程氏病故，父子三人奔丧回蜀。
1059年（嘉祐四年）	二十四岁，在故乡服母丧毕，十月启程还朝，父子三人由眉山乘船出发，经嘉州、忠州，过三峡，岁暮抵荆州（江陵）。其妻王弗随行，长子苏迈生于是年。
1061年（嘉祐六年）	二十六岁，苏轼与苏辙应才识兼茂科考试，先阁试六论，后殿试制策，苏轼入第三等，苏辙入第四等。苏轼授大理评事签书凤翔府节度判官厅公事。
1065年（宋英宗治平二年）	三十岁，返京，差判登闻鼓院，不久后得职史馆。五月，妻王弗病故，享年二十七岁。
1066年（治平三年）	三十一岁，是年四月苏洵病故，享年五十八岁，苏轼兄弟护送灵柩回蜀。
1068年（宋神宗熙宁元年）	三十三岁，在家居丧。七月丧期满，服除，续娶王闰之为妻。王闰之为王弗堂妹，时年二十一岁。
1069年（熙宁二年）	三十四岁，举家还朝任职史馆，上书皇帝反对王安

	石变法。
1070 年（熙宁三年）	三十五岁，二次上书皇帝反对变法。次子苏迨生。
1071 年（熙宁四年）	三十六岁，因与变法派意见不合，求外任，除杭州通判。
1072 年（熙宁五年）	三十七岁，在杭州任上，忙于督开运盐河。是年欧阳修去世，苏轼为文祭之。少子苏过生。
1074 年（熙宁七年）	三十九岁，罢杭州通判，除太常博士直史馆，改任密州知州。
1076 年（熙宁九年）	四十一岁，接诰命，以祠部员外郎移知河中府，年底动身离密州。
1077 年（熙宁十年）	四十二岁，接诰命，改知徐州。是年八月徐州遭遇大洪水，苏轼组织筑堤抗洪，历时三月余，洪水退去。
1079 年（元丰二年）	四十四岁，罢徐州任，改任湖州知州。四月，何正臣摘苏轼《湖州谢表》中的言语，指斥其“妄自尊大”，舒亶、李定等就其诗文罗织罪名。七月，苏轼在湖州被捕，投入御史台狱，是为“乌台诗案”。经过多方营救，十二月结案，苏轼被贬谪为黄州团练副使本州安置，不得签书公事。
1080 年（元丰三年）	四十五岁，谪居黄州，六月苏辙送苏轼家眷至黄州团聚，兄弟同游数日后，苏辙赴筠州。
1081 年（元丰四年）	四十六岁，谪居黄州。因生活窘困，友人马正卿为之请故营地数十亩，苏轼躬耕其中，名其地为“东坡”。
1082 年（元丰五年）	四十七岁，建议鄂州知州朱寿昌明立赏禁，变革湖北溺婴恶习。筑东坡雪堂，始号东坡居士，多次泛舟赤壁。
1084 年（元丰七年）	四十九岁，接诰命，移汝州团练副使。苏轼赴筠州与苏辙相会后，七月抵达金陵，与王安石多次相会。十月至扬州，上《乞常州居住表》。
1085 年（元丰八年）	五十岁，诰命下，允许苏轼在常州居住。到常州仅半月复接诰命，知登州。十月到达登州，再接诰命，以礼部郎中召还京师，任中书舍人。
1087 年（宋哲宗元祐二年）	五十二岁，以翰林学士知制诰。
1088 年（元祐三年）	五十三岁，因朝官攻击，上《乞罢学士除闲慢差遣札》。时高太后听政，特召苏轼入内殿，告以神宗

	生前器重苏轼文才，加以挽留。半年后，苏轼再上《陈情乞郡札》。
1089 年（元祐四年）	五十四岁，苏轼加任侍读，进读迩英殿。论及时事，为赵挺之等人攻击。苏轼恐不见容，接连上章乞外放。三月，除龙图阁学士知杭州。是年苏辙出使契丹。
1090 年（元祐五年）	五十五岁，在杭州任上，掘西湖，修六井，筑长堤。
1091 年（元祐六年）	五十六岁，以翰林学士承旨召还。因苏州、湖州水灾严重，苏轼绕道观察灾情，上书请求赈灾。到京后，御史贾易等人弹奏苏轼在神宗死后“作诗自庆”，并讽刺熙宁新政。苏轼上札自辩，并再乞外郡，遂除龙图阁学士知颍州。
1092 年（元祐七年）	五十七岁，在颍州任上接诰命，改知扬州。八月，以兵部尚书召还。十一月，迁端明殿学士兼翰林侍读学士守礼部尚书。
1093 年（元祐八年）	五十八岁。妻王闰之去世，年四十六。苏轼再遭弹劾，出知定州。高太后也于是年卒，哲宗亲政。
1094 年（绍圣元年）	五十九岁，屡遭贬谪，最后授建昌军司马惠州安置，不得签书公事。后又贬为宁远军节度副使惠州安置。苏轼遂命次子苏迨携家归宜兴与长子苏迈同住，自己与少子过、妾朝云谪居惠州。
1096 年（绍圣三年）	六十一岁，妾朝云病亡。
1097 年（绍圣四年）	六十二岁，长子苏迈携家人赴惠州与苏轼团聚。然朝臣重议苏轼罪，再责授琼州别驾、昌化军安置，不得签书公事。苏轼处置后事，与家人诀别。五月，苏轼与苏辙相会藤州，同行至雷州分别，登船渡海，到达昌化军贬所（今海南儋州）。
1100 年（元符三年）	六十五岁，接诰命，以琼州别驾廉州安置，不得签书公事。六月，苏轼渡海抵达雷州，在廉州接诰命，迁舒州团练副使永州（今湖南零陵）居住。十一月再次接到诰命，复朝奉郎，提举成都玉局观任便居住。苏轼遂继续北上。
1101 年（宋徽宗建中靖国元年）	六十六岁，病终于常州。

图书在版编目（CIP）数据

图解苏轼集 /（宋）苏轼著；崇贤书院释译 .
—合肥：黄山书社，2021.9
（中华古典珍品）
ISBN 978-7-5461-9742-5

Ⅰ．①图… Ⅱ．①苏… ②崇… Ⅲ．①苏轼（1036-1101）—文学欣赏 Ⅳ．① I206.2

中国版本图书馆 CIP 数据核字（2021）第 193484 号

出 品 人　贾兴权
选题策划　贾兴权　汤吟菲
编辑统筹　刘　春
责任编辑　刘　春
装帧设计　观止堂_未　氓　朱　璇
责任印制　李　磊
出版发行　时代出版传媒股份有限公司（http://www.press-mart.com）
　　　　　黄山书社（http://www.hspress.cn）
地址邮编　合肥市政务文化新区翡翠路 1118 号出版传媒广场 7 层　230071
印　　刷　安徽联众印刷有限公司
版　　次　2021 年 10 月第 1 版
印　　次　2021 年 10 月第 1 次印刷
开　　本　700 mm × 1000 mm　1/16
字　　数　380 千字
印　　张　20.5
书　　号　ISBN 978-7-5461-9742-5
定　　价　30.80 元

服务热线　0551-63533706
销售热线　0551-63533761

官方直营书店（https://hsss.tmall.com）